세상의 봄
(상)

KONOYO NO HARU
by MIYABE Miyuki
Copyright ⓒ 2017 MIYABE Miyuki
All rights reserved.
Originally published in Japan by SHINCHOSHA Publishing Co., Ltd., Tokyo.
Korean translation rights arranged with RACCOON AGENCY INC., Japan through THE SAKAI
AGENCY and JM CONTENTS AGENCY.
Korean translation copyright ⓒ 2020 Viche, an imprint of Gimm-Young Publishers, Inc.

미야베 미유키

권영주 옮김

상

세상의 봄

この世の春

Miyabe Miyuki

비채

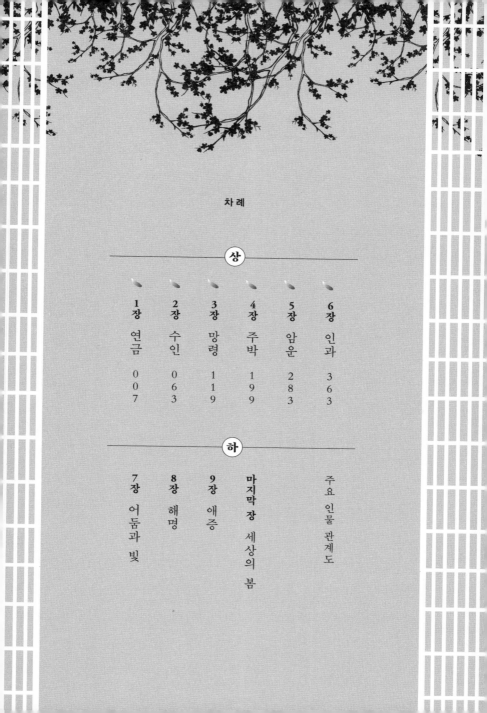

차 례

1장

押込 **연금**

I

계십니까, 계십니까. 밖에서 목소리가 들려왔다. 급박하면서도 소곤소곤하듯 낮춘 여자 목소리였다.

호에이 7년(1710) 사쓰키(5월) 늦은 밤이었다. 아버지가 서재에서 일을 하고 있어 다키도 자지 않고 바느질을 하고 있었다.

"실례합니다. 계십니까?"

여자 목소리는 집 뒷대문 쪽에서 들려왔다. 다키는 얼른 일어나 등잔불로 초에 불을 붙여 복도로 나왔다.

이 은거소는 방이 많지 않다. 다키가 기거하는 작은 방 옆에 광으로 쓰는 마루방이 있고, 그 너머가 부엌이 있는 봉당과 뒷문이다. 널문은 닫혀 있었지만 아궁이 위 환기창으로 비쳐드는 반달 빛에 물항아리의 테두리가 어렴풋이 보였다.

"네, 나갑니다."

말하고 나서 널문을 열었다.

땅에 허리 높이의 말뚝을 박아 판자를 둘렀을 뿐인 널담 곁에 여자가 서 있었다. 두 팔로 아이를 안고 몸을 약간 숙인 자세로 숨을 몰아쉬고 있었다.

처음 보는 얼굴이다. 이곳 나가오 촌 사람도, 인근에 사는 사람도 아닌 것 같다.

아이는 솜이불에 싸여 정수리만 남기고 민 머리만 보였다. 몸뚱이도 작은 것을 보면 머리를 이제 막 기르기 시작한 세 살쯤 되는 아이일 것이다. 자는지 여자의 어깨에 얼굴을 파묻고 있었다.

"이런 야심한 시각에 정말 죄송합니다."

여자의 얼굴빛은 달빛보다도 더 하얬다. 숨만 찬 게 아니라 지칠 대로 지친 것 같았다.

"토목청 감독을 지내신 가가미 가즈에몬 님 댁이신지요?"

쥐어짜는 듯한 목소리에 다키는 급히 다가가 빗장을 풀고 문을 열었다.

"네, 맞습니다. 저는 딸 다키예요."

들어오세요, 라는 말이 채 끝나기도 전에 여자는 아이를 안은 채 휘청거리며 쓰러지려 했다. 반사적으로 부축하려고 팔을 내밀자 아이만 받은 모양새가 됐다. 여자는 다키에게 아이를 넘기고는 그 자리에 주저앉았다.

아이는 깊이 잠들어 있었다. 작은 머리도 가냘프고 보드라운 몸뚱이도 주머니 난로처럼 뜨거웠다. 쪽빛 주름 비단으로 지은 배두렁이는 단풍잎 가문(家紋)을 염색한 부적이 등에 붙어 있었다.

다키는 가슴이 철렁했다. 이 여자도 아이도 처음 보는 것이었지만 가문은 눈에 익었다.

"정신 차리세요. 자, 일어서세요."

여자를 일으켜 세우려고 팔을 잡았다가 알아차렸다. 여자는 버선과 짚신을 신고 있었는데, 익숙지 않은 시골길을 급히 온 탓인지 발가락에서 피가 났다.

"저, 어디서 오셨는지요?"

여자는 반쯤 정신을 잃은 상태였다. 다키는 한 팔로 아이를 안은 채 여자의 어깨를 흔들었다.

"성읍에서 오셨나요? 이 아이도? 정신 차리세요. 이런 곳에서 쓰러지면 안 돼요."

여자의 머리가 흔들거리더니 숨을 훅 들이마시며 눈을 떴다.

"아, 저, 전……."

여자는 다키의 다리를 붙들고 말했다.

"수석 요닌(用人)* 이토 주로베에 나리타카 님 댁에서 유모로 일하는 미노라고 합니다. 그분은 올해 세 살 되신 적자 이치노스케 님이십니다."

숨이 막혀 울먹이는 듯한 목소리가 됐다.

* 다이묘 밑에서 서무, 출납을 담당하는 직명

11

"오늘 진시(辰時)* 무렵 성에서 감찰사가 오셔서 주인 어르신께서 면직되셨고 이토 가를 모시는 자들은 칩거 금족하라는 명이 내려졌다고 통달하셨습니다."

그 말을 듣고 다키도 숨이 막힐 것 같았다. 저도 모르게 물었다.

"그건 나리의 뜻이신가요?"

"전 모릅니다."

미노는 몸서리를 치듯 고개를 흔들었다.

"이치노스케 님은 며칠 전부터 감기로 열이 있으셔서 제가 곁을 지키며 별채에서 지내셨습니다. 그런데 한 하인이 급히 와서 이치노스케 님을 모시고 멀리 도망치라면서 감찰사의 눈을 피해 밖으로 내보내준 겁니다. 그래서 뒤도 돌아보지 않고 얼른 그곳을 떠났습니다."

다키도 현기증이 날 듯해서 미노 곁에 무릎을 꿇었다.

"그런데…… 왜 여기로, 아버지를 찾아오셨나요?"

가까이에서 보니 미노의 눈에 눈물이 맺혀 있었다.

"얼마 전부터 주인 어르신은 이번 같은 변고가 일어날 것을 염려하셨습니다. 그래서 마님과 제게 만에 하나 무슨 일이 있거든 나가노 촌에서 은거중이신 가가미 님께 도움을 청하라고……."

다키가 숨을 훅 들이마셨기 때문인지 미노는 말을 멈추고 눈을 들었다.

• 오전 8시경

"누를 끼치는 일이겠습니다만."

누고 뭐고 영문을 모르겠다. 다키는 곤혹해서 대답도 할 수 없었다.

수석 요닌 이토 나리타카는 일개 향사의 신분에서 벼락출세를 한 신참이었다. 나리가 중용한 것을 이용해 가로(家老)들뿐 아니라 주군 기타미 가 일문에게까지 불평을 살 만큼 전횡을 일삼았다.

하지만 나리, 즉 이만 석 규모의 시모쓰케 기타미 번을 다스리는 6대 번주 기타미 와카사 태수 시게오키가 수석 요닌을 통해서만 정무 일체를 돌보며 다른 이들에게는 얼굴조차 잘 보이지도 않고 틀어박혀 있는 이상 방법이 없었다. 번에 있을 때만이 아니라 에도로 출부할 때조차 이토를 대동해 번저에서 에도 가로나 에도 대행 이상의 권한을 주었으니 그저 어이가 없을 따름이었다.

기타미 번은 작기는 해도 대대로 도쿠가와 가문을 섬겨온 후다이 다이묘이거니와, 가로는 모두 전국시대부터 기타미 가를 대대로 지키고 보좌해온 유서 깊은 가문의 사람들이다. 그렇기에 깊은 유대로 맺어져 결속은 단단한 반면, 번의 요직은 모두 그들의 친족들이 차지해왔다는 역사가 있었다. 그에 대한 반성이 없는 탓에 일부 가신들 사이에는 뿌리 깊은 불만과 질투가 앙금처럼 가라앉아 있었다. 그 앙금이 권세를 가진 신참 쪽으로 모이는 것도 인정상 이상할 것 없는 일로, 이토 나리타카를 추종하는 자들이 모여들어 신흥 파벌이 생겼다. 이토가 수석 요닌 자리에 앉은 지 약 오 년, 기타미 번 가신들 사이의 공기는 잔잔한 수면 아래 소용돌이를 감춘 늪처럼 항상 불온하게 그늘져 있었다.

하지만 가가미 가즈에몬만큼 그런 정쟁과 거리가 먼 사람도 없었다. 스물한 살에 가가미 가의 가독을 물려받아 몇 년간은 성을 경비하는 우마마와리로 있었으나, 그 뒤로는 내내 토목청에만 있었다. 영내를 구불구불 흘러 이윽고 도네 천으로 유입되는 센 천에 둑을 쌓아 유역 일대를 개간하는 사업에 전념하다가 재작년 봄에 비로소 은퇴했다. 아버지의 뒤를 이은 다키의 오빠도 토목청에 있어 지금은 센 천에서 서쪽으로 관개 수로를 연장하는 공사를 맡고 있다.

녹봉 팔십 석을 받는 가가미 가는 번사 전체로 보면 상사(上士)에 속하지만, 상사 중에서는 녹이 가장 낮은 작은 가문이다. 가로에게나 수석 요닌과 그 일파에게나 주목을 받을 만한 인물도 입장도 못 되었다.

그래서 도움을 청했을까.

게다가 이런 외딴 촌에 은거하는 노인이라서.

그때 봉당 쪽에서 목소리가 들려왔다.

"다키, 들어오시게 해라."

가즈에몬이 촛대를 들고 이쪽을 보고 있었다. 통소매 옷 위에 다키가 지은 소매 없는 얇은 솜저고리를 입었다. 이 계절에 얇다고는 해도 솜옷을 입은 것은, 아버지가 추울까봐 걱정하는 다키가 최소한 밤늦게 일할 때만이라도 입어달라고 부탁했기 때문이다.

"미노 씨라 했나. 들어오시게. 다키, 아이는 아직 열이 있느냐?"

미노는 "감사합니다"라며 그 자리에서 머리를 깊이 수그렸다.

"네, 머리도 몸도 뜨거워요."

"그럼 얼른 눕혀야겠구나."

가즈에몬은 자신도 봉당으로 내려와 미노에게 손을 내밀었다. 그리고 담담한 목소리로 이렇게 말했다.

"이토 님께서 무슨 말씀을 하셨든 은거하는 이 몸과는 관계없네."

미노가 부르르 몸을 떤 것을 알 수 있었다.

"아침까지 여기서 쉬시게. 하지만 그 이상은 도와줄 수 없어. 날이 밝으면 바로 북쪽으로 반 리쯤 가면 있는 엔코 사란 절로 가시게. 거기 주지 스님이라면 잘 알아서 해주실 테지."

가즈에몬의 여윈 옆얼굴은 다키도 주춤할 정도로 사나운 표정을 띠고 있었다.

다키는 아침까지 한숨도 자지 못하고 미노와 이치노스케를 보살폈다.

성읍에서 여기 나가오 촌까지 3리*가 넘는다. 센 천을 따라 이어지는 평탄한 길이라지만 익숙지 않은 미노에게는 꽤 힘들었을 것이다. 발은 굳은살투성이에 발톱이 빠지려는 곳도 있었다.

아버지가 그렇게 말한 이상 미노에게 이것저것 물어서는 안 된다. 미노도 이야기하려 하지 않았지만, 다키가 발의 상처를 걱정하자 성읍에서 빠져나와 첫 마을에 당도했을 때 마을 사람이 짚신을 주었다

* 약 12킬로미터

는 이야기는 해주었다. 거기까지는 눈 올 때 신는 짚신을 신고 왔다고 했다.

이치노스케는 잠에서 깼을 때 잠시 칭얼거렸지만 미음을 주고 해열제를 먹이자 다시 잠이 들었다. 미노는 다키가 아무리 권해도 누우려 하지 않았지만, 잠깐 자리를 떴다가 돌아오니 이치노스케를 지키듯 몸을 둥글게 말고 자고 있었다.

가즈에몬은 쓰기카미시모*로 갈아입고 서재에 앉아 있었다. 아버지가 이 공복을 입는 것은 성에서 사람이 올 때 정도였으므로, 아버지가 미노와 이치노스케를 찾아 누가 올 것을 각오하고 있음을 알 수 있었다.

미노가 이치노스케를 안고 달려온 길로 기타미 가의 가문이 든 감찰사의 제등이 다가오지는 않나. 말 울음소리가 들리지는 않나. 아침이 될 때까지 다키는 귀를 열고 눈을 크게 뜬 채 지냈지만, 결국 아무 일도 일어나지 않고 동녘 하늘이 어슴푸레 밝아왔다.

엔코 사의 아침 종이 울리자 여느 때처럼 이스케가 은거소로 왔다. 나가오 촌에 사는 이스케는 허리가 꼬부라졌지만 부지런히 일하는 노인이다. 가즈에몬과 다키에게는 믿음직한 하인이자, 다키와 함께 은거소 주변의 텃밭을 일구는 머슴이기도 하다.

미노는 그새 일어나 머리 매무새를 가다듬고 다키가 준비해놓은 옷으로 갈아입었다. 가즈에몬은 이스케를 불러 짤막하게 일렀다.

* 소매가 없는 상의와 줄무늬 하의로 이루어진 무사의 약식 공복

"수고스럽겠네만 이 여인을 엔코 사로 데려다주겠나. 절이 보이는 곳까지면 돼. 자네는 거기서 돌아오게."

다키는 순간 아버지가 주지에게 보내는 편지나 문서를 미노에게 들려 보내지 않을까 생각했으나 그런 일은 없었다.

미노는 왔을 때와 마찬가지로 이치노스케를 이불에 싸안고 가즈에몬과 다키에게 머리를 깊이 수그려 절했다.

"이 은혜는 잊지 않겠습니다."

어젯밤보다 목소리가 더 작았다.

"이 뒤 어떻게 되더라도 이 댁에서 도움을 받았다는 말은 누구에게도 하지 않겠습니다. 주인 어르신의 분부였다고는 하지만 앞뒤 가리지 않고 의지한 결례를 부디 용서해주십시오."

그러고는 은거소에서 나갔다.

미노가 돌아서자 그녀의 어깨 너머로 다키와 이치노스케의 눈이 마주쳤다. 아이는 처음으로 눈을 또렷하게 뜨고 있었다. 조그만 손가락이 나와 미노의 어깨를 붙들었다. 다키는 저도 모르게 눈길을 돌렸다.

은거소를 둘러싼 논밭의 논두렁길을 이스케가 앞장서서 어정어정 걸어갔다. 자꾸만 뒤를 돌아보는 것은 미노의 발걸음을 배려해서만은 아닐 것이다. 분명 미노가 울기 때문이다.

그렇게 생각하니 다키까지 눈물이 앞을 가렸다.

"네가 울 일이 아니다."

아버지의 목소리는 낮았지만 야단치는 것처럼 엄하지는 않았다.

"네."

다키는 대답하고 손가락으로 눈을 훔치며 눈물을 삼켰다.

"바로 아침상을 차릴게요."

부엌으로 돌아가려고 돌아서는데 가즈에몬이 혼잣말처럼 중얼거렸다.

"엔코 사 주지 스님은 와키사카 님의 먼 친척뻘이다. 시골 스님으로는 아까울 만큼 노회한 분이니 최대한 잘 처리해주실 테지."

와키사카 가쓰타카는 기타미 번의 수석 가로다.

"지금은 아직 자세한 상황을 알 수 없어. 나리의 마음이 바뀌셔서 수석 요닌의 역성만 들던 것을 그만두실 요량으로 해임하셨다면, 그것은 가신들뿐 아니라 이토 가에게도 오히려 잘된 일인지도 몰라."

경솔하게 당황해선 안 된다고 아버지는 말했다.

"네, 명심할게요."

다키는 아버지의 뒷모습을 쳐다봤다.

"아버지는 이토 가와 연이 있으셨던가요?"

관계가 없다면 이런 위급한 상황에서 도움을 청하라고 이름을 거론했을 리 없다.

그러나 무심코 묻기는 했지만 다키도 아버지가 쉽사리 대답해줄리 없다고 짐작하고 있었다. 가가미 가즈에몬은 원래도 과묵한 사람인 데다 이런 사태에서는 더더욱 말조심을 할 것이다.

"짚이는 데는 없구나."

아니나 다를까, 아버지는 그렇게 말했다.

"소이치로는 나 이상으로 없을 것이다."

다키의 오빠 이야기다. 지난달에 아들을 봤다. 산달 전까지 다키는 갓난아기를 액으로부터 보호해줄 삼잎 문양 배내옷을 여러 벌 지어 오빠 부부가 사는 토목청의 무가 저택으로 갖다주러 갔다. 이 역시 아니나 다를까, 오빠는 공무로 집을 비우고 없었지만 올케는 볼에 반들반들 윤이 흐르는 게 행복해 보였다.

"그럼 아버지도 저도 간밤에 기이한 꿈을 꿨군요."

"그런 셈이다."

아버지는 비로소 어렴풋이 웃었다.

"자, 옷을 갈아입을까."

아침식사를 마치자 마침 이스케도 돌아와 다키와 둘이 밭으로 나갔다.

봄에 심은 푸성귀가 자랐다. 성읍에서 나고 자란 다키는 이곳에 오기 전까지 농사일을 전혀 몰랐지만, 이스케의 가르침 덕분에 푸성귀도 감자도 콩도 훌륭하게 수확할 수 있게 됐다.

그날 다키는 몇 번 슬그머니 하품을 참았다. 내내 서안 앞에 앉아 있던 가즈에몬도 피곤했는지 그날 밤은 일찌감치 불을 껐다. 다키도 그날은 밤늦도록 일하지 않고 자리에 들어 꿈 비슷한 것도 꾸지 않고 잤다.

그렇게 해서 새 아침이 밝자 다키는 그 일은 꿈이 아니었나 하는 생각까지 하게 됐다. 나가오 촌에서는 모내기가 시작되어 마을 사람들이 활기를 띠는 시기다. 오랜 세월 검게 타서 불에 그을린 것 같은 이스케의 얼굴색조차 환했다.

그러나 그날 중으로 성읍에서 공문이 내려와 다키와 가즈에몬은 또다시 놀랐다. 변고는 수석 요닌 한 명의 해임으로 그치지 않았던 것이다.

2

기타미 번 6대 번주 시게오키는 중병으로 인해 은거. 시게오키에 게는 아직 적자가 없었고 다섯 살 어린 동생 쓰구요시는 이미 다른 다이묘 가문에 양자로 들어간 몸이므로, 7대 번주의 자리에는 시게 오키의 사촌인 기타미 나오마사가 앉는다.

간평관을 통해 나가오 촌 촌장에게 전달된 공문의 내용은 그런 간결한 것이었다. 또 '추후 고지가 있을 때까지'라고 일단 기간을 정 하기는 했지만, 시게오키의 요양중에는 제례를 일절 금한다고 돼 있 었다.

기타미 시게오키는 다키의 오빠 소이치로와 같은 스물여섯 살이 다. 아버지의 급서로 스물한 살이라는 젊은 나이에 가문을 이어받았 다는 점은 다키의 아버지 가즈에몬과 똑같다. 그리고 번주의 대가 바뀐 오 년 전은, 다키가 열일곱 살 나이로 기타미 번에서는 '데마와 리'라고 칭하는 문관의 상사(上士) 이가와 사다스케와 혼례를 올린 해이기도 했다.

그 오 년 사이에 아버지는 은거하고, 오빠는 아버지의 뒤를 잇고 아내를 맞이해 1남1녀를 두었다. 다키로 말하자면 삼 년이 못 돼서 이혼하고 친정으로 돌아와서는, 은거소로 거처를 옮긴 아버지를 보살피기 위해 나가오 촌으로 왔다.

환경은 변하게 마련이다. 좋은 쪽으로나 나쁜 쪽으로나, 본인이 원하는 방향으로나 원치 않는 방향으로나. 모든 것은 운명이 정하는 것이고 인간은 그에 거역할 수 없다. 변덕스럽고 잔인한 운명은 다키처럼 하찮은 한 여자에게도, 오 년 전 그 여자의 눈에 늠름하게 비쳤던 청년 군주에게도 평등하게 찾아들었다.

다키도 가즈에몬도 물론 이 공문의 내용에 놀랐다. 동시에 이틀 전 벌어진 뜻밖의 사태의 이유를 알고 가슴속에 짙게 끼어 있던 안개가 걷혔다.

하지만 안개가 걷히고 나자 다키의 마음에 차가운 비가 내렸다. 이토의 실각이 이런 사정으로 인한 것인 이상, 그의 적자인 이치노스케의 목숨은 그야말로 바람 앞의 등불이나 다름없었다. 이토 나리타카는 그냥 실각한 게 아니라 새 번주 나오마사의 명으로 징계를 받은 것이니까.

이스케의 안내를 받아 미노와 이치노스케는 무사히 엔코 사에 다다를 수 있었을 것이다. 하지만 지금도 그곳에 있을지는 알 수 없었다. 또 눈물이 나려나 했는데 다키의 눈은 젖지 않았다. 이치노스케를 위해서나 미노를 위해서나 자신에게 슬픔이 허락된 것은 그 한순간뿐이었다는 생각이 들었다.

그나저나 알 수 없는 게 한 가지 있었다.

어째서 아버지에게 도움을 청했을까.

이토 나리타카는 무엇을 생각해서, 무슨 근거로 나가오 촌의 가가미 가즈에몬을 지목했나. 다키의 아버지는 평소와 다름없이 서재에서 일을 시작했다. 말없는 아버지의 뒷모습은 미노에 대해서나 이치노스케에 대해서나 없었던 일로 치고 잊는 수밖에 없으며, 은거소로 도망쳐온 것을 아무에게도 말하지 않겠다는 미노의 약속을 믿는 수밖에 없다고 이야기하고 있었다.

자세한 이야기를 들려준 것은 오후 들어 은거소로 찾아온 오쿠유히쓰(奧右筆)* 오노 쇼자부로였다. 서둘러 어깨띠와 앞치마를 벗고 맞이한 다키에게, 쇼자부로는 젊고 싱싱한 얼굴에 엷게 땀을 맺은 채 인사도 하기 전에 이렇게 말했다.

"이 한가로운 촌에서도 오늘은 곳곳에서 사람들이 모여 이야기를 하더군요. 다키 님도 놀라셨겠습니다."

"성에 계시는 분들이야말로 아직 경황이 없지 않으세요?"

"아닙니다, 이제 그럭저럭 안정을 찾았습니다. 이토 가 사람들도 이토를 따르던 자들도 의외로 순순했습니다. 권세에 빌붙어 지내던 아첨꾼에게도 물러날 때가 있는 법이라고 체념했다면 그건 그것대로 좋은 일이라 봐야 한다는 것도 어째 아니꼽긴 합니다만."

이 젊은 무사는 평소 이런 가시 돋친 말을 하는 사람이 아니다. 오

* 비밀 문서의 조사, 작성을 담당하는 관직

노 가는 대대로 오쿠유히쓰 직을 맡아온 오래된 가문으로, 쇼자부로의 아버지는 작년부터 오쿠유히쓰 주무관의 자리에 있었다. 성내에서 지금까지 수석 요닌의 횡포를 가까이에서 봐왔을 테니 속이 후련해서 무심코 말이 나왔을 것이다.

쇼자부로는 직제상으로는 아버지 밑에 있지만, 맡은 업무는 가로인 노자키 무네토시가 직접 지휘하는 번보(藩譜) 편찬 사업이다. 보름에 한 번꼴로 찾아오는 것도, 가가미 가즈에몬이 기록중인 센 천 제방 조성과 개간에 관한 비망록의 진행 상황을 확인하고 완성된 분량을 가져가기 위해서였다.

하기야 오늘 찾아온 목적은 따로 있을 것이다. 갑작스러운 정변으로 가가미 부녀의 마음이 어수선하지 않을까 걱정해준 게 틀림없다.

"소이치로 공을 만났습니다. 그새 얼굴이 까맣게 타서는 건강하더군요."

번주의 교대쯤 되면 가신은 전원 등성해야 한다. 직무를 위해 영내에 흩어져 있던 이들도 모두 부르기 때문에 소이치로도 성내에 돌아와 있었다.

"센 천 및 나가 못의 관개용수 공사는 그대로 계속하라는 분부가 내려져서 토목청 사람들은 바로 돌아간 것 같습니다만."

"그렇습니까. 신경 써주셔서 고맙습니다."

오노 쇼자부로는 본래 이렇게 성품이 다정한 사람이다. 소이치로보다 두 살 어린데, 번교에서 함께 공부한 적이 있어 친하다. 실은 예전에 오빠가 농담처럼 다키에게 말한 적이 있었다.

다키, 쇼자부로와 결혼할 생각 없어? 너만 마음이 있으면 내가 발 벗고 나설 수도 있는데.

오노 가와 가가미 가는 녹봉이 너무 차이 나서 가문의 격이 맞지 않는다. 그렇기에 농담이었다. 그 뒤 다키가 결혼하고 쇼자부로도 아내를 맞이해 지금은 아이도 있다. 부부 사이는 원만한 듯, 오로지 근무에만 충실하던 쇼자부로는 독신 시절보다 약간 살이 붙었다.

쇼자부로가 올 때면 다키는 언제나 밭일을 이스케에게 맡기고 언제 불러도 갈 수 있도록 부엌에서 대기했다. 오늘따라 다소 흥분한 기색인 쇼자부로는 물러나려는 다키를 눈짓으로 붙들어 앉히려 했지만, 가즈에몬이 그런 공사를 구분 못 하는 행동을 싫어하는지라 다키는 못 본 척했다.

마음은 오락가락했다. 지난 이틀 사이에 성내와 성읍이 안정을 되찾기까지의 경위를 듣고 싶은 기분과 미노와 이치노스케라는 비밀의 무게에 오늘은 쇼자부로와 거리를 두고 싶은 기분이 반반이었다. 찾아온 사람이 오빠인 소이치로였어도 똑같이 반반이었을 것이다.

가슴은 무거운데 마음은 안절부절못하고 들떠 있어서 다키는 그런 자신을 다잡을 생각으로 바느질을 시작했다. 헌 유카타를 뜯어 아버지의 복대와 훈도시에 댈 천을 만들기 위해서다.

해가 바뀐 이래로 가즈에몬은 가끔씩 하혈을 하기 시작했다. 빨래하면서 바로 알아차렸지만 먼저 말을 꺼내지 않고 얼마 동안 지켜봤다. 은거를 하게 되면서 아버지는 공무를 볼 때보다 햇볕을 볼 일이 줄어들어 나이에 걸맞게 안색이 칙칙해졌지만, 이렇다 하게 건강이 나쁜 것 같지는 않았기 때문이다.

그런데 지난달 소이치로에게 고대하던 아들이 태어나자, 가즈에 몬은 어깨의 짐을 내려놓은 듯한 표정으로 최근 배가 붓고 조금 아프기도 하다고 다키에게 털어놨다. 의사는 성읍까지 나가야 있는 데다, 가즈에몬도 거기까지는 생각하지 않는 듯 "늙으니 이렇구나" 하고 웬일로 심약한 표정으로 말했다. 다키는 그때부터 가급적 아버지의 몸이 차지 않도록 이것저것 수단을 강구하고 소화가 잘 되는 음식을 상에 올리려고 노력했다. 밤늦게까지 앉아 솜저고리를 짓는 것도 그런 이유에서였다.

그런 노력이 효과가 있었는지 다행히 이달 들어서는 이상이 없었다. 날씨 덕도 있을 것이다. 장마철에 날이 추워지면 또 어떻게 될지 모르니까 미리 주의해야 한다. 어쩌면 아버지는 전부터 건강에 불안을 느꼈기 때문에 은거를 결심한 게 아닐까. 문득 그런 생각이 들 때도 있었다.

쇼자부로는 꼬박 두 시간은 아버지와 이야기하고 나서 서재에서 나왔다. 가기 전에 다키 님도 가끔은 성읍에 오시라고 명랑하게 말했다.

"가가미 공도 손주 얼굴이 보고 싶으실 텐데 억지로 버티시는 것입니다. 다키 님이 조르는 것도 효도입니다."

다키는 미소를 지었다.

"아버지는 비망록을 기록한다는 중대한 역할이 있으시니까요."

"번보가 완성되려면 아직 한참 더 걸릴 것입니다. 하루 이틀을 아끼면서까지 애쓸 필요는 없어요."

"그런 말씀을 하시면 노자키 님께서 꾸중하지 않으시겠어요?"

"다키 님이 가로게 이르지만 않으면 무사하겠죠."

쇼자부로는 익살스레 목소리를 낮추고는 웃는 얼굴로 후일 다시 오겠다는 말을 남기고 떠났다.

가즈에몬이 이곳 나가오 촌에서 은거하기로 한 것은 추억이 많은 그리운 곳이기 때문이다. 촌장과도 친분이 있어서 살 집도 금세 찾았다. 비망록을 쓰는 일은 그 무렵 생각지도 않게 들어온 이야기였다. 번보 편찬을 위한 자료로 비망록을 쓰라는 명을 받은 자는 가즈에몬만이 아니지만, 센 천 제방 조성과 개간의 역사에 관해서는 토목청의 어느 누구보다도 가가미 가즈에몬이 잘 안다고 천거해준 사람은(당사자들은 절대로 시인하지 않겠지만) 오노 부자가 틀림없었다.

성읍에서 여기까지는 들판을 꽤 걸어야 한다. 날씨도 늘 좋은 게 아니다. 그래도 쇼자부로는 꼬박꼬박 찾아와서는 그저 아버지의 비망록만 받아가지 않고, 때로는 함께 오래된 도면을 펴고 때로는 다른 문서와 맞춰보며 가즈에몬의 고독한 작업에 열의를 부여하고 예전 기억을 되살리는 데 조력을 아끼지 않았다.

그렇기에 가즈에몬은 평소 쇼자부로가 왔다 간 뒤에는 한층 기운이 나는 듯 보이건만, 오늘은 정반대였다. 서안을 등지고 쇼자부로와 마주 앉아 있던 때 그대로 멍하니 앉아 있었다.

"아버지."

다키가 부르자 정신이 든 양 눈을 깜박이며 시선을 돌렸다.

아버지는 다키, 하고 불렀다가 잠시 주저했다.

"이토 나리타카는 해임된 그날로 할복했다는구나."

다키는 잠자코 아버지의 얼굴을 쳐다봤다.

"이토 가 사람들은 저항도 하지 않았고 저택에서 도망친 자까지 있다더라."

볼썽사나운 일이라고 가즈에몬은 중얼거렸다.

"그러니 큰 혼란은 없었다만, 이토의 처는 이치노스케의 소재를 밝히지 않은 채 남편이 할복했다는 소식을 듣고 뒤를 따라 자해했다고 한다."

다키의 뇌리에 어린 이치노스케의 동그란 눈과 작은 손가락이 떠올랐다. 그 애는 그새 아버지와 어머니를 모두 잃었나.

"이치노스케는 엔코 사 주지 스님의 주선으로 그대로 절에 있게 됐다."

"다행이에요……" 다키는 가슴에 두 손을 갖다댔다. "아버지가 조처해주신 게 도움이 됐군요."

"아직 모른다. 주지 스님은 이치노스케를 출가시켜 목숨만은 구해주려고 애쓰시는 것 같다만."

가즈에몬은 눈살을 찌푸렸다.

"유모인 미노는 성읍으로 끌려가서 참형당했다는구나. 나리의 뜻을 어기고 도망을 꾀했으니 도리가 없는 일이다. 그런 비장한 표정 지을 것 없다."

다키는 입술을 한 번 꽉 다물었다가 "그건 아버지가 그렇죠"라고 말했다. "게다가 아버지도 저도 이토 가의 유모를 전혀 모르는데요."

다키의 아버지는 순간 아주 쓴 환약을 씹은 것처럼 떨떠름한 표정을 지었다.

"너는 그 영악함 때문에 이가와 가에서 쫓겨난 것이야. 조금은 의기소침해질 줄 알아라."

이혼하고 친정으로 돌아온 뒤로 아버지가 그에 관해 발언한 것은 처음이었다. 다키는 아버지의 말에 상처를 입기보다 놀랐다. 아버지는 다키가 생각하는 것보다, 그리고 방금 전까지 친밀하게 이야기를 나누었던 오노 쇼자부로도 못 알아차렸을 만큼 마음속 깊은 곳에서 동요한 게 아닐까.

"아버지, 진정하세요."

아버지도 자신의 입에서 나온 말과 다키의 반응 둘 다에 놀란 듯 표정이 굳었다. 그러고는 천천히 한숨을 내뱉었다.

"물 한 잔 주겠느냐."

"네, 바로 가져다드릴게요."

즉시 부엌에서 물을 가져오자 쟁반에서 찻종을 집는 가즈에몬의 손이 떨렸다. 다키는 아버지가 물을 한 모금씩 씹듯이 마시는 것을 지켜봤다.

이윽고 가즈에몬은 두 손을 무릎 위에 도로 놓고는 눈을 내리깔고 말했다.

"설마 우리 번에서 이런 변사가 일어날 줄은 꿈에도 몰랐구나."

"나리…… 아니, 6대 나리의 병환이 많이 위중하신 걸까요. 지금까지 그런 소문은 전혀 들어보지 못했으니까 급환이신가 봐요."

기타미 시게오키는 작년 8월에 참근 교대로 에도로 출부했다가 올 2월 말에 돌아왔다. 전부 예정대로였다. 무엇보다도 번주의 와병이라는 중대사가 있었다면 쇼자부로가 가르쳐주었을 것이다.

딸의 물음에 가즈에몬은 고개를 들었다.

"다키, 나는 **변사**라고 했다."

"앗, 네."

"오노 님은 정변이라고 하셨다."

다키는 빈 찻종을 얹은 쟁반을 든 채 눈을 크게 떴다.

"이번 일은 가로들과 일문의 결단에 다른 시게오키 님의 연금이다."

주군의 연금. 가신이 강제로 주군을 은거시키는 것이다. 주된 이유는 주군의 바람직하지 못한 행동이나 폭정이다.

"병환은 대외적인 이유일 테지."

다키는 쟁반을 옆에 내려놓고 무릎걸음으로 아버지에게 다가앉았다.

"그럼 실제로는 무슨 일일까요. 6대 나리께서 정무뿐 아니라 일문까지 소홀히 하시고 가로의 충언에도 귀를 기울이지 않으셨기 때문에……."

무심코 흥분해서 말했다가 흠칫해서 입을 다물었다.

가즈에몬의 눈빛에 어렴풋이 쓴웃음이 어렸다.

"어디서 그런 말을 들었느냐. 이가와 가냐?"

사실이었다. 삼 년 채 못 되는 결혼 생활중 남편에게 들은 말의 태반은 그런 비판이나 그것을 보다 잡다하게 표현한 푸념이었다. 다키는 그때 들은 말이 아직까지 머릿속에 남아 있었나 싶어 스스로도 놀랐다.

"어디서라고는 말씀드릴 수 없지만 오노 님은 아니세요."

"걱정할 것 없다. 쇼자부로는 입이 가볍지 않으니까."

가즈에몬은 아들의 연하 동배를 부르는 투로 말했다.

"오노 님께서도 결코 발설하지 말라고 단단히 이르셨다더구나. 오쿠유히쓰라는 직무상 좋든 싫든 눈과 귀에 들어오는 일이 있어. 보지 않은 척 듣지 않은 척하기도 쉽지 않았을 테지. 쇼자부로가 개운한 표정인 것도 무리가 아니다."

가즈에몬은 또다시 떨리는 듯한 한숨을 내쉬었다. 그것으로 조금은 침착함을 되찾은 듯 보였다.

"주군의 연금은 가문의 안녕을 위해 취하는 비상수단이다만, 다른 번의 전례도 있어. 역신이 꾸민 모반과는 전혀 다른 것이야. 이번 일에 관해서도 막부의 내재(內裁)를 얻어 만반의 준비를 갖춰놓고 결행한 모양이더라."

아버지는 "가로는 용의주도하거든"이라며 말을 이었다.

"나오마사 님은 시게오키 님의 사촌이시다만 나이는 여덟 살이나 위다. 아케노 영(領)에서는 영명하고 자비심 많은 영주로 영민들의 존경을 받고 있지."

아케노 영은 기타미 번 남쪽에 따로 떨어져 위치한 곳이다. 국경이 복잡하게 얽힌 탓에 다른 번의 영지를 사이에 끼고 있기는 하지만, 하루면 오갈 수 있는 곳이고 수확량은 삼천 석, 대대로 기타미가 일문이 다스려왔다.

"실제로 오 년 전 곤보 후(今望候)께서 급서하셨을 때 6대 번주로 시게오키 님이 아니라 나오마사 님을 미는 의견도 있었어. 하지만 나오마사 님께서 시게오키 님은 명군의 자제이신데 젊다는 이유만으로 적자 상속의 관습을 깨는 것은 용납될 수 없다고 고사하셨지. 그래서 실현되지 않았다."

곤보 후는 시게오키의 아버지인 5대 번주 나리오키의 시호(諡號)다. 내세의 영광보다 현세의 중생의 안녕을 바라며 힘쓴다는, 위정자의 바람직한 모습을 칭송하는 옛 한시가 유래다. 사후에 그 구절을 인용해 칭송할 만큼 나리오키는 나오마사의 말대로 명군이었다. 가신들은 지금도 종종 친근감을 담아 '큰나리'라고 부르며 추모하고 있다.

"그렇게 사리사욕이 없고 도리를 중시하시는 나오마사 님의 인품은 곤보 후를 많이 닮으셨지."

그렇기에 나오마사가 6대 번주가 되기를 바라는 자들도 있었던 것이다.

"형태가 어떻든 정변은 일어나지 않는 게 제일이다. 하지만 일어난 이상은 최대한 빨리 공연한 풍파를 일으키지 않고 수습하는 게 중요해. 나오마사 님을 앞세워 한 일이라면 어쨌거나 어디서도 흠을 잡을 수 없을 테지."

소박한 의문이 무심코 다키의 입 밖으로 새어나왔다.

"하지만 6대 나리의 어떤 점이 그렇게 문제였기에 그런 나오마사 님까지 납득하셨을까요?"

그 즉시 가즈에몬이 또다시 씁쓸한 표정을 지어 다키는 서둘러 말을 이었다.

"물론 출생이 비천한 이토 님을 중용해 가신들 간의 질서를 어지럽히신 게 좋지 않았겠지요. 하지만 그 밖에 또 있나요? 6대 나리는 곤보 후의 시책을 뒤엎거나 없애는 일은 일절 하지 않으셨어요. 그건 아버지도 잘 아시잖아요."

가즈에몬이 몸 바쳐온 일련의 공사는 나리오키가 부국을 위해 시작한 시책 중 하나였다. 시게오키는 그것을 확실하게 이어받았다. 뿐만 아니라 확대했다. 다키의 오빠 소이치로가 부지런히 힘쓰고 있는 센 천 및 나가 못 관개용수 공사는 시게오키가 번주가 되고 나서 시작됐다.

"연공이 터무니없이 오른 적도, 부조리한 금령이 내려진 적도 없고요."

가즈에몬은 고개를 끄덕였다.

"그건 그렇지."

그렇다면 영내에서는 문제가 없었어도, 에도에 출부했을 때 대대로 도쿠가와 가문을 섬겨온 후다이 다이묘의 한 사람으로서 행동에 무슨 실수가 있었던 걸까. 막부에서 이번 연금을 승인했다고 하면 그런 가능성이 떠오른다. 하지만 다키는 그것도 의심스러웠다.

다키의 남편이었던 이가와 사다스케는 예전에 시게오키의 에도 출부에 동행한 적이 있었다. 뭔가 실수가 있었다면 분명히 이야기했을 것이다. 그런 종류의 일이 있으면 사소한 일이라도 가만히 있을 수 없는 성격이었다.

실제로 사다스케는 다키에게 이런 푸념을 한 적이 있었다.

큰나리는 쓰나요시 공께 잘 보여서 소바슈(側衆)*로 계셨건만, 시게오키 님은 특별한 재기가 있는 분이 아니니 말이지. 이대로 관직을 얻지 못한 채 국화 방에 오도카니 앉아 계실 테지.

에도 성의 국화 방은 삼만 석 미만의 후다이 다이묘에게 주어지는 방이다. 여기서 선택되어 쓰메슈나미(詰衆並), 쓰메슈가 돼서 기러기 방으로 옮기는 게 요직으로 이어지는 돌파구인데, 사다스케는 시게오키에게는 그만한 재능이 없다고 투덜댄 것이었다.

5대 쇼군 쓰나요시는 작년 1월에 세상을 떠나고 5월에 6대 이에노부가 쇼군 선하(宣下)를 받았다. 말하자면 젊은 후다이 번주 기타미 시게오키는 천하가 크게 변동한 시기에 있었던 것이다. 국화 방에 오도카니 앉아 있는 것은 그 고비를 무사히 넘겼다는 뜻이라고 오히려 기뻐해야 하는 게 아닐까. 다키의 생각은 그랬지만 사다스케는 그런 식으로 생각하는 사람이 아니었다.

"하여간 너도 참 말이 많구나."

다키에게 그런 이야기를 듣고 가즈에몬은 한숨을 쉬며 말했다.

---

* 에도시대 쇼군의 측근으로 야간 당번을 서던 관직

"번주가 일시적인 기분으로 편애를 일삼아 가신들 간의 질서를 어지럽히는 것만 해도 충분한 실정이다."

훈계하는 어조로 그렇게 말했지만 표정을 보면 다키의 의문이 정곡을 찔렀음을 알 수 있었다.

"아버지, 오노 님께서 뭐라고 말씀하셨는지요?"

오쿠유히쓰인 오노 부자가 입을 굳게 다물고 발설을 삼간 일이 대체 무엇인가.

가즈에몬은 나지막이 신음하듯 말했다.

"시게오키 님께 실성 기미가 있다 하더라."

여기에는 다키도 말문이 막혔다.

"그런 의미에서는 병환으로 인한 은거라는 말도 순전히 거짓은 아니라고 할 수 있을 테지."

가즈에몬은 더없이 유감스러운 일이라고 덧붙였다.

"그렇기에 막부에서도 신속하게 승인했겠지. 로주(老中)*께서 온정을 베풀어 자세한 사정을 밝히지 않고 후다이 기타미 가의 체면을 지켜주신 것은 곤보 후의 유덕(遺德)이겠다만, 어쨌거나 감사한 일이야."

"그렇지만 실성이라니 대체 어떤······."

"그런 세세한 것까지는 캐묻지 않았다. 너도 이 이상 묻지 마라. 이이야기는 여기서 끝내자."

---

* 에도 막부에서 쇼군에게 직속된 최고 관직

가즈에몬은 지친 듯 눈을 감았다.

"피곤하구나. 잠깐 누워야겠다."

해가 지기도 전에 아버지가 그런 말을 한 것은 처음이었다. 다키는 허둥지둥 일어섰다.

결국 가즈에몬은 그 뒤 며칠 동안 몸져누웠다.

다키가 불안해하는 발단이 된 하혈은 없었지만 고열과 오한이 났고 음식물은 미음밖에 먹지 못했다. 식은땀에 젖은 아버지의 잠옷을 빨며 다키는 촌장에게 부탁해 성읍의 오빠에게 사람을 보낼까 여러 번 생각했다. 그러나 당사자인 가즈에몬이 마치 그런 생각을 읽은 것처럼 목소리를 쥐어짜 "소이치로에게는 알리지 마라. 감기야. 호들갑 떨 일이 아니다"라고 말하는 바람에 그만두었다.

열이 내려간 뒤로도 자리를 걷지 못하고 일어났다 누웠다 하는 생활이 며칠 더 이어졌다. 그사이 나가오 촌에서는 모내기가 시작됐다. 마을 사람들의 모내기 노래가 떠들썩하게 들려오면 타지 사람인 다키도 가슴이 설렜다. 모내기하는 처녀들이 거침없이 손발을 움직여 일하는 모습을 보면 자신도 처녀 시절로 돌아간 것처럼 기분이 들떴다.

가즈에몬도 마찬가지였던 모양이다. "오오, 모내기를 하는군"이라며 솜저고리를 껴입고 툇마루에 나와 앉을 수 있게 됐다. 혈색을 되찾은 얼굴에 다키는 비로소 안심했다.

그 무렵 오노 쇼자부로가 다시 은거소로 찾아왔다. 이번에도 여느 때처럼 비망록 때문에 온 것인데, 가즈에몬은 마침 낮잠을 자는 중이었다.

다키가 사정을 설명하자 쇼자부로는 몹시 놀라며 위로해주었다.

"직무에 관해서는 나중에 다시 와도 됩니다. 다키 님, 가가미 공을 성읍으로 모시고 가서 의사에게 진단을 받아보시면 어떻겠습니까? 소이치로 공을 번거롭게 할 것도 없죠. 필요한 준비는 제가 하겠습니다."

다키는 그의 배려에 깊은 감사를 표한 뒤 정중하게 거절했다.

"그렇게 해주시면 저도 아주 마음이 든든하겠지만 아버지가 말씀을 전혀 들어주지 않으세요. 제가 부탁드려도 상관하지 말라고 역정만 내시네요."

쇼자부로가 목소리를 낮춰 웃었다.

"가가미 공도 고집통이시군요."

"네. 하지만 다행히 이번에는 감기 같아요. 며칠 전부터는 진지도 드시고, 이스케가 달걀을 가져다준 덕에 달걀죽을 드시고 꽤 기운을 차리신 모양이에요."

"하인이 제법 재치가 있군요."

칭찬을 받은 장본인은 모내기를 거들러 가고 없다.

가즈에몬은 자고 있었다. 다키는 내내 가슴을 짓누르던 근심을 일부분만이라도 쇼자부로에게 털어놓는다면 기회는 지금뿐이라고 생각했다.

이토 나리타카는 왜 적자 이치노스케의 목숨을 가가미 가즈에몬에게 맡기려고 했나. 어째서 일개 전직 토목청 감독에 불과한 아버지에게 도움을 청했나.

가즈에몬은 입을 열려 하지 않지만 혹시 그 권력자, 실제로는 쉽사리 우그러뜨려지는 종이호랑이에 불과했지만 한때는 분명히 기타미 번에 군림했던 향사와 깊은 관계가 있었던 게 아닌가. 그렇기에 이토는 가즈에몬에게 도움을 청했고, 가즈에몬 또한 일련의 사태에 기력을 잃고 몸져누울 만큼 강한 충격을 받은 게 아닌가. 다키는 그런 의혹을 씻지 못하고 있었다.

다만 이 이야기를 어떻게 꺼내면 좋을지 알 수 없었다. 쇼자부로도 아무것도 모를 수 있는 데다, 알았을 때의 반응도 가늠이 되지 않았다.

쇼자부로는 가즈에몬을 깨우면 안 되고 여기가 바람이 불어 더 기분 좋다며 마루로 올라서는 곳에 걸터앉아 느긋한 표정을 짓고 있었다.

"모내기 노래는 좋군요."

다키는 차를 준비하며 어떤 식으로 이야기를 꺼낼지 궁리했다.

"나오마사 님께서는 이제 곧 에도로 올라가시겠어요."

"그렇죠. 먼저 쇼군 가문에 새 번주로 인사를 드려야 하니까요. 정실 마님과 자제분들도 에도 번저로 거처를 옮기셔야 하고 말이죠."

막부의 시책으로 다이묘의 처자식은 에도에서 살아야 한다. 그렇기 때문에 정실의 자식들은 모두 에도에서 나서 자라는 것이다. 6대 시게오키도 새 번주가 되면서 처음으로 영지를 찾아 기타미 땅을 밟왔다.

뜻밖의 정변으로 번주가 된 나오마사의 처자는 그와는 반대로 이제부터 에도로 올라가야 한다. 당황할 일도 많을 것이다. 다키 같은 신분의 여자가 심정을 헤아리는 것은 당치도 않지만, 고향 산천에 익숙한 아이들은 에도 거리를 어떻게 생각할까. 천하에서 으뜸가게 활기 넘치는 아름다운 에도에서 살다 보면 기타미나 아케노의 꽃 피는 봄, 무더운 여름, 시원한 가을, 살을 에는 북풍이 부는 겨울을 눈 깜짝할 새에 잊어버릴까. 아니면 두고두고 그리워할까.

거꾸로 말하자면 그것은 시게오키도 마찬가지다. 에도에서 나고 자라 이만 석 영지와 영민을 다스리는 군주가 되어 비로소 조상들의 땅을 찾은 시게오키는 기타미를 어떻게 생각했을까. 흙내 나는 바람과 야취는 넘쳐도 운치는 없는 풍경, 한번 거칠어지면 영민을 두려움에 떨게 하는 나쁜 기후를 신기하다고 기뻐했을까. 아니면 환멸을 느꼈을까.

"저 같은 사람이 감히 참견할 일은 아니지만 아버지께 잠깐 말씀을 들었어요."

다키의 말투와 표정만 보고 짐작했는지 쇼자부로는 엄숙하게 고개를 끄덕였다.

"시게오키 님의 실성은 정말이지 더없이 유감스럽고 불행한 일입니다."

쇼자부로는 적당한 말을 고르듯 잠시 뜸을 들였다가 말했다.

"우리 오쿠유히쓰는 시동이나 요닌만큼 가까이에서 나리를 모시는 입장은 아닙니다. 하물며 나리가 이토 나리타카를 중용하시게 된 뒤로는 매사에 그자를 통해 분부를 내리셨으니 말이죠. 그래도 성내 집무실에서 몇 가지 이상한 점이 있었습니다. 가령……."

나리는 건망증을 보이셨다고 했다.

"분부대로 서한이나 문서를 준비하면 그에 관해 전혀 기억을 못 하시면서 불필요한 일에 시간을 썼다고 꾸중하시는 것입니다."

꾸중 자체는 논리적이다 보니 곁에서 모시는 이들은 불가해한 기분이 들었다.

"뭐, 꾸중은 이토 나리타카를 통해 하시는데, 이게 또 얼마나 거만하고 아니꼬운지 아버지는 그 신참이 밉다며 노발대발하셨죠."

쇼자부로는 쓴웃음을 지었다.

"나리는…… 아니, 이제 6대 나리라 해야겠군요. 6대 나리는 결코 사리 분별을 못 하는 분이 아닙니다. 곤보 후의 치정을 확실하게 이어받아 더 큰 부국을 이루기 위한 수단도 이것저것 시도하셨습니다. 다만 기분이 상당히 불안정하셨거든요. 바로 며칠 전에 분부를 내리신 사안에 대해 말씀을 자꾸 바꾸시는 일도 드물지 않았죠. 그렇기 때문에 과도한 건망증도 실은 잊어버리신 게 아니라 생각이 바뀌신 게 아닐까, 우리는 그렇게 짐작하고 있었습니다."

다키는 조용히 고개를 끄덕였다. 밖에서는 여전히 바람에 실려 경쾌한 피리 소리와 명랑한 모내기 노래 소리가 들려왔다.

"6대 나리께서 그렇게 마음이 어지러우시고 늘 편치 않으신 것은 여기 기타미의 풍토와 이곳에서 자란 인심이 그리 마음에 맞지 않으셨기 때문이 아닌가 생각하는 자들도 있었습니다."

쇼자부로도 다키가 언뜻 생각했던 것과 같은 말을 했다.

"6대 나리께서 처음 기타미로 오셨을 때 다키 님은……."

"저도 성읍에 있었어요. 이가와 가의 며느리였으니까요."

쇼자부로는 흰 이를 보이며 웃었다. "그렇죠, 혼례 의상을 입은 다키 님은 그야말로 천녀 같더군요. 당시 이가와 공을 질투하며 이를 가는 소리가 교분칸에서나 슈게쓰칸에서나 얼마나 요란했는지 모릅니다."

교분칸은 기타미 번의 번교, 슈게쓰칸은 중신이나 상급 무사의 자제가 다니는 검술과 창술 도장이다.

"과분한 말씀 고맙습니다. 저는 정말 모자란 아내였어요."

"아닙니다, 인연이란 것은 사람의 지혜로는 어떻게 안 되는 것이죠. 이혼은 다키 님 잘못이 아닙니다."

쇼자부로 자신이 인연이 닿아 금슬 좋은 처를 얻었기에 어조에 그만큼 진심이 담겼을 것이다. 조금 쓸쓸해진 다키는 그런 자신의 마음씨를 부끄럽게 여겼다.

"죄송합니다. 이런 이야기를 꺼낸 것은 6대 나리의 늠름하신 모습을 뵈었을 때 제가 순간적으로 혼례 의상 차림의 다키 님을 떠올렸기 때문입니다."

아름답더라고 했다.

"이 세상 사람이 아니지 않을까 싶을 만큼 아름다운 모습이었죠. 우리 젊은 주군은 이렇게 아름다운 분이었나 해서 깊은 감동을 받았습니다."

하지만……. 쇼자부로는 눈을 내리깔았다.

"아름다운 것은 왕왕 섬세하게 마련입니다. 6대 나리의 마음은 아름다운 모습에 걸맞게 쉽게 부서지는 것이었을 테죠. 여기 기타미처럼 사철의 기후 변화가 심한 땅에 뿌리를 내려 줄기를 살찌우고 가지를 뻗어 그 아래 가신과 영민을 모아 지키는 중책을 견뎌낼 만큼 강하지 못하셨을 테죠."

그렇게 말하고는 아버지가 하신 말씀이라며 고개를 움츠렸다.

"그렇지만 나오마사 님은 기타미에서 태어나 아케노를 다스리시면서 이곳 땅에 대해 낱낱이 알고 애착을 가지고 계신 분입니다. 봄철의 돌풍, 여름철의 땡볕, 가을철의 장마와 센 천의 범람, 겨울철의 찬바람과 번개에도 태연하게 대처하실 수 있죠. 그러니 다키 님, 우리 번은 끄떡없습니다. 아무 걱정 하실 필요 없습니다."

쇼자부로의 자상한 말에 다키도 미소를 지었다. 웃은 것이 기뻤는지 그는 갑자기 장난기를 담아 짐짓 엄숙한 표정을 지었다.

"안심하신 이상, 저 오노 쇼자부로가 다키 님에게 이런 것을 폭로했다는 사실은 비밀입니다. 일문의 나오마사 님이시라면 걸핏하면 곤보 후의 유덕을 들먹이고 기타미 가의 역사이니 가격(家格)이니 주군 가문의 체면이니 잔소리를 늘어놓는 가로들을 능숙하게 다루실 것이라고 오노가 익살을 떨었다는 것도 절대로 발설하시면 안 됩니다."

그렇군. 사정에 밝은 오쿠유히쓰들 사이에서는 그런 평이 오가고 있나.

"네, 약속드릴게요."

다키는 얼굴에 웃음을 띤 채 고개를 끄덕이고는 차를 새로 준비하기 위해 스르르 일어섰다.

"저, 이토 가는 그 뒤 어떻게 됐는지요?"

"성 남쪽 일등지의 저택은 이미 빈집이 됐습니다. 재무청 수석 부교이신 다나카 님께서 그리로 옮기신다는 것 같더군요."

"이토 님의 부인은 자해하셨다고 들었는데 자제분은 계셨나요?"

"적자가 있습니다." 쇼자부로는 그렇게 말하고는 입을 씰그러뜨렸다. "한때는 행방을 알 수 없었다고 합니다만, 지금은 와키사카 님께서 신병을 맡아 친족분이 주지로 계시는 절에서 지내는 모양입니다."

이치노스케는 살아있는 것이다. 다키는 안도한 나머지 무릎이 조금 휘청거렸다.

다행이야. 미노 님의 충성심은 헛것이 아니었어.

"엔코 사라고 여기서 그리 멀지 않은 곳에 있는 절입니다만, 다키님도 아시지 않습니까?"

다키는 시치미 뗐다.

"글쎄요…… 이스케라면 알지도 모르겠네요. 그나저나 가신분들 사이에 이토 님의 자제분에 대한 소문까지 도나요?"

"이토의 자식이라 생각하면 밉살스럽고, 고아라 생각하면 가엾기도 하고 그렇죠. 다들 심경이 복잡합니다" 쇼자부로는 쓴웃음을 지었다. "저는 이대로 부처님께 귀의해주면 제일 좋겠다 싶군요."

다키의 생각도 같았다. 아무것도 모르는 아이에게는 죄가 없다. 다키는 미노를 위해서도 속으로 가만히 합장했다.

"일시적으로라도 이토 님…… 이토 나리타카의 권세를 따른 가신 분들에게도 무거운 처분이 내려지겠네요."

"물론 호가호위의 정도에 따라 각각 근신, 면직, 감봉 등의 처분을 받을 테죠. 우두머리인 이토가 할복해서 죽은 이상 그에 가담했던 자는 숙연히 처분을 따르는 수밖에 없습니다."

그러더니 "맞다"라며 눈살을 찌푸렸다.

"이토의 장인은 고난도*로 있었습니다만, 녹봉 몰수와 영외 추방의 처벌을 받고 할복했다더군요."

벼락출세한 수석 요닌에게 잘 보이려고 딸을 바친 결과, 딸은 자해하고 자신도 목숨을 잃은 데다 대가 끊겼다.

새로 준비한 차로 목을 축인 쇼자부로는 다키의 기운을 북돋워주는 듯한 어조로 말을 이었다.

"그렇지만 성내도 성읍도 벌써 잠잠해졌습니다. 다키 님도 성읍에 사셨다면 나날이 그곳에 부는 새로운 바람을 느끼실 것입니다. 바로 이 모내기 노래처럼 활기 있는 바람입니다."

기타미 번에 생긴 벼락출세한 수석 요닌이라는 종기를 제거하기 위해서 한 번은 피를 흘려야 했다. 하지만 피비린내 나는 소동은 신

---

* 에도시대 주군의 곁에서 일상적인 잠무를 처리하던 관직

속하게 끝났다. 기타미 번은 이제 새 번주의 치정하에 있다.

다키의 마음은 술렁였다. 나도 이제 공연한 고민을 하지 않는 게 나을까. 미노의 우는 얼굴을 잊고, 이치노스케의 동그란 눈을 잊고.

짚이는 데는 없구나.

그렇게 엄숙하게 잘라 말한 아버지의 말을 믿으며.

쇼자부로가 말을 이었다.

"연금이라고 하면 무섭게 들립니다만, 6대 나리는 성내에서 고코인(五香苑)으로 거처를 옮기셔서 의사의 수발을 받으며 조용히 요양하고 계시거든요. 그쪽에도 흉흉한 일은 전혀 없습니다."

고코인은 영내 북부에 있는 번주의 별저다. 산속 작은 호수 부근에 위치하며, 정원에는 사시사철 다섯 종류의 꽃들과 과일이 향기롭게 피고 열린다고 한다.

"정실 마님께서는……."

"에도에서 비후쿠인 님의 암자에 계신다 하더군요."

비후쿠인은 곤보 후의 정실이자 시게오키의 어머니다.

"하지만 앞으로는 어떻게 될지 모르죠. 사정이 사정이니만큼 언젠가 병환이 낫는다 해도 6대 나리께서 복귀하실 것 같지는 않으니까요. 정실 마님께서는 친가로 돌아가시지 않겠느냐고 보는 의견이 대부분입니다."

시게오키의 정실은 기타미 번과 격이 비슷한 서국(西國) 후다이 다이묘의 딸이다. 시게오키가 번주가 되고 나서 서둘러 마련한 혼담으로 시집왔는데, 당시 열여덟아홉 살이었을 것이다.

여기에도 맺어진 줄 알았던 인연에 배신당한 여자가 있었다. 아니, 실성했다는 남편에게서 풀려났으니 서국의 귀녀는 오히려 그편이 행복할까.

사람의 인연과 운. 맺어졌다가 끊어지고, 열렸는가 하면 닫힌다. 원하는 대로 되지 않고 원치 않는 방향으로만 흘러가는 것 같다.

그런 생각을 하자 다키의 입은 봇물 터지듯 터졌다.

"오노 님, 이상한 것을 여쭙는 여자라고 생각하시겠지만 하나 여쭤볼게요."

다키의 절박한 목소리 때문인지 쇼자부로는 찻종을 든 채 눈을 살짝 크게 떴다.

"아버지가…… 아니면 오라버니가 혹시 이토 나리타카와 무슨 관계가 있었을 수 있을까요? 오노 님이 아시기에 그런 기회가 있었을까요?"

쇼자부로는 잠시 어리벙벙한 표정을 지었다. 마침 모내기 노래가 그쳐 주위가 고요했기 때문에 침묵 속에 들리는 것은 억누를 길 없는 다키의 불안에 찬 숨소리뿐이었다.

"무, 무슨 말씀인가 했더니만."

그는 찻종을 쟁반에 내려놓고 고쳐 앉았다.

"대체 무엇을 염려하시는 것입니까? 무슨 근거로……."

"이유는 말씀드릴 수 없어요." 다키는 재빨리 말을 가로막았다. "말씀드릴 수 없으니까 부디 묻지 말아주세요. 원래는 더 에둘러서 여쭤보려고 했는데 저도 마음이 불안해서 그만."

목이 멘 다키는 가슴에 한 손을 얹었다.

쇼자부로는 작은 동물처럼 귀여운 검은 눈을 데굴 굴리고 나서 말했다.

"생각도 할 수 없는 일이군요. 저는 짚이는 바도 없고 말이죠. 그런 기회가 있었을 것 같지도 않습니다."

다키는 저도 모르게 긴장이 풀린 듯한 소리를 내고 말았다.

"성내에서, 그것도 나리를 곁에서 모시는 수석 요닌과 영내 각지에서 근무하는 토목청 감독은 물새와 두더쥐만큼이나 거리가 있죠."

또 장난스레 말하면서도 쇼자부로는 진지하게 생각해주었다.

"물론 가가미 공은 6대 나리께서 기타미로 오셨을 때 성내에서 존안을 뵈었습니다만, 그때는 이토가 아직 수석 요닌으로 등용되기 전이었거든요. 그러니 그곳에서 만날 기회는 없었습니다."

재차 확인하듯 손가락을 쳐들며 말했다.

"그자가 나리를 곁에서 모시게 된 것은 그해 시모쓰키(11월), 아니 나가쓰키(9월) 말이었던가요. 6대 나리께서 들놀이를 나가셨을 때 고코인에서 가까운 가타노 촌이라는 곳에서, 뭐에 놀랐는지 타고 계신 말이 갑자기 흥분해서 6대 나리를 태운 채 달려나가는 사고가 있었지 뭡니까."

그때 수행하는 가신들이 순간적으로 행동하지 못하는 사이에, 들판을 차고 머리를 흔들며 폭주하는 시게오키의 말을 쫓아 말을 달려서는 옮겨 타 위기에서 구해낸 사람이 가타노 촌에 사는 젊은 향사, 훗날의 이토 나리타카였다고 했다.

"용감한 행동에 대단히 감탄하신 6대 나리께서 그 자리에서 바로 그자를 기용하신 것입니다."

그때 이토에게 주어진 신분은 하급(견습) 우마마와리였으나, 성내와 번주의 신변을 경비하는 직무상 그 뒤로도 몇 차례 들놀이를 수행하는 사이에 더욱 눈에 들어 시게오키가 요닌 중 한 사람으로 앉히고 늘 곁에 두게 됐다고 한다.

"가가미 공은 그런 사정도 낱낱이 알지는 못하지 않으셨을까 싶군요. 당시 센 천 및 나가 못 관개용수 공사의 토양 조사와 측량을 위해 줄곧 그쪽에 나가 계셨을 테니까요."

비망록에 그렇게 기록돼 있었다고 했다.

"제 기억으로는 토양 조사가 끝나고 나서 가가미 공께서 소이치로 공에게 가독 자리를 물려주셨습니다. 그리고 소이치로 공이 가가미 가의 새 호주로서 6대 나리를 알현했을 때는 이토도 수석 요닌으로 출세해서 6대 나리를 대신해 정무를 보기 시작했던 것 같습니다만, 글쎄요."

젊고 신분이 낮은, 일개 토목청 감독에 불과한 소이치로가 그런 수석 요닌과 엮이는 게 가능했을까.

"공사에 관해 의논을 하건 예산과 관련해 담판을 짓건 수석 요닌을 직접 상대하는 것은 토목청 상급자의 직무입니다. 소이치로 공은 이토와 말도 나눈 적이 없을 겁니다."

쇼자부로는 기억이 난 것처럼 언짢은 표정을 지었다.

"그러고 보니 그자는 자신은 나리의 대리이니 성내에서 요리아이

(寄合)* 이하의 가신은 직답을 허용하지 않겠다고 지껄여서 와키사카 님과 노자키 님이 격노하신 적이 있군요."

그런 인물입니다, 라며 또다시 조그만 검은 눈을 데굴 굴렸다.

"가가미 공이나 소이치로 공이나 그자와 엮일 기회는 없습니다. 백 보 양보해서 엄청난 우연으로 그런 기회가 있었다 해도, 이토는 두 분이 가장 싫어하는 부류의 인물이었습니다. 자진해서 친분을 쌓았을 것 같지는 않은데요. 다키 님 생각도 그렇지 않습니까?"

다키는 가슴에 얹었던 손을 무릎에 털썩 내렸다.

"……네."

또다시 긴장이 풀린 듯한 목소리가 나왔다. 그게 우스웠는지 쇼자부로가 웃었다.

"그러면 이제 안심하셨습니까?"

다키는 자세를 바로 하고 바닥에 손가락을 짚으며 절했다.

"네, 감사합니다."

그것으로 이야기가 끝났다.

뜻하지 않게 오래 있었다며 허둥지둥 떠날 채비를 한 쇼자부로를 다키는 산울타리 바깥까지 배웅 나갔다. 은거소에서 내다보이는 논밭은 모내기하는 이들이 줄을 이루고 있었다.

일을 끝낸 이스케가 논두렁길 저편에서 다가왔다. 이스케가 쇼자부로를 발견하고 굽은 허리를 더욱 깊이 꺾어 절하자, 함께 있던 마

---

* 에도시대 녹봉 삼천 석 이상 일만 석 이하의 직책이 없는 무사

을 사람들도 그를 따랐다. 쇼자부로는 삿갓 챙에 손을 대어 답례하고, 다키도 머리를 숙여 인사했다.

"저도 마을 사람들 틈에 섞여 모내기를 배울까 생각중이에요." 전부터 생각했던 일이 불현듯 입 밖으로 나왔다. "모내기 노래도 배우면 얼마나 즐겁겠어요."

쇼자부로는 미소를 지었다.

"다키 님이 바라는 대로 하시면 될 것 같습니다만, 이 기회에 저도 한 말씀 드릴까요."

그러고는 재혼을 생각해보라고 말했다.

"아버님을 돌봐드리는 일에 전념하시는 것은 모든 이에게 귀감이 될 효행입니다. 하지만 다키 님에게는 다키 님의 인생이 있습니다. 어쩌다 떫은 감이 걸렸다고 세상 모든 감나무에 떫은 감만 열린다고 관심을 끊는 것은 아까운 일입니다."

다키는 "어머나" 하고 웃음을 터뜨렸다. "제 전남편은 떫은 감인가요?"

"큼직한 떫은 감이었을 테죠. 껍질은 달았을지 모릅니다만."

쇼자부로는 유쾌하게 한바탕 웃고는 떠났다.

3

나가오 촌의 모내기가 끝나자 기다렸다는 듯 비가 오기 시작했다.

장마철이 시작된 것이다.

가즈에몬은 비망록 작업을 다시 시작했고, 다키도 예전의 일상을 되찾았다.

오빠인 소이치로에게서 서한이 온 것은 6월 중순이었다. 8월에 드디어 새 번주 기타미 나오마사가 에도로 출부하는데, 자신도 수행하게 됐다고 했다.

"직책이 바뀐 것은 아니다. 한 번은 행렬에 참여해 에도 번저가 어떤 곳인지 정도는 알아두는 게 가신의 책무라고 윗분이신 가와노 님께서 분부하셨다는구나."

가즈에몬이 서한을 읽고 가르쳐주었다.

"번저에 오래 있을까요?"

"아니다, 그쪽도 소이치로 같은 투박한 놈에게 에도 구경을 시켜줄 여유는 없을 테지."

에도는 워낙 모든 물가가 비싸기 때문에 에도 번저의 살림을 꾸리기가 쉽지 않다는 것 정도는 다키도 알고 있었다.

"나리의 이번 출부만으로도 지출이 늘어. 올해는 풍년이면 좋겠다만."

가즈에몬은 그렇게 말하고는 툇마루에서 바깥 풍경을 둘러봤다. 날은 흐렸지만 비는 오지 않았고 구름 사이로 이따금 햇빛이 내비쳤다.

"오라버니가 투박한 것은 아버지를 닮아서예요. 그나저나 머릿속에 토목 공사 생각밖에 없으신 아버지도 돈 문제를 걱정하시는군요."

"무슨 말이냐."

가즈에몬은 약간 진심으로 울컥한 듯했다.

"다른 어떤 것에보다도 공사에 돈이 든다. 도면 한 장을 그려도 번의 재정을 잘 알아야 하는 법이야."

"제가 경솔했어요. 사과드릴게요."

늙은 아버지를 놀리면 안 된다.

"기특하구나. 어디, 가끔은 산책이라도 가볼까."

가즈에몬이 기분을 풀고 일어섰다. 웬일로 다키에게도 같이 가자고 했다.

이스케에게 집을 봐달라 하고 둘이 밖으로 나왔다.

가즈에몬이 혹시 엔코 사로 가지 않을까 했는데 아니었다. 아버지는 나가오 촌이 있는 동쪽으로 걸음을 뗐다.

가즈에몬이 앞에 서고 다키는 아버지의 팔꿈치 뒤에 붙어 둘이 천천히 걸었다. 논두렁길 좌우로 심은 콩은 깍지가 여물기 시작했다.

얼마 동안 말없이 산책을 즐겼다. 여기저기서 허수아비가 익살스러운 얼굴에 바람을 맞고 있었다.

"비망록은 팔 할가량 썼다."

가즈에몬이 온화한 어조로 입을 열었다.

"이 밭을 추수할 무렵에는 완성되겠지."

가을이 되면 가즈에몬의 일은 끝난다는 뜻이다.

"고생 많으세요."

"그래." 가즈에몬은 또 잠시 침묵하더니 말했다. "기회를 봐서 너도 성읍에 다녀와라. 다 같이 사에의 묘에도 다녀오고."

사에는 가즈에몬의 아내, 다키의 친어머니다. 다키가 열다섯 살되던 해 여름에 세상을 떠났다. 일만 아는 남편을 뒷받침하며 가가미 가를 꾸려나간, 그야말로 현모양처의 귀감 같은 사람이었는데 갑작스레 죽었다. 감기에 걸리더니 통 낫지 않는다고 걱정하는 사이에 죽고 말았다.

당시 아버지가 참으려도 참을 수 없는 듯 나지막이 통곡하는 소리에 다키도 울었다. 소이치로도 울었다. 어머니의 추억은 지금도 한시도 마음을 떠난 적이 없다.

"어머니 묘는 올케언니가 신경 써주시는데요."

"하지만 너는 나를 돌보느라 찾아간 지 오래되지 않았느냐. 성읍의 번화한 분위기가 그리워질 때도 됐을 테지."

"아뇨, 전혀 그렇지 않아요."

다키는 멈춰 서서 나가오 촌을 둘러봤다.

"어머니도 제가 아버지와 함께 이 마을에 있는 것을 분명 기뻐하고 계실 거예요."

이곳은 가즈에몬과 사에가 처음 만난 장소다.

한 삼십 년 전 일이다. 센 천 중류 유역인 이 부근에서 제방 조성과 개간 공사가 시작됐다. 젊은 날의 가즈에몬은 지금보다 훨씬 작았고 보다 산 쪽으로 붙어 있던 나가오 촌의 주재소에서 지내다가 사에를 만난 것이다.

사에는 가즈에몬의 당시 동료였던 다지마 가쿠베에의 누나였다. 불의의 사고로 다친 가쿠베에를 간호하러 온 사에를 보고 가즈에몬이 첫눈에 반했다.

"아버지도 저와 같은 마음 아니세요?"

그렇기에 이곳에 은거한 것이다.

가즈에몬은 질문에는 답하지 않고 얼마 동안 다키와 함께 가만히 서 있다가 말했다.

"이 일대 땅은 센 천이 있어서 경작에는 적합하다. 하지만 센 천은 몇 년에 한 번 불현듯 생각난 것처럼 날뛰는 하천이야. 그것도 범람할 때마다 변덕스럽게 좁은 지류를 만들곤 하지. 어떻게든 그것을 길들여 이곳 사람들이 마음 편히 농사에 전념할 수 있게 하는 게 곤보 후의 바람이셨다."

영명한 분이셨다고 중얼거렸다.

"자비롭고 어진 분이셨다. 자제이신 시게오키 님도 아버님과 마찬가지로 인정(仁政)을 베푸는 명군이 되실 수 있었건만."

"맞는 말씀이지만 이야기가 곁길로 샜어요. 어머니의 추억을 말씀하시기가 그렇게 겸연쩍으면 더는 여쭙지 않을게요."

다키는 웃으며 두 팔을 가볍게 벌려 심호흡했다. 축축한 흙, 그리고 비를 맞아 쑥쑥 커가는 볏모의 싱싱한 냄새가 났다.

"저는 이 마을이 좋아요. 아버지는 아마 모르실 텐데……" 바로 곁에 허수아비 하나가 옆얼굴을 보이며 서 있었다. 다키는 그것을 가리켰다. "제가 은거소에 처음 왔을 무렵, 가래를 잡으면 땅을 일구는 것보다 제 복사뼈를 치는 일이 더 많을 때였죠. 그 무렵에 이스케에게 허수아비가 무섭다고 말했거든요."

읍내에서 자란 다키는 허수아비를 제대로 보는 게 처음이었다. 사람과 비슷하게 만들었지만 명백히 사람이 아닌 모습, 특히 짚단이 그대로 드러난 밋밋한 얼굴이 그렇게 무서울 수 없었다.

"그랬더니 얼마 안 돼서 온 마을 논밭에 선 허수아비에 얼굴이 생겼어요. 이스케가 마을에서 그 이야기를 해서 다 같이 분담해서 얼굴을 만들어준 거예요."

천 쪼가리를 꿰매 붙이고 나무 열매를 박고 숯 조각 눈을 단 우스꽝스러운 얼굴들이었다.

"어쩌면 이렇게 다정한 사람들이 있을까 싶어서 가슴이 벅찼어요."

"너도 이것은 모를 테지. 촌장의 손자가 허수아비 중에 내 얼굴과 똑같이 만든 게 있다고 가르쳐주더구나."

가즈에몬이 말했다.

"그렇게 우거지상을 한 허수아비가 있었나요?"

부녀가 함께 웃고 나서 다시 천천히 걷기 시작했다.

그로부터 얼마 되지 않아 다키는 실감하게 된다. 아버지와 보낸 그 따스한 한때는, 이곳의 작은 토지신이 아내를 잃고 외로이 늙어가는 아버지와, 남편과 이혼하고 나이를 먹어가는 불우한 딸을 위해 조용히 마련해준 이별의 시간이었다는 것을.

가가미 가즈에몬은 그날 밤늦게 서안 앞에서 딸을 불렀다. 다키는 한 팔로 간신히 몸을 지탱하고 있는 아버지를 발견했다. 안색은 달보다 창백했고, 입은 옷뿐 아니라 둥근 골풀 방석에까지 배어들었을 만큼 하혈이 심했다. 의식은 이미 몽롱했다.

손쓸 도리가 없었다. 성읍에서 불러온 의사는 맥을 짚더니 침통한 표정으로 고개를 내저었다.

이틀 후 아침 일찍 나가오 촌 은거소에서 가가미 가즈에몬은 불귀객이 됐다. 향년 오십삼 세. 결국 비망록을 완성하지 못했다.

장례는 성읍의 가가미 가에서 치러졌다.

초상을 치르고 출근하는 오빠를 배웅한 뒤 다키는 홀로 나가오 촌으로 돌아왔다.

그때 바랐던 것처럼 이곳에 내내 살 수는 없게 됐다. 하지만 은거소를 정리하는 일이 아직 남아 있었거니와, 가가에몬이 남긴 비망록 초고와 예전 도면 등도 오노 쇼자부로에게 넘겨야 했다.

도와줄 사람을 데려가라고 우기는 올케를 달래고 아기를 어르며 시간을 보내는 사이에 출발이 늦어졌다. 안개 같은 가랑비를 삿갓에 맞으며 다키가 은거소에 다다른 것은 정오 다 되어서였다.

그런데 이상했다. 다키가 없는 동안 은거소를 지켜달라고 부탁한 이스케가 보이지 않았다. 대신 장례에서 만난 지 얼마 되지 않은, 친척이지만 이곳에 찾아올 이유가 없는 인물이 가즈에몬의 방에서 딱딱한 표정으로 서안 주위를 둘러보고 있었다.

다지마 한주로. 다지마 가쿠베에의 작은아들로, 다키에게는 외삼

촌의 아들, 사촌동생이다. 나이는 세 살 적은 열아홉 살이다.

다지마 가의 가문(家紋)이 든 하오리에 여행용 하카마 차림이었다. 툇마루에는 삿갓을 기대어 놨다.

"다키 님."

당혹한 다키를 발견하고 안심한 것처럼 먼저 말을 건넸다.

"오늘 이쪽으로 돌아오신다고 들었는데 무슨 볼일이라도 있으셨습니까?"

목소리도 표정도 어딘지 모르게 어색했다.

"네, 조금 늦어졌어요."

"빈집에 먼저 들어와 죄송합니다. 이곳에는 아직 고모부님의 여운이 남아 있군요. 옛날 생각이 나서 그만 들어왔습니다."

"괜찮아요. 기다리시게 해서 죄송합니다."

한주로야말로 볼일이 있다면 성읍에서 기회가 있었을 텐데. 어째서 일부러 이곳에서 다키를 기다렸나.

의문은 금세 풀렸다. 한주로는 젊은 얼굴에 측은하리만큼 긴장한 빛을 띠고 입을 열었다.

"실은 다키 님을 모시러 왔습니다. 지금부터 다소 멀리 걸음을 해주셔야겠습니다."

그래서 여장(旅裝)을 하고 있었던 것이다.

"서둘러 채비해주십시오. 은거소는 오노 쇼자부로 공에게 맡기기로 돼 있으니 걱정하지 않으셔도 됩니다."

내일 쇼자부로가 하인을 데리고 와서 전부 정리할 것이라 했다.

"그렇지만 저……."

"다키 님, 지금은 자세하게 말씀드릴 겨를이 없습니다."

한주로는 명백히 초조한 기색으로, 그러면서도 무척 괴로운 듯 굵은 눈썹을 찡그리고 있었다.

"이런 식으로 일을 진행하게 된 것은 이 일이 다른 사람에게 알려지지 않는 게 바람직하기 때문입니다. 이제부터 다키 님이 어디로 가고 그곳에 어떤 사정이 있는지를 아는 이는 최대한 적은 편이 좋습니다. 의아하게 생각하실 만도 합니다만, 부디 저를 믿고 함께 가주십시오. 저는" 이어서 한 말이 한주로의 목에 걸렸다. "아시다시피 나이도 아직 젊고 관직도 없는 몸입니다. 하지만 아버지와 형의 분부를 받아 이 일에 임할 각오를 다지고 왔습니다."

그의 아버지 다지마 가쿠베에는 누나가 가가미 가즈에몬과 혼례를 올린 뒤 토목청을 떠나 간평관으로 전직했다. 간평관이란 영내의 작황을 조사해 연공과 징용의 많고 적음을 정하는 중요한 관직인데, 직무 성격상 부락에서는 감찰사 같은 존재이기도 하다.

가쿠베에는 건강해서 지금도 간평관으로 있고, 그의 적자, 다시 말해 한주로의 형도 그 밑에서 일하고 있다. 작은아들인 한주로는 아닌 게 아니라 관직은 없지만 슈게쓰칸에서 창술의 명수로 유명했던 기린아로, 머지않아 좋은 가문에 양자로 들어갈 수 있을 것이라고 가즈에몬이 이야기한 적이 있다.

그런 기린아가 비장한 표정으로 말했다.

"다키 님의 안전은 돌아가신 고모부님과 고모님에게 걸고 저 한주로가 반드시 지키겠습니다."

묻는 말도 답하는 말도 바로 나오지 않았다. 다키가 말을 잇지 못하고 있으려니 한주로가 몸을 쥐어짜듯 하며 말했다.

"가능하면 가가미 가(家)분들을 끌어들이고 싶지 않았습니다. 아버지도 간절히 그렇게 바라셨습니다만, 사태가 워낙 급박해서 고모부님께서 돌아가신 지금 다키 님께 꼭……."

그 언저리에서 물벼락을 맞은 것처럼 정신이 번쩍 들어 다키는 말허리를 잘랐다.

"저희가 무슨 일에 말려든다는 말씀인가요? 아버지는 이제 계시지 않아요. 오라버니에게 무슨 큰일이 닥친 건가요?"

한주로는 다키와 눈을 맞추며 입매를 꽉 다물었다가 말했다.

"그렇게 되지 않도록 다키 님이 와주십사 하는 겁니다."

다키는 등골이 서늘해졌다. 그가 '임한다'는 '이 일'은 무엇인가. 뭐가 급박하다는 말인가.

설마.

미노와 이치노스케를 도와준 일이 발각됐나.

아니, 그렇다면 가가미 가가 '말려들' 리 없다. 오히려 다지마 가쪽이 가즈에몬과 다키가 한 일 때문에 화를 입는 쪽일 것이다.

"부디 여러 말 묻지 마시고 채비해주십시오."

머리를 숙여 부탁하는 한주로의 이마에 땀이 맺혀 있었다.

어린 시절 그는 장난꾸러기로, 처신을 조심할 필요가 덜한 작은아들이라는 입장도 거들었는지 가가미 가에 자주 놀러오곤 했다. 매사에 엄격한 자기 어머니보다 사에를 더 좋아해 고모님, 고모님 하고 따랐고 소이치로와 다키와도 친했다. 이치에 어긋나는 일과 약한 자 괴롭히기를 싫어했고 그렇기에 번교에서도 도장에서도 필연적으로 걸핏하면 싸움을 벌였다. 성격이 순수하고 외곬인 것이다.

사에가 죽고 다키도 시집을 가면서 가가미와 다지마 가 사람들의 왕래는 줄었다. 하지만 어린 시절의 그런 친근함을 다키라고 잊은 것은 아니었다. 한주로의 성품도 알고 있다.

게다가 아버지와 형의 분부를 받은 이상 한주로는 다지마 가를 대표하는 것이다. 비장한 얼굴은 그 무게 때문이다. 짐을 더 지울 수 는 없었다.

"알겠습니다. 어디든 갈게요."

다키의 대답에 한주로는 순간 얼굴을 일그러뜨렸다.

서둘러 간단한 짐을 꾸리고 한주로를 따라 나가오 촌 네거리까지 나오자 뒤에서 이스케가 쫓아왔다. 숨을 몰아쉬고 발을 질질 끌며 달려온 늙은 농부는 험한 표정으로 한주로를 보더니 길바닥에 엎드 려 "용서해주세요, 용서해주세요" 하고 큰 소리로 말했다.

다키는 아무 말도 할 수 없었다. 이스케 나름대로 다키에게 무슨 일이 벌어진 것을 눈치채고 쫓아와준 것이다.

한주로가 작은 목소리로 다키에게 말했다.

"제가 은거소에서 쫓아냈습니다."

다른 사람에게 알려지면 안 되는 이야기를 하기 위해서다. 상당히 엄하게 쫓아냈을 게 틀림없다.

"인사만 할게요."

다키도 작은 목소리로 재빨리 말하고는 이스케에게 달려갔다. 쭈그리고 앉아 여윈 손을 잡았다.

"얼마 동안 은거소를 비우게 됐어요. 뒷정리는 오노 님께서 알아서 해주신다고 해요. 가끔 오셨던 그 다정한 분이에요. 일을 거들라고 분부하시면 그렇게 해주세요. 잘 부탁드려요."

이스케는 "네, 네"라며 납작하게 엎드렸다.

"여러모로 신세 많이 졌습니다. 건강히 지내세요."

꼭 영영 헤어지는 것 같다. 아니, 다키는 깨달았다. '꼭'이 아니다. 자신은 십중팔구 이 마을에 두 번 다시 돌아오지 않을 것이다. 뭔지는 몰라도 그만한 일에 이미 말려든 것이다.

이스케의 떨리는 손을 살그머니 놓고 미소를 지으며 말했다.

"허수아비에 얼굴을 줘서 고마워요."

네거리에서 이어지는 외길을 한참 가다가 돌아봤다. 이스케는 아직 그 자리에 있었다. 짧은 기간이었지만 나가오 촌에서 보낸 즐거운 나날이 사람의 형태를 띠고 배웅해주는구나 생각했다.

한주로를 따라 먼저 옆마을로 갔다. 도착해보니 뜻밖에도 말이 대기하고 있었다. 한주로는 회색 말에 올라탔다. 다키는 윤기가 흐르는 밤색 말의 안장에 몸을 맡겼다. 쪽빛 제복 저고리를 입은, 무가의 하인인 듯한 남자가 고삐를 끌었다. 그 무렵에는 성가셨던 안개비가 그치고 구름도 걷히기 시작했다. 두 마리는 안정된 발걸음으로 산길로 들어섰다.

도중에 말에게 물을 주려고 한 번 잠시 쉬었을 뿐 다른 부락에 들르지는 않았다. 가면 갈수록 숲이 울창해졌지만 완만히 올라가는 길은 잘 닦여 있었고 진창에는 수레바퀴 자국도 남아 있었다.

한주로는 가끔씩 다키를 챙겨주었지만 말수는 많지 않았다. 제복을 입은 남자는 한 마디도 하지 않았다. 묵묵히 길을 가는 중에도 두 사람이 조급해하는 게 느껴졌다. 이렇게 된 이상 자신이 다다를 곳이 어디인지 어서 알고 싶은 마음은 다키에게도 있었다.

장마도 거의 끝나가는 지금, 비만 그치면 6월의 해는 길다.

말의 규칙적인 콧김 소리가 기분 좋아 다키는 이따금 갈기를 쓰다듬었다. 나가오 촌에도 말은 있었지만 마을 사람들에게 소중한 일손인지라, 다키처럼 익숙지 않은 자가 쉽게 만지기는 꺼려졌다.

기타미 번에는 곤보 후가 시행한 '인마일구령(人馬一口令)'이 있다. 사람도 말도 똑같이 한 입으로 친다, 즉 동일한 가치를 갖는 존재로 대한다는 법령이다. 열 사람 몫의 힘이 있는 말이 사람과 같다는 것은 계산이 맞지 않는 것 같지만, 여기서 '사람'은 무사 이상으로, 바꿔 말하면 병졸, 하인, 농민, 장인, 상인은 물론 아녀자도 포함되지 않는다.

기타미 번은 말의 산지는 아니지만, 에도에 난부 말을 팔러 가는 말 장수들이 지나는 길목에 성읍이 위치하는 관계로 예로부터 양질의 말이 모여든다. 좋은 말은 비싼 값을 받는다. 그렇기에 한층 소중히 길러진다. 부락의 농삿말은 성에서 승마용으로 기르다가 늙어서

각지의 촌장에게 하사한 말과 그 후손, 또는 성격이 어지간히 거칠
거나 털이 좋지 않아 성읍에서 쫓겨난 말이 태반이다.

이 말도 젊지는 않은 것 같은데 말귀를 잘 알아듣는 게 똑똑해 보
인다. 어디 말일까.

멍하니 생각하던 다키의 눈에 흐릿한 석양빛을 받아 시원스레 빛
나는 것이 강렬하게 비쳤다.

수면이다. 숲 저편에 호수가 보였다.

옅은 연지색 태양 아래 말이 나아갔다. 앞서가는 한주로는 뒤를
돌아보지 않았다. 숲의 나무들을 살랑살랑 흔드는 저녁 바람 속에서
어렴풋이 달콤한 향기가 났다. 비파나무다.

말이 어디로 가는지 알았다. 호숫가에 절이나 신사처럼 엄숙하게
기와지붕을 이고 고요히 선 저택…….

고코인이다.

2장

囚人

수인

I

부엌에서 맷돌을 돌리며 예전에 어머니가 불러주었던 자장가를 기억해내려고 하는데, 고가 급한 발걸음으로 들어왔다.

"스즈, 손님이 두 분 오셨어."

그러고 보니 아까 말발굽 소리가 들렸다.

"저녁상을 차려드릴 거니까 주먹밥을 만들어줘."

"네."

스즈는 바로 일에 착수했다. 밥통에 흰밥이 두 홉 정도 있었다.

고는 차 준비를 시작했다. 그때 쪽빛 제복 저고리 차림의 간키치가 부엌 뒷문을 열고 들어왔다. 지친 얼굴이었는데 주먹밥을 보더니 기쁘게 웃었다.

"오, 딱 맞게 왔는데. 잘 먹겠……."

스즈와 고가 제각각 말했다.

"손님 드실 거예요."

"간 씨 거 아니거든."

"뭐 어때서 그래? 하나쯤은 먹어도 되잖아."

손을 뻗기에 스즈는 주먹밥을 담은 접시를 치웠다.

"간 씨 건 저쪽."

고는 또 하나의 커다란 밥통 쪽으로 간키치를 몰아냈다.

"어이구, 뭐가 그렇게 박정해. 난 점심도 거르고 내내 걸어왔는데."

어디 심부름 다녀왔나 보다.

"나도 스즈도 계속 일만 했다고."

간키치는 실실 웃고 있었거니와 고도 진짜로 화를 내는 게 아니다. 거침없이 말하면서 옹기 주전자로 엽차를 우렸다. 그사이에 밥통에서 맨손으로 찬밥을 먹기 시작한 간키치의 손을 찰싹 때렸다.

"버릇없게 그게 뭐야!"

스즈는 주먹밥을 만들며 킥킥 웃었다.

지금 이곳 고코인에는 열다섯 명이 살고 있다. 나리마님과 이시노 님, 시로타 가의 젊은 선생님, 이렇게 세 분과 저택을 지키는 위사(衛士)가 다섯 명. 간키치처럼 고용살이를 하는 하인 네 명. 그리고 하녀인 고와 스즈에, 아주 오래전부터 집지기로 일해온 고로스케 할아범까지 셋이다. 나리마님과 이시노 님과 젊은 선생님의 진지로는 흰쌀밥을 짓는다. 그 밖의 사람들에게는 밤과 피가 칠, 흰쌀이 삼의 비율로 들어간 잡곡밥을 짓는다. 감자도 거의 날마다 찌고 밤떡과 메밀 경단도 빚는다.

부엌일은 고와 스즈가 한다. 흰밥을 드시는 세 분을 제외하고 나머지 사람들은 국 한 가지. 반찬 한 가지뿐인 간소한 식사지만, 전부 둘이서 준비하다 보니 차리는 쪽은 눈이 핑핑 돌아가게 바쁘거니와 먹는 쪽은 늘 부족할 것이다.

성에서 손님이 오면 흰밥을 더 짓는다. 오늘 아침에도 고가 그렇게 하는 것을 보고 스즈도 또 손님이 오시는구나 하고 짐작하고 있었다.

스즈는 저택 내실로 들어가는 일이 거의 없거니와, 손님이 오면 평소보다 더 눈에 띄지 않게 조용히 일하기 때문에 어떤 분이 와 계시는지 전혀 모른다. 다만 그런 때는 고는 물론 위사들과 간키치를 비롯한 하인들도 다들 긴장한 표정이기 때문에 틀림없이 높은 분이겠거니 생각했다.

그렇지만 지금은 고 씨도, 간키치 씨도 그렇게 신경이 예민하지 않은걸.

막 도착한 손님은 그렇게까지 쩔쩔매며 모시지 않아도 되는 신분인가.

위사의 대기소와 하인들 휴게실에는 한 시간쯤 전에 저녁을 가져다주었다. 잡곡 주먹밥을 담은 찬합, 그리고 토란과 산나물 된장국이 든 큰 냄비다. 간키치가 부엌으로 온 것은 그것을 못 먹었기 때문일 것이다. 큰 밥통 바닥까지 싹싹 긁어 먹고도 여전히 부엌을 두리

번거리고 있다.

"오, 스즈는 메밀가루를 빻고 있었냐. 그럼 메밀 경단……."

"내일 먹을 거예요."

간키치가 혀를 쳇 찼다.

고는 하는 수 없다고 한탄하며 말했다.

"스즈, 주먹밥 주렴. 저러다 저 사람 굶주려서 산 채로 귀신 되겠다."

"오오, 고마우셔라, 하느님, 부처님, 고 님."

간키치는 스즈가 접시에 내준 주먹밥을 기쁜 표정으로 덥석 베어물었다. 고는 찻종을 얹은 사각 쟁반과 옹기 주전자를 들고 안쪽으로 들어갔다.

스즈는 빈 밥통을 치우고 손님에게 내갈 주먹밥을 작은 접시에 담아 장아찌를 곁들였다. 죄송하지만 오늘은 남은 반찬이 이것밖에 없다.

그때 간키치가 부엌 구석을 가리켰다.

"저건 어때?"

성긴 소쿠리에 담은 비파 열매다.

"아까 내가 안내해온 손님은, 글쎄, 손님인지 아닌지도 알 수 없지만 한 명은 여자거든. 단것을 좋아하지 않을까."

스즈는 눈을 깜박였다.

"여자라고요? 그럼 여기서 일하는 건가?"

"아니, 어느 댁 마님 아니면 시녀야. 너나 고하고는 다른."

에이. 마음이 놓인 것 같기도 하고 실망한 것 같기도 했다.

스즈는 되도록 잘생긴 비파 열매를 골라 씻고 바닥이 얕은 나무 그릇에 담았다. 상자식 상을 두 개 꺼내 행주로 훔치고 나서 주먹밥 접시와 젓가락, 비파 그릇을 넣었다. 쇠 주전자에 물을 따르는데 고가 돌아와 상을 들여다보고는 "어머, 예쁘네" 하고 생긋 웃으며 칭찬해주었다.

"손님 중 한 분은 여자분이거든. 비파를 좋아하시면 좋겠네."

스즈는 응, 하고 고개를 끄덕였다. "간키치 씨가 시녀라고 했어요."

고는 간키치에게 눈을 흘겼다.

"입도 싸지."

"자기도 말해놓고 뭘 그래?"

간키치는 어느새 비파를 까서 먹고 있었다.

"응, 작지만 달군."

허리에 손을 얹고 그 모습을 바라보던 고는 콧김을 흥 내쉬고 스즈를 돌아봤다.

"있지, 스즈. 손님 말인데 여기서 주무실 거라서."

이런 시간에 도착했으니 이상한 일은 아니다. 그런데 고는 떨떠름한 표정이었다.

"여자분 시중은 내가 들어야 하거든. 그러니까 당분간 네가 엄청 바빠질 거고……."

"괜찮아요, 고 씨." 이번에는 스즈가 생긋 웃음을 지어 보였다. "그래도 혹시 모르니까 수건으로 얼굴을 쌀까요?"

그러자 간키치가 말했다.

"넌 그런 건 신경 안 써도 돼."

입가에 비파 즙이 묻어 있었지만 말투는 분명했다.

"그러게, 맞아."

고는 고개를 끄덕이고는 상을 포개 들고 바삐 안쪽으로 들어갔다.

둘만 남자 간키치는 제복 저고리 자락에 손을 닦고 일어섰다.

"자, 그럼 난 말 발이나 닦아줄까. 길이 꽤 질었거든."

스즈도 하던 일로 다시 돌아가기로 했다. 메밀을 한 자루 더 빻아
야 한다.

"그래도 장마가 좀 있으면 걷히죠?"

"그러게. 큰비하고 번개가 한두 번 더 오면 끝나겠지." 그러고는
자연스레 덧붙였다. "날씨가 이러면 너 상처가 아프지? 젊은 선생님
께 약은 받았어?"

"올해는 거의 안 아파요."

스즈는 얼굴 오른쪽, 이마에서 뺨, 목덜미까지 손가락을 살짝 갖
다댔다.

"한 해가 지날 때마다 아픈 게 덜한 것 같아요. 그만큼 좋아지는
거라고 젊은 선생님이 말씀하셨어요."

"그래. 그럼 됐고. 그래도 참지는 마라."

간키치가 말했다.

그러고는 뒷문으로 나갔다.

스즈는 다시 맷돌을 돌리기 시작했다.

　스즈는 다섯 살 때 집과 가족을 잃고 기타미 번의 시약원(施藥院) '지코료'에서 지내게 됐다. 당시 기억은 잘 나지 않는다. 그때는 아직 어렸기도 한 데다가 심한 화상을 입어 죽을 뻔했기 때문이다.

　당시 이미 지코료에서 일하던 고는 스즈가 나을 때까지 내내 보살펴주었다. 그로부터 구 년이 지난 지금도 스즈에게는 어머니나 다름없다. 간키치는 원래 번의인 시로타 가에서 일했는데 삼 년 전 젊은 선생님이 나가사키에서 유학하고 돌아왔을 때 함께 지코료로 와서 그대로 눌러앉았다. 스즈는 두 사람이 몇 살인지 정확하게 들은 적은 없지만 아마 대략 서른 살쯤 됐고 고가 조금 더 나이가 많은 것 같다.

　고는 가끔 잔소리가 많거니와 간키치는 기분이 언짢으면 스즈에게 화풀이할 때도 있지만 대체로 친절하다. 누가 스즈를 보고 무서워하거나 놀리면 매번 감싸준다.

　스즈는 기타미 성읍의 장인들이 모여 사는 거리에서 태어났다. 아버지는 땜가게 주인이었다. 여동생과 남동생이 둘 있어서 어머니는 언제나 바빴다.

　스즈가 다섯 살 되는 해의 섣달 중순, 산바람이 휘몰아치던 날에 성읍 근처의 산림에서 번개로 인한 산불이 발생했다. 기타미 영에 눈은 어지간하면 내리지 않는다. 뼛속까지 얼어붙는 강풍과 갓 찧은 떡이 이틀 만에 쩍쩍 갈라진다는 건조한 기후, 그야말로 청천벽력 같은 번개가 골칫거리이자 명물이다. 이때는 불길이 성읍 맨 바깥쪽에 위치한 장인 구역까지 번졌다.

스즈의 가족은 그 화재로 불타 죽었다. 장인 구역 사람들도 삼분의 일가량 죽었다. 스즈는 가까스로 목숨을 건졌지만 그것도 지코료에서 극진한 간호를 받은 덕이었다. 정말로 운이 좋았던 것이다.

그러나 화재는 스즈에게 상처를 남겼다. 이마의 머리털이 난 부분부터 배 언저리에 이르기까지 몸의 오른쪽 절반과 왼쪽 다리 무릎 아래로 화상을 입어 문드러진 흉터가 있다. 구 년 사이에 물집이 터져 생긴 우툴두툴한 자국은 없어졌지만 검붉은 반점처럼 된 부분은 "유감이다만 지금 의술로는 이 이상 고칠 수 없구나"라고 시로타 가의 젊은 선생님이 가르쳐주셨다.

그 말을 듣고 스즈는 체념할 수 있었다. 젊은 선생님처럼 아픈 사람, 다친 사람을 잘 보살펴주는 의사 선생님이 그렇게 말씀하신다면 이것을 고칠 수 있는 사람은 천하에 아무도 없을 것이라는 생각이 들었기 때문이다.

스즈와 고, 간키치가 오래 살고 일하면서 정이 든 지코료를 떠나 이곳 고코인으로 온 것은 3월 초다. 5월 중순, 늦어도 6월까지는 젊은 선생님이 이쪽으로 거처를 옮겨 진찰과 간호를 시작하기로 돼 있었던 터라, 조금 이르지만 너희가 먼저 가서 준비를 갖추고 자리를 잡으라고 지시를 받았기 때문이다.

지코료에는 다른 간호인도 하인도 많이 있었건만 젊은 선생님은 그들 셋을 택해주셨다. 간키치는 "나는 젊은 선생님 가시는 곳이면 어디든 따라가니까 당연해"라고 큰소리쳤지만, 고는 자랑스러워 보였고 스즈도 뿌듯했다.

그때 이곳에는 위사 외에 저택 수리에 관여하는 목수와 창호 직인 몇 명이 머물고 있었기 때문에 고로스케 할아범 혼자서는 벅찼던 듯 쌍수를 들고 새 일손 세 명을 환영했다.

다만 이때 이미 한바탕 소동이 벌어졌다. 스즈의 얼굴을 처음 본 사람은 다들 놀란다. 그것은 스즈 자신이 가장 잘 이해하고 있었다. 그 뒤 징그러워하면서 거리를 두는 사람, 유난스레 동정하는 사람, 웃음거리로 삼는 사람, 이렇게 셋으로 나뉜다. 애송이 막내 목수가 세 번째 부류로, 청소중인 스즈를 일부러 구경하러 와서 "오오, 진짜 괴물이 있는데" 하고 손가락질을 하며 비웃었다.

그 소리를 들은 고가 달려와 다짜고짜 그 녀석의 머리를 갈겼다. 손바닥이 아니라 주먹으로 때린 것이다. 그게 발단이 되어 급기야 간키치와 다른 장인들 사이에 난투가 벌어졌다.

치고받고 싸우던 중에 간키치는 큰 소리로 고함쳤다.

"우리 셋은 지코료 사람들이야. 네놈들, 큰나리께서 친히 마련해주신 지코료의 하인을 얕보는 건 큰나리 얼굴에 침 뱉는 거나 마찬가지라고. 좀 조심해라, 빌어먹을 것들."

이 소동은 그 자리에 슬며시 나타난 도편수가, 나중에 고가 "귀청 떨어지는 줄 알았네"라고 말할 정도로 불호령을 내리면서 끝났다. 그뿐만 아니라 도편수는 그 뒤 몰래 스즈를 찾아와서 이렇게 말했다.

"우리 애 녀석 때문에 미안하게 됐다. 대팻밥보다도 가벼운 반푼

이 녀석이 한 짓이라고 너그럽게 봐줘라."

그러더니 "너, '온도 님의 큰불'에 당했다지?"라고 말을 이었다. "나 어렸을 때도 산불이 그 동네까지 닥친 적이 있었어. 운 좋게 산바람이 불어와서 아슬아슬하게 목숨을 건졌다만, 그 시기 산불이 얼마나 무서운지는 잘 안다."

'온도 님'이란 기타미 번 일대에서 예로부터 신앙해온 토지신님이다. 한자로는 '隱土' 님이라고 쓴다. 땅에 숨어 계시니까 농사의 신이고, 사람은 죽어서 흙으로 돌아가며 땅속 깊은 곳에 죽은 자의 영혼이 가는 저승이 있으니 인간의 생사를 관장하는 신이기도 하다.

기타미 영에서는 예로부터 섣달 중순에 대청소를 끝낸 뒤, 일 년간 온도 님께서 내려주신 가호에 대한 감사의 표시로 장식을 하는 습관이 있었다. 스즈가 가족을 잃은 화재는 바로 그 시기에 발생한데다 도편수의 말처럼 원래 산불이 많은 지역인 터라 그것만 특별히 '온도 님의 큰불'이라고 부른다.

도편수는 큼직한 상처투성이 손으로 스즈의 머리를 쓰다듬으며 말했다.

"애 녀석은 내가 따끔하게 야단쳤으니까 이제 말썽은 안 부릴 거다. 다른 녀석들한테도 잘 일러놨다만 혹시 무슨 일 있으면 바로 나한테 오려무나."

고코인이 기타미의 번주 나리께서 쉬시는 별저라는 것은 스즈도 알고 있었다. 하지만 젊은 선생님이 이곳에서 진료를 시작하신다고 했으니 앞으로는 지코료 같은 시약원이 될 것이다. 그렇기에 건물

수선도 하는 것이라고 생각했다. 당신이 쉬고 놀기 위한 저택을 병이 나고 다쳐서 괴로워하는 영민을 위해 쓰게 해주셨으니 작은나리는 훌륭하신 분이다. 선대 큰나리도 훌륭하신 분이었다고 하지만 작은나리는 훨씬 자비로운 분이다. 스즈가 그렇게 말하자 고는 "거기다 이야기책에 나오는 것 같은 미남이시고 말이지"라며 후후 웃었다.

오 년 전 6월, 새 번주가 된 작은나리가 기타미 번으로 왔을 때의 행렬을 스즈는 보지 못했다. 사람이 많이 모이는 곳은 피하기 때문이다. 하지만 고는 구경 나가서 술을 마신 것처럼 빨간 얼굴에 구름 위를 걷는 듯한 발걸음으로 돌아와서는, 그때도 아아 미남이다, 배우처럼 잘생겼다 하고 수선을 피웠다. 그래서 간키치에게 잔소리를 잔뜩 들었다. 어디서 나리를 시골 배우와 견주느냐, 게다가 이제 '작은나리'가 아니다, 그분이 우리 기타미 사람들의 주군이다…….

그러나 건물 수선과 창호 교체가 끝나갈 무렵이 되자, 고는 그렇다 치고 간키치의 얼굴이 흐려지기 시작했다.

"아직은 비밀이다. 특히 고한테는 말하지 말고. 걔는 금세 수선을 피우니까."

이곳에 새로운 시약원을 만드는 게 아닌 모양이라고 했다.

"어? 그럼 왜 우리를 부른 거죠?"

간키치는 으으음, 하고 신음하더니 입을 씰그러뜨렸다.

"뭔가 복잡한 사정이 있는 것 같더라. 젊은 선생님은 아실 텐데, 아직은 우리한테 말씀하실 수 없나 봐."

이윽고 수선이 끝나고 도편수의 지도 아래 다 함께 저택을 청소했다. 그때 처음으로 새로 꾸민 고코인을 구석구석 보게 된 스즈는…… 잠시 말문이 막힐 만큼 놀랐다.

고코인은 커다란 곱자처럼 생겼다. 곱자의 기다란 쪽에 해당되는 부분에 주요한 방들이 있으며 남쪽 방은 호수 쪽에 위치한다. 짧은 쪽에 해당되는 부분에 부엌과 봉당, 헛방이 있고 하인들 휴게실과 방도 있다. 위사의 대기소는 긴 부분의 동쪽과 남쪽 양 끝에 마련되어 있으며 동쪽 대기소는 마구간과 붙어 있다. 기타미 번은 예로부터 말을 소중히 여겨서 목숨의 가치도 말 한 마리가 농민이나 상인보다 더 나가기 때문에, 위사는 저택을 지키는 동시에 말도 지킨다.

그런 구조라 이 저택에서 '내실'은 실제로는 긴 부분의 한가운데언저리를 의미한다.

그곳이 어처구니없을 만큼 넓은 창살방이 되어 있었다. 그 안에 방 몇 개가 있고, 몸을 구부려야만 드나들 수 있는 쪽문이 세 곳에 있는데 전부 굳게 빗장을 질렀다.

창살방은 지코료에도 있었다. 생전 처음 보는 것은 아니거니와, 그게 어떤 역할을 하는 장소인지도 스즈는 어린애 생각으로나마 이해하고 있었다. 그렇기에 소스라치게 놀란 것이다.

고도 마찬가지였던 모양이다. 얼굴에서 핏기가 가셨다.

"간 씨, 이게 어떻게 된 일이야?"

간키치는 어떻고 뭐고 없다고 대답했다. 그는 목수들과 창호 장인들 사이에 끼어 이른 시기부터 내실로 들어가 일한 터라 이미 오래전에 이 상태를 알고 있었다.

"여기에 환자가 들어가는 거야."

"아니, 그렇지만……" 고는 화가 난 게 아니라 두려워하고 있었다. "나야 그렇다 치고 스즈더러 여기서 일하란 말이야?"

"젊은 선생님 분부야."

"대체 어떤 환자가 오는데? 무서운 녀석은 없어? 난폭한 녀석은? 스즈는 아직 어린애란 말이야."

"나 열네 살이에요. 이제 어린애 아니에요." 스즈는 말했다. "고 씨도 내 나이 때 이미 호라이야에서 일했다고 했잖아요."

"넌 가만있어. 난 간키치한테 말하는 거라고."

간키치는 흐흥 웃고는 스즈의 정수리를 가볍게 탁탁 쳤다.

"뭘 흥분하고 그래? 스즈가 훨씬 야무지군. 여기 들어올 병자는 달랑 한 명이고 무섭지도 않아."

"방이 저렇게 많은데?"

책꽂이와 서안이 있는 방, 장식단이 있는 응접실과 곁방, 아름다운 금박 병풍이 있는 침실, 그 옆에는 장롱과 횃대, 벗은 옷을 담는 바구니, 손궤를 갖춘 다다미 여섯 장 크기의 방, 좁은 마루를 끼고 북쪽에는 측간과 손 씻는 곳. 측간은 요강을 병풍으로 둘러쌌고 오물을 버리는 배출구를 두었다.

나아가 좁은 복도를 따라가면 정원을 면한 부분에 새로 욕탕을 만들었다. 물을 끓여 와서 목제 목욕통에 붓는 식이니 간단히 씻는 것보다 조금 나은 정도이지만, 정원 저편으로 호수가 보인다. 다만 떳장을 움직여 열고 닫는 창은 견고했다.

"여기에서 달랑 한 명이 지낸다고?" 고는 중얼거리더니 새삼 따귀를 맞은 듯한 표정을 지었다. "어지간히 높은 분이 오시나 봐."

"그야 당연하지. 여기는 고코인이라고."

"시약원이 되는 게 아니었구나." 고는 실망이네, 라며 어깨를 축 늘어뜨렸다. "알았어. 아무튼 일해야지."

이때 먼저 청소를 시작한 장인들이 딱해하는 마음과 재미있어하는 마음이 반반씩 섞인 표정으로 세 사람의 말을 듣는 것을 스즈는 눈치채고 있었다.

이 널찍한 창살방 안에서 침실은 또 하나의 작은 옥방이었다. 당지(唐紙)를 바른 장지문과 빗장을 지른 견고한 문살문이 이중으로 돼 있는 것이다.

새 다다미에서는 좋은 향기가 나고, 장지는 새하얗다. 벽에 바른 회도 아직 희미하게 냄새가 남아 있을 만큼 새것이다. 그러나 사치스러운 장식은 없었다. 교창(交窓)은 조각 장식을 없애고 미세한 십자를 짜 맞춘 창살을 끼웠다. 당지는 모두 연한 옥색 바탕에 기타미 가의 문장인 삼잎 문양만 넣었고, 장식단과 선반에도 아직 아무것이 없었다.

방 안에 놓인 장롱, 서안, 손궤, 팔걸이, 등받이에 이르기까지 나무로 만든 것은 모두 모서리를 둥글고 매끄럽게 깎았다. 뾰족한 것, 금속성 물건은 일절 없었다.

칼을 걸어놓는 도구는 벽걸이 형태도, 바닥에 놓는 받침대도 보이지 않았다.

청소와 뒷정리가 끝나고 장인들이 도구 상자와 짐을 수레에 싣는데 고로스케 할아범이 나타났다. 이시노 님이 오셨다고 했다. 손님이 오셨나. 스즈가 바로 부엌 쪽으로 숨으려 하자, 도편수가 "다 함께 마중 나가는 거다"라고 말했다. "너도 인사를 드려야 해. 우리는 이제 가니까 앞으로는 무슨 일이든 그분 말씀을 따르는 거다."

"이시노 님이란 분은……."

"이 저택을 관리하실 분이다."

일동은 위사 대기소로 가서 봉당 앞 땅바닥에 앉아 기다렸다. 말은 한 마리, 하인인 듯한 남자 세 명이 짐을 지고 그 뒤를 따랐다.

말 등에는 한카미시모*에 칼 두 자루를 찬 노무사가 타고 있었다. 숱이 얼마 없는 흰머리를 가까스로 틀었다. 얼굴에 팬 주름은 깊고 몸도 앙상하게 쪼그라들어 스즈의 눈에는 신령님보다 더 나이가 많을 것 같았다.

이 노인이 기타미 번의 전(前) 에도 가로 이시노 오리베였다.

그날부터 이시노 님은 고코인에서 살기 시작했다. 이시노 님을 따라온 하인들도 이곳에서 일하기 시작했다. 그들이 쪽빛 제복 저고리를 맞춰 입게 된 것도 이때부터다.

때를 같이해서 간키치가 허둥지둥 지코료로 돌아갔다. 젊은 선생님을 모시러 가는 것이라고 했다.

* 위아래를 다른 감으로 지은 약식 예복

"창살방 서쪽에 마루방이 있잖아? 거기를 젊은 선생님이 쓰실 거야. 약장하고 도구 일체를 가져올 테니까 환기 좀 시켜놔달라고."

4월 중순, 하늘은 맑고 푸르고 호수에 부는 바람에 저도 모르게 실눈을 뜰 만큼 기분 좋은 날씨가 이어지고 있었다.

한편 스즈가 이시노 님과 친해지기까지는 그리 오래 걸리지 않았다. 지금은 관직에서 물러나 은거하는 몸인 이시노 님은 가타기누*에 하카마 차림으로 고코인을 여기저기 돌아다니며 툭하면 스즈에게 다가와 말을 붙이거나 심부름을 시키다 보니 자연히 익숙해졌다.

처음에 스즈는 이시노 님의 모습이 보이거나 목소리가 들리면 바로 도망치거나 숨곤 했다. 화상 흉터를 보이면 결례라고 생각했기 때문이다. 일만 제대로 하면 스즈 같은 사람은 되도록 남들 눈에 띄지 않는 편이 낫다.

그러나 그렇게 몇 번을 숨었을까, 이참에 덤불에서 불쏘시개를 모아 오자고 낫과 바구니를 들고 저택 뒤쪽으로 가자 장작 헛간 뒤에서 이시노 님이 불쑥 나타났다.

노인답지 않다고 하기 이전에 이렇게 높으신 무사 나리치고는 예의에 어긋난다 할 정도로 익살스러운 행동이었다. 스즈는 놀라기보다 어이가 없었다.

그러나 이시노 오리베는 태연했다.

"얘야, 스즈…… 네 이름이 스즈 맞던가? 아니, 후쿠였던가?"

* 소매 없는 겉저고리

"스, 스즈입니다."

"스즈, 왜 도망치지?" 고개를 살짝 꼬았다. "전에도 작업이 어느 정도 진척됐는지 보려고 이곳에 온 적이 있다. 너도 가끔 봤다만 그때마다 토끼처럼 달아나곤 하더구나."

가끔씩 성읍에서 무사 나리가 와서 도편수와 이야기를 나누고 도편수가 여기저기를 가리키며 설명한다는 것은 스즈도 알고 있었다. 그런 때 슬그머니 도망치곤 했다. 이쪽도 모르는 사람의 시선을 한두 해 피해온 게 아니다.

그것을 알아차리고 있었다니 뜻밖이었다. 이시노 님이야말로 산토끼처럼 귀가 밝은 게 아닐까.

"내가 무서워서 도망치는 것이냐?"

"아니에요, 당치도 않습니다!"

"그럼 숨바꼭질을 하고 싶으냐?"

"네?"

"낫과 바구니는 어디에 쓸 것이지?"

"덤불을 쳐서 불쏘시개를 모으려고요."

"그래, 그럼 그 일이 끝나면 내 방으로 와주겠느냐? 짐을 정리하고 싶구나."

"네, 알겠습니다."

이시노 님이 정리하고 싶다는 것은 서책이었다. 그것도 양이 꽤 많았다.

"예전에는 이쯤은 혼자서도 끄떡없었다만 허리를 다치고 나니 힘들구나."

그러고는 아무렇지도 않게 덧붙였다.

"내 어머니는 딱 너 정도 되는 나이에 천연두에 걸려서 말이다. 목숨은 건졌다만 얼굴에 흉터가 심하게 남았지. 오른쪽 눈도 거의 보이지 않게 됐고."

하지만 마음씨가 곱고 다정한 분이었단다.

"그러니까 너도 나에게서 도망치거나 숨지 않아도 된다."

그 말에 스즈는 그때까지 생각도 못 해봤을 만큼 위로를 받았다.

기타미 사람은 늦가을부터 이른 봄까지 사방에서 불어닥치는 온갖 강풍 속에 살다 보니 전체적으로 목소리가 크다. 바람 소리에 파묻히지 않도록 크게 말하다 보니 무뚝뚝하다. 몇 사람이 모여 격의가 없어지거나 흥이 나서 이야기하다 보면 싸우는 것처럼 들리는 경우도 드물지 않다.

그렇지만 이시노 님은 목소리가 작고 말투도 늘 상냥했다. 스즈는 역시 에도에서 오래 사셨기 때문일 것이라고 멋대로 추측했는데, 그게 아니었다. 나는 젊었을 때부터 이랬다고 말씀하셨다.

"그 탓에 아버지께서 줏대 없고 나약한 놈이라고 꽤나 호통을 치시곤 했지."

한편, 금세 돌아올 것이라며 떠난 간키치는 한 달쯤 지나도록 돌아오지 않았다.

스즈가 "젊은 선생님이랑 간키치 씨랑 어떻게 된 거죠?" 하고 말하면 고도 불안한 표정을 지었다.

"간키치는 아무래도 상관없지만 젊은 선생님은 얼른 뵙고 싶은데."

얄미운 소리를 하고는 새로 함께 일하게 된 하인들 중 누가 친절하다는 둥 누가 부지런하다는 둥 누가 바보라는 둥, 그런 잡담으로 걱정을 달래려고 했다.

스즈가 이시노 님께 부름을 받고 가자 "같이 갈까. 옥방을 탐험하자"라며 창살방 안으로 들어갔다.

"스즈 너도 들어와라. 들어와서 창살문을 닫아보렴."

창살방 전체를 에워싸는 창살문은 미닫이문으로, 움직이면 묵직하게 들들거리는 소리가 났다.

"이건 말이다, 목수가 솜씨가 없어서 그런 게 아니란다. 일부러 소리가 나게 만든 것이야. 문을 열고 닫으면 먼 곳에서도 알 수 있게 말이지."

이시노 님은 방을 구석구석 샅샅이 둘러보며 앉아도 보고 서도 보고 장지문 뒤에서 들여다도 보더니 누워보기까지 했다.

"스즈, 너는 이곳을 어떻게 생각하느냐?"

"무슨 말씀이신지요?"

"이런 곳에 들어오면 환자는 무서워서 잠을 설칠 것 같지 않느냐?"

스즈는 주위를 빙 둘러봤다.

"하지만 멋진 방인데요."

"그러냐."

이시노 님은 옥방 안 침실로 들어갔다.

"스즈, 나를 여기에 가둬주겠느냐. 너는 그쪽에서 창살문을 닫아주렴. 여기는 소리가 나지 않을 게다."

실제로 그랬다. 문은 무거운데도 물 흐르듯 매끄럽게 움직였다.

이시노 님은 침실 한복판에 단정하게 앉으셨다. 이곳에 자리를 잡은 뒤로 낮에는 예복을 갖춰 입으시는 터라 그렇게 바른 자세로 앉아 계시니 위엄이 느껴졌다.

이시노 님은 성이나 에도 저택에서도 이런 식이셨겠지.

"스즈, 장지문도 닫아주겠느냐."

시키는 대로 하자 주위가 조용해졌다.

조금 지나서 침실 안에서 목소리가 들렸다. 낮고 작은 목소리였지만 지코료에서 환자를 상대해온 스즈의 귀에는 또렷하게 들렸다. 신음 소리다.

"이, 이시노 님?"

불러봐도 대답이 없었다.

"이시노 님, 스즈입니다. 어디 편찮으신지요? 열어도 될까요?"

"……조금 더 있다가."

괜찮으시구나. 다행이다.

조금 더 기다리자 열어달라고 했다.

이시노 님은 여전히 침실 안 같은 자리에 앉아 있었다. 눈시울이 아주 약간 붉었다. 눈물을 훔쳐 감춘 것처럼.

무사 나리가 울 리가 없으니 잘못 본 게 틀림없다.

"번거롭게 했구나. 자, 그만 나갈까."

그렇게 말하면서도 이시노 님은 움직이지 않았다. 뭔가를 곱씹듯이 입을 굳게 다물고 있었다.

이윽고 물었다.

"스즈는 성읍에 친척이 있느냐?"

"아뇨, 아무도 없습니다."

"그럼 다행이구나. 며칠 전부터 성읍이 소란스러우니 말이지."

뭐가 소란스러운 걸까. 간키치가 간 뒤로 성읍에서 이시노 님에게 사람이 몇 번 왔다.

스즈는 갑자기 겁이 났다.

"소란이라니 화재가 났습니까?"

"이런, 아니다. 화재는 아니니까 안심해라."

쓸데없는 소리를 했구나, 라며 이시노 님은 옷자락을 떨치고 일어섰다.

"간키치는 내일이면 돌아올 테지. 지코료의 시로타 선생도 함께 올 게야."

젊은 선생님을 말하는 것이다. 번의(藩醫)로 있는 젊은 선생님의 형님은 성으로 불리는 일이 거의 없다. 대개 '첫째 의관님'이라고 불린다.

이시노 님은 침실 안을 둘러보고는 말했다.

"매사 환자의 상태 여하에 달려 있기는 하겠으나 현재 큰 지장은 없는 것 같구나. 스즈 너는 평소대로 일하면 된다."

"네, 알겠습니다."

여느 때 같았다면 스즈는 그 말만 하고 입을 다물었을 것이다. 공연한 말은 하지 않고 질문도 하지 않는다. 하지만 지금은 달랐다. 이시노 님의 눈시울은 역시 아직 살짝 붉었다. 잘못 본 게 아니었던 것이다.

어떤 생각이 민첩한 작은 물고기처럼 스즈의 마음속 수면을 스쳤다. 이곳에 올 환자는 혹시 이시노 님의 가족인가?

그런 생각이 들자 묻지 않을 수 없었다.

"이곳에서 요양하실 분은 어떤 분이신지요?"

작고 여윈 이시노 님의 몸뚱이가 한순간 더욱 쪼그라든 것처럼 보였다.

"아무도 아니다." 주름이 쭈글쭈글한 옆얼굴은 단숨에 돌이 된 것 같았다. "너나 나, 이곳에서 일하는 자는 그저 '나리마님'이라고 부르면 된다. 잘 새겨두려무나."

이시노 님 말씀대로 그다음 날 젊은 선생님이 고코인에 왔다. 간키치도 돌아왔다.

그리고 나리마님도 납시었다.

스즈는 그때 상황을 모른다. 이번에도 자신의 모습을 남 앞에 드러내지 않으려고 숨어 있었기 때문이다. 그 때문에 이야기는 전부 나중에 고와 간키치에게서 들었다. 고가 훌쩍훌쩍 우는 바람에 처음에는 위로하던 간키치도 점차 기분이 상해 화를 냈다.

"너도 어쨌거나 간호인인데 조금쯤은 의연한 모습을 보여봐라."

왜 고가 우는가.

왜 나리마님은 은밀히, 어둠을 틈타듯이 고코인으로 왔는가. 왜 그런 훌륭한 창살방이 필요한가.

"……나리야." 고는 소매로 눈물을 훔치며 가르쳐주었다. "우리 작은나리. 실성하셨대. 무슨 뜻인지 알아? 여기가……" 심장 위에 손바닥을 갖다댔다. "마음이 고장 난 거야. 이 저택에 갇히시는 거라고."

고코인은 그런 장소가 된 것이다.

2

해는 구름 뒤로 모습을 감추고 서녘 하늘 가장자리에 피가 밴 듯한 붉은색만 한 가닥 남았을 무렵, 다키와 한주로는 고코인에 도착했다.

위사 대기소와 마구간을 한데 합친 듯한 곳에서 말에서 내렸다. 다키의 말을 끌고 온 제복 저고리 차림의 남자가 위사에게 인사하고 말을 넘겼다. 나이가 다소 들었고 볼이 부은 것처럼 생긴 무사는 태도는 정중했지만 한주로와 눈인사를 주고받고는 바로 말을 보살피기 시작했다. 다키에게는 인사는커녕 시선조차 주지 않았다.

저택 안쪽에서 서른 살쯤 된 하녀가 나와 재빨리 바닥에 손가락을 짚어 절하며 어서 오십시오, 하고 인사했다. 그러고는 제복 저고리를 입은 남자와 둘이서 다키와 한주로의 옷에 묻은 먼지를 털고 발을 씻어주었다.

한주로는 변함없이 말이 없었다. 다키도 조신하고 숙연하게 행동했다.

대기소의 중인방에 기타미 가의 가문인 삼잎 문양이 크게 찍힌 둥근 초롱들이 나란히 놓여 있었다. 봉당 벽에 기대놓은 사다리와 갈고랑막대기 등은 만에 하나 화재가 날 때를 대비한 도구일 것이다. 마구간 쪽에서 말들이 연신 발을 들었다 놨다 하고 코를 쿵쿵거렸다.

몸단장을 마치자 제복 저고리를 입은 남자의 안내를 받아 복도 안쪽으로 들어갔다.

다키는 무심결에 자꾸만 이곳저곳에 눈을 주었다. 가신의 아내나 딸이 번주의 별저에 발을 들여놓는 것은, 특별히 선택되어 일하러 오는 경우를 제외하면 있을 수 없는 일이다.

고코인은 분명히 4대 번주 때 지었다고 알고 있다. 그런데도 실내 장식과 창호가 모두 새것이었다. 십중팔구 최근에 고쳤을 것이다.

얼마 가지 않아서 세 첩 크기의 곁방이 딸린 여섯 첩 방으로 안내되었다. 당지를 바른 장지문을 열자 새로 간 다다미 냄새가 났다. 장식단도 장식 선반도 없는 간소한 방은, 오른쪽 벽에 문 한 쪽짜리 수납장이 있고 왼쪽은 옆방으로 통하는 네 쪽짜리 장지문이었다.

정면의 창에는 창살이 바둑판무늬로 끼워져 있었다. 다키의 착각이 아니라면 이 창은 호수가 아니라 고코인 뒤에 있는 언덕과 숲을 면할 텐데, 지금은 바깥을 내다볼 수 없었다. 덧문이나 빈지문이 닫혀 있나 보다.

실내를 사방등이 비추고 있었다. 심지를 길게 두었는지 환하다. 이런 곳이기에 가능한 사치다.

제복 저고리를 입은 남자가 나가고 둘만 남았다. 한주로는 딱딱하게 굳어 어깨에 힘을 주고 다다미에 무릎을 꿇고 앉아 있었다. 다키는 머리가 신경 쓰여 잠깐 손으로 매만졌다. 성읍의 가가미 가를 나설 때는 나가오 촌 은거소에서의 생활로 돌아갈 생각이었던 터라, 시마다 식으로 틀어올렸던 머리를 내리고 고등 머리로 그냥 간단히 묶었다. 이 뒤에 누구를 뵙게 되든 간에 이래서는 결례가 아닐까.

얼마 지나자 조금 전 본 하녀가 차를 가져왔다. 눈썹이 굵고 이목구비가 뚜렷한 한주로는 이렇게 입을 다물고 진지한 표정으로 있으면 화가 난 것처럼 보이기도 한다. 그런데도 하녀는 겁내는 눈치도 없이 사각 쟁반에 받쳐온 찻종을 서슴없는 동작으로 냈다. 물수건이 곁들여져 있어서 기뻤다.

"고맙습니다."

다키가 감사를 표하자 하녀는 머리를 숙여 답례하고 나서 그녀를 쳐다봤다. 대가 셀 것처럼 턱이 튀어나왔고 살빛은 검은 데다 눈은 작았다.

"마님, 피곤하지 않으십니까? 물이나 백비탕이라도 가져올까요?"

여자치고는 굵은 목소리였다. 성에서 일하는 하녀의 나긋나긋한 말투가 아니다.

한주로가 뭐라 말하려다가 그만두었다.

"아뇨, 괜찮습니다."

다키는 정중하게 대답했다.

"오늘밤은 여기서 주무시게 될 것 같습니다. 갈아입으실 옷과 침구 등은 준비해드릴 텐데 혹시 필요하신 것은 없는지요?"

"아무것도 없어요. 그리고 저는 다키라고 합니다."

하녀는 눈을 살짝 크게 뜨더니 입가에 웃음을 머금었다. 결코 미인이라고는 할 수 없는 얼굴에 애교가 깃들었다.

"결례를 용서해주십시오. 저는 고입니다. 마님…… 아니, 다키 님의 요망을 들어드리라는 분부를 받았습니다. 뭐든 말씀해주십시오."

격식을 차린 말투에 다소 익숙지 않다는 느낌이 들었다.

하녀가 나간 뒤 다키는 물수건으로 손을 닦고 바싹 마른 목을 차로 축였다.

"한주로 씨도 드시죠."

말을 걸자 한주로는 정신이 든 것처럼 움찔했다.

"뭐라 말씀하셨습니까?"

"차가 맛있어요." 다키는 그렇게 말하고 미소를 지었다. "앞으로 무슨 일이 일어나든 간에 지금은 잠시 긴장을 풀고 편히 있기로 해요."

천천히 차를 한 모금 더 마셨다. 그러고는 목소리를 낮춰 말했다.

"이곳에 6대 나리께서 계시는군요."

너끈히 다섯은 셀 동안 한주로는 숨을 멈추고 다키를 응시했다.

다키는 말했다. "숨 쉬세요."

한주로의 목울대가 움직였다.

"알고 계셨습니까."

"저는 의외로 소문에 밝거든요."

지난번 오노 쇼자부로는 이렇게 말했다.

6대 나리는 고코인으로 거처를 옮기셔서 조용히 요양하고 계십니다.

지금 이곳에 번주 자리에서 쫓겨나 연금된 기타미 시게오키가 있는 것이다.

게다가 가가미 가가 '말려들었다'고 했다. 그렇다면 다키는 무슨일인지 짐작도 할 수 없지만 시게오키와 연관된 일일 게 분명하다.

이것은, 가령 '중대사'라는 것을 담는 그릇이 있다면 그릇이 가득 찰 만큼의 중대사인 것이다. 한주로가 눈에 잔뜩 힘을 주고 있을 만도 했다.

그렇다면 다키처럼 한낱 각다귀나 다름없는 여자가 버둥거려봤자 소용없다. 아버지는 이미 세상을 떠나고 없다. 지금 생각하면 다키에게 남편도 자식도 없어서 다행이었다. 오빠 가족에게 화가 미치지만 않으면 된다.

게다가 불안과는 별개로 대체 무슨 일이 벌어지고 있는 건지 궁금한 마음도 들었다.

"6대 나리의 병환이 몸이 아니라 마음의 병이라는 것도 아버지께 들었어요."

"그런 이야기를 대체 누가 고모부께……."

"성읍에서 날아온 제비가요."

다키가 태연하게 말하자 한주로는 골치가 아픈 것처럼 관자놀이를 손으로 눌렀다.

다키는 미소를 지었다.

"자세한 이야기는 모르고, 물론 아버지와 저만 알고 끝냈어요. 나가오 촌에는 야생 제비들만 살고, 그곳 작은 새들은 읍내 새들과는 달라서 사람의 말을 모른답니다. 논밭에 모여드는 해충을 잡아먹느라 바쁘니까요."

한주로는 손을 내리고 숨을 내쉬었다.

"다키 님께는 못 당하겠군요."

"한주로 씨가 저를 지켜주실 것이잖아요."

사촌누나와 사촌동생은 서로 쳐다보았다.

"6대 나리에 관해서는 그저 딱한 일이라고 생각해요. 하지만 6대 나리께 뭔가 도움이 될 수 있어서 제가 이곳에 불려온 것이라면 가가미 가즈에몬의 딸로서 할 수 있는 일을 하겠습니다."

"과연 대찬 처자로군."

느닷없이 노인의 쉰 목소리가 들리더니 옆방으로 통하는 장지문이 열렸다.

"다지마, 수고했다."

머리는 허옇게 셌고 가타기누와 하카마를 가볍게 갖춰 입은 나이 많은 무사였다. 체구가 작고 백발은 숱이 적은 데다 여위었다기보다 있는 그대로 말하자면 흡사 건어 같다.

한주로는 바로 납작하게 엎드렸으나, 예의를 지키기 이전에 놀라 어안이 벙벙한 다키의 얼굴을 보고 노무사는 미안한 것처럼 옅은 눈썹을 내렸다.

"이런, 내가 놀라게 했나."

이것이 다키와 이시노 오리베의 첫 대면이었다.

기타미 번의 가로 자리는 모두 다섯 개인데, 그중 네 자리는 가문과 역할이 고정돼 있다. 수석 가로인 와키사카, 성대(城代) 가로 노자키, 가정(家政) 가로 무토, 에도 가로 이시노, 이렇게 네 가문으로, 모두 전란의 시대 때부터 주군 가문을 지켜온 충신의 가계다.

다섯 자리 중 수석 가로가 가장 상석이며 그 뒤를 성대 가로가 잇는다. 성대 가로는 번주가 에도로 출부했을 때 성주가 되는 중책을 맡으며, 군사와 경비의 수석 책임자를 겸한다. 나머지 세 자리는 거의 동격인 평(平)가로인데, 가정 가로는 재정과 사무를, 에도 가로는 기타미 번의 에도 번저를 책임진다. 남은 한 자리에는 그때그때 가장 출세한 상급 무사가 그 대에 한해 발탁된다. 자연히 네 가문의 가로들을 보좌하는 역할을 맡게 되는지라, 험담을 좋아하는 성읍의 참새들은 차 시중꾼 가로라고 놀리기도 한다. 어엿한 정식 가로가 아닌 수습 가로라는 뜻이다.

차 시중꾼 가로를 빼면 가로 네 자리는 거의 완전히 세습제고 역할도 변동이 없다. 번주와 번주 가문의 의향으로 바꾸는 일도 불가능하지는 않지만, 그러려면 네 가문 측에 어지간한 불상사나 문제가 있지 않고서는 어렵다. 기타미 가의 중신으로 군림하는 이 네 가문이 차지하는 자리는, 주군에게 충성을 바쳐 따낸 그들의 권리이기 때문이다.

수석 가로 와키사카 가쓰타카, 성대 가로 노자키 무네토시, 가정 가로 무토 주베에, 에도 가로 이시노 신노조, 그리고 재무청에서 출세한 평가로 가네히라 이치로베에. 이 다섯 명이 현재 기타미 번의 가로들이다. 그리고 이시노 오리베는 곤보 후, 즉 5대 번주 나리오키 때 에도 가로로 있었던 인물인데…….

더불어 이번 시게오키의 연금이 있기까지 별다른 큰일이 없이 이어져온, 말하자면 희고 깨끗한 기타미 번의 역사에 한 점 얼룩 같은 의혹을 남긴 문제의 인물이기도 했다.

오 년 전 번주가 6대 시게오키로 바뀌자 오리베는 자리에서 물러나 은거했다. 그 뒤 그 자리에 앉은 사람이 이시노 신노조다. 그러나 신노조는 오리베의 자식이 아니다. 와키사카 가쓰타카의 셋째 아들이다. 오리베는 자신에게도 적자 나오지로가 있었건만 '불충하며 품행이 바르지 않다'는 이유로 의절하고, 시게오키에게 청해 와키사카 가의 셋째 아들을 양자로 들이고 에도 가로 자리를 물려주었다.

이는 사실상 네 가문의 일각을 이루는 이시노 가의 단절이나 다름없는 일이었다. 이시노 가에는 자식이 나오지로밖에 없었다. 그러니 신노조가 대를 이으면 '이시노'라는 성은 남아도 그것은 외면일 뿐 혈맥은 와키사카 것이 되고 만다.

오리베는 그런 줄 알면서 나오지로를 쫓아내고, 동시에 그를 번적(藩籍)에서 제명해달라고 청했다. 시게오키가 그것을 승낙해서, 당시 아버지의 부하로서 기타미 번 에도 별저의 관리를 맡고 있던 이시노 나오지로는 순식간에 신분과 녹봉을 잃고 에도 거리에 나앉게 됐다.

이례적이라 할 수 있는 일대 사건에 가신들 사이에 소문과 의혹과 억측이 무성했다. 당시 다키는 이런 일이라면 사족을 못 쓰는 이가와 사다스케의 아내였는데, 남편이 그런 기질을 가진 사람이 아니었더라도 이 일에 관해서만은 침묵을 지키지 못했을 것이다. 그 정도로 충격적이었다.

이시노 가의 세습을 저해한 '어지간하지 않은 불상사나 문제'가 대체 무엇인가. 이시노 공이 나리오키 님의 노여움을 산 모양이다. 아니, 나리오키 님이 아니라 시게오키 님이 오리베를 싫어해서 이런 형태로 물러날 것을 강요했다. 그게 아니다, 이시노의 적자 나오지로에게 정말로 문제가 있어서 본래라면 할복할 정도의 불상사를 일으켰는데 감싸준 것이다. 그러니 이 조치는 전적으로 이시노 님의 의사를 따른 것이다. 실제로 이시노 님은 나리께서 하사하시는 은거료조차 사퇴했다 하니까. 그나저나 나오지로의 처자식이 가엾다. 오리베 공은 며느리와 손주에게까지 이런 비운을 맛보게 하고 아무렇지도 않나.

에도에서 근무하는 번사의 동향은 번에서 알기가 쉽지 않다. 오리베는 그렇다 치고 나오지로의 사람됨이나 품행에 의절당할 만큼 문제가 있었는지 바로 파악할 수 있는 사람은 없었다. 번교인 교분칸이나 도장인 슈게쓰칸에서 수학하던 시절에 그는 고지식했고 비록 검술도 창술도 능하지는 않았지만 노력가였다고 했다. 그렇다면 에도 물을 먹고 몸을 망쳤나 보다고 생각하는 게 고작일 텐데, 억측은 걷잡을 수 없이 비대해지고 추잡한 비방도 많았다.

그렇지만 대외적으로는 이시노 가의 후계자가 순탄하게 후임 에도 가로로 취임했거니와, 기타미 번의 가신들 대다수는 새 번주 시게오키의 준수한 외모에 반해 그의 치정에 기대를 거느라 바빴다. 이시노 가의 수수께끼는 세월과 함께 흐지부지한 채로 잊혔다.

그로부터 오 년이 지난 지금 고코인의 작은 방에서 전(前) 에도 가로와 마주 앉은 다키의 마음에는 당시 온갖 참새들이 짖던 입방아가 되살아났다.

하지만 그에 귀를 기울일 여유는 없었다. 놀란 게 표정에 노골적으로 드러나지 않도록 애쓰는 것만도 벅찼다.

다키의 기억이 틀리지 않는다면 이시노 오리베는 세상을 떠난 아버지 가가미 가즈에몬보다 두 살 아래일 것이다. 그렇다면 올해 쉰한 살이다. 그렇건만.

어째서 이렇게 연세가 들어 보이실까.

그냥 늙은 게 아니라 수척하기까지 했다. 중한 지병이 있는 걸까. 그러고 보면 이시노는 오래전에 부인과 사별하고 적자인 나오지로를 혼자 힘으로 키웠다고 당시 들은 기억이 있다. 그런 적자를 폐하고 에도에 두고 와서 지금까지 홀로 어디서 은거했을까. 어떻게 살았을까.

무엇보다도 그런 식으로 번의 중추에서 사라진, 또는 밀려난 분이 왜 이곳에 있나.

다키가 놀란 것을 감지하고 마치 실컷 놀라라는 양 얼마 동안 잠자코 있던 이시노 오리베는 이내 천천히 입을 열었다.

"먼저 이 말부터 할까. 가가미 가즈에몬은 충신의 귀감이었다." 온화하지만 힘이 없는 목소리였다. "너도 좋은 아버지를 잃었군."

"말씀 감사합니다."

다키는 손가락을 짚어 단아하게 절하고 그대로 눈을 들지 않았다. 심장이 달그락달그락 소리를 내며 빠르게 뛰었다.

"다지마 한주로."

부름에 한주로가 더욱 납작하게 엎드리자 오리베는 입가에 웃음을 머금었다.

"그렇게 허둥댈 것 없다."

한주로는 땀범벅이 됐다.

"가가미 공은 노자키 님의 아랫사람들과 왕래가 있었으니 나리마 님에 관해 들었을 테지. 그것을 이 대찬 따님에게 털어놨어도 이상할 것 없어."

'나리마님.'

기타미 시게오키는 비록 이곳에 연금은 됐어도 저택의 주인이다. 그게 새로운 경칭인 것이다.

그나저나 조금 전 다키와 한주로가 주고받은 대화를 다 들은 모양이다. 자꾸 대차다, 대차다 하니 창피했다.

그러자 오리베는 이번에도 다키의 심정을 알아차린 것처럼 가느다란 콧날을 마른 나뭇가지 같은 손가락으로 긁적이며 덧붙였다.

"다지마는 너를 한결같은 효녀라고 평했다. 험담 비슷한 것도 들은 적이 없어. 대차다는 것도 내가 받은 느낌이다."

"이, 이시노 님."

한주로의 얼굴이 새빨개졌다. 그때 아까 만난 하녀의 목소리가 들렸다.

"실례합니다."

오리베는 스스럼없이 대답했다. "고냐, 들어와라."

장지문을 연 하녀는 눈을 껌벅였다.

"이시노 님도 계셨습니까. 손님께 먼저 저녁상을 올리려고 했는데요."

하녀 옆에 상자식 상이 놓여 있었다.

"어이쿠, 그러냐. 이거 내가 때를 잘못 맞추었구나. 허나 이야기는 금세 끝나니까 상을 들여와라."

소탈한 말투에 다키 쪽도 내심 눈을 껌벅였다. 보통 이시노 오리베 같은 신분의 무사는, 아니, 과거에 그만한 입장에 있었던 무사라면, 부엌일을 하는 하녀의 이름 따위 기억하지도 못한다. 하물며 때를 잘못 맞추었다 운운하며 사과하는 일은 있을 수 없다.

고는 재빨리 다키와 한주로 앞에 상을 놓았다. 하녀가 나가자 오리베가 다키에게 권했다.

"열어봐라."

상 뚜껑을 열자 주먹밥에 장아찌를 곁들인 작은 접시가 있고 비파 열매도 들어 있었다.

"예쁜 열매네요."

상자 안에 갇혀 있던 달콤한 과일 향기가 어렴풋이 피어올랐다.

"친절하게 마음을 써주셨군요. 감사한 일입니다."

작지만 탐스럽게 여문 비파 열매에는, 갑작스레 찾아온 손님에게 내는 간소한 저녁상에 최소한 색채를 더해주려는 마음이 깃들어 있었다. 그것이 다키의 뒤숭숭한 가슴에 스며드는 듯했다.

"그러고 보니 오는 길에 이 저택이 보이는 언저리까지 왔을 때 숲 속에서 비파 열매 향기가 났습니다."

"그러냐. 고코인은 이름의 유래대로 온갖 꽃나무와 과일나무로 둘러싸여 있다만, 오랜 세월 하인으로 이곳에서 일한 고로스케 말로는 올여름은 특히 비파가 달다더구나."

이시노 오리베의 웃음은 따스했다.

"여기서 일하는 자들은 이렇게 세심하단다. 위사는 노자키 님께서 골라주신 자들이고, 쪽빛 제복 저고리를 입은 남자 하인들은 내가 우리 집에서 신뢰할 수 있는 자들로 데려왔다. 단 그중 한 명, 네 말을 끌고 온 간키치라는 사내와 방금 들어왔던 고, 그리고 또 한 하녀는 본래 지코료에서 일하던 것을, 나리마님을 잘 보살필 수 있도록 의사인 시로타 노보루 선생이 데려왔지."

기타미 번에서 시로타라고 하면 번의(藩醫) 가문인데, 다키는 노보루라는 이름은 알지 못했다.

"시로타 선생님이라는 분은……."

"시로타 가의 둘째 아들이야. 나가사키로 유학 갔다가 삼 년쯤 전에 돌아와서 지코료 의사로 있었구나."

번의 시약원에서 진료를 받는 것은 녹봉이 적어 약값조차 대기 어려운 하사(下士) 이하의 가신과 가난한 영민들이다.

"시로타 선생은 이곳에 나리마님의 주치의로 있단다. 그리고 이이시노 오리베는 나리마님을 모시는 자 전원을 통솔하는 저택 관리인이고."

시든 나무 같은 노인은 다키와 한주로 앞에서 자세를 바로 했다.

"너를 이곳으로 부른 것은 저택 관리인으로서 직무를 다하기 위해서다. 내밀히 진행해야 할 일이라고는 하나 수상쩍은 수단을 쓴 탓에 네게 공연한 불안을 안겨줬을 테지. 사과한다."

오리베는 목례했다.

"아버지 무덤의 흙이 마르기도 전에 너를 납치한 것이나 다름없는 일이야. 허나 가가미 공이 갑자기 타계하는 바람에 나도 그만 당황해서 말이다. 원래라면 이 문제는 너보다 먼저 가가미 공에게 물었어야 할 일이니까."

오리베는 일관되게 가가미 가즈에몬에게 정중한 말씨를 썼다. 신분의 차를 생각하면 본래 불필요한 일이다. 배려가 있었다. 기묘하고 불가해한 일이기는 하지만 틀림없이 따스한 배려였다.

달그락달그락. 다키는 걸음이 빨라진 심장을 달래며 용기를 내어 아뢰었다.

"조금 전에도 말씀드렸다시피 저 같은 자가 할 수 있는 일이 있다면 최선을 다해 할 생각입니다. 물어보실 일이란 어떤 것인지요? 무엇이든 말씀해주십시오."

다다미에 두 손을 짚고 머리를 깊이 조아리자, 곁에 있는 한주로의 목에서 또다시 꿀꺽 소리가 났다.

"가가미 다키, 고개를 들라."

여전히 힘이 없고 쉰 목소리였지만, 명령조로 말하니 비로소 신분에 걸맞은 위엄이 느껴졌다. 다키는 손을 짚은 채 얼굴을 들어 똑바로 그를 봤다.

"그럼 내가 묻는 말에 천지신명 앞에서 정직하게, 있는 그대로 대답하거라."

"예."

"너는 '미타마쿠리'를 아느냐?"

침묵.

사방등의 심지가 지익 하고 타는 소리가 났다. 다키는 대답할 수 없었다. 그렇다 아니다 대답하기 이전에 무슨 말인지 의미를 전혀 몰랐기 때문이다.

오리베의 주름진 얼굴에 낙담의 빛이 떠올랐다.

"……그래, 모르느냐."

어깨에서 힘이 빠지고 맥이 풀린 양 고개가 푹 꺾였다.

"용서해주십시오, 이시노 님" 다키는 호소했다. "이시노 님께서 물으신 말의 의미를……."

"다키 님, 괜찮습니다."

한주로가 손을 내밀어 부드럽게 만류했다.

"괜찮다니요, 뭐가."

"이시노 님은 다키 님이 아무것도 모른다는 것을 아셨습니다. 그 것만으로 충분합니다."

이시노 오리베가 깡마른 팔로 양 무릎을 짚어 몸을 받치듯 하며 겨우 머리를 들었다.

"나는 네 얼굴을, 눈 움직임을 보고 있었다. 사람의 입은 거짓말을 하고 진실을 숨긴다만, 얼굴 움직임, 눈의 깜박임, 순간적으로 보이는 표정은 꾸미지 못하는 법이야."

그렇기에 잘 알았다.

"너는 내 물음을 전혀 이해하지 못했다. 흡사 이국의 말을 들은 아이 같았어. '미타마쿠리'에 관해 무엇 하나 아는 게 없기 때문이지."

오리베는 고뇌 어린 표정으로 다지마 한주로에게 시선을 돌렸다.

"한주로, 네 말이 맞았구나. 허나 나도 네 말을 믿지 않아 그런 것은 아니다. 이해하겠지?"

"네."

오리베는 처음으로 '한주로'라고 불렀고, 한주로 또한 위축되지 않고 고개를 끄덕였다.

"다만 한 번은 내가 직접 확인해야 했던 것이야. 이게…… 유일한 단서이니까."

다키는 두 사람을 번갈아 봤다. 마른나무처럼 늙은 기타미 번의 옛 중신과 개구쟁이 같은 얼굴 모습이 남아 있는 무관(無官)의 청년. 하나부터 열까지 대조적인 두 사람이 부자지간처럼 친근하게 낙담을 공유하는 듯 보였다.

대체 어떤 낙담을? '단서'라니 무슨 말인가.

"이시노 님, 거듭 결례를 범하는 점 용서해주십시오. 제 쪽에서 여쭙겠습니다. '미타마쿠리'가 무엇인지요?"

이시노 오리베는 말없이 여전히 침통한 표정으로 품에서 휴대용 필통과 휴지를 꺼냈다. 그리고 유려한 붓놀림으로 뭐라 써서 다키 쪽으로 밀어주었다.

휴지에는 이렇게 쓰여 있었다. 미타마쿠리(御靈繰).

"쿠리(繰)는 실을 잣는 이토마쿠리(糸繰り)의 쿠리와 같은 뜻이지. 자유자재로 다루고, 불러내고, 또 들여보내."

오리베는 양 무릎에 손을 얹고 담담히 이야기했다.

"미타마는 말 그대로 인간의 영혼. 많은 경우 사령(死靈)이다만 드물게 생령인 경우도 있다고 한다. 다시 말해 미타마쿠리는 인간의 영혼을 조종해 그것과 의사소통하는 기술이야."

다키는 물 흐르는 듯한 달필로 쓴 세 글자를 응시했다. 御, 靈, 繰.

"이 같은 기술을 능히 쓴다고 선전해, 믿고 매달리는 이들을 속여 금품을 갈취하는 무뢰배들은 많다. 무녀, 도사(導師), 수험자, 기도사 부류가 그렇지."

불쾌한 듯 눈살을 찌푸리며 말했다.

"허나 그 같은 가짜가 아니라 진짜 미타마쿠리가 가능한 자가 기타미 영내에 있었다. 과거에는 분명히 있었던 것이야. 부모가 자식에게 미타마쿠리의 자질을 전하고 구전으로 기술을 가르쳐 열심히 지켜온 일족이."

사방등의 불이 살짝 흔들렸다.

"태반은 이미 죽어 없어졌다. 나는 살아남은 몇 안 되는 자를 찾고 있어. 미타마쿠리에 관해 아무리 사소한 것이라도 좋으니 전해 듣거나 기억하는 게 없는지 묻기 위해."

다키의 볼에 싸늘한 냉기가 스쳤다.

아까 오리베가 들어왔던 넉 장짜리 장지문 위에 교창은 없고 그 부분을 그냥 뚫어만 놓았다. 거기로 바람이 들어오는 건가.

냉기가 오리베에게도 간 모양이다. 노쇠한 몸에 좋지 않았는지 가볍게 헛기침을 했으나, 그에 그치지 않고 기침을 시작했다. 기침이 영 멎지 않았다. 몸을 속에서 꼬집는 듯한 기침이었다. 한주로가 보다 못해 앞으로 나섰다. 오리베는 손으로 그를 저지하고는 야윈 어깨를 들먹이며 숨을 후 내쉬어 기침을 가두었다. 이마에 땀이 보일 듯 말 듯 솟아 있었다.

"······다키야."

늙은 저택 관리인의 눈을 보고 다키는 자세를 바로 했다.

"아, 예."

"네 어머니 사에는 그 일족 사람이었다. 기타미 영 북동의 산중에 있었던 이즈치란 마을의 촌장 일족인 것이야."

"고모님은 실은 다지마 가의 양녀였던 겁니다."

한주로가 말했다. 오리베도 고개를 끄덕이고는 휴지로 이마의 땀을 훔쳤다.

"이 일은 저도 이번에 처음으로 아버지께 듣고 무척 놀랐습니다. 제 할아버지, 그러니까 아버지 가쿠베에의 아버지도 간평관이었습니다만, 할아버지께서 예전에 공무로 이즈치 촌 일대를 돌던 중에 촌장과 친해져 그 댁 셋째 딸을 양녀로 들인 게 고모님, 그러니까 사에 님이었다고 합니다."

당시 사에는 여덟 살, 다지마 가쿠베에는 일곱 살이었다고 한다.

"아버지에게는 원래 연년생인 친누나가 있었는데 그 전해에 병으로 죽었습니다. 할머니께서 그 때문에 많이 슬퍼해, 할아버지는 처음에 비슷한 또래의 여자애를 데리고 와서 아이를 보게 하자 생각하신 모양입니다."

외진 산촌에서 나고 자란 여자애는 활달하고 바지런해서 아내의 기분을 밝게 해줄 것이라고.

"그런데 그렇게 데리고 온 아이를 할머니가 무척 마음에 들어하신 겁니다. 그래서 할아버지께 이 애를 양녀로 삼고 싶다고 부탁하셨다더군요."

다지마 가의 녹봉은 백이십 석이다. 가가미 가보다는 격이 높지만 상급 무사 중에서는 중 정도 된다. 정식으로 수속을 밟아 허가를 얻으면 격이 낮은 가문과 혼인 관계를 맺거나 양자를 들이는 게 가능하다. 다만 아무리 촌장의 딸이라지만 농가의 자식을 양자로 들이는 일은 대단히 흔치 않은 경우다.

"할아버지도 처음에는 망설이신 모양입니다만, 할머니의 설득에 넘어가서 여자애를 정식으로 다지마 가에 들였다고 합니다."

그게 다지마 사에였던 것이다.

사에는 다지마 가에서 양부모에게 사랑받으며 동생 가쿠베에와도 사이좋게 자랐다. 그리고 자라서, 토목청에 봉직해 부임한 곳에서 다친 동생을 간호하러 왔다가 가가미 가즈에몬을 만났다.

그러고 보면 어머니는 스무 살에 아버지를 만나 시집왔다고 들었다. 무가의 딸치고는 꽤 혼기가 지나 결혼한 셈이다. 딸인 다키가 말하기는 뭐하지만 사에는 아름답고 성품도 뛰어났던 터라 이상하게 생각했었다.

그것도 실은 사에가 양녀이고 원래 무가의 딸이 아니라는 사실 때문에 경원당해 다른 혼담이 들어오지 않았던 것이라고 생각하면 수긍이 간다. 아버지 가즈에몬은 사에에게 반해 그런 것은 아무래도 상관없다고 생각하고 아내로 맞았을 것이다.

하지만 다키는 어머니의 그런 과거를 전혀 알지 못했다.

"……아무것도 몰랐습니다."

다키가 작게 중얼거린 말에 오리베가 체념한 것처럼 고개를 끄덕였다.

"그런 것 같구나. 이번에도 네 얼굴을 보니 알겠더군."

다키는 새삼스럽게 깨달았다. 이분은 한가롭고 세간이 좁아 다들 서로 안면이 있는 기타미가 아니라, 항상 막부의 눈치를 살피고 다이묘들 간의 상하관계를 엄격히 따지면서 눈 감으면 코를 베어 먹는 상인들을 상대해야 하는 에도 저택을 오랜 세월 가로로서 꾸려온 분이다. 다른 이의 표정을 읽고 안색에서 속마음을 추측하는 데 능해도 이상할 게 전혀 없다. 그렇지 않았으면 불가능했을 것이다. 하물며 다키 같은 촌사람을 다루는 것쯤은 식은 죽 먹기일 게 틀림없다.

"그런 사정이시라면, 어머니는 여덟 살에 고향을 떠나 그 뒤로 내내 성읍에서 지냈으니……."

과연 미타마쿠리라는 기술을 기억하고 있었을지. 기억하고 있었다 해도 다지마 가 사람들에게 그런 이야기를 했을지.

사에도 이즈치 촌과 친부모에 관해 깨끗이 잊고 살지는 않았을 것이다. 사람 마음이 그렇지는 않을 것이다. 다키의 어머니는 늘 마음씨 고운 사람이었으니 더 말할 것도 없다. 하지만 양녀로 들어간 집에서 고향에 대한 마음을 겉으로 드러내고 그리워한다든지 이야기한다든지 했을까.

"다지마 가에서는 어머니에게 들은 말이 있으신가요?"

사에와 가쿠베에의 부모, 한주로에게 조부모가 되는 두 사람은 이미 오래전에 세상을 떠났다.

한주로는 고개를 흔들었다.

"저희도 전혀 몰랐습니다. 아버지 말씀으로는, 돌아가신 할아버지 할머니는 고모님을 기르시면서 다지마 가의 딸이 된 이상 생가는 잊으라고 이르셨다고 합니다."

어린 양녀에게 잔인한 처사 같지만, 다지마 가에 양녀로 들어가면서 사에는 속하는 계층이 크게 달라졌다. 확실하게 선을 긋게 하지 않으면 되레 힘들어질 수 있다. 다키 생각에 그건 올바른 가르침이다 싶었고 사에는 그에 따랐을 것이다 싶었다.

"내가 다지마 가쿠베에게 비밀리에 이 이야기를 털어놓고 사에에 관해 물은 게 미나즈키(6월) 초였다. 그러자 가쿠베에가 아들들과 의논해 나를 도우라고 여기 한주로를 보내준 것이야."

"다지마 가에서 이시노 님께 도움이 되어드리지 못하는 면구스러움을 제가 만회하고 싶었습니다."

더없이 사촌동생다운 생각이다.

"그런 일이라면 한주로 씨, 그때 바로 아버지나 제게 물어보시면 됐을 것을."

한주로의 양 입꼬리가 내려갔다.

"가가미 가에서는 저희 다지마 가 이상으로 아무것도 모르실 것이라 생각했습니다. 다키 님께 심려를 끼쳐 어머님에 대한 추억에 그늘을 드리우고 싶지 않았고, 이런 일로 고모부님의 비망록 집필이나 소이치로 공의 직무를 방해해서는 안 된다고 생각했던 겁니다."

한주로가 '가능하면 가가미 가를 끌어들이고 싶지 않았다'라고 한 말은 그런 의미였던 것이다.

그런데 그러는 사이에 가가미 가즈에몬이 급서했다. 죽은 사람에게는 아무것도 물을 수 없다. 그렇기에 이시노 오리베도 '그만 당황'했을 테고, 결국 그렇게 황급히 다키를 이곳으로 불러들일 수밖에 없었다.

하지만 대체 무슨 일이기에? 곁에 앉은 한주로의 표정은 사나웠다. 툭하면 싸우던 소년 시절 같은 격정이 뚜렷한 이목구비에 드러나 있었다.

"그 이상으로 저는 역시⋯⋯."

이야기가 여기에 이르러 무슨 이유로 그러는지 한주로는 감정이 격했다.

"저는, 저는, 아무래도⋯⋯."

부르르 몸서리를 치고는 도저히 참을 수 없다는 듯 단숨에 오리베에게 이렇게 호소했다.

"이시노 님, 죄송합니다. 저는 역시 가가미 가(家)분과 그자를 대면시키고 싶지 않습니다. 그런 일은 견딜 수 없습니다. 부디 다키 님을 이대로 성읍으로 돌려보내주십시오. 그자는 이 다지마 한주로가 무슨 수를 써서라도⋯⋯."

"그자?"

다키가 저도 모르게 약간 목소리를 높여 묻자, 한주로는 퍼뜩 정신이 든 듯했다.

이시노 오리베는 단정하게, 그러면서도 조금은 슬픈 표정으로 앉아 있었다.

"한주로, 그 이상 말하지 마라."

"하오나 이시노 님!"

"여기까지 온 이상 다키와 그자를 대면시킬 것이야."

한주로는 신음하고는 다다미에 이마를 박을 듯한 기세로 엎드리며 "예" 하고 대답했다.

"나머지는 내일 하자. 어차피 어두워지면 길을 가기 어려우니까."

여기서 또 다른 곳으로 가는 건가. '그자'란 누구인가. 다키가 그 인물을 만나기만 하면 다 알 수 있는 건가.

만약 그렇다면 만나면 그만이다. 한주로에게도 다키의 각오를 알리자.

"이시노 님, 큰 결례를 저질렀습니다."

다키도 납작하게 엎드려 절했다.

"다지마 한주로가 분수를 모르는 말씀을 아뢴 것을 사과드립니다."

오리베가 짤막하게 웃었다. 그래도 이제껏 본 중 가장 명랑한 웃음이었다.

"정말 대가 차구나."

한주로는 풀이 죽어 있었다.

"너라면 젊은 사람이나 여인이 대개 가장 어려워하는 기다리는 일도 견딜 수 있겠지. 다키야, 오늘 하룻밤만이다. 내일 아침까지 기다려주겠느냐."

"예."

"한주로도 개구리 흉내는 그만 내고 나를 따라와라."

오리베가 일어서다 말고 가볍게 휘청했다. 한주로가 서둘러 부축했다. 아까 기침한 것도 그렇고 이분은 건강이 좋지 못한 것 같다. 세상을 떠나기 전 수척해졌던 아버지 가즈에몬의 모습이 다키의 뇌리를 스쳤다.

"······이시노 님."

방에서 나가려던 오리베가 멈춰 섰다.

"내일을 기다리기 전에 하나 더 여쭤도 되겠습니까."

"뭘 물으려는 것이냐."

"이시노 님께서 미타마쿠리를 아는 자를 찾으시는 것은 그 기술이 나리마님께 도움이 되기 때문인지요?"

순간 침묵이 흘렀다.

"그래. 나는 미타마쿠리로 나리마님을 저 병고에서 해방시켜드릴 수 있다 믿는다."

번주 자리에서 쫓겨나 성읍에서 멀리 떨어진 곳에 유폐돼야 할 만큼 심한 실성. 그로부터 시게오키를 구할 수 있다.

한주로가 풀죽을 대로 풀죽은 표정으로 장지문을 닫았다. 다키는 홀로 남았다. 그녀의 마음을 비추듯 사방등의 심지가 한층 큰 소리를 내며 지지직 탔다.

밤중에 익숙지 않은 이부자리와 베개에서 선잠을 자며 다키는 꿈을 꾸었다.

어디선가 여자가 울고 있었다. 복도가 복잡하게 엉켜 있고 방이 많은 저택 내실이었다. 금박을 입힌 당지 장지문과 화조를 조각한 화려한 교창. 장식단에는 흑칠 화기에 새빨간 꽃이 꽂혀 있다.

여자의 울음소리는 멀리서 들리는가 하면 가까이에서 들렸다. 뭐라 부르짖으며 호소하는 듯했다.

다키는 여자에게 가고 싶은데 발이 움직여주지 않았다. 수렁논 속을 헤엄치듯 몸 전체가 무거웠다.

여자의 울음소리는 커졌다가 작아졌다가 그쳤나 싶더니 다시 시작됐다.

그리고 누군가를 부르고 있었다.

그것을 깨달은 순간 잠에서 깼다.

깨어났건만 여자의 울음소리가 들렸다. 꿈속에서 들은 것보다 더 멀고 희미했지만 꿈이 아니다.

이 저택에서 어떤 여자가 우는 걸까. 그 뒤 다키는 좀처럼 잠을 이루지 못했다.

세수와 아침식사를 마치자 고가 와서 다키의 준비를 도와주었다.

"변변치 않은 물건이라 죄송합니다만 이걸 입으십시오."

기장이 짧은 통소매 내의와 고소데, 쪽으로 염색한 각반이었다.

"쪽으로 염색하면 벌레는 막아주지만 거머리는 막아주지 못합니다. 거머리가 들어오지 않게 소맷부리의 끈을 조금 꽉 묶을 테니까 아프면 말씀해주십시오."

고는 각반의 끈도 단단히 묶었다.

"바깥에서 삿갓을 쓰시면 쪽물을 들인 수건을 그 위에 씌워드릴 겁니다. 그것도 벌레와 거머리를 막기 위해서니까 더워도 참아주십시오."

"알겠습니다. 고마워요. 저…… 전 산에 가는 건가요?"

하룻밤이 지나 대망의 아침이 밝았다. 어젯밤 오간 이야기가 남긴 수수께끼가 드디어 풀린다.

다키와 그자를 대면시킬 것이야.

그곳에 가게 됐는데 이런 식으로 묻는 스스로가 한심했다.

그러나 고는 다키를 비웃지 않았고 업신여기는 눈초리로 쳐다보지도 않았다.

"마님, 저……."

다키는 미소를 지었다.

"지코료에서 오신 분이라죠? 저는 이렇다 할 신분도 없고 결혼했다 친정으로 돌아온 몸이에요. 자기 힘으로는 아무것도 할 수 없다는 의미에서는 지금 이곳에선 환자나 마찬가지고요. 편하게 말해주세요."

고는 어젯밤에 그랬던 것처럼 눈을 껌벅였다. 다키의 고등 머리보다 더 간소하게 올린 머리에 수건을 찢어 만든 헝겊을 감았다. 아침 햇살 아래 대면하니 이 부지런해 보이는 여자가 시녀가 아니라는 것은 한눈에 알 수 있었다.

"……예에, 그렇군요."

"아버지가 나가오 촌이라는 곳에 은거하셔서 저도 같이 살면서 밭일을 했거든요. 그렇지만 거머리에게 뜯긴 적은 없어서요. 무서운가요?"

"피를 빠니까요. 뜯긴 데가 부어오르고 뭣보다 징그러우니까 무섭다기보다 기분 나쁘고 싫죠."

고는 다키의 허리띠를 매고 상의 끝자락을 잡아당겨 정돈했다.

"사실은 저도 이시노 님께서 다키 님을 데리고 가시는 데가 어디인지 잘 몰라요."

저희는 가까이 가면 안 되는 곳이라서요, 라고 했다.

"여기 뒷산을 올라가나 봐요. 이시노 님을 모시는 간키치라고, 어제 다키 님 말을 끌고 온 하인인데, 그치는 가끔 오가는 모양이에요. 그러고 보니 간키치는 다키 님과 같이 오신 젊은 무사 나리……."

"제 사촌동생이에요. 다지마 한주로."

"다지마 님이시군요. 그분도 한 번 안내해드린 적이 있대요. 한 번 뿐이고 두 번째에는 이제 혼자 가실 수 있으니까 안내는 필요 없다 하셔서 놀랐다고 하더라고요."

이것도 한주로답다.

"덤불이나 진창을 밟지 마시고, 그리고 벌도 조심하세요. 산길 도중에 벌집을 만들어놨다는 것 같으니까요."

고코인의 동쪽 대기소, 마구간이 있는 곳으로 나가니 채비를 마친 이시노 오리베와 한주로가 기다리고 있었다. 두 사람 다 소맷부리를 끈으로 묶는 내의를 속에 껴입었고, 장딴지가 좁은 여행용 하카마는 올이 촘촘하고 식물성 염료로 염색했다. 이것도 벌레를 막기 위해서일 것이다.

동행한다는 위사는 지난밤 이곳에서 본, 얼굴이 부은 것 같은 사람이었다.

"그럼 가지."

위사가 선두에 서고 오리베와 다키가 중간, 그리고 한주로가 맨 끝에 섰다.

"다키 님, 힘들면 바로 말씀하시는 겁니다."

한주로는 나를 고귀한 태생의 아가씨라고 생각하는 모양이다. 이래봬도 가래나 괭이를 쓰게 하면 제가 훨씬 나을걸요. 그렇게 잘난 척할 수 있었던 것은 잠깐뿐, 덤불 사이로 구불구불 올라가는 좁은 길을 나무뿌리를 밟으며 올라가다 보니 숨이 찼다. 장마는 이제 걷혔는지 햇살이 여름 햇살이다. 관목이 그것을 반사하니 더욱 눈이 부셨다.

이시노 오리베는 안정된 걸음걸이로 올라갔다.

"이 일대는 옛날부터 여러 차례 산불이 나서 키 큰 나무들이 자라지 못하게 됐어."

산불의 원인은 대개 벼락이다. 몇 차례 불이 나 높은 나뭇가지가 사라지면 벼락은 다른 곳에 떨어지게 된다. 그러면 키 작은 나무가 자라기 시작하고 이윽고 다시 숲도 생기지만 그러면 또 벼락이 쳐 불이 난다. 그게 반복된다.

"고코인과 정원을 보호하기 위해 저택 주변만은 졸참나무와 너도밤나무를 심었단다."

계획적으로 조성한 숲이라는 것이다.

"벼락도 피해만 없으면 멀리서 보기에는 아름답지. 저택에서 바라보이는 저 호수는, 산에 떨어지는 벼락의 눈부신 빛이 비친다고 해서 뇌신의 손거울이라는 뜻으로 '진쿄(神鏡) 호'라 한다."

방울져 떨어지는 땀을 손등으로 훔치며 고개를 돌려 내려다본 진쿄 호는 생각보다 아래에 있었다.

"다키 님, 힘들지 않으십니까? 돌아갈까요?"

한주로는 여기까지 와서도 아직 다키와 '그자'가 만나는 게 싫은 모양이다.

"저는 괜찮아요. 한주로 씨, 삿갓 위로 커다란 벌이 날아다니는데요."

거머리를 막을 필요가 있는 곳은 도중에 길이 내리막으로 이어져 그늘이 짙게 괸 부근이었다. 어디선가 물이 스며나오는지 습했다.

"여기도 낙뢰로 바위들이 부서지면서 생긴 우묵땅이란다. 산마저 뚫을 정도이니 뇌신의 힘은 무섭구나."

우묵땅을 벗어나자 다시 오르막길이 되면서 관목도 줄고 헐벗은 바위 땅이 솟았다.

"여기까지 올라오면 일 년 중 태반을 기타미의 바람이 몰아치는 바위산이 되지."

짙은 녹색의 촉촉한 이끼 사이에 작은 꽃이 드문드문 피었다. 꽃도 잎도 땅에 납작하게 붙어 있다.

"이 일대는 기타미 번의 자연 경관이 응축돼 있어. 그렇기에 번주의 별저를 짓기에 걸맞다고 선택됐다더군."

오리베가 땀을 닦으며 말했다. 한주로는 바위 땅의 일부가 된 것처럼 얼굴 표정이 굳었다.

먼저 위사가, 이어서 오리베가 멈춰 섰다. 바위 땅 앞에서 평지가 됐다가 그곳에서 더 가서 다시 가파르게 이어지는데, 그 경계에 간소한 오두막이 있었다.

위사 한 명이 서서 파수를 보고 있었다. 선두에 선 위사가 들고 있던 짧은 창을 들어 인사하자, 파수를 보던 무사도 같은 동작으로 답하고는 오리베를 알아봤는지 한 발짝 옆으로 물러나 머리를 숙였다.

"수고한다."

오리베가 수건과 삿갓을 벗기에 다키도 따라했다. 시야가 트였다. 주위를 둘러보며 공기를 한껏 들이마셨다.

그때 깨달았다. 오두막이 아니다. 반대편 벽이 없었다. 그 너머는 캄캄한 어둠이었다. 동굴인가. 이런 곳에?

어둠이 큰 소리로 말했다.

"드디어 납시셨군."

남자 목소리다. 억지로 목청을 높이느라 갈라졌다.

"가봐라."

오리베가 다키를 재촉했다.

"동굴 감옥이다. 창살에 손을 대지 말고. 그렇게 애써 들여다보지 않아도 이야기는 나눌 수 있을 것이다."

다키는 발을 내디뎠다. 한주로가 바로 뒤를 따라왔다.

창살 가까이에 한 남자가 바닥에 다리를 뻗고 앉아 있었다. 머리도 수염도 마구잡이로 자랐고 턱은 뾰족한데 눈만 형형하게 빛났다.

생판 모르는 사람이었다. 그런데 얼굴이 어쩐지 낯이 익은 것은 왜일까.

입꼬리를 올리듯 웃음을 지으며 옥에 갇힌 남자는 말했다.

"먼저 이치노스케를 도와줘서 고맙다는 말부터 해야겠지."

아, 하고 깨달았다. 이 얼굴 생김새, 이목구비는 그 사랑스러운 어린아이와 비슷했다.

이 수인은 이토 나리타카다.

3장

亡靈

망령

I

동굴 감옥 속 남자는 턱을 쳐들고는 자못 재미있다는 얼굴로 다키 바로 뒤를 향해 말을 걸었다.

"그렇게 무서운 표정 지을 것 없어."

다키 뒤에 붙어 두 주먹을 부르쥔 한주로를 놀린 것이었다.

"나는 짐승이 아니야. 다키를 잡아먹지는 않을 테니 안심해라."

무례한 말에 놀랄 겨를도 없었다. 한주로는 단숨에 얼굴이 벌게져서는 창살을 잡고 고함쳤다.

"다키 님을 모욕하는 거냐!"

"이름을 부른 것만으로 모욕하는 게 되나?"

"네놈 같은 죄인이……."

"한주로 씨, 잠깐만요. 저는 괜찮아요."

다키는 한주로를 제지한 다음 두 무릎을 땅에 대고 감옥 창살을 잡으며 얼굴을 가까이 가져갔다.

"전 수석 요닌 이토 나리타카 님이시죠?"

감옥에 갇힌 남자는 얼굴에서 웃음을 지우고 다키의 눈을 똑바로 바라보며 "그래"라고 대답했다.

"다만 그 이름은 이제 버렸다. 아니, 이토 나리타카라는 가짜 인물은 시게오키 님께서 연금되셨을 때 할복하고 죽었다 하는 편이 옳으려나."

"그럼 지금 여기 있는 당신은 누구신지요?"

"그건 차차 알려주지."

홀쭉한 뺨이 또다시 즐겁다는 듯 누그러졌다.

몸에 걸친 것은 때탄 홑옷 하나, 엉덩이 밑에 멍석을 깔았을 뿐. 이 남자는 분명히 기타미 시게오키보다 조금 위, 서른 정도일 텐데, 그런 젊은 나이라도 춥기는 추울 테고 몸도 여기저기 쑤실 것이다.

그렇건만 눈동자 깊은 곳에 순수한 희색이 깃들어 있었다. 대체 뭐가 그렇게 재미있나.

꾀죄죄한 수인은 더없이 무례하게도 턱짓으로 이시노 오리베를 가리켰다.

"저기 있는 저택 관리인도 그럴 작정으로 너를 이곳에 데려왔을 테니까."

오리베는 오두막에서 조금 떨어진 곳에 승창을 놓고 앉아 있었다. 피로의 색이 짙다. 위사도 염려해 보살피는 듯했다.

역시 건강이 좋지 않은 것 같다. 게다가 오리베는 지금까지 다키가 기타미 무사들에게 본 적이 없는 표정을 짓고 있었다. 아버지도 오빠도 헤어진 남편도, 오노 쇼자부로도 여자 앞에서 이런 얼굴을 보인 적이 없었다.

이시노 오리베는 슬퍼하고 있었다. 그리고…….

측은해하고 계시나?

누구를? 이 수인인가. 아니면 다키를?

다키는 마음을 다잡고 수인을 돌아봤다.

"그럼 먼저 대답해주십시오. 당신은 제 아버지 가가미 가즈에몬과, 또는 가가미 가와 어떤 연이 있는지요?"

"호오." 수인은 감탄한 듯 두 눈썹을 치켰다. "왜 연이 있다고 생각하지?"

"그렇지 않으면 소중한 어린 자식을 맡길 리 없습니다. 가가미 가의 딸인 제 이름을 알고 뻔뻔하게 함부로 부를 리도 없을 겁니다."

"내가 그렇게 부르면 불쾌한가?"

"네."

이토 나리타카는 후후후 하고 코웃음을 쳤다.

"대가 세군. 그 탓에 이혼했을 테지."

"어디서 함부로!"

또다시 한주로가 개처럼 사납게 달려들었다.

"한주로 씨, 진정하세요."

"하지만 다키 님, 저자는…….'

발을 동동 구르는 한주로를 다키는 당차게 올려다봤다.

"저는 잠깐 조용히 이야기하고 싶습니다. 아시겠죠?"

"이야기라면 제가……."

"아시겠죠?"

"……네."

이토 나리타카는 편안하게 품에 손을 넣은 자세로 동굴 벽에 기대앉아 두 사람의 말을 비웃고 있었다.

"무례한 분이군요."

다키는 비참한 수인을 똑바로 보며 말했다.

"그런 행동을 수치라고도 생각하지 않는 당신은 무사가 아닙니다."

이토 나리타카는 엷은 웃음을 띤 채 꿈쩍도 하지 않았다. 험상궂은 이목구비다 보니 빈정거리는 듯한 웃음이 잘 어울리는 게 또 부아가 치밀었다.

그렇구나. 다키는 깨달았다.

수석 요닌으로 권세를 떨치던 시절에는 격식 차린 말투로 하루하루를 보냈을 텐데, 그런 예의범절을 모조리 잊고 거친 말씨를 쓰며 주위도 아랑곳없이 웃는 이 남자는 명백히 이제 무사가 아니었다. 하지만 그래도 전혀 이상할 게 없다. 원래대로 돌아간 것뿐이니까. 이 남자는 원래 번주가 들놀이를 나간 외딴 산촌에 사는 젊은 향사에 불과했다.

"위급할 때 가가미 가즈에몬 공이라면 믿고 이치노스케를 맡길

만하다고 생각한 이유는 두 가지다."

앙상하게 마른 수인은 품에 손을 넣고 벽에 몸을 기댄 채 그렇게 말했다. 얼버무리지 않고 다키의 물음에 답할 생각인 모양이다.

"첫째는 가가미 공이 공정하고 정이 두터운 사람이라는 것을 알고 있었기 때문이야."

"당신이 아버님에 대해 뭘 아신다는 거죠?"

"내 눈으로 봤으니까."

가가미 가즈에몬이 은거하기 두 달쯤 전에 있었던 일이라고 했다.

"나는 시게오키 님의 대리로 센 천 및 나가 못 관개용수 공사를 둘러보러 갔다만."

그때 그를 수행한 부하가, 흙주머니를 나르던 인부의 실수로 흙탕물이 튀자 고압적으로 화를 내며 그 자리에서 칼로 베어버리려 하는 소동이 벌어졌다.

"그 소리를 들은 가가미 공은 바로 인부를 붙들어 부하에게 사과하고는 내게 달려와서 이마를 조아리며 사죄했다. 그리고 자신의 목숨과 맞바꾸겠다면서 인부를 살려달라고 청하더군."

반할 만큼 떳떳한 태도였다, 라고 했다.

"그날은 비 온 뒤라 여기저기에 물웅덩이가 있었어. 공사장에 익숙지 않은 자가 왔다 갔다 하면 흙탕물 좀 튈 만도 하지. 그러나 가가미 공은 변명 한 마디 하지 않았다. 인부의 실수는 토목청의 실수라고 인정하고 처벌은 모두 감독인 자신이 받겠다고 명언하는 것이야."

전부터 이번 일을 알고 있었고 여기 동굴 감옥에도 여러 번 걸음을 했을 한주로도 이 이야기는 처음 듣는 듯했다. 무의식중에 물었다.

"그래서 네놈은 어떻게 했느냐?"

"부하를 파면했다."

이토 나리타카는 그렇게 말하고 한주로를 향해 웃음을 지었다.

"나는 처음부터 그럴 생각이었어. 흙탕물이 튀는 정도도 못 참으면서 공사장에 따라오는 게 잘못이지."

"그럼…… 인부는 벌을 받지 않았고?"

"호되게 꾸짖기만 했다. 징용되어 오기는 했다만 본래 그 지역 논밭을 일구는 일꾼인데 어지간한 일로 목숨을 앗을 수 있겠느냐. 나라는 농민으로 유지되는 것인데."

다키는 가볍게 놀랐다. 지금까지 살면서 가까운 무사의 입에서 이런 말을 들은 적이 없었다.

조금 전과는 다른 의미에서 생각했다.

역시 이 사람은 타고난 무사가 아니다.

이토 나리타카는 다키의 눈빛에 나타난 어렴풋한 변화를 알아차리지 못하고 말을 이었다.

"한결같이 사죄하며 가가미 공은 내게 이렇게 아뢰었다. 단 한 번의 실수로 인부의 목숨을 앗았다가는, 기타미 번이 아무리 영민들을 위해 하는 일이라 해도 앞으로 모든 토목 공사가 공포와 증오의 표적이 될 것이다, 그래서는 나라가 유지되지 못한다고. 나는 그 말에도 탄복한지라 나리의 대리로서 칭찬의 말을 내린다고 했다만 웃지도 않더군."

한주로가 고모부님답다고 나지막이 중얼거렸다.

뒤에서 이시노 오리베가 기침했다. 다키는 몸을 틀어 그쪽을 돌아봤다. 오리베는 한 손으로 입을 가리며 신경 쓰지 말라고 몸짓으로 알렸다.

이토 나리타카도 그것을 보고 있었다.

"다키를 데려오는 것뿐이면 한주로만으로 충분할 텐데 뭐 하러 무리를 하는지. 이시노 씨도 하여간 묘한 데서 의리가 있다니까."

분수를 모르는 말투이기는 해도 조금은 오리베를 염려하는 것처럼 들렸다. 다키, 한주로 하고 함부로 칭하는 것도, 그저 무례한 것도 같고 그것만은 아닌 것도 같았다.

"저택 관리인 나리가 꽁꽁 얼기 전에 이야기해야겠군. 모처럼의 기회이니 한껏 재고 싶었건만."

수인은 짐짓 투덜거렸다.

"저택의 유모에게 유사시에 이치노스케를 안고 가가미 공을 찾아가라고 이른 두 번째 이유는 말이다, 다키. 시게오키 님께서 번주 자리에서 쫓겨나고 내가 이 같은 처지로 몰리게 되면 어차피 가가미 가가 말려들게 돼. 적어도 가즈에몬 공과 너를 끌어들이게 될 것은 명백했다. 그렇기에 다른 사람을 의지하는 것보다는 낫다고 생각한 것이야."

묘한 소리를 한다. 그냥 들어넘길 수 없는 말이다.

"왜 **어차피** 저희가 말려들게 되는지요?"

이토 나리타카는 대답하기 전에 한주로에게 물었다.

"다키에게 사에의 출생에 관해 알렸나?"

뭔가 곰곰이 생각하고 있었던 듯한 한주로는 황급히 엄숙하고 무뚝뚝한 표정을 되찾았다.

"그래. 지난밤 이시노 님께서……."

"그럼 이야기가 쉽겠군."

이토 나리타카는 바위 벽에서 등을 떼고 일어나 앉더니 다키의 얼굴을 응시했다.

"내 어머니의 이름은 야에라고 한다. 기타미 영 북동부 산속의 작은 마을, 이즈치 촌 촌장의 딸이지."

이즈치 촌. 촌장의 딸. 바로 지난밤 다키가 오리베에게 들은 이야기가 아닌가.

다키가 알아차린 것을 알아차렸는지 그는 고개를 끄덕했다.

"그래. 네 어머니와 마찬가지다. 야에와 사에는 다섯 살 터울의 자매야. 네 어머니 사에는 내 이모란다."

그렇다면…….

"그러니 나는 네 사촌오빠인 것이지. 거기 있는 다지마 한주로와는 달리 진짜 혈연이다."

다키는 아연했다. 그 말을 듣고 비로소 이해가 됐다. 이 남자의 태도와 말투가 무례하고 뻔뻔한 것은, 비록 비비 꼬이기는 했어도 혈육에 대한 친근함에서 비롯된 것이었다.

세상에. 다키는 이중으로 어이가 없어져 할 말을 잃었다. 그런데 한주로가 참을 수 없다는 듯 끼어들었다.

"한 핏줄을 받지는 못했어도 사에 님은 지금도 그리운 내 고모님 이시고 다키 님도 소중한 사촌누님이다. 네놈은 고모님에 대해서도 다키 님에 대해서도 아무것도 모르면서."

"그래, 모른다."

이토 나리타카는 어린애가 싸움에 응하듯 대꾸했다.

"알고 싶어도 내 이모 사에는 겨우 여덟 살 나이에 성읍으로 끌려 갔으니까. 내 어머니는 사랑하는 동생이 걱정되고 허전해서 몇 날을 베갯잇을 적신 줄 모른다고, 그때를 떠올리면서 거듭 눈물을 글썽이 곤 하셨지."

"할아버지께서 억지로 다에 님을 데려온 게 아니야. 양녀로 들인 것이지."

"아니, 애 보는 종으로 부려먹을 생각이었어. 양녀로 들인 것은 우 연이고."

"증거가 있나? 고모님은 다지마 가에서 사랑받으면서 자랐어."

"그거야말로 증거가 있나? 너야말로 아무것도 모르면서."

"그만두세요!"

다키의 질책에 동굴 감옥의 창살을 사이에 두고 다투던 두 남자 는 고집스레 입을 다물었다.

"한주로 씨, 그렇게 대놓고 오기로 말다툼을 벌이다니 그게 무사 가 할 행동입니까? 부끄러운 줄 아세요."

한주로는 순식간에 몽둥이로 얻어맞은 개 같아졌다.

"……죄송합니다."

이토 나리타카가 또다시 쿡쿡 웃었다. 다키는 그쪽도 노려보며 일 갈했다.

"당신도 마찬가지예요!"

그녀의 엄한 기세와 목소리에 그는 약간 주춤해 어깨를 으쓱했다.

"나는 이제 무사가 아니야. 이런 곳에 갇혀서 몸에 이끼가 끼기 시작한 한낱 죄인이지."

"네, 그렇겠죠. 저도 당신의 위신 따위 아무래도 상관없어요. 마음대로 이끼로 뒤덮여서 썩도록 하세요. 하지만 당신이 예의 없이 굴면서 천한 사람처럼 타인에게 싸움을 걸고 비웃는 것을 그냥 두고 볼 수는 없습니다. 그래서는 과거 당신을 수석 요닌으로 중용하신 6대 나리의 존안에 먹칠을 하는 일이 되기 때문이에요. 그런 더없는 불충을 간과한다면 저는 기타미 번 가신 가문의 여자로서 돌아가신 아버지를 뵐 낯이 없어요."

동굴 감옥 안에서 상투도 수염도 헙수룩하게 자라고 뼈가 앙상한 죄인이 눈을 크게 떴다. 그리고 처음으로 빈정거림이 전혀 없는 솔직한 웃음을 지으며 이렇게 말했다.

"그래, 맞는 말이다. 다키, 네게는 못 당하겠구나."

그때 뒤에서 이시노 오리베가 또 기침했다. 아니, 기침만이 아니었다. 웃고 있었다. 우스워서 웃었다가 기침이 난 것이었다.

"이제 됐다. 잘 알았어."

위사의 부축을 받으며 오리베는 천천히 승창에서 일어섰다.

"쿠리야의 신쿠로, 이로써 네 사촌누이의 기골을 잘 알았을 테지."

쿠리야의 신쿠로? 다키와 한주로가 마주 보자 오리베가 말을 이었다.

"그게 이 사내의 진짜 이름이다. 쿠리야는 성이 아니라 통칭이라고 할지, 옥호 같은 것이다만. 이즈치 촌에서 촌장 일족은 그 이름을 썼단다."

"미타마쿠리를 하는 일족으로 예로부터 잘 알려져 있었기 때문이지."

이토 나리타카, 쿠리야 신쿠로가 즉각 말했다.

"내 어머니 야에는 촌장의 맏딸이자 일족의 계승자, 무가로 말하자면 총령에 해당되는 딸이었어. 미타마쿠리의 힘도 셌지."

어머니 사에의 출생과 미타마쿠리라는 불가사의한 기술. 그 두 개가 여기에서 만났다. 어머니의 언니, 다키에게는 큰이모가 되는 사람이 미타마쿠리의 명수였다.

"한주로, 미안하다만 여기 위사를 거들어줘라."

이시노 오리베는 허리를 문지르며 아무 일도 아니라는 듯 말을 꺼냈다.

"신쿠로를 고코인으로 데려가겠다."

"네?"

한주로는 물론 두 위사도 소스라치게 놀랐으나 오리베는 태연한 표정이었다.

"걱정 마라, 신쿠로는 얌전히 있을 테니까. 그렇지?"

신쿠로 본인도 깜짝 놀란 듯 갈라진 목소리로 머뭇머뭇 말했다.

"바, 밖에 나가면 나는 도망칠 텐데."

"네가 도망치면 다키를 죽일 것이야."

한주로가 괴상한 목소리로 또 "네?" 하고 소리 질렀다.

"다지마, 시끄럽다."

"하, 하오나 하오나 하오나."

"앞으로 다키가 신쿠로의 옥지기가 될 것이야. 이 아이라면 충분히 할 수 있겠지. 자, 서두르자. 여기는 너무 춥구나."

2

남자분들은 모두 허세를 부린단다.

상황은 잊었지만 어머니 사에가 그렇게 타이른 적이 있었다.

자신에게 아무 득이 되지 않는 일이라도 자기도 모르게 허세를 부리고 말아.

어머니의 가르침은 옳았다. 정말 어머니 말씀대로라고 다키는 생각했다.

동굴 감옥에서 끌려나온 쿠리야 신쿠로는 대체 무슨 기운으로 그렇게 놀리고 빈정거리고 큰 소리로 웃었나 싶을 만큼 허약해져 있었다. 뼈와 가죽만 남은 몸뚱이는 온통 멍과 상처로 뒤덮여 있었으며 특히 등과 두 다리의 무릎 아래가 심했다. 타박상을 입은 곳이 뭉쳤고 상처가 곪아 살이 짓물렀다. 자력으로 걸을 수 있는 상태가 아니라 한주로와 위사들이 번갈아 그를 업고 산을 내려갔다.

신쿠로 본인도 처음에는 등에 업혀서도 한주로를 놀리고, 또 자신이 혹독한 고문을 받게 한 것은 수석 가로인 늙은 너구리 와키사카인데, 그자는 방에 혼자 있을 때면 인간의 가죽을 벗고 정체를 드러낸다고 다키에게 이야기하는 등 독설을 퍼부었다. 그런데 얼마 지나 조용해졌기에 보니 기절해서 축 늘어져 있었다.

하여간 무슨 허세를 그렇게 부리는지. 어이가 없어진 다키에게 이시노 오리베가 사과하듯 낮은 목소리로 말했다.

"와키사카 님도 잠시 분별을 잃으셨던 것이야. 그렇지 않으면 이런 처사를 허용할 분이 아닌데."

수석 가로가 분별을 잃을 정도의 사정이란 무엇인가. 수수께끼는 이제 겨우 작은 일부분이 풀렸을 뿐이다.

"네게는 놀랄 일의 연속일 테지. 미안하다만 이 뒤는 일단 신쿠로의 이야기를 먼저 들어봐라."

그렇게 말하는 오리베의 눈에는 침울한 빛이 어려 있었다.

신쿠로에게는 동쪽 대기소에서 가까운 방이 주어졌다. 한주로는 반대했지만 다키는 "저는 옥지기니까요"라며 신쿠로의 간호를 자원했다.

그때 처음으로 시게오키를 위해 이곳에 와 있는 의사 시로타 노보루를 만났다.

고가 친밀감과 경애를 담아 '젊은 선생님'이라고 부르는 청년 의사는 다키의 오빠 소이치로와 비슷한 나이일 것이다. 등색 작업복이 몸에 익은, 거들먹거리는 구석이 전혀 없는 인물이었다.

뿐만 아니라 온화한 시선으로 다키를 바라보며 아버지 가즈에몬의 죽음부터 애도해주었다.

"아버지를 아셨나요?"

"다친 인부나 과거 인부로 징용된 적이 있는 병자를 진찰할 기회가 지코료에서 몇 번 있었습니다. 다들 아버님의 어진 인품을 존경하더군요. 아까운 분을 잃었습니다."

의사는 능숙한 동작으로 신쿠로를 진찰하고 상처를 치료했다. 그리고 말했다.

"이 사람이 고집을 꺾고 목숨이 다하기 전에 이곳에 돌아올 수 있어서 저도 안도했습니다."

신쿠로가 혹독한 고문을 당하고 그 상태로 산 위 동굴 감옥에 갇힌 것을 알고 있었나 보다. 의사의 입장에서는 그냥 두면 안 된다고 생각한다. 하지만 번사로서는 상부의 명령에 복종하는 수밖에 없다. 시로타 의사도 이 저택이 은밀히 감추고 있는 사정에 얽매여 있는 것이다.

다키는 잠자코 목례했다. 지금은 신쿠로를 살려놓는 게 우선이다.

시로타 의사는 찜질하는 법과 붕대를 감는 법, 탕약을 먹이는 법 등을 알기 쉽게 가르쳐주었다.

"오른쪽 무릎 여기와 늑골 여기."

손가락으로 가리키며 설명했다.

"여기는 타박상만이 아닙니다. 뼈가 부러졌거든요. 바로잡지 못하고 그냥 굳은 것 같군요."

신쿠로는 야위고 체력도 저하된 상태이니 영양분 있는 음식을 먹여 안정을 취하게 하는 게 제일이다.

"하지만 같은 자세로 오래 누워 있으면 욕창이 생기는 데다 몸이 더 굳습니다. 하루에 몇 번은 본인이 아프다고 울든 아우성을 치든 확실하게 돌아눕히고 팔다리를 움직여주십시오."

인정사정없는 지시다.

"혼자 힘으로 벅찰 것 같으면 고나 간키치를 부르십시오. 두 사람 다 잘 아니까요."

"아닙니다, 그때는 제가 하겠습니다."

한주로가 어깨에 힘을 주며 나섰다.

"다키 님이 옥지기이시면 저는 옥졸입니다."

"그러세요."

다키는 웃었다.

산에서 내려와 사흘간 신쿠로는 자다 깨다를 반복했다. 동굴 감옥에서 얼음장처럼 차가워졌던 몸은 고열이 나, 자는 동안에도 숨을 가쁘게 몰아쉬었다. 다키가 돌보면 울지도 아우성치지도 않고 내맡겼다. 미음도 순순히 먹었다. 측간에만은 기어서라도 혼자 가겠다고 우겨, 결국 그때마다 한주로가 메고 갔다.

"이래서야 옥졸이 아니라 측간지기 아닙니까."

불평하면서도 매번 지고 가주는 한주로의 표정도 조금 누그러진

듯 보였다. 아무리 화가 나고 미워도 다치고 쇠약해진 모습을 보면 저도 모르게 동정하게 된다. 그건 한주로가 착한 것인 동시에 약한 것이기도 했지만 다키는 고맙게 생각했다. 신쿠로를 위해서만은 아니다. 다키의 마음도 덕분에 많이 편해졌기 때문이다.

신쿠로는 꾸벅꾸벅 졸다가 깨고 또 잠들었다. 깨어 있을 때면 자꾸 이야기를 하고 싶어했지만 다키가 막았다.

"건강이 나아진 다음 하기로 해요."

다키 자신도 이 저택에서의 생활에 익숙해지기까지 이것저것 신경을 써야 했다. 아버지와 둘이 은거소에서 살 때와는 모든 면에서 많이 달랐다. 취사와 청소, 빨래, 장작 패기 등 일상적인 일은 간키치를 비롯한 하인들과 고에게 맡겨두는 편이 나은지, 도우려고 하면 되레 곤혹스러워했다. 그들은 곤혹스러운 표정으로 암암리에 다키에게 저택 내실에 가까이 가면 안 된다고 알리는 듯 보이기도 했다.

한주로도 말했다.

"저는 이시노 님께서 허가해주셔서 가끔 위사들 틈에 섞여 순찰을 돕는다만, 나리마님이 계시는 내실에는 가까이 간 적이 없습니다. 위사들도 늘 저택 바깥을 돕니다."

"그래요. 물론 함부로 들어가면 안 된다고 생각은 하는데요……."

"다키 님은 눈치채셨습니까? 하루에 몇 번씩 묵직하게 들들거리는 소리가 나는데요."

듣고 보니 그런 것도 같았지만 여러 가지로 바빠서 염두에 두지 않았다.

"글쎄, 모르겠네요. 무슨 소리일까요."

"아마 미닫이문을 여닫는 소리이지 싶습니다. 이시노 님과 시로타 선생님이 내실에 출입하실 때 꼭 들리니까요."

두 사람은 마주 봤다가 누가 먼저랄 것 없이 눈을 돌렸다. 기타미 시게오키는 정신이상으로 인해 연금된 것이다. 증상 정도에 따라서는 이곳에 연금 정도가 아니라 '감금'돼 있어도 이상할 것 없다.

"그보다 저는 이곳에 온 첫날 밤 어디서 여인이 우는 소리를 들었는데요. 한주로 씨, 뭔가 짚이는 데 없으세요?"

"제가 여기서 본 여인이라곤 다키 님을 제외하면 고라는 그 하녀 뿐입니다만."

"혹시 나리마님 곁에 영지 마님이 계시려나요?"

에도를 떠날 수 없는 정실과는 반대로 번주의 측실은 영지를 떠날 수 없다. 그렇기에 일반적으로 '영지 마님'이라고 불린다.

"6대 나리께서는 측실을 두지 않으셨습니다만."

"그래요…… 정식으로 계신 게 아니었을 수도 있지 않을까요."

한주로는 "으음" 하며 팔짱을 꼈다.

"다키 님, 분명히 여인의 울음소리였습니까? 아이 목소리는 아니었는지요?"

"저도 비몽사몽간이었으니까 그렇게 물으면 자신 없네요."

"그렇습니까. 실은…… 다키 님은 아직 못 만나신 것 같습니다만, 이곳에 고 말고 하녀가 또 한 명 있거든요."

열네 살 먹은 소녀로, 이름은 스즈라고 했다.

"스즈가 혼나거나 해서 운 게 아닐까요."

"어머나, 그럼 미안한데요."

다키의 얼굴을 본 한주로는 슬그머니 주위를 살핀 다음 목소리를 낮추었다.

"스즈는 일부러 남 눈에 띄지 않도록 조심하는지, 저도 그 애가 새끼 토끼처럼 잽싸게 지나가는 것을 몇 번 봐서 말이죠."

저 애는 누구인가. 무례한 행동 아닌가.

"그랬더니 고가 가르쳐준 겁니다. 본인과는 말을 나눠본 적도 없습니다. 그렇지만 그럴 만도 하다고 할지, 억지로 붙들어 인사하는 것도, 인사를 받는 것도 잔인하다는 생각이 들어서요."

스즈는 얼굴과 몸에 심한 화상 흉터가 있다고 했다.

"벌써 구 년쯤 됐나요, 섣달에 바람이 강하게 불 즈음 성읍의 장인 구역에 큰불이 난 적이 있죠."

다키는 고개를 끄덕였다.

"온도 님의 큰불 말이죠? 네, 똑똑히 기억해요."

성 구석진 곳에 있어도 연기 냄새가 지독했거니와, 불길이 무사들이 사는 나가야(長家)*와 무가 저택이 모여 있는 지역까지 번지는 게 아닐까 무서웠다.

"성읍에 돌아와 계셨던 아버님도 바로 토목청 하사들을 데리고 불을 끄러 나가셨고, 오라버니도 상황을 보러 가셨죠."

* 일본식 다세대 주택의 일종

소이치로는 해가 바뀌면 관례를 치르기로 돼 있어서 당시 가가미 가에는 식을 올릴 준비가 갖추어져 있었다.

"어머니는 오라버니가 관례 전에 목숨을 잃지는 않을까 얼굴이 창백해질 만큼 걱정하셨고 저도 너무너무 불안해서 울 뻔했는데, 그때 다지마 가에서 한주로 씨가 달려온 거예요."

고모님, 다키 님, 무사하신가요.

"한주로 씨도 그때 한 열 살이었으니까 시커먼 연기가 무서웠을 텐데 말이에요. 하여튼 지기 싫어하는 것 하나만은 알아줘야 한다니까요."

안심하십시오. 한주로가 두 분을 지켜드리겠습니다.

한주로는 머리를 긁적였다.

"제가 그런 말을 했나요."

이 남자도 어렸을 때부터 오기를 부렸다.

"그래서…… 그 뭐냐, 스즈라는 하녀는 그때 큰불로 가족을 잃고 자기도 심한 화상을 입어 죽을 뻔한 것을 지코료에서 데려다 기른 고아라고 합니다."

시로타 의사를 따라 이 저택에 와서 일한다고 했다.

"고의 여동생뻘인데 아주 야무지고 부지런하다더군요. 다만 모습이 그러하니 사람들 앞에 나서기 싫겠죠."

그렇기에 주위 사람들 눈에 띄지 않도록 새끼 토끼처럼 잽싸게 다닌다는 것이다.

"그래요…… 그럼 저도 혹시 보면 이름 정도는 알려줘야겠네요."

그런 말을 주고받은 게 신쿠로가 산에서 내려온 지 사흘째 낮이었다. 그런데 그날 저물녘 이번에는 어린애 목소리가 들렸다.

이틀 연속으로 신쿠로 곁을 지키며 밤을 새운 탓에 다키도 조금 피곤했다. 머리맡에서 아주 잠깐 존 모양이다. 그런데 어린애 웃음소리가 들린 것이다.

흠칫 깨서 귀를 기울여봤다. 잘못 들은 게 아니었다. 아이가 공 구르듯 까르르 웃고 있었다. 조용한 고코인에 맑은 목소리가 또렷하게 울렸다.

스즈라는 아이인가?

하지만 스즈는 열네 살이라고 했는데, 지금 안쪽에서 들려오는 웃음소리는 더 어린 것 같다. 온도 님의 큰불 때 한주로처럼 열 살 정도일 것이다. 아니, 더 어릴지도 모르겠다.

신쿠로는 푹 잠들어 있었다. 이마에 손을 대보니 이제 열이 내린 것 같다.

다키는 나무 들통의 물을 갈려고 복도로 나왔다. 그런데 동쪽 대기소 끝에서 우물가로 나갔다가 스즈와 딱 마주쳤다.

"어머나!"

들은 대로 아직 완전히 성인이 되기 전인 여자애다. 옷자락을 걷지 않고 내린 고소데에 어깨띠를 꽉 졸라매고 앞치마를 둘렀다. 머리는 빗으로 간소하게 틀어올려 콩알 무늬 수건을 이마에 동여맸고 대야를 품에 안고 있었다. 그 안에는 막자사발과 막자, 작은 그릇이 가득 들어 있었다. 씻으러 왔나 보다.

스즈는 뒤로 폴짝 뛰어 물러나 머리를 숙였다. 대야 속 그릇들이 요란하게 소리를 냈다.

"겨, 결례를 용서해주십시오!"

다키는 서둘러 다가가 무릎을 꿇고 쭈그리고 앉았다.

"괜찮아요. 제가 너무 서두른 게 잘못이에요."

"아뇨, 저."

스즈가 도망치려고 하는 탓에 그릇들이 또 달가닥거렸다.

"그렇게 허둥대다간 그릇이 깨지겠어요."

다키는 손을 내밀어 대야가 기울지 않도록 받쳐주며 미소 지었다.

"처음 만나죠? 저는 다키라고 해요. 이시노 님 분부를 받고 이곳으로 와서 당신처럼 일하고 있답니다. 잘 부탁해요."

스즈는 당황한 기색이 역력해서는 눈을 두리번거렸다.

"예, 예에."

"스즈 씨 맞죠? 하나 가르쳐주겠어요?"

스즈가 도망치지 못하게 대야 가장자리를 붙든 채 다키는 가능한 한 부드럽게 물었다.

"아까 안에서 어린아이 웃음소리가 들렸거든요. 당신도 들었나요?"

스즈는 눈을 깜박이더니 그제야 다키를 쳐다봤다. 밑에서 살며시 올려다보는 듯한 시선이었지만 이제 눈을 두리번거리지는 않았다.

"……아이 말씀이세요?"

"네. 당신보다 더 어린 아이예요. 아주 즐겁게 웃던데요. 여기 고코인에 나이가 그 정도 되는 아이가 있나요?”

스즈의 입이 움찔거렸다. 대답이 궁하다기보다 망설이는 듯했다.

화상 흉터는 아닌 게 아니라 심했지만 사실 스즈는 미인이다. 이목구비가 반듯한 데다 화상을 입지 않은 피부는 희고 살결이 곱다.

마침 그때 저택 안쪽에서 무거운 것이 들들 구르는 듯한 소리가 났다.

“아” 스즈가 조그맣게 말했다. “이제 그칠 거예요.”

“네?”

“안에서 무슨 목소리가 들려와도 저 소리가 나면 그치거든요. 항상 그러니까 다키 님은 걱정하지 않으셔도 돼요.”

그 말만 하고는 스르르 몸을 돌려 도망치고 말았다.

다키는 여우에 홀린 심정으로 신쿠로의 침실로 돌아왔다.

“너도 들었나.”

신쿠로가 느닷없이 물었다. 눈을 뜨고 있었다.

“어린애 목소리다. 아까 웃었지?”

“네, 그래요.”

“그 밖에 이상한 목소리를 들은 적은 없나? 가령 여자 말소리라든지 남자가 상스럽게 아우성치는 소리라든지.”

다키는 눈을 깜박이며 신쿠로를 쳐다봤다.

“그게 누군지 아시는군요?”

신쿠로는 눈을 감고 깊은 한숨을 쉰 다음 말했다.

“누가 됐건 이 세상 사람이 아니야. 그건 망령이다.”

3

이즈치 촌은 호수(戶數)는 스물 남짓, 마을 사람들은 숯과 삼, 삼실, 삼베로 생계를 잇는다. 물을 대기가 쉽지 않은지라 밭벼는 가꾸지만 논은 없었다. 쌀은 가까스로 마을 사람들을 먹여 살릴 만큼밖에 수확하지 못한다. 연공은 삼의 수확량으로 정해지며 실과 직물을 팔아 거둔 매상에도 일정한 상납금이 부과된다. 기타미 번의 산촌에서는 매우 흔한 방식이다.

촌장 쿠리야 일족은 그곳이 이즈치 촌이라는 하나의 부락이 되기 전, 단순히 '이즈치(出土)'로 불리던 무렵부터 그 지역에 살았던 사람들인 듯하다. 문서가 남아 있는 것은 아닌지라 어디까지나 그런 것 같다는 말이지만.

"나는 어렸을 때부터 할머님께 그렇게 듣고 자랐다. 이즈치 사람은 도쿠가와 쇼군 가문에게 영지를 하사받고 온 것뿐인 기타미 가보다 훨씬 이 땅에 깊이 뿌리를 내리고 있다고."

신쿠로가 말하는 '할머님'은 그의 할머니, 야에와 사에 자매의 어머니다. 마을 사람들도 '쿠리야의 큰마님'이라고 부르며 받들어 모셨다고 한다.

옛 이즈치 사람들 또한 산에서 농사를 지어 근근이 살았으나, 전국시대에 남자들은 보병으로 나가서 싸우거나 무기를 들어 부락을 지키면서 근처에서 전투가 벌어지면 도망쳐 숨기는커녕 패잔병을 잡으러 다녔던 모양이다. 그렇게 해서 빼앗은 건지 훌륭한 갑주 한

벌이 쿠리야 가 안쪽에 장식돼 있었던 것을 신쿠로는 똑똑히 기억한다고 했다.

"쿠리야 일족이 촌장으로 인정받은 것도 아마 그럴 때 다른 사람보다 용맹무쌍하게 싸웠기 때문일 테지."

그래도 쿠리야 일족을 이끄는 것은 언제나 그 대 마님의 역할이었다. 미타마쿠리를 할 수 있는 것도, 그때 죽은 자의 혼령을 불러내는 빙의체가 될 수 있는 것도 여자나 소녀뿐이었기 때문이다.

원래 미타마쿠리 기술은 쿠리야 일족 내에서만 은밀히 행하던 것으로, 죽은 자를 불러내 교류하는 게 목적이 아니라 점술이었다고 한다. 그해의 기후, 재해와 돌림병은 있을 것인가, 전란은 어떻게 될 것인가. 이 세상 사람은 알 수 없는 미래의 불안에 대비하기 위해 점을 쳐 신탁을 얻을 때, 중개 역할로 조상의 영혼을 불러내 조언을 청하는 데서 시작했다.

기타미 영 일대에서는 '온도 님'이라는 토지신을 신앙한다. 온도(隱土) 님은 땅속에 있으니 농사의 신이고 황천의 신이다. 그리고 '이즈치(出土)'는 그 일대가, 일 년에 한 번 온 나라의 신들이 이즈모에 모이는 간나즈키(10월)에 온도 님이 이곳에 나타나 서쪽으로 갔다가, 10월이 끝나면 이곳으로 돌아와 땅속으로 돌아가신다는, 말하자면 현관에 해당되는 곳이라 해서 붙은 이름이라고 했다.

"그러니 이즈치 사람은 온도 님의 현관을 지키는 위사야. 쿠리야 일족은 그 후예인 것이야."

쿠리야 일족이 불러내는 조령은 온도 님을 모시는 영력이 강한 영혼인지라 명료한 점괘를 내는 데 도움이 된다고 여겨졌다.

다키는 한주로와 나란히 신쿠로의 머리맡에 앉아 있었다. 화급히 부름을 받고 무슨 일이 났나 싶어 달려온 한주로는 여우에 홀린 듯한 얼굴이었다.

"나는 점에 대해 아는 게 거의 없는데."

굵은 눈썹을 올렸다 내렸다 하며 곤혹스러워하자 신쿠로가 야단쳤다.

"그러니까 내가 친절하게 알기 쉽게 풀어서 설명해주겠다는 것 아니냐. 잠자코 듣고 있어."

열이 내려 안정을 찾자 동굴 감옥에 있을 때의 위세를 되찾은 모양이다.

한 가지 그때와 다른 것은 딱딱하게 얼어붙은 듯한 눈 속의 어둠이었다. 신쿠로는 이제 아무것도 재미있어하지 않았다. 진지함 자체였다. 다키는 그게 무서워서 잠자코 들었다.

"미타마쿠리는 그런 기술이었기에, 쿠리야 일족 사람도 이즈치 촌 사람들도 그것을 널리 알리겠다거나 그것으로 돈벌이를 해야겠다는 저속한 속셈은 없었어. 미타마쿠리는 어디까지나 쿠리야 일족 내부의 것이고, 이즈치 촌에서 지켜온 관습이었으니까."

그렇지만 결코 외부에 누설해선 안 되는 비밀이라 할 만큼 엄격하고 심각한 것은 아니었다. 그렇기에 평안한 세상이 찾아와 기타미 번이 안정을 찾고 외부와의 왕래가 잦아지자, 쿠리야 일족과 이즈치 촌 사람들의 의도와 달리 미타마쿠리는 차츰 세상에 알려졌다.

그 마을에 가면 죽은 자의 영혼을 불러 만나게 해준다고 한다.

"처음에는 삼실과 삼베를 매입하는 거간꾼들을 통해 소문이 퍼졌을 테지. 그리고 마을에서 가장 가까운 역참은 나카센 도(道)에서 서쪽으로 들어가는 기노우치 가도의 미쓰모리 여관이다만, 그곳에는 난부에서 에도로 말을 데려가는 말 장수들이 종종 머물거든."

이즈치 촌이 성읍에서 북쪽으로 멀리 떨어져 있는 탓도 있어, 소문은 처음에 오히려 기타미 영 외부로 서서히 퍼졌다가 성읍에까지 들리게 됐다.

"할머님은 당신이 겨우 철이 들어 미타마쿠리의 빙의체 역할을 맡게 됐을 무렵부터 마을을 찾는 사람들이 드문드문 나타나기 시작했다고 하셨다."

죽은 이를 만나고 싶다. 미타마쿠리를 해달라.

"그런 손님들은 오직 그리운 죽은 이를 만나고 싶다는 일념으로 산길을 걸어오는 것이야. 다른 번에서 오려면 통행증도 필요하지. 그런 수고를 무릅쓰고 찾아온 자를 매몰차게 돌려보낼 수도 없으니 쿠리야 가에서는 되도록 친절하게 대접했다. 부탁대로 미타마쿠리도 해주었지만 대가로 금품을 요구한 적은 한 번도 없었다."

미타마쿠리가 유명해지면 유명해질수록 쿠리야 가도 이즈치 촌 사람들도 몸가짐을 삼가고 조신하게 행동했다. 매우 현명한 판단이었던 것 같다.

"할머님이 남편을 얻고 쿠리야의 큰마님이 된 지 얼마 안 돼서 번의 감찰사가 군수(郡守)와 간평관을 대동하고 나타났다. 할머님과 남편, 그러니까 내 할아버지다만, 부부가 둘 다 군 관아로 끌려가서 엄중한 문초를 당했다고 하더군."

이즈치 촌의 미타마쿠리에 관한 소문이 성읍에서 성내로까지 전해져 그것을 누가 문제시한 모양이었다.

"하지만 쿠리야에서는 미타마구리로 돈벌이를 하지 않았고, 죽은 이를 만나게 해주겠다는 말을 먼저 퍼뜨리고 다닌 적도 없거든. 켕길 이유가 전혀 없었어."

게다가 미타마쿠리는 토대에 온도 님 신앙이 존재하는데, 섣불리 단속했다가는 일이 커진다. 신쿠로는 그렇게 말하고는 누운 채로 목을 끌끌거리며 웃었다.

"뭐가 우습지?"

한주로가 물었다.

"할머님 말씀으로는, 무서운 표정으로 쳐들어온 감찰사는 그 전해 가을 산욕으로 죽은 아내를 만나게 해달라고 미타마쿠리를 부탁한 인물이었다더군."

"그래서 죽은 부인을 만났나?"

"물론이지. 내 할머님은 일족 중에서도 특출한 재능을 가진 쿠리비토(繰り人)였다고 하니까."

미타마쿠리 기술을 쓰는 이를 쿠리비토라고 부른다.

"감찰사는 울며 감사를 표하고 돌아갔어. 관아에서 거만하게 군 것은 군수와 간평관의 시선 때문이고, 속으로는 여기서 쿠리야를 짓밟았다가는 두 번 다시 죽은 아내를 만날 수 없다고 조마조마했을 테지."

한주로는 굵은 눈썹을 찡그렸다.

"그렇다기보다 자기가 미타마쿠리를 부탁했던 게 들키면 큰일이라고 식은땀을 흘렸을 테지."

"어느 쪽이든 상관없어. 아무튼 앞장서서 단속해야 할 감찰사가 그 모양이었으니 겉으로는 엄한 척해도 결론은 미리 정해져 있었을 것이야. 할머님 부부는 이렇다 할 벌을 받지 않고 무사히 마을로 돌아올 수 있었다 하더라."

그 일을 계기로 미타마쿠리를 부탁하러 찾아오는 사람의 이름과 주소를 장부에 기록할 것, 앞으로도 금품 같은 대가를 일절 받지 말 것, 일정한 달에만 미타마쿠리를 행하고 아무 때나 하지 말 것, 일년에 두 번 군수에게 장부 조사를 받을 것 등 규정이 정해졌다. 그 뒤로 쿠리야는 그것을 엄격하게 지켰다.

"반년쯤 뒤, 당시의 영지 마님이 죽은 어머니를 만나고 싶다고 이즈치 촌까지 가마를 타고 왔어. 그때 할머님 배 속에는 내 어머니가 있었기 때문에 할머님 동생이 쿠리비토가 됐는데, 그때도 죽은 이를 불러내는 데 성공해서……."

상으로 이것을 내리겠습니다.

"기타미 가의 가문(家紋)이 든 호화로운 금실 자수 허리띠를 내리셨다 하더군."

그 뒤 할머님의 동생은 미쓰모리 여관의 객주를 통해 들어온 혼담으로, 난부의 한 말 장수 집으로 시집갔다. 이즈치 촌에서 친지들만 참석해 조촐하게 올린 혼례에서 신부는 금실 자수 허리띠를 맸다.

"그 모습이 천녀처럼 아름다웠다고 할머님은 자랑스레 말씀하시곤 했지."

그러나 이렇게 관(官)의 규제를 받게 되자 미타마쿠리를 원해 이즈치 촌을 찾아오는 손님들은 점차 줄었다. 점술도 강령도 관청의 감독 아래 하려면 마음이 다소 편치 않다. 장부에 이름을 남겼다가 어느 기회에 문책이라도 받으면 어쩌나 생각하면 겁이 난다. 감찰사처럼 관직에 있는 자는 불안해서 올 수 없게 된다.

"손님이 줄어드는 것도 무리가 아니었고 그래도 문제없었다고 할머님은 말씀하셨다. 미타마쿠리는 본래 여러 사람에게 보여주는 기술이 아니니까."

쿠리야도 이즈치 촌도 종전의 조용하고 소박한 생활을 되찾았다. 산속의 변화하는 계절을 바라보며 온도 님의 현관을 지키는 위사의 후예는 한가롭게, 평온하게, 오래도록 그곳에 있을 줄 알았다.

"모두가 그렇게 믿었건만."

신쿠로는 거기서 일단 입을 다물었다. 이마에 땀이 맺혀 있었다. 다키는 수건으로 훔쳐주었다.

"이즈치 촌은 이제 없다."

다키는 손을 멈추고 신쿠로의 눈을 쳐다봤다.

"무슨 뜻이죠?"

"쿠리야 일족은 싹쓸이 되고 마을은 불탔어. 마을 사람들도 대부분 죽고 살아남은 이들은 뿔뿔이 흩어져 도망쳤다."

"싹쓸이?"

한주로가 설마 그럴 리 없다고 눈을 부릅떴다. 그럴 만도 하다. **몰
살**당했다는 뜻이기 때문이다.

"설마는 무슨. 나는 이런 일을 착각할 만큼 어리석지 않아."

십육 년 전, 신쿠로가 열네 살이 된 해의 정초 직후였다고 한다.

"나는 그때 이미 마을을 떠나고 없었어. 열두 살 때 가타노 촌 촌
장 집에 고용살이를 하러 갔거든."

가타노 촌은 오 년 전 신쿠로가 6대 번주가 된 지 얼마 안 되는 시
게오키의 눈에 들게 된 장소다.

"아까도 말했듯이 미타마쿠리라는 기술을 가지고는 있어도 쿠리
야 일족은 신관도, 주술사도 아니야. 평범한 농부지. 미타마쿠리를
계승하는 여자는 소중하게 대하지만, 그렇다고 일족의 여자를 모두
마을에 가둬놓지는 않아. 할머님 동생이 그러했듯이 후계자를 제외
하면 결혼시켜 내보낸다. 남자도 마찬가지로 다른 지역에서 처를 얻
고 다른 지역으로 일하러 가는 것도 드물지 않아."

신쿠로도 그랬다. 다만 가타노 촌의 촌장 집안은 쿠리야의 친척뻘
로, 그는 단순히 고용살이를 하는 게 아니라 장차 사위로 들어갈 예
정이었다고 했다.

"할머님이 정하신 일이라 나는 잘 몰라. 그런데 소작인들 틈에 섞
여서 밭일을 하게 될 줄 알았더니만 말을 돌보는 일을 맡기기에 놀
랐고 또 기뻤어. 내가 마술(馬術)을 익힌 것도 가타노 촌에 와서였다."

촌장 집안은 넓은 목장에 말을 많이 길렀으며 번의 공용 말 사육

에도 관여했다. 인마일구령이 존재하는 기타미 번에서는 말 사육에도 번의 인가를 받아야 할 정도라, 공용 말을 취급한다는 것은 큰 명예다. 그런 재력을 가진 집안의 사위가 될 예정이었던 신쿠로는 매우 혜택받은 처지였다.

"나는 그런 것은 아무래도 상관없었다. 매일 아침부터 밤까지 말과 함께 지내는 게 그저 즐거울 뿐이었지."

그러나 그런 즐거운 나날을 산산조각 내듯 정초 직후 흉보가 날아들었다.

"처음에는 도무지 뭐가 뭔지 알 수 없는 사건이었어. 촌장이 설 인사차 선물을 들려 이즈미 촌으로 보낸 하인이 간신히 살아 돌아와서는, 쿠리야 일족은 모두 죽었다고 새파랗게 질려 말하니 말이야."

너무나도 갑작스러울 뿐 아니라 황당한 이야기라 촌장 집에서는 좌우지간 하인을 간호하면서 당황해서 어쩔 줄 몰라 하기만 했다.

"그런데 군 관리가 쫓아와서 하인을 끌고 가면서 이런 터무니없는 소리를 지껄이는 것이야."

저자가 이즈치 촌 촌장 집에서 도적질을 하다가 들켜 도망칠 때 날붙이를 들고 날뛰어 여러 사람을 다치게 하고 불까지 질렀다. 불이 크게 번져 촌장 일가는 한 명도 빠지지 않고 모두 죽었다. 시체도 뼈까지 다 타버려 누가 누군지 알 수 없어서 그대로 매장했다고 한다.

"느닷없이 그런 말을 듣고 납득할 수 있는 사람이 어디 있겠나? 문제의 하인은 촌장이 설 인사를 보낼 만큼 신뢰하던 인물이었어.

그것도 그해가 처음도 아니야. 매년 항례였다고. 어째서 쿠리야에서 하찮은 도적질을 한다는 말이지? 하물며 불까지 지른다고? 보나마나 전부 새빨간 거짓말, 꾸며낸 이야기다."

하지만 더부살이나 다름없는 처지의 갓 열네 살이 된 소년이 뭘 할 수 있겠나. 촌장이 화가 미칠 것을 염려해 관리의 말을 받아들이고 물러나면 더는 방법이 없었다.

한주로가 낮은 목소리로 물었다. "하인은 어떻게 됐지?"

"물론 돌아오지 않았어. 시신조차 돌려받지 못했다. 촌장은 하인의 도적질과 방화죄에 연좌되어 공용 말 축양 인가를 박탈당하고 벌금으로 금 삼백 냥을 내야 했어."

촌장은 순순히 처분을 받아들였다. 아니, 기쁘게 인가를 내놓고 며칠간 백방으로 뛰어다녀 삼백 냥을 마련했다.

"목숨보다 중요한 것은 없으니까." 한주로가 중얼거렸다.

신쿠로가 콧방귀를 뀌었다. "흥, 소심한 녀석 같으니."

"그럼 너는 어떻게 했기에?"

"날뛰었다."

나는 이즈치 촌으로 돌아가겠다. 쿠리야에, 마을에 무슨 일이 벌어진 건지 내 눈으로 직접 확인해야겠다!

"촌장은 나를 밧줄로 결박해 마구간에 묶어놨어. 꺼내라고 악썼더니 재갈까지 물리고, 내가 소란을 피우면 소중한 말들이 겁에 질려 병에 걸린다고 야단쳤다."

그건 그나마 낫지, 하고 신쿠로는 말했다.

"야단만 치는 게 아니라 울 것 같은 얼굴로 내게 빌지 뭔가."

부탁이다. 그냥 참아라. 관리 나리 말씀을 믿는 수밖에 없다. 어차피 이미 모두 죽었다. 너까지 헛되이 목숨을 버리지 마라.

"손을 모으고 머리까지 숙이며 말이야."

제발 부탁이니 얌전히 있어라. 우리 집까지 말려들게 하지 마라.

줄곧 똑바로 누워서 이야기를 하다 보니 신쿠로는 조금 숨이 찬 듯했다. 다키가 물그릇을 내밀려 하자 "그보다 일으켜줘. 그편이 더 편하게 이야기할 수 있을 것 같다"라고 말했다.

한주로의 도움을 받아 그를 이부자리에 일어나 앉게 했다. 다키는 어깨에 솜저고리를 걸쳐주었다.

신쿠로는 "고맙다"라고 했다.

"지금 떠올려봐도 그때 일은 괴롭군."

다키는 말없이 고개를 끄덕였다.

"공용 말을 취급할 정도였으니 촌장은 평범한 시골 늙은이가 아니었어. 문제의 하인이 그런 엄청난 악행을 저지를 인물이 아니라는 것도 잘 알고 있었어. 이즈치 촌에서 사실은 무슨 일이 있었는지 짐작하는 바도, 생각하는 바도 많이 있었을 테지."

그렇기에 겁에 질린 것이다. 신쿠로가 말하는 '새빨간 거짓말이고 꾸며낸 이야기'를 받아들이고 입을 다물기를 택한 것이다.

"당시 나는 지금보다 훨씬 연약했으니 말이지. 마구간에 줄곧 묶인 채로 물밖에 마시지 못해 결국 이레째에 항복하고 말았다."

굶주리고 추위에 얼어 울며 말했다.

"알았다, 알았어. 이제 집도 마을도 잊겠다. 다들 불이 나서 죽은 것이다, 포기하겠다, 그렇게 부르짖었어. 내가 울었더니 곁에 매여 있던 말이 고개를 숙여 코를 비비고 눈물을 핥아주더군."

한주로가 말했다.

"이레나 버텼으면 충분해. 너는 타고난 고집쟁이로군. 저 동굴 감옥에서도 죽지 않고 살아남을 만한데."

"묘한 데서 감탄하지 말라고."

신쿠로는 가볍게 웃고, 한주로도 겸연쩍은 듯 콧대를 긁적였다.

다키는 신쿠로에게 입혔던 솜저고리 소매에 손을 살짝 얹었다. 그리고 작게 말했다.

"하지만 당신은 포기한 게 전혀 아니었어요."

"그래" 신쿠로는 인정했다. "나는 속으로 결심했다. 언젠가 반드시 내 손으로 수수께끼를 풀어 감춰진 진실을 밝혀내겠다고."

쿠리야 일족은 왜 몰살당했나.

"쿠리야와 미타마쿠리 기술은 떼려야 뗄 수 없어. 그러니 이 참사는 반드시 미타마쿠리와 관계가 있을 것이라고 생각했다."

아닌 게 아니라 다키 생각에도 다른 이유가 있을 것 같지 않았다.

"하지만 그 무렵 미타마쿠리 자체는 비밀이 아니었어. 아까 말한 것처럼 군수의 감독하에 놓여 장부를 적어 기록을 남기는 게 의무화되면서 오히려 공인된 형태였으니까."

신쿠로의 눈에 잉걸불 같은 빛이 떠올랐다.

"그러니 미타마쿠리가 문제였던 게 아니야. 그렇다면 미타마쿠리 같은 기이한 기술을 쓰고 대대로 이어온 쿠리야 자체가 문제였나?"

자신이 물어놓고 신쿠로는 고개를 가로저었다.

"아니, 그것도 아니지. 쿠리야에 잘못이 있어 벌하는 것이었다면, 당시 이즈치 촌에 있던 쿠리야 일족뿐 아니라 외부로 나간 친족들까지 어떤 형태로든 추궁을 받았을 텐데."

그런 사실은 없었다.

"당시 바로 소식을 알 수 있었던 한, 영내에 있는 쿠리야 일족 사람들은 아무도 변을 당하지 않았다. 나와는 달리 가타노 촌 촌장 집 하인의 소행으로 본가 사람이 모조리 죽고 말았다는 헛소리를 믿고 있었지만, 관아로 끌려간 사람은 아무도 없었고 목숨도 무사했어."

"당신 자신도요."

다키는 말했다.

"그래, 나도 무사했어. 소란 피우기를 그만두고 얌전히 있었으니까."

"저희 어머니도 무사했어요. 아니, 고향에서 그런 참사가 있었다는 것조차 몰랐을 거예요."

십육 년 전이면 소이치로는 열 살, 다키는 여섯 살. 철든 다음이다. 당시 그리운 고향 마을에서 일어난 비극에 어머니가 울거나 평정을 잃었다면 기억에 남아 있을 것이다.

"다지마 가에도 아무 일 없었고 아무 소식도 듣지 못했어. 나는 그때 세 살이었지만 그런 일이 있었다면 부모님과 형이 기억하지 못할 리 없어."

확인하듯 중얼거린 한주로가 퍼뜩 눈을 깜박였다.

"난부의 말 장수 집에 시집갔다는 쿠리야 할머님의 동생은? 미타마쿠리의 명수였다면서? 무사했나?"

"참사가 일어나기 몇 해 전에 이미 죽고 없었어. 내가 아직 이즈치 촌에 있을 때 소식이 와서 할머님이 슬퍼하셨지."

"그럼 그쪽은 처음부터 대상이 아니었다 생각해도 되겠군. 하지만 그렇게 되면……" 한주로는 팔짱을 끼고 생각에 잠겼다. "더 이상한데."

미타마쿠리에 문제가 있는 게 아니다. 쿠리야 일족에 문제가 있는 것도 아니다. 그럼 뭐가 **문제**였나.

신쿠로는 말했다.

"어떤 사정이 있을 수 있는지 나도 필사적으로 생각했어. 시간만은 잔뜩 있었으니까. 자나 깨나 그 생각만 해서 다다른 결론은 하나뿐이다."

신쿠로의 할머니나 어머니, 쿠리야의 큰마님 또는 그의 딸 야에가 강력한 미타마쿠리 기술에 의해 가신 중 누군가에게 불리한 '뭔가'를 안 게 아닐까.

"그 때문에 입막음을 위해 싹쓸이 된 것이야. 쿠리야에 불이 나서 장부도 모조리 불탔어. 그게 큰불로 번지면서 이즈치 촌 전체가 잿더미가 됐어. 불운한 하인이 범인으로 꾸며져서 일어나지도 않은 도적질과 방화의 죄를 져야 했어."

모든 게 '뭔가'가 알려지게 된 '누군가'의 음모라고 신쿠로는 단언했다.

입막음. 그런 말을 자신과 관련해서 생각할 날이 올 줄은 꿈에도 몰랐다.

"그 '누군가'는?"

한주로가 쓴웃음조차 짓지 않은 채 무서우리만큼 정색하고 물었다. 신쿠로는 그를 **사납게** 노려봤다.

"짐작이 가지 않는다고? 슈게쓰칸의 기린아는 창술은 뛰어나도 머리는 텅 비었나?"

답은 하나 아닌가, 라고 했다.

"명령만 내리면 영내 마을 하나를 지상에서 없애버리고 그 사실을 은폐할 수 있는 권력을 가진 사람."

"말도 안 돼, 설마 그런 일이……."

"설마는 무슨. 멍청한 녀석 같으니."

욕설을 들어도 한주로는 조금 전처럼 흥분해 항변하지 않았다. 비록 믿기 어렵기는 해도 신쿠로의 말이 추론으로서는 합당함을 인정할 수밖에 없기 때문일 것이다.

"그런 권력자는 기타미 번 가신들 중 극히 소수에 불과할 텐데요."

다키의 말에 신쿠로는 비로소 노여움을 누그러뜨리고 고개를 끄덕였다.

"그래. 번주와 가로들이지."

5대 번주 기타미 나리오키와 다섯 가로들.

"하지만 십육 년 전 당시 차 시중꾼 가로 가네히라 이치로베에는 재무청에서 평가로로 출세한 직후였어. 이즈치 촌까지 가서 싹쓸이 한 게 우마마와리든 간평관이든 군수의 수하든, 차 시중꾼 가로의 명령 하나로 움직일 수 있었을 것 같지는 않지. 그러니 가네히라는 제외해도 돼."

"그래, 그거야" 한주로가 큰 소리로 말했다. "이즈치 촌을 습격한 자들은 몇 명이었고 모습이 어땠는지 모르나? 도망쳐 온 하인은 무슨 말 없었어?"

신쿠로는 분한 듯 얼굴을 일그러뜨렸다.

"참극은 한밤중에 다들 잠들어 있을 때 느닷없이 일어났다 하더군. 하인은 쿠리야의 별채에 묵고 있어서 비명을 듣고 불길을 보자마자 숲으로 도망쳐 동 틀 때까지 숨어 있었다고 했다. 그러니 거의 아무것도 보지 못했어. 고함소리가 여기저기서 들리고 말발굽 소리도 어수선하게 들려왔으니 한두 명의 소행이 아니라는 것밖에 몰라."

"사람 얼굴이나 마인(馬印)도 알아볼 수 없었고?"

"그래. 하지만 애초에 그런 야습을 가하면서 얼굴을 가리지 않고 마인을 찍고 오는 것은 바보나 하는 짓이지. 구태여 무슨 표시를 달고 온다면 그건 오히려 변장일 것이야."

지당한 추론이다. 습격자가 어떤 집단이었는지를 근거로 습격을 명한 권력자를 밝혀내기는 쉽지 않다.

"게다가 주모자 몇 명이 결탁했을 가능성도 있지. 극단적으로 말하자면 나리오키와 나머지 가신 네 명이 다 함께 공모했다 하는 것도 있을 수 있다고 나는 생각했다."

한주로가 갑자기 성을 냈다.

"네 이놈, 어디서 감히 곤보 후를 함부로!"

"흥, 하찮은 일에 일일이 신경 쓰다니 쩨쩨한 무사로군."

다키는 또다시 말다툼을 벌일 기세인 두 사람 사이에 끼어들어 신쿠로의 어깨에 손을 얹으며 달랬다.

"그만하세요."

"나는 이렇게 생각 없이 충의만 따지는 인간이 세상에서 제일 싫어!"

"화내면 상처가 도져요."

"흥, 나도 너 같은 사내가 어떻게 생각하든 상관없다."

한주로는 그렇게 말하고는 깊이 한숨을 쉬었다.

"다만…… 다키 님, 인정하고 싶지 않지만 이자가 하는 말에도 어느 정도 일리는 있습니다. 실제로 저희는 지금까지 이런 참사에 관해 아무것도 몰랐으니까요."

화재로 인해 쿠리야와 이즈치 촌이 사라졌다는 사실 자체가 은밀히 묻히고 말았다. 악랄한 하인이 불을 질러 운운하는 가짜 이야기조차 널리 알려지지 않았다. 그것을 알 수 있는, 또는 사후에 알게 될 입장에 있던 것은 당시 이즈치 촌과 관계가 있는 사람들뿐이었다. 근처 촌락 사람들과 마(麻) 거간꾼, 마을에 들르는 상인들. 그들을 납득시키는 데는 거짓 이야기로 충분했을 것이다.

관리들도 마찬가지다. 촌락을 순찰하는 간평관이나 군수, 그들의 부하들도 습격 당사자가 아니면 가짜 이야기만 듣고 그것을 곧이곧대로 믿었어도 이상할 게 없다.

십육 년간의 거짓말과 침묵.

아니, 한 하인이 저지른 짓이라는 이야기는 그게 진실인지 거짓인지 아직 판단을 내릴 수 없다. 근거는 신쿠로의 이야기밖에 없으니까. 하지만 침묵 쪽은 다르다.

"그런 참사가 있었건만 성읍에 소문조차 돌지 않고 지금까지 봉인됐다는 사실에서 어떤 의도가 느껴집니다."

이 정도로 큰 사건이 오랜 세월 침묵 속에 냉동되어 있었다. 아는 사람들도 입을 다물고 있었다. 그곳에 어떤, 명확한 형태는 없어도 어딘지 모르게 위압적이고 공포스러운, 차가운 힘이 작용했던 게 아닐까.

"이 바보도 가끔은 쓸 만한 소리를 하는군. 그래, 힘이다. 기타미번의 중추에 존재하는 권력이야."

신쿠로는 그렇게 말하고는 눈을 들어 다키를 바라봤다.

"대체 무슨 수로 그런 것과 맨몸으로 대치해 진실을 찾아내 밝힐 수 있나. 솔직히 어떻게 하면 좋을지 알 수 없었어."

"가타노 촌에서의 생활에 무슨 변화는 없었나요?"

"좋은 질문이군. 물론 큰 변화가 있었지. 먼저 혼인 이야기가 없던 게 됐다."

"단순한 고용살이꾼으로 격이 낮아졌나."

"아니, 생각하기 나름으로는 그보다 더 나쁘지. 고용살이꾼이면 휴가가 있으니까."

이즈치 촌의 참사 이후 신쿠로는 거의 죄수처럼 촌장 집을 벗어날 수 없게 됐다고 했다.

"촌장은 내 얌전한 표정을 전혀 믿지 않았을 테지. 놓아두면 무슨 짓을 벌일지 모른다고 의심도 했을 것이야."

날마다 말 돌보는 일에 쫓기면서 말들과 침식을 같이 하고 말들과 마찬가지로 묶여 지냈다. 신쿠로는 말했다. 죽이지는 않았지만 죽인 것이나 다름없었다고.

"촌장이 조금 더 과감하고 음험한 사람이었다면 당장 나를 죽였을 테지. 어려운 일도 아니야. 밥에 쥐약이라도 섞어 먹이면 바로 죽을 텐데."

사람 목숨은 값싼 것이라며 웃었다.

"촌장은 그렇게 옆에 매어놓으면 언젠가 내가 포기할 것이라고 믿었을지도 몰라. 노여움을 버리고, 슬픔을 묻고, 진실을 알겠다는 집착을 내려놓고, 대신 아내를 맞이하고 자식을 낳아 일개 향사로 평온하게 살아갈 생각을 하지 않을까 하고."

"그게 촌장님의 온정이 아닐까요? 당신을 동정해서……."

"나는 동정 따위 바란 적 없어. 내가 원한 것은 수수께끼의 답, 진실뿐이었어."

신쿠로의 눈에서 잉걸불이 타올랐다.

"그렇기에 나는 말과 나란히 묶인 채 시기를 기다리기로 했다. 실제로 그 수밖에 없었기도 하고 말이지."

신쿠로가 원하는 진실은 기타미 번의 심부에 감추어져 있다. 적어도 그는 그렇게 확신했다. 하지만 젊은 향사가 거기에 다다르는 길은 너무나도 멀었다.

"설사 촌장이 허락해주었다 해도 기타미에서는 말보다도 신분이 낮은 하인이나 보병이 되어서는 처음부터 울타리 밖이야. 그나마 더 나은 행정 관직에 오른다 해도 번의 중추로 출세하기 전에 수명이 다할 테지."

어떤 형태로든 번의 심장부에 파고들 수단을 취하지 않는 한 승산은 없었다.

"그러기 위해서는 공연히 밖을 돌아다니기보다 가타노 촌에 머물러 있는 편이 그나마 가능성이 있었다."

"그건 그렇군."

한주로가 신쿠로를 똑바로 쳐다보며 고개를 끄덕였다.

"가타노 촌 부근은 역대 번주가 종종 들놀이를 나가시는 곳이니까."

신쿠로는 씩 웃었다.

"그래. 널따란 목장이 있고 좋은 말이 있지."

그러나 세월은 마냥 시기를 기다리는 신쿠로 곁을 무정하게도 그냥 지나칠 뿐이었다.

"호기를 얻지 못한 채 나리오키가 졸중으로 싱겁게 죽어버렸을 때는 나도 좌절하겠더군. 가장 의심스러운, 가장 큰 권력을 가진 자가 저세상으로 도망쳐버렸으니까."

허망하게 기다리기만 했을 뿐 아무것도 얻지 못하는 게 아닐까 절망할 뻔했다.

"그러나 하늘은 나를 버리지 않았다."

새 번주로 에도에서 내려온 시게오키가 시찰을 겸한 들놀이를 위해 가타노 촌을 찾았다.

그 말을 들은 다키는 순간적으로 경위를 이해하고 두 눈을 크게 떴다.

"그럼 들놀이 중에 6대 나리의 말이 폭주한 것은 당신이 한 일이군요."

위험에 처한 새 번주를 멋지게 구해내 출세할 기회를 얻기 위해 신쿠로가 꾸민 일이었나.

그는 히죽거리면서도 시치미 뗐다.

"이거 봐, 그런 큰일 날 소리 말라고. 우연이었어."

"우연은 무슨."

한주로도 내뱉듯 말했다. 그러나 말투와는 반대로 눈빛에는 호기심이 어려 있었다. 조금 감탄한 듯도 보였다. 다키는 분명 자신도 마찬가지일 것이라고 생각했다.

"그렇게 해서 당신은 6대 나리를 곁에서 모시며 눈부시게 출세해 수석 요닌까지 됐군요. 어느 누구보다도 6대 나리와 가까워져 대리까지 할 수 있을 정도로 신뢰를 얻었어요."

번의 심장부에 파고들었다.

"그래서 원했던 진실은 찾았나요? 수수께끼의 답을 얻을 수 있었습니까?"

이번에는 신쿠로가 눈을 크게 뜨고 다키의 눈을 빤히 응시했다.

"아무렴, 찾았지."

찾았고말고.

"그게 망령이다. 망령들."

망령들이 기타미 시게오키에 붙어 있다.

"다키, 아까 들린 어린아이 목소리가 그것이다. 십육 년 전 무참하게 죽임을 당한 쿠리야 일족의 아이. 그 아이만이 아니야. 그 외에도 두 명 더 있지. 다정한 태도의 중년 여자와 무섭고 난폭한 남자야. 다키가 들은 울음소리는 그 여자 목소리다."

다키는 아연했다. 한주로도 숨을 멈추고 굳어 있었다.

"그 세 사람이 시게오키 안에 있으면서 가끔 바깥에 나타나. 그리고 울고 웃고 말하고 하니까 옆에서 보기에는 시게오키가 실성한 것처럼 보이는 것이지."

급기야 시게오키까지 함부로 부르기 시작했다.

"그게 바로 감추려야 감출 길 없는 죄의 증거야."

"죄의 증거라고요?"

"그래. 다키, 정신을 어디에 놓은 것이냐? 너도 알 텐데?"

신쿠로의 눈이 번득이고 뺨에 핏기가 돌아왔다.

"나는 바로 알겠더군. 쿠리야 일족 사람들을 싹쓸이한 사람은 역시 기타미 나리오키였던 것이야. 번주 입장에서는 산촌의 촌장 일가를 짓밟는 것쯤 모기를 때려잡는 만큼이나 쉬웠을 테지."

그러나 상대가 나빴다며 신쿠로는 비웃듯 짤막하게 웃었다.

"쿠리야는 죽은 자의 영혼을 자유자재로 다루는 미타마쿠리 기술을 가진 일가야. 무참하게 목숨을 잃고 얌전히 있을 것 같나. 이번에는 스스로가 사령(死靈)이 되어 기타미 가의 소중한 후계자에 붙은 것이지."

쿠리야가 기타미 나리오키에게 복수한 것이다.

"시게오키는 실성한 게 아니야. 그저 원한을 품은 사령이 들린 것뿐이지."

신쿠로는 사레들린 것처럼 숨을 헐떡이며 본격적으로 웃기 시작했다. 앙상하게 마른 몸뚱이를 흔들며 홀쭉한 배를 잡고 웃고 웃고 또 웃었다.

웃음이 갑자기 그쳤다. 다키도 한주로도 전혀 웃지 않고 그를 응시하는 것을 깨달았기 때문이다.

"왜 그런 얼굴로 보지?"

다키는 신쿠로를 쳐다본 채 대답했다.

"정신이 온전하지 않은 사람은 오히려 당신인 것 같아서예요."

"무슨 그런 소리를! 내 정신은 아주 말짱해."

"그 세 사람이 정말 사령이고 시게오키 님께 붙어 있다 해도 그게 당신이 잘 아는 쿠리야 사람들인 줄은 어떻게 알죠?"

"지난 오 년간 그자들과 가까이에서 이야기해왔기 때문이야. 나는 말 그대로 그자들과 **얼굴을 맞대며 지냈거든.**"

뭐가 우스운지, 혹은 우스운 일이라도 생각났는지 신쿠로는 웃음을 띠었다.

"그만둬" 한주로가 날카롭게 제지했다. "그런 이야기를 하면서 잘
도 웃을 수 있군."

"호오, 점잖지 못하다고?"

신쿠로는 악의를 드러내며 한주로를 비웃었다.

"관직도 없는 식충이 주제에 타인에게 훈계 하나는 버젓하게 하
는군. 네놈 따위에게 볼일은…….."

"신쿠로 씨" 다키는 처음으로 그의 이름을 부르며 말을 가로막았
다. "당신이 정말로 제 사촌오빠라면, 제가 어렸을 때부터 가까이 지
내온 다지마 한주로를 그처럼 업신여기지 말아주셔야겠어요."

"싫다면?"

"여기서 나가겠습니다."

신쿠로는 우스꽝스러울 정도로 풀이 죽었다.

"……알았다. 내가 잘못했어."

다키가 내민 백비탕을 마셔 목을 축인 신쿠로는 천천히 다시 이
야기를 시작했다.

"내가 성에 들어간 당시 가로를 비롯한 측근들도 시게오키가 가
끔씩 이상해지는 것을 알아차리고 꽤 곤혹스러워하고 있었어."

별안간 여자나 어린애 같은 태도를 취한다. 얼마 지나면 원 상태
로 돌아올 때가 많지만, 심한 경우에는 이틀, 사흘 이상한 상태가 이
어진다.

"그자들은 그것을 나리의 착란이라고 부르더군."

착란이 진정되면 시게오키는 그 동안 있었던 일을 잊어버렸다. 본인이 볼 때는 착란 중의 시간이 뭉텅 사라지고 없는 셈이다. 자신의 언동을 조금도 기억하지 못했다.

다키는 생각났다. 그러고 보니 오쿠유히쓰인 오노 쇼자부로도 그런 말을 하지 않았나.

나리는 종종 건망증이 있으셨다.

기분이 상당히 불안정하셨다.

"측근들에게는 그저 기괴하고 성가신 사태였을 테지. 하지만 나는 시게오키에게 무슨 일이 벌어졌는지 바로 알아차렸다. 그렇기에 시게오키가 착란을 일으켜 다른 사람이 된 것처럼 행동할 때 어떻게 다루면 될지도 알 수 있었어."

신쿠로는 가볍게 어깨를 으쓱했다.

"쿠리비토는 아니라도 나도 쿠리야의 혈족이야. 어렸을 때부터 할머님과 어머니의 기술을 보며 자랐거니와 사령은 비근한 존재였다. 무턱대고 두려워하지 않아. 대하는 방법을 알고 있었어."

그 말을 듣고 한주로가 낮은 목소리로 신음했다.

"설마 네 빠른 출세도 그와 상관있었던 것은 아니겠지?"

신쿠로는 힘차게 고개를 끄덕였다.

"그야 물론이지. 당연하잖아."

대답을 듣고 한주로는 또다시 신음하며 머리를 싸안았다. 그 모습을 고소하다는 듯 곁눈으로 바라보며 신쿠로가 다키에게 말했다.

"나는 시게오키가 착란을 일으켜도 당황한 적이 한 번 없었고 착란에서 깨어난 뒤 불안을 달래는 데도 능했다. 사정을 다 알고 있었으니까."

이 착란은 사령 탓임을 알고 있었다.

"시게오키, 아니 **시게오키 님**이지."

입을 일그러뜨리며 고쳐 말했다.

"시게오키 님도 결코 바보가 아니란 말이지. 가끔씩 자신이 평정을 잃는다는 것이나 측근들이 의아한 시선으로 보는 것을 자각하고 계셨어. 그게 일반적인 정신이상자와 전혀 다른 부분이기도 하거든."

그렇기에 불안했다.

"시게오키 님은 나를 중용하셨고 나는 그에 힘입어 이례적인 영달을 누렸다. 누이 좋고 매부 좋고 한 것이야."

수석 요닌 이토 나리타카의 권세는 바탕에 그런 비밀이 숨어 있었던 것이다.

"게다가 내 말해두는데."

신쿠로는 아픔에 얼굴을 찡그리면서도 이부자리 위에 고쳐 앉아 다키를 똑바로 보며 말했다.

"나는 착란을 일으키는 시게오키 님을 다른 측근들처럼 기피하거나 섬뜩해하거나 한 적은 한 번도 없어. 꼴좋다고 비웃은 적도 없고. 나는 나 나름대로 측은하게 여겼다."

시게오키는 죄가 없으니까.

"수석 요닌으로서 지금까지 열심히 힘써왔어. 5대 번주 기타미 나리오키의 악행에 희생됐다는 의미에서는 시게오키 님도 우리 쿠리야 일가도 매한가지지. 나는 심지어 그분에게 형제 같은 친근함을 느낀 적도 있었다."

다키는 혼란에 빠져 생각이 정리되지 않았다. 한기를 느끼고 목 언저리에 손을 댔다가 손가락이 떨리는 것을 깨달았다.

"……누구지?"

한주로가 물었다.

"뭐가?"

"그 세 사령은 쿠리야의 누구냐고. 너는 알 테지? 시게오키 님을 그만 괴롭히고 순순히 이승으로 가라고 설득하는 것도 가능하지 않나?"

뜻밖에도 신쿠로는 입꼬리를 비쭉하며 조금 말하기 거북한 표정을 지었다.

"다키도 한주로도 사령이라는 것을 본 적이 없지."

"네, 그래요."

"그렇기에 그런 말을 쉽사리 하는 것이겠다만, 사령은 산 사람과는 달라. 살아있었을 때 일을 잊어버린 경우도 많고. 말을 주고받고, 의사를 소통하고, 하물며 설득하는 것은 쉬운 일이 아니야."

그렇기에 미타마쿠리 기술이 유용했다. 하지만 신쿠로는 그것을 쓸 줄 모른다.

"다만 오 년간 그자들을 접했더니 대강 짐작은 가더군."

아이는 당시 쿠리야에 살던 산키치라는 일곱 살 된 남자애.

"할머님 바로 위 오빠의 손자인데 말이지. 돌림병으로 부모를 잃어 쿠리야에서 길렀어."

여자는 신쿠로의 어머니 야에의 사촌동생.

"내가 가타노 촌으로 간 것과 거의 동시에 남편과 사별하고 쿠리야로 돌아온 사람이 아닐까 싶군. 그래서 나도 잘은 모른다만, 이름은 미쓰, 나이는 삼십대 중반이었을 것이야."

세 번째, 난폭한 남자에 관해서는 더욱 확실하지 않다고 했다.

"아마 삼촌들 아니면 형이나 사촌형제 중 누구일 테지. 횡사에 의해 분노한 사령이 되는 바람에 생전의 분별을 잃은 모양이야. 오 년이 지나도록 이름조차도 알아내지 못했다. 조금만 더 시간이 있었다면 어떻게든 됐을 텐데…….."

다소 변명처럼 들렸다. 한주로도 같은 느낌을 받았는지 빈정거리는 투로 "사령이 네 할머님이나 어머니가 아니라 안됐군"이라고 말했다.

"그랬다면 쉬웠겠지." 신쿠로도 지지 않았다. "너는 사령을 모르니까 그런 허튼소리를 할 수 있는 것이야."

두 사람 다 어린애 싸움 같은 말투를 그만두지 못한다. 하지만 그 덕분에 다키는 다소 침착함을 되찾을 수 있었다.

"이 비밀은 당신 가슴속에만 묻어놨나요?"

"물론이지."

"시게오키 님 본인에게도 말씀드리지 않고요?"

"말한들 무슨 소용이 있지? 나는 사령을 달랠 수는 있어도 다루는 기술은 없어. 착란이 일어나도 번주로서 시게오키 님의 행동에 중대한 실수가 없도록 살피고, 때로는 적당히 얼버무리는 것이 고작이었다."

한주로의 얼굴에 노기가 떠올랐다.

"네놈은 시게오키 님을 구해드릴 생각이 전혀 없었군."

"네가 뭘 안다고! 게다가 시게오키 님을 연금한 사람은 내가 아니야. 가로들이지. 덕분에 내 출세도 물거품이 되고 말았어."

신쿠로는 분통해하고 있었다.

"그 늙은 너구리 같은 와키사카는 할복조차도 내게는 아깝다고 지껄이더군. 기타미 번의 전복을 꾀한 모반인으로 참형에 처해야 한다고 말이야. 그렇게 될까 보냐. 나를 죽이면 영원히 시게오키 님을 사령에게서 해방시킬 수 없을 것이라고 말해줬더니……."

아슬아슬하게 목숨만은 부지했지만 죄인을 호송하는 가마에 실려 여기 고코인으로 끌려왔다.

"날마다 혹독하게 시달리는 바람에 끝까지 비밀을 지킬 수 없었어. 그렇다고 모조리 털어놓았다간 이번에야말로 정말 죽을 테지. 차라리 나도 사령이 되어주겠노라고 결심했다만, 이시노 오리베가 온정을 베풀어주어 말이다."

일단 이 노인네에게 맡겨주면 좋겠군.

"그 늙은 너구리 같은 와키사카에게 간곡하게 청해서 동굴 감옥에 가둬놓는다는 조건으로 간신히 내가 목숨을 부지할 수 있게 해준 것이야."

그래서 그는 여기에 있고 다키도 여기에 있다.

오랜만에 침실에 침묵이 흘렀다. 신쿠로의 호흡이 빠른 것을 보면 피곤한 것 같다. 뜻밖에 이야기가 길어졌다. 아직 상처가 다 낫지도 않았는데. 쉬게 해야겠다.

"대략의 이야기는 알았어요. 일단 여기까지 하죠."

눕히려고 하는 다키의 손을 붙잡고 신쿠로가 말했다.

"조금만 더 들어줘. 다키, 이런 꼴이 된 것은 분하다만 덕분에 밝혀진 것도 있다."

"뭐지?"

한주로가 몸을 내밀며 물었다.

"쿠리야를 싹쓸이한 주모자는 기타미 나리오키가 틀림없어. 수석 가로인 와키사카도 관여했고. 실제로 지시를 내린 사람은 와키사카일 테지."

하지만 나머지 세 가로인 성대 가로 노자키, 가정 가로 무토, 전(前) 에도 가로 이시노는 십육 년 전 그런 참사가 일어났다는 사실 자체를 전혀 몰랐던 것 같다고 했다.

"세 사람 다 사정을 듣고 여간 놀란 게 아니었으니 말이지. 하지만 와키사카는 무시무시하게 노여워하더군."

"아무 말씀도 없으셨나?"

"그 늙은 너구리가 이실직고할 리 있나."

"시게오키 님은요?" 다키가 물었다. "당신이라면 이 일에 대해 시게오키 님과 직접 말씀을 나눌 기회도 있었을 법한데요."

"어떻게 물으란 말이지? 나리의 선친께서 마을 하나를 통째로 태워버린 적이 있는데 그 연유를 아시는지, 라고?"

그건 그렇다.

"도대체가 십육 년 전 시게오키 님은 겨우 열 살이었다고. 에도 번저 밖으로 나온 적도 없었을 테지. 번에서 일어난 일을 알 길이 없어."

"그럼 왜 쿠리야 사람들이 죽임을 당했는지 그 이유는……."

"여전히 알 수 없다."

신쿠로는 어금니를 악물듯이 말하고는 다키를 더 세게 끌어당기려 했다.

"하지만 나는 희망을 버리지 않았다. 다키, 아직 끝난 게 아니야. 가능성이 있어."

다키는 대답할 말을 찾지 못했다.

잔잔한 회색 수면에 하늘을 뒤덮은 습한 구름이 비치는 진쿄 호숫가에 다키는 서 있었다. 한주로는 바로 뒤에 붙어 있다. 둘이서 도망치다시피 해서 저택에서 나왔다.

"잠깐 걸을까요."

한주로가 호반으로 내려가는 오솔길로 손을 잡고 안내해주었다.

이렇게 보니 정말 손거울처럼 둥근 호수다. 철철이 벚꽃과 신록, 단풍, 벌거숭이 나무들을 비추어 고코인에서 지내는 사람들의 눈을 즐겁게 해주고 마음에 평안을 줄 것이다.

그러나 다키가 지금 느끼는 것은 몸에 축축하게 스며드는 한기뿐이었다. 귓속에 아직 신쿠로의 목소리가 여운처럼 남아 있었다.

그런 이야기를 믿어도 되는 걸까. 다키의 마음 절반은 강하게 의심했다. 나머지 절반은 저택에서 들은 여자의 울음소리와 아이 목소리를 기억하고 있었다.

"다키 님도 말씀하셨듯이 그 사내의 정신이 온전치 않은 겁니다."

한주로가 성난 투로 내뱉듯 말했을 때, 뒤에서 오솔길을 걷는 발소리가 났다. 이시노 오리베가 그들 쪽으로 다가왔다. 조그만 몸뚱이가 관목 가지를 스치며 물방울이 가타기누에 반짝이며 흩어졌다.

"신쿠로와 이야기했느냐."

저택 관리인은 전부 꿰뚫어보는 듯했다.

"다키, 얼굴이 창백하구나."

다키는 머리를 숙였다. "무례를 용서해주십시오. 조금 놀랐습니다."

"대찬 처자야. 나는 나리마님께 씌었다는 여자 목소리를 처음 들었을 때 기절초풍했건만."

조금의 망설임도 없이 이야기의 핵심을 찔렀다. 그럭저럭 평정을 유지하던 한주로도 여기에는 당황했다.

"이시노 님은 그 사내의 대포를 믿으시는 겁니까?"

"나는 그저 눈앞에서 벌어지는 일을 못 본 척할 수는 없다 생각하는 것뿐이다."

그의 목소리에는 감출 길 없는 비탄과 고뇌가 섞여 있었다. 그게 두려움에 젖어 있던 다키의 마음에 용기를 주었다.

"이시노 님, 청이 있습니다."

스스로도 놀랄 만큼 정신이 바짝 들었다.

"제가 나리마님을 뵐 수 있게 해주십시오."

4

"이 저택으로 옮겨 오신 뒤로 나리마님 곁에서 여인을 멀리하고 있어."

고코인 내실에 들어가는 여자는 다키가 처음이다.

"거기에는 몇 가지 이유가 있다만 자세한 이야기는 나중에 하자. 어쨌거나 오늘아침 일어나신 뒤로 지금까지 나리마님은 어린아이 란다."

이시노 오리베는 담담하고 진지했다.

"신쿠로의 설을 따르자면 '어린아이의 사령이 밖에 나와 있다' 하는 것이 될 테지. 열 살도 채 안 된, 일고여덟 살 된 사내아이구나."

"'산키치'라는 쿠리야의 아이라고 들었습니다만."

"음……."

오리베는 고개를 끄덕이고는 눈살을 가볍게 찌푸렸다.

"나나 시로타 선생이나 이따금 그 이름으로 부르곤 한다만."

신중한 말투였다.

"다만 실은 그것이 옳은지는 모르겠구나. 그 아이가 나타나 있을 때 자진해서 '내 이름은 산키치다' 하고 밝힌 적은 없으니 말이다."

그런가. 신쿠로는 망설이는 눈치도 없이 단언했는데 실은 확실치 않은 것이다.

"허나 '나는 산키치라는 아이가 아니다'라고 명확히 부정한 적도 없거든. 이것은 내 인상에 불과하다만, 그 아이는 주위 어른들의 언동을 잘 관찰하다가 그때그때를 잘 넘길 수 있도록 상황에 맞추는 기색이 있어서 말이다. 내 생각이 과한 것일 수도 있다만."

오리베는 답답한 듯했지만 다키는 오히려 안심했다. 오리베도 시로타 의사도 냉정한 인물이라 다행이다. 신쿠로의 강한 확신에 모두가 동조하는 것은 바람직하지 않다.

나도 되도록 마음을 백지상태로 해놓자.

"이시노 님께서는 언제부터 그 아이를 아셨는지요?"

"에도 번저에 있었을 때는 만난 적이 없구나. 다만 당시에도 넋을 놓는 버릇은 있으셨지."

"나리마님께서 작은나리이셨을 때 말씀입니까?"

시게오키가 새 번주 자리에 오르면서 이시노 오리베는 에도 가로에서 물러났다. 그렇다면 시게오키의 실성은 그보다 더 전에 시작된 건가.

오리베는 다소 대답이 궁한 듯 난처한 표정을 지었다.

"그 이야기를 하려면 또 복잡해지니까 나중에 하자꾸나. 어쨌거나 이곳으로 옮겨 오신 뒤로 그 아이가 가장 빈번히 나타나고 있어."

오리베만 해도 열 손가락으로는 부족할 만큼 여러 번 만났다고 했다.

"신쿠로가 말하는 야비한 사내는 나는 한 번도 대치한 적이 없어. 신쿠로가 '미쓰'라고 부르는 여자는 이쪽으로 온 뒤로 몇 번 만났고. 대화도 했다만 하나같이 이렇다 할 내용이 없었다. 이 여자도 조심성이 있다고 할지, 최소한 지금까지 내가 보고 들은 바로는 말수가 적은 것 같더구나."

지금 이 자리에서 주의해야 할 점은 오로지 하나뿐이라고 오리베는 말했다.

"나리마님의 이…… 착란이라 할 수밖에 없다만, 이 일은 여전히 우리는 짐작도 할 수 없는 계기로 느닷없이 시작돼서 갑자기 바뀌고 아무 때나 그친다. 그 경계를 나도 시로타 선생도 아직 파악하지 못했어. 그렇기에 다키가 이제 뵙게 될 분은 어린아이인 나리마님일 수도 있고 본래의 나리마님일 수도 있고 앞서 말한 여자일 수도 있다."

그러니 무슨 일이 있어도 놀라거나 허둥대면 안 된다.

"혹 다키가 인사를 드리는 중에 나리마님께서 달라지셔도 당황하지 마라."

"예, 알겠습니다."

그리고 다키는 재빨리 차림새를 갖추었다. 고의 기모노를 빌려 입고, 머리도 시마다 식에서 고등 머리로 바꿔 수건을 찢은 헝겊을 감았다.

"나리마님께서 물으시면 나가오 촌에서 왔다고만 대답해라. 당분간 네가 가신의 딸이라는 사실은 덮어두자."

그편이 나리마님 안의 사내애가 안심할 것이라고 했다.

"그 아이는 무사나 무가의 여자를 싫어해. 내가 약식인 쓰기카미
시모를 입고 있는 것도, 정복을 입으면 그 아이가 무서워하기 때문
이란다."

물론 두 자루 칼을 보여 위압하거나 언성을 높이는 것은 언어도
단이다. 그런 일을 했다간 나리마님 안의 사내애는 입을 다물고 돌
처럼 굳어버린다고 했다. 그건 즉 기타미 시게오키가 그렇게 된다는
뜻이다.

"이틀이고 사흘이고 음식도 물도 취하지 않고 꼼짝도 하지 않고
같은 자세로 계셨던 적이 있어. 그래서는 몸이 상하시는 데다, 그렇
게 된 것이 본래의 나리마님인지 그 사내아이인지 분간을 할 수 없
으니 말이다."

가장 바람직하지 않은 사태다.

"무사님뿐 아니라 시녀도 안 되는군요."

"그래. 기타미 성에서도 시녀가 가까이 가는 것을 싫어해서 숨은
적이 있다고 신쿠로가 말하더구나."

긴 복도를 오리베가 앞서가고 다키는 뒤를 따랐다. 자신도 동석해
야겠다고 우기는 한주로를, 오리베가 "너는 밖에서 기다려라. 공연
히 소란 피우지 말고. 네 도움이 필요할 것 같으면 내가 부르마"라고
타일렀다.

오리베가 멈춰 섰다. 복도 끝에 주먹이 들어갈 틈도 없을 만큼 촘

촘하고 튼튼한 창살이 있고, 몸을 구부려야만 드나들 수 있는 쪽문 하나가 나 있었다.

다키는 목이 바싹 말라붙었다.

이건 창살방이다.

"나리마님의 안전을 위해 이런 처치를 한 것이야."

오리베가 구태여 그런 설명을 덧붙인 것은 다키가 겁에 질린 것을 알았기 때문일 것이다.

"이 안이 지금은 나리마님의 거처이니 안은 넓단다. 방도 많고. 가재도구도 갖춰져 있지."

이곳은 진짜 감옥과는 다르다고 말하고 싶은 것이리라. 하지만 엄연한 감옥의 모양새 앞에 다키는 역시 다리가 후들거렸다.

쪽문 앞에는 오늘도 작업복을 입은 시로타 의사가 앉아 기다리고 있었다.

"간키치에게서 이시노 님께서 들어가신다는 말씀을 들었습니다."

의사는 다키를 올려다봤다.

"다키 님도 같이 들어가시는군요?"

"네."

"신쿠로의 이야기를 들었다는군."

"그렇습니까" 의사는 온화한 표정으로 고개를 끄덕였다. "그럼 그렇게 놀라실 일은 없을 것 같군요. 나리마님이 지금은 **아이가 되어 계시는** 게 되레 다행일지 모르겠습니다."

그러고는 미소를 지었다.

"똘똘하고 귀여운 사내애랍니다."

"……그런가요."

꼭 근처를 뛰어다니는 평범한 아이를 평하는 듯한 말투였다. 표정도 밝다. 의사는 그런 표정과 말투 그대로 한주로에게 말했다.

"다지마 씨, 그렇게 입을 헤 벌리고 있다간 새가 둥지를 틀겠습니다."

한주로를 돌아보니 멍하니 서 있었다. 의사의 말에 눈을 깜박이며 정신이 든 듯했지만, 이번에는 얼굴이 우그러졌다.

"이, 이, 이렇게 애처로울 데가."

순식간에 눈물이 넘쳤다.

"나리마님께서는, 이런 곳에, 갇혀 계시는 겁니까!"

엉엉 울고는 소매로 얼굴을 쓱쓱 닦고 누가 뭐라 하기 전에 사과했다.

"시, 실례했습니다!"

"하여간 소란스러운 사내로군."

오리베도 시로타 의사도 온화하게 웃었다. 다키도 속으로 한주로에게 감사했다. 그가 평정을 잃고 흐트러진 모습을 보여준 덕에 긴장이 풀렸다.

"다지마, 받아라."

오리베는 두 자루 칼을 풀어 한주로에게 맡겼다. 한주로는 황급히 콧물을 닦고 공손히 받들었다.

"그럼 들어가시죠."

의사가 쪽문을 열자 묵직하게 들들거리는 소리가 났다. 아까 스즈와 이야기하던 중에 다키가 들은 소리였다.

"한 시간쯤 전인가요, 아이가 즐겁게 웃는 소리가 들리더니 바로 뒤에 이 쪽문이 움직이는 소리를 들었습니다."

"아, 그건 접니다."

시로타 의사는 쪽문 안쪽에 눈길을 주었다.

"저도 그 웃음소리를 듣고 살피러 들어간 겁니다."

"그때 나리마님께서는?"

"요새 가끔 창가에서 새가 지저귀거든요. 먹이를 주면 친해질지도 모르니까 밥풀을 놓아보시면 어떻겠느냐고 말씀드렸더니, 당장 아침진지 뒤에 시도해보신 모양이죠."

"그래서 새가 다가왔나?"

오리베가 물었다.

"네. 물까치 같더군요."

가까이에서 새를 보고 기뻐서 나리마님이, 아니, 나리마님 안의 아이가 소리 내어 웃은 건가.

"스즈가 여기서 어떤 목소리가 들려도 들들거리는 소리가 나면 그친다고 가르쳐주었답니다."

"호오…… 스즈는 그렇게 생각했나. 나나 시로타 선생이나 하루에도 여러 번 이곳에 드나드니 말이지."

그러더니 갑자기 놀란 듯 두 눈썹을 치키고 다키를 쳐다봤다.

"스즈를 만났느냐?"

"예. 그 아이도 똘똘하고 귀여운 여자애이던데요."

"그래."

그렇게 말하고 문득 입가에 미소를 머금더니 가볍게 몸을 굽혀 쪽문을 지났다.

"머리를 부딪칠 수 있으니까 조심하시죠."

시로타 의사가 쪽문 위쪽을 손바닥으로 가려주었다. 다키는 무릎을 굽히고 문 안으로 들어갔다. 즉각 뒤에서 문이 들들 닫혔다.

"다키 님, 저는 여기 있겠습니다."

창살 너머에서 한주로는 또다시 울먹이고 있었다.

"한주로 씨가 그렇게 울보인 줄 몰랐네요."

"이번만은 너그럽게 봐주십시오."

한주로의 심정은 다키도 잘 알 수 있었다. 숨 막힐 것 같은 불안을 웃음으로 얼버무리고 있지만 사실 자신도 울고 싶을지도 모른다. 그런 생각이 들었다.

오리베는 익숙한 발걸음으로 복잡한 복도를 나아갔다.

늘어선 방마다 옅은 청록색으로 기타미 가의 문장인 삼잎 문양을 넣은 당지를 바르고 동그란 손잡이에 금테두리를 두른 고상한 장지문을 달았다. 밤에 휴대용 촛대만으로는 부족할 때를 위해서인지 복도를 따라 벽에 촛대 여러 개가 붙어 있었다.

오리베가 왼쪽으로 꺾어졌다. 오른쪽 복도 끝의 흰 벽과 작은 창 앞에, 작은 빨간색 열매가 달린 가지를 아무렇게나 꽂은 비젠 도기

항아리가 있었다. 풍류가 있는 정경인데 창문에도 창살이 튼튼하게 박혀 있었다. 바람은 통하지만 열고 닫을 수는 없는 창문이다.

지나치는데 그곳에서 어렴풋이 빗소리가 들렸다. 어느새 내리기 시작했을까. 다키의 심장은 빗방울 떨어지는 것과 비슷한 속도로 뛰고 있었다.

"낮 동안 나리마님은 서재에 계신단다."

오리베가 앞을 본 채 말했다.

"한서(漢書)를 광범위하게 즐기시는데 요새는 사경을 하실 때도 많지."

기타미 시게오키 **본인**일 때는.

"급서하신 선친의 영혼을 위로하고 싶으시다고 말이야."

오리베가 멈춰 섰다. 복도에 무릎을 꿇고 장지를 열었다. 안은 두 첩 크기의 곁방이었다. 다키도 따라 들어가 둘이 나란히 앉았다.

"괜찮겠느냐?"

작은 목소리로 묻는 오리베에게 다키는 턱을 당기고 "예" 하고 대답했다.

이곳 장지문의 삼잎 문양은 다른 방보다 한층 컸다. 그쪽을 향해 오리베가 큰 소리로 말했다.

"나리마님, 이시노 오리베입니다."

대답은 없었다. 잠시 기다렸다가 오리베는 소리 없이 장지문을 활짝 열고 공손하게 절했다. 다키도 그에 따랐다.

"시로타 의사에게 오늘은 기분이 좋으시다 들었습니다. 새에게 모이를 주셨다지요?"

얼굴을 들고 온화하게 말했다.

"어떤 새를 보셨는지 이 할아범에게도 가르쳐주시겠습니까?"

정말로 어린애에게 말하는 것 같다.

그러고 보면 오리베는 이런 식으로 말을 주고받는 데에 익숙할 것이다. 오래전 에도 번저에서 시게오키가 아직 도련님이고 오리베가 장년의 에도 가로였을 시절에는, 날마다 이렇게 지냈을 테니까.

대답은 아직 없었다. 침묵이 이어졌다. 다키는 여전히 엎드려 있었다. 힘을 주지 않으면 또 손가락이 떨릴 것 같았다.

조금 높기는 해도 틀림없는 남자애 목소리가 들려왔다.

"뭐야, 이시노구나."

목소리는 이어서 이렇게 물었다.

"그건 누구야?"

다키의 심장이 펄떡 뛰었다.

오리베의 목소리가 더욱 명랑해졌다.

"이런, 이거 실례했습니다. 이 아이의 이름은 다키랍니다. 이번에 새로 이 저택에서 일하게 된 몸종이지요. 다키, 나리마님께 인사 올려라."

다키는 다시 한 번 엎드려 절한 다음, 용기를 내어 얼굴을 들었다.

"처음 뵙습니다. 저는 다키라고……."

저도 모르게 거기서 말문이 막히고 말았다.

시게오키의 서재라는 이 방은 여덟 첩 크기였다. 두 벽에 허리 높이까지 내려오는 큰 창이 있는데, 조금 전 본 것 같은 창살이 끼워져 있기는 해도 여기서는 겉으로 드러나지 않도록 장지를 발랐다.

지금은 비가 오지만 호반에서 하늘을 올려다봤을 때는 구름이 얇았다. 밖에서 하얀 장지를 통해 비쳐드는 빛으로 실내는 충분히 밝았다.

큰 창 중 하나를 향해 서안과 독서대를 놓았다. 서안 위에는 벼룻집이 있고, 흐릿하게 빛나는 저것은 주석 문진일 것이다. 그 옆 선반에는 서책과 두루마리가 늘어놓여 있다. 두루마리 중 몇 축은 끈이 풀려 선반 밖으로 늘어져 다다미 위에까지 펼쳐져 있었다.

서안 앞에 한 청년이 이쪽으로 머리를 두고 엎드려 누워 두 손으로 볼을 감싼 자세로 올려다보고 있었다. 그의 팔꿈치 옆에도 두루마리 한 축이 펼쳐져 있다.

엎드려 서책을 읽는 것은 세상에서 가장 막된 짓이다.

다키의 아버지, 세상을 떠난 가즈에몬이라면 당장 그렇게 야단쳤을 것이다.

청년은 매우 편안한 자세로 무릎을 꺾고 두 발을 들어 흰 버선을 신은 발을 공중에 달랑거리고 있었다.

검고 윤이 흐르는 머리는 빗어 넘겨 정수리에서 묶었고, 연녹색 주름 비단에 줄무늬가 있는 홑겹 하카마를 입었다. 허리에 칼은 차지 않았지만 무사의 복장이다.

훤한 이마. 아름답게 선을 그리는 눈썹과 시원한 콧날. 눈매는 또 얼마나 단정한지. 기름한 눈꼬리는 조릿대 새잎 같다. 입술은 살짝 얇은 듯하지만, 야무지게 올라간 입꼬리에서 강한 의사와 총명함이 느껴진다.

이분이 기타미 시게오키 님이구나.

눈동자를 또글또글 움직이고 입술을 벌리더니 틀림없는 아이 목소리로 이렇게 말했다.

"아까 노보루 선생에게도 졸랐는데, 이시노, 새 도감이 있으면 좋겠어. 여기에는 물고기 도감밖에 없거든."

다키는 현기증이 났다. 눈앞의 광경이 스윽 멀어졌다.

안 되는데, 이러다가 기절하겠어.

호흡을 하자. 한 번, 두 번, 세 번. 재빨리 들이마셨다가 내쉬었다. 어두워지려던 시야가 흔들리며 원 상태로 돌아왔다.

이시노 오리베와 다키의 눈앞에서 기타미 시게오키는 하카마 스치는 소리를 내며 일어나 책상다리를 하고 앉았다. 그러고는 고개를 갸웃하며 말했다.

"그렇게 격식 차릴 것 없어. 지금은 이치마쓰가 없으니까."

눈은 다키를 똑바로 쳐다보고 있었다. 내게 말씀하시는 것이다. 그러나 목소리가 나오지 않았다.

이치마쓰는 시게오키의 아명이다.

"용서해주십시오. 다키는 여기 고코인에 온 것도 처음이라서 말이지요."

오리베가 조금도 동요하지 않고 중재에 나섰다.

"제가 갑자기 나리마님을 뵙도록 데려오는 바람에 긴장해서 그렇습니다."

"그렇지만 이치마쓰는 없다니까."

기타미 시게오키는 아름다운 청년의 모습으로 어린애처럼 행동하고 어린애처럼 말했다.

"이시노는 말귀가 어둡네."

"이런, 송구스럽기 이를 데 없군요."

오리베는 정중하게 머리를 숙였다.

"나리마님께서 계시지 않으신다면 지금 거기 있는 너는 산키치겠구나."

시게오키는 눈을 돌리고 대답하지 않았다. 양손의 손가락을 만지작거리고 있다. 하기 거북한 말, 하고 싶지 않은 말이 있다든지 조금 답답할 때 아이는 곧잘 그런 몸짓을 하곤 한다.

그 모습을 유심히 살펴보다가 깨달았다. 시게오키의 오른손 검지 옆이 빨갛게 부어 있었다. 어디에 스쳤거나 아니면 살짝 베이기라도 한 걸까.

이시노 오리베가 말했다.

"새로 온 다키도 있으니 마침 잘됐구나. 말귀를 못 알아듣는 이 노인네에게 한 번 더 설명해주지 않겠느냐. 산키치가 여기에 있을 때 나리마님은 어디에 계시지?"

시게오키는 고개를 숙이고 손가락을 만지작거리며 입술을 삐죽 내밀었다. 이것도 어린애답다.

다지마 한주로가 어렸을 때 다지마 가에서 꾸중을 듣고 가가미 가로 도망쳐오면, 어머니 사에에게 뭐라 핑계를 대야 할 때라든지 하고 싶은 말을 잘 할 수 없을 때, 단순히 삐졌을 때 늘 이런 표정을 짓곤 했다.

교분칸에서 또 강의중에 싸웠다지요? 어머님이 한탄하셨답니다.

한주로는 언제나 말보다 먼저 주먹이 나가는군요. 성미가 급하면 좋지 않은 줄 모르나요?

상대방의 말이 이치에 맞지 않는다 싶어도 바로 폭력을 쓰면 안 돼요.

그리운 어머니의 목소리를 떠올리는 사이에 다키도 겨우 침착함을 되찾았다. 믿기 어려운 일이지만 지금의 나리마님은 어린애이신 것이다.

그렇다면 아이를 대하듯 하면 된다.

"손가락을 다치셨습니까?"

다키가 말을 걸자 시게오키는 놀란 듯 눈을 들었다. 이시노 오리베도 눈을 휘둥그렇게 뜨고 있었다.

"무례한 질문을 드려 죄송합니다. 조금 전부터 손가락을 신경 쓰시는 것 같아서요."

시게오키는 손동작을 멈추고 자신의 손가락을 내려다봤다.

"오른손 검지가 빨개지셨는데요. 여기 이 부분이요."

다키는 자기 손가락을 써서 가리켰다.

시게오키는 "응" 하고 고개를 끄덕였다. "아까 두루마리를 펴다가 베였어."

"그러시군요. 종이에 손가락을 베이면 의외로 아프지요."

시게오키는 자신의 손가락을 유심히 뜯어봤다. 그러고는 손을 훌쩍 들어 다키 쪽으로 내밀었다.

"봐봐."

다키는 가볍게 절하고 오리베를 돌아봤다.

"이시노 님, 괜찮을까요?"

조금 전 한주로가 그랬던 것처럼 오리베도 입을 다물지 못했다.

"오? 아, 그래라."

시게오키는 웃음을 띠고는 어린애 목소리로 어른인 척하듯 엄숙하게 말했다.

"상관없다. 다키, 가까이 와라."

다키는 몸이 부르르 떨렸다. 오한이 아니다. 뭐에 빗대면 좋을지 알 수 없지만, 굳이 말하자면 흥분으로 인한 떨림에 가까웠다.

"예, 그럼 실례하겠습니다."

무릎을 꿇은 채 살짝 일어나 시게오키에게 다가갔다. 그가 내민 손을 두 손으로 가만히 받치며 검지를 살펴봤다. 정말 빨간 선이 희미하게 그어져 있었다.

"베였을 때 피가 났는지요?"

"응."

"어디 떨어졌습니까?"

"그렇게 많이 나지는 않았어."

"어떻게 하셨는지요?"

"핥았어."

다키는 생긋 웃었다.

"그럼 됐습니다. 피는 이미 그쳤고 상처도 깊지 않네요."

"그래?"

시게오키는 손을 잡아빼고는 살짝 토라져 가볍게 흔들었다.

"하지만 쓰린데."

"조금만 더 참아주세요. 신경 쓰지 않으시면 곧 잊어버리실 거예
요."

다키는 곁에 펼쳐져 있는 두루마리를 내려다봤다.

"이게 물고기 도감이군요."

먹으로 그린 물고기 그림이 몇 개 있고 곁에 설명이 곁들여져 있
었다.

"지, 진쿄 호에 사는 물고기의 도감이란다."

오리베가 놀라 뻣뻣하게 굳은 채 어색하게 말했다.

"곤보 후께서는 이곳에 머무실 때 낚시를 즐기셨다 해서 말이다.
곤보 후께서 낚으신 물고기를 바탕으로 성읍에서 불러온 화가에게
그리게 한 것이지."

"그러니까 재미없어" 시게오키는 불만스레 입술을 삐죽 내밀었다.
"죄 비슷한 물고기 그림만 있는걸."

"다키도 봐도 될까요?"

"응. 하지만 봐도 재미없는데."

다키는 두 손으로 두루마리를 살며시 들었다. 일단 말아보니 표지

에 제목이 쓰인 작고 기름한 종이가 붙어 있었다.《진쿄 호 조어대전(神鏡湖釣魚大全)》. 오리베가 설명한 대로다.

두루마리를 다시 펴보니 하나같이 붕어와 잉어, 메기 그림뿐이었다. 아닌 게 아니라 화려함이 부족한 게 아이가 보기에 즐겁지는 않을 것 같다.

"어머, 미꾸라지도 있군요."

화가가 작은 미꾸라지를 한 마리만 그려봤자 모양이 살지 않으리라고 생각했는지 너덧 머리가 포개지게 그려졌다.

시게오키가 언짢은 듯 눈살을 찌푸렸다.

"그 그림 싫어."

"미꾸라지가 싫으신지요?"

"징그러워."

"그렇지요."

다키는 고개를 끄덕이고 두루마리를 약간 멀리 들었다.

"미꾸라지는 이렇게 진창 속에서 종종 무리를 지어 다닌답니다. 아주 잘 그린 그림이라 당장이라도 미끌미끌하게 움직일 것 같은데요."

"다키는 미꾸라지가 헤엄치는 걸 본 적이 있어?"

"예."

시게오키는 한층 싫은 표정을 지었다.

"만져본 적은?"

"잡은 적은 없지만 미꾸라짓국을 끓인 적은 있어요."

시게오키는 와아 하고 큰 소리로 말하더니 혀를 내밀었다.

"미꾸라짓국은 먹어본 적 있어."

다키는 쿡쿡 웃었다.

"그런 표정을 지으시는 것을 보니 입에 맞지 않으신 모양이에요."

"응. 전혀 좋아할 수 없었어."

이시노 오리베가 기침했다. 헛기침을 했다가 정말로 기침이 나온 모양이다. 다행히 금세 멎었는데, 시게오키가 즉각 말했다.

"미꾸라지 탕은 영양분이 있으니까 이시노가 먹으면 되겠네."

"이런, 이 노인네를 신경 써주시다니 몸 둘 바를 모르겠습니다."

오리베는 뻣뻣하게 엎드려 절했다. 아직 놀라움이 가시지 않았겠지만 눈매는 누그러져 있었다.

"있지, 다키" 시게오키는 친근하게 다키를 불렀다. "이시노처럼 기침하는 건 병 때문 아니야? 결핵 아니야?"

"다, 당치도 않습니다" 이시노는 허둥지둥 가슴을 탁탁 쳤다. "이시노는 폐부에 병 따위 없습니다. 하물며 결핵이라니요."

"노보루 선생에게 진찰받아봐."

정겨운 모습에 다키는 미소를 참을 수 없었다.

"이시노 님께서 조금이라도 편찮으시면 시로타 선생님이 그냥 두지 않으실 겁니다. 안심하시지요."

"맞습니다. 걱정하지 마십시오. 이 할아범처럼 나이를 먹으면 기침이 잘 나는 것뿐입니다."

"이시노는 정말로 노인이 됐어."

시게오키는 그렇게 말하고는 다키에게 얼굴을 약간 가까이 가져가 목소리를 낮추었다.

"에도에 있을 때는 더 건강했거든. 기타미는 기후가 나쁘니까 이시노의 건강에 좋지 않은 게 아닐까."

말투는 어린애 같아도 그 말에는 가까운 이를 생각하는 마음이 넘쳤다. 다키는 저도 모르게 가까이에 있는 아름다운 얼굴을 빤히 쳐다보고 말았다.

그때 서재 어디서 작은 소리가 났다. 뭔가 단단한 물건이 바닥에 떨어진 것 같은 소리인데 아주 희미하게 들렸다. 뭘까 싶었지만 바로 시게오키가 말을 걸어 그에 묻히고 말았다.

"다키는 어디에서 왔어?"

다키는 눈을 깜박이고는 몸을 약간 뒤로 빼 그 자리에 자세를 고쳐 앉았다.

"나가오 촌이라는 곳에서 왔습니다. 여기보다 훨씬 남쪽, 센 천변에 있는 마을이에요."

"그럼 미꾸라지는 센 천에 있구나."

"센 천은 아주 큰 강이라 미꾸라지가 있어도 잡기는 어려울 것 같아요. 마을의 미꾸라지는 논이나 관개용수에 있답니다."

그래, 라고 하고는 시게오키는 먼 곳을 바라보는 눈빛이 되었다.

"이치마쓰와 함께 기타미 영내 여기저기에 갔을 때 큰 강을 많이 봤는데. 그게 센 천이구나."

이치마쓰와 함께. 지금 이곳에 나와 있는 아이는 시게오키를 아명으로 부르며 소꿉친구처럼 편안하게 이야기한다.

너는 누구인가. 시게오키 님과 무슨 관계인가.

물어야 할 것은 많은데 머리가 혼란스러워 생각이 정리되지 않았다. 그 정도로 눈앞에 있는 **어린** 시게오키는 순진무구하고 사랑스러웠다.

"……다키가 있었던 나가오 촌은 한가롭고 좋은 곳이랍니다."

먼저 내 이야기를 하자. 지금 이 자리에서 조금이라도 가까워질 수 있다면 이것저것 묻기도 쉬워질 것이다.

"그렇지만 예전에 큰비가 내릴 때마다 센 천이 변덕을 부려 범람하던 시절에는 마을 사람들이 고생을 많이 했어요. 기껏 심은 볏모가 강물에 쓸려가고, 수확을 앞둔 벼가 물에 잠기고, 마을 사람들 집도 홍수에 쓸려가고 했거든요."

시게오키는 여전히 먼 곳을 바라보는 듯한 눈빛으로 고개를 갸웃했다.

"나가오 촌을 그런 고난에서 구해주려고 나리마님의 아버님, 선대 번주이신 나리오키 님께서 센 천의 제방 건조를 시작하신 거예요. 그 덕에 나가오 촌은 지금처럼 작물이 잘 자라고 모두가 안심하며 살 수 있는 곳이 됐어요."

다키의 기분 탓일까. '나리오카 님'이라고 말했을 때 시게오키의 눈언저리가 가볍게 경련을 일으킨 듯 보였다.

"이제 곧 장마가 걷히겠지요. 여름 하늘이 펼쳐지면 벼는 나날이 푸릇푸릇 자랄 거예요. 시원한 바람이 논에 불고, 허수아비도 그런 바람을 맞아 웃는 것처럼……."

다키의 바로 뒤에서 또 무슨 소리가 났다. 아까보다도 더 희미한
소리는 아주 작은 뭔가를 치거나 맞부딪친 듯한 소리였다.

시게오키가 고개를 들었다. 다음 순간 그의 두 눈이 눈꼬리가 찢
어질 것처럼 크게 벌어졌다.

"와아아아!"

입에서 비명이 터져 나왔다. 시게오키는 다다미를 짚고 벌떡 일어
나 서안 옆으로 펄쩍 물러났다.

"저리 가, 저게 뭐야? 다키, 저게 뭐야? 저리 가, 징그러워!"

다키도 엉거주춤 일어나 뒤를 돌아봤다. 검은 광택이 나는 커다란
지네였다. 대여섯 치는 될 것 같다. 무수한 다리를 분주하게 놀려 이
시노가 있는 쪽을 향해 버석버석 급히 갔다.

"어머나, 참 큰 지네네요!"

"어디로 들어왔지?"

오리베가 재빨리 일어나 허리춤에 차고 있던 부채를 뺐다. 그것으
로 세게 때리자 지네는 반대쪽으로 도망쳤다.

"이시노, 싫어, 저거 잡아, 얼른!"

시게오키는 계속 소리치고 있었다.

"저러다 도망치겠어. 얼른 잡아줘!"

다키는 주위를 둘러보고 서재 구석에 포개져 있던 둥근 골풀 방
석을 들어 지네 위로 던졌다. 그러고는 서안으로 다가가 주석 문진
을 집었다. 직사각형이고 손잡이 부분에 매 장식이 붙은 문진은 묵

직했다. 그것으로 방석을 내리치고 또 내리쳤다.

"그만 됐다, 다키. 물러나라."

오리베가 나섰다. 호신용 칼을 들고 있었다. 왼손으로 방석을 들추자 지네는 꿈틀거리며 도망치려 했다.

오리베는 지네를 쫓아가 호신용 칼을 거꾸로 쥐고 푹 찔렀다.

다키의 등에 시게오키가 매달렸다.

"무서워, 다키. 저게 뭐야?"

부들부들 떨며 울먹이고 있었다. 다키는 시게오키의 손에 살며시 손을 얹고 달랬다.

"지네라는 벌레랍니다. 이제 괜찮아요. 이시노 님께서 퇴치해주셨으니까요."

"아직 움직이는데."

대가리가 칼로 다다미에 꽂혀도 지네의 긴 몸뚱이는 여전히 꿈틀거리고 있었다. 무수한 발이 다다미를 치는 소리가 불쾌했다.

"이런 데 있기 싫어!"

시게오키는 비통한 목소리로 그렇게 내뱉고는 몸을 돌려 도망쳤다. 서재에서 나가고 장지문이 탁 닫혔다.

다키는 어수선한 가슴에 두 손을 얹었다. 이시노 오리베는 끈덕지게 꿈틀거리는 지네를 노려보며 얼굴을 험악하게 일그러뜨리고 있었다.

"이시노 님" 다키는 속삭이듯 말했다. "저 아이는 지네를 몰랐어요. 지금까지 한 번도 본 적이 없는 것처럼 무서워했습니다."

저 남자애가 사령이고 생전에 이즈치 촌이라는 산골 마을의 아이
였다면 그런 일이 있을 수 있을까.

"쿠리야 신쿠로가 뭔가 잘못 생각하고 있는 게 아닐까요."

지네는 몸뚱이를 뒤틀며 움찔거리더니 비로소 움직임을 멈추고
죽었다.

4장

呪縛

주
박

I

이시노 오리베는 그날 중으로 행동에 나섰다. 먼저 위사들을, 이어서 하인들을 모아놓고 간략하게나마 설명했다. 앞으로 가가미 다키와 다지마 한주로가 오리베 밑에서 나리마님을 모신다. 합당한 예를 갖추어 두 사람을 대해라.

"단 다키는 나리마님을 곁에서 모시는 것이 아니니 그 점은 오해 없도록 부탁하마. 대찬 처자이니 말이지, 너희에게 무슨 일이 생겼다가는 내가 곤란해."

오리베의 말을 일동은 정색하고 들었으나, 고만은 무심코 웃으려다가 허둥지둥 참았다. 오리베는 이 하녀가 더욱 마음에 들었다. 늙은이도 농을 했는데 반응이 없으면 재미없다.

산 위 동굴 감옥의 수인에 관해서도 처음으로 명확하게 설명했다.

그자는 전 수석 요닌 이토 나리타카이며, 이번에 그자를 저택으로 데려온 것은 이시노의 뜻이다. 이토가 도망을 꾀하거나 저택 사람들에게 해를 가할 염려는 없다. 지금까지 한 것처럼 열심히 일해달라.

위사들은 수인의 정체를 이미 알고 있었거니와 하인들도 어렴풋이 눈치채고 있었을 것이다. 이토 나리타카가 이곳에 온 것은 시게오키보다 열흘 정도 뒤로, 저택의 일상 생활이 비로소 자리를 잡았을 무렵이었다. 그런데 감시가 딸린 죄인 호송용 가마가 도착해, 비록 반죽음 상태이기는 해도 성읍에서 얼굴을 모르는 자가 없던 수석 요닌이 끌려나왔으니 못 알아차릴 리가 없다. 실제로 오리베가 이 사실을 밝혔을 때 소박하게 놀란 사람은 스즈 정도였다.

다만 위사들도 하인들도 그게 누구인지는 알고 있었어도 할복해 죽었을 인물이 왜 살아서 이곳에 갇혀 있는지는 알지 못했다. 오리베도 거기까지 자세한 사정을 자기 입으로 밝힐 생각은 없었다. 어차피 앞으로 차츰 알려질 것이다.

이야기를 마치고 방에 혼자 남은 오리베는 몸소 먹을 갈아 수석 가로 와키사카 가쓰타카 앞으로 서한 한 통을 썼다.

긴 글은 아니었다. 요는 이시노는 단념하지 않았다고 알리는 것뿐이다. 비탄과 수치와 공포에 실눈을 뜨고 있던 눈을 크게 뜨고 진실을 찾기로 결심했다고.

오 년 전.

에도 가로 자리를 사임하고 홀로 기타미로 돌아온 오리베는 죽은 아내 본가의 연줄로 성읍에서 2리쯤 떨어진 마을의 넨부쓰 사(寺)에 몸을 의탁했다.

한때는 불문에 들 생각도 했지만, 자신 같은 사람이 깨달음을 바라며 출가하는 것은 단순히 현세를 등지고 도망치는 것이나 다름없지 않을까 하는 망설임을 떨칠 수 없었거니와 속세에 머물며 시게오키의 치정을 지켜보고 싶은 마음도 버릴 수 없었다. 결국 절 한 구석을 빌려 작은 습자 교습소를 열기로 했다.

그런데 그렇게 시작한 습자 교습소가 뜻하지 않게 마음의 평온과 충실감을 가져다주었다. 이십 년 이상 에도 번저를 꾸리는 데 전념했던 오리베의 얼굴은 마을에서 전혀 알려져 있지 않아, 습자를 배우는 아이들도 부모들도 '늘 빙글빙글 웃지만 화나면 무서운 할아버지 훈장님'을 친근하게 대해주었다. 아이들은 재미있고, 만만치 않고, 언제나 활력이 넘쳤다. 오리베가 가르치는 것을 모래가 물을 빨아들이듯 익혀 성장했다.

그런 생기 넘치는 모습은 오리베의 뇌리에 종종 한 소년의 기억을 불러일으키곤 했다. 그가 에도 번저에서 섬기고 지키며 길렀던 이치마쓰 님의 기억이다.

이치마쓰 님, 즉 시게오키는 순조롭게 6대 번주 자리에 앉았다. 가신들에게 명군으로 숭앙받았고 일문의 신뢰도 두터웠던 아버지의 뒤를 잇기에 어울리는 젊은 주군이 됐다. 기타미에 내려왔을 때의 행렬은 일찍이 오리베가 꿈꾸었던 대로 영민들을 열광시켰다.

그러나.

정말 잘한 일일까.

불안은 늘 오리베의 마음속 깊은 곳에 괴어 있었다.

이윽고 시게오키의 곁에 이토 나리타카라는 인물이 나타났다. 시게오키에게 중용되어 일 년도 채 못 되는 사이에 빠른 속도로 출세해 권세를 떨치게 됐다.

오리베는 처음에 이토가 유능하고 충의를 지닌 사람이라면, 일문과 늙은 너구리 같은 중신들이 떨떠름한 표정을 짓든 말든 시게오키를 위해 잘된 일이라고 생각했다. 아버지의 시정을 계승하면서도 구폐를 없애고 새로운 기타미 번정을 수립하기 위해서는 새 심복이 필요하다.

그런데 사태는 그렇게 녹록지 않았다. 습자 교습소의 할아버지 훈장님 귀에도 서서히, 서서히 나쁜 풍문이 들려왔다. 이토 나리타카의 독재. 그의 오만함을 허용하는 시게오키의 태만. 중신들과의 대립. 가신들 사이에도 당파가 생겨나, 비록 가난해도 주군 가문 아래일치단결하는 것을 긍지로 여겨온 기타미 번이 분열하고 있었다.

오리베의 마음속 깊은 곳에 가라앉아 있던 불안은 심연에 숨은 괴어가 조금씩 수면으로 떠올라 그림자를 드러내듯 형태를 띠었다.

작은나리는 대체 어떻게 되신 건가.

불안에 가슴이 답답해질 때면 오리베는 작은 넨부쓰 사의 낡은 본존 앞에 합장하며 빌었다.

부처님이시여, 작은나리께 가호를 내려주십시오.

그런 바람이 헛되었음을 안 것은 올해 기사라기(2월) 중순, 학생들이 가고 조용해진 교습소에 한 손님을 맞이했을 때였다.

"오랜만이로군, 오리베."

다름 아닌 와키사카 가쓰타카였다. 문양이 없는 약식 기모노에 삿갓을 깊이 눌러썼고, 두 자루 칼도 싸구려로 차고 있었다.

"잘 지내는 것 같아 다행이네."

스스럼없는 말투이지만 동작에서 위엄이 느껴졌다. 중신의 미행(微行)을 수행하는 가게마와리가 자리를 비키게 했는지, 방금 전까지 경내를 빗자루로 쓸고 있던 사미승이 보이지 않았다.

"이렇게 고마울 데가 있나. 긴노스케 공은 내가 망령이 나 논어도 가르치지 못하게 되지 않았을까 염려되어 문안을 와준 것인가."

다행히 기타미 번의 네 가로는 다른 번과는 달리 권력 다툼과 연이 없었다. 불행히도 다툴 만큼의 여유가 없었기 때문이다. 오리베도 가쓰타카도, 나이는 오리베가 두 살 위이지만 각각 자기 가문의 적자로서 어렸을 때부터 함께 경쟁하고 가까이 지내왔다. 그 시절 부르던 이름은 지금도 그렇게 느껴진다.

그런데 오리베와 마찬가지로 노경에 접어든 와키사카 가쓰타카의 얼굴은 감출 길 없는 고뇌와 피로의 빛을 띠고 있었다.

"용건은 하나야. 부탁이 있네."

낮고 갈라진 목소리였다.

"고코인의 저택 관리인을 맡아주겠나."

그 즉시 말의 의미를 이해하지는 못했다. 은퇴한 이 몸이 왜 이제 와서 번주의 별저에?

설마, 하고 깨달았다.

와키사카는 오리베의 눈을 똑바로 응시했다.

"나리께서 은거해 기타미 성에서 그곳으로 옮기실 걸세. 저택을 관리할 수 있는 인물은 자네밖에 없어."

오리베는 할 말을 잃었다.

"일문의 의향은 이미 정리됐네. 나오마사 님께서 후계자가 되실 것이야."

"그 말은 곧……."

"그래. 시게오키 님을 연금하네. 이 같은 결과에 이르게 된 연유는 새삼 상세히 설명하지 않아도 자네라면 짐작이 갈 테지."

그래, 오리베는 알 수 있었다.

"나리가 그렇게까지 좋지 않으신가?"

"지난 오 년간 해마다 악화됐네."

와키사카의 어조는 냉혹하리만큼 단호했다.

"넋이 나가는 버릇이 도진 것만이 아니야. 요새는 착란이라 부르는 편이 나을지도 모르겠군."

"무슨 뜻인가?"

"자아를 잃으실 때 종종 다른 사람이 되시는 걸세. 여자가 되고, 어린아이가 되고. 정신이 들면 그 일을 기억하지 못하시네."

귀를 의심하고 싶어지는 이야기였다.

"나도 내 눈으로 직접 보지 않았다면 믿지 않았을 테지. 허나 사실이야."

"나리도 그 사실을 알고 계시나?"

"이제 어린아이는 아니시니 말이지. 넋이 나가실 때나 착란 상태일 때가 있다고 분명하게 자각하시지는 못해도 스스로의 행동에 이상한 부분이 있나 불안을 느끼시는 것 같네."

이토 나리타카는 그런 불안을 이용하고 있다 했다.

"그 교활한 자가 교묘한 언변으로 나리의 마음을 사로잡아 우리 중신을 멀리하고 자기만을 신뢰하도록 홀리고 있어."

이 이상 그냥 둘 수 없다.

"기타미 번에게만 그런 것이 아니네. 시게오키 님께도 이토 놈은 사자신중충이야. 아닌 게 아니라 그자는 나리의 병이 들통 나지 않도록 그때그때 얼버무리는 데는 도움이 됐어. 그자의 행동이 나리의 불안을 덜어준 것도 있고. 허나 그것도 이제 한계야. 이대로 임시방편으로 넘기기를 계속하다가는 조만간⋯⋯."

거기서 와키사카 가쓰타카는 뭔가가 끊은 것처럼 말을 삼켰다.

"조만간 어찌 되는가?"

그렇게 물은 오리베를 위협하듯 날카로운 시선으로 응시했다. 흰자위가 충혈돼 있었다.

"큰나리께서 세상을 뜨셨을 때 같은 일이 벌어질지 모르네."

오리베는 몸에서 힘이 빠지고 피가 싸늘하게 식었다.

큰나리께서 세상을 뜨셨을 때 같은 일.

꼴좋다.

이시노 오리베와 와키사카 가쓰타카가 더불어 무덤 속으로 가지고 갈 비밀이다.

오리베가 지키고 길러온 이치마쓰 님은 열 살쯤 돼서부터였을까, 이따금 넋이 나가는 버릇을 보이기 시작했다. 자신이 뭘 하고 있었는지도 잊고 멍하니 있어서 말을 걸어도 대답하지 않았다. 대답해서 말을 주고받을 때가 있어도 정신이 들고 나면 기억하지 못했다.

비록 체격은 크지 않아도 홍역도 가볍게 앓고 지나갔고, 그 뒤로는 감기도 웬만하면 걸리지 않는 건강한 도련님이었다. 다만 가끔씩 혼이 빠져나간 것처럼 됐다. 무엇을 계기로 그렇게 되고 또 깨어나는지 번의도 알지 못했다.

이치마쓰의 아버지, 기타미 나리오키는 그것을 자식이 어린 탓이라고 봤다. 엄격하게 단련시켜 무사의 혼을 기르면 자연히 나을 것이라고.

이치마쓰의 어머니, 나리오키의 정실도 대체로 비슷한 생각을 갖고 있었다. 한창 자랄 때인 어린애가 주의가 산만한 것은 당연한 일이니 일일이 야단치는 편이 성장에 해롭다고.

사실 그 버릇만 눈을 감으면 이치마쓰는 흠잡을 데 없는 도련님이었다. 한서를 가르치는 유학자가 놀라고, 검술을 지도하는 스승이 눈을 휘둥그렇게 떴다. 인형처럼 예쁜 이목구비. 활달한 언동과 명랑한 성격. 온갖 의미에서 장래가 촉망됐다.

본인은 넋이 나가 있었던 것을 기억하지 못하는 이상, 주위에서 이러쿵저러쿵하지 않으면 그 때문에 고민할 것도 없다. 빈번히 있는 일이 아니니 소바슈나 시동들조차 모르는 사람은 모른다.

그리고 실제로 관례를 올려 시게오키라는 이름을 쓰게 된 것과 전후해서 그 버릇은 깨끗이 사라졌다. 역시 성장기의 일시적인 문제에 불과했다고 오리베는 가슴을 쓸어내렸다.

이제 아무런 걱정이 없다. 기타미 번은 문제없다. 우리 작은나리는 참으로 건강하고 아름답고 늠름하시구나.

얼마만큼 자랑스럽게 생각해도 부족할 정도다.

그러나 자랑스러움도 기쁨도 희망도 어느 날 하룻밤 사이에 무너졌다.

호에이 2년(1705), 2월 7일. 기타미 번 에도 본저. 뼛속까지 추위가 스며드는 밤, 10시경을 알리는 종소리를 듣고 얼마 안 됐을 때였다고 오리베는 기억한다.

저택 내실 쪽에서 들려온 심상치 않은 고함소리를 기억한다.

그게 사람이 아니라 짐승 목소리처럼 들렸다는 것도 기억한다.

위사들과 함께 달려간 침소에 나리오키가 머리가 깨져 얼굴을 붉은 피로 물들인 채 숨이 끊어져 있었던 것도 기억한다.

그 곁에 우뚝 버티고 서서 아버지의 무참한 시체를 내려다보고 있던 시게오키가 오리베를 천천히 돌아봤던 것을 기억한다. 아름다운 얼굴에, 누인 명주로 지은 하얀 잠옷에 피가 튀어 있었던 것을 기억한다.

오리베와 눈이 마주치자 시게오키는 말했다.

"꼴좋다."

그러고는 웃기 시작했다. 얼굴을 뒤로 젖히고 목을 끅끅거리고 몸을 흔들며 포효하듯 웃고 웃고 또 웃었다.

오리베는 부르짖었다. "작은나리!"

시게오키는 눈을 뒤집으며 쓰러졌다. 손에서 뭐가 달카닥 떨어졌다. 에도에서 나리오키가 특별히 주문해 만들게 해서는 가까이에 두었던 애마의 동상이었다.

피로 더럽혀진 처참한 침소에는 바둑판이 놓여 있고 희고 검은 바둑돌이 흩어져 있었다. 기타미 부자는 취침 전 바둑을 즐길 때가 종종 있었다. 그날 밤도 그랬을 것이다. 어디서 어떻게 꼬여서 이런 참사로 이어졌나.

그건 당시에도 수수께끼였고 지금도 여전히 수수께끼다. 기절한 뒤 계속 잠에서 깨어나지 못하다가 이튿날 정오를 한참 지나 겨우 정신을 차린 시게오키가 아무것도 기억하지 못했기 때문이다.

"이시노, 얼굴이 왜 그렇게 창백하지?"

잠에서 깨어난 시게오키는 머리맡에 앉아 있던 오리베에게 그렇게 걱정스레 물었다.

그때의 경악을.

어둠 같은 절망을.

그 어둠 속으로 추락하는 공포를.

오리베는 지금도 잊을 수 없다.

그 버릇이 또 나온 것이다.

그 버릇이 도련님을 집어삼킨 것이다.

이럴 수가.

이건 정신이 온전한 자의 모습이 아니다.

시게오키 님은 실성하셨다.

나리오키의 죽음은 공식적으로는 '졸중으로 인한 급사'라고 발표
했다.

에도 본저에서도 그 자리에 있던 이들은 극히 소수다. 그들을 함
구하게 하고 말을 맞추도록 설득하기는 어렵지 않았다. 번주를 적자
가 죽였다는 사실이 막부에 알려지면 기타미 번은 단절되고 가신 일
동은 길에 나앉게 될 것이다.

오리베가 진실을 알린 사람은 정실부인과 나리오키의 출부에 수
행해 에도 번저에 머물고 있던 번의 시로타 겐유, 기타미에 있는 와
키사카 가쓰타카, 이렇게 셋뿐이었다.

겐유 의사에게는 나리오키가 졸중으로 죽은 것처럼 꾸미는 일을
맡길 필요가 있었다. 나리오키의 시신을 본 사람들에게 이마의 심한
상처를 '쓰러졌을 때 바둑판 모서리에 부딪쳐 생긴 것입니다' 하고
밀어붙일 수 있었던 것은, 그게 번의의 말이었기 때문이다. 얄궂게
도 '바둑판 모서리에 부딪친다고 이렇게 깊은 상처가 나느냐' 하고
의아하게 생각하며 바로 납득하려 하지 않은 시게오키 앞에서 동요
를 드러내지 않을 수 있었던 것도, 겐유가 경험 많은 의사였기 때문
이다.

나아가 수석 가로의 조력이 없이 오리베 혼자서 이 큰 거짓말을 확고하게 하는 것은 불가능했다. 다만 사리를 중시하는 긴노스케는 어쩌면 일문에 사실을 털어놓을지도 모른다고 반쯤은 각오하고 있었다. 반쯤은 심지어 그래도 된다고 생각하고 있었다. 기만이 밝혀지면 오리베가 주름이 쭈글쭈글한 배를 가르면 그만이다.

그런데 수석 가로도 은폐를 택했다.

나리오키의 장례를 마친 뒤 후계자인 시게오키를 새 번주로 세우기 위한 수속에 쫓기던 중, 오리베는 딱 한 번 진의를 물은 적이 있다. 그러자 와키사카는 이렇게 대답했다.

"시게오키 님께서 아무것도 기억하지 못하신다면 아무 일도 일어나지 않은 것이야."

강철 같은 의지가 서린 목소리였다.

"우리가 염려해야 할 것은 그런 것보다 앞일이 아닌가."

기타미 시게오키는 아직 스물한 살이다.

그런 일이 또 있을 것인가.

그런 정신이상을 낫게 할 방법은 있나.

시로타 겐유는 그저 고개만 가로저을 뿐이었다.

"확언은 드릴 수 없습니다."

두 번 다시 일어나지 않도록 기도하는 수밖에 없다.

위험한 도박이다. 하지만 승산은 있을 것 같았다. 아버지의 장례를 훌륭하게 치러내고 어머니를 위로하며 기운을 북돋워주는 시게오키를 보면, 그것이 작은나리 본래의 모습이고 그날 밤의 참사는 나쁜 꿈에 불과한 것처럼 여겨졌다.

두 번 다시 일어나지 않을 것이라고 믿는 수밖에 없다.

"단 임시방편에 불과합니다만 방법이 없지는 않습니다."

젠유의 제안은 이랬다.

"아무 일도 없었다고 밀어붙이려면 장차 시게오키 님께서 뭔가를 기억해내시면 곤란합니다. 그렇지요?"

"기억나시는 일이 있을까."

"있을지도 모르지."

시게오키는 그때 정신이 온전한 상태가 아니었지만 오감과 지성까지 잃은 것은 아니다. 머리 어딘가에 기억이 남아 있을 터였다.

"그것이 되살아날 기회를 아예 없애야 합니다."

사람의 생명을 책임지는 의사는 필요하면 냉혹해질 수 있다. 젠유는 가차없었다.

"시게오키 님께서 아무것도 기억해내지 못하시도록 먼저 여기 본 저 내실의 가재도구를 바꾸시는 게 좋겠습니다."

더 바람직한 것은 번저를 바꾸는 것이지만, 이는 막부에 신청해서 허가를 받아야 가능한지라 그렇게 쉽지 않았다. 가재도구를 바꾸는 것이라면 비록 기타미 번의 재정에는 부담이 돼도 내밀히 진행할 수 있다.

"그리고?"

"그날 밤 시게오키 님을 본 자들을 비롯해서 지금까지 큰나리와 시게오키 님을 가까이에서 모신 자들을 되도록 멀리해야 합니다."

수석 가로가 눈을 부릅떴다.

"허나 정실 마님은 아무리 그래도 어렵지 않나."

"그러니까 '되도록'이라고 말씀드리는 겁니다. 게다가 정실 마님은 이미 번저를 떠나 암자로 옮기셨지요. 앞으로 시게오키 님이 어머님을 뵐 일이 그리 많을 것 같지는 않습니다."

"그럼 가신과 시녀를 교체하면 된다는 말인가."

"우선 나부터 바꾸어야겠군."

오리베는 망설이지 않고 말했다.

"게다가 이것은 이런 은밀한 사정이 없었어도 합당한 처벌이야. 나는 원래부터 그럴 생각이었네."

에도 번저를 관리하는 입장에 있으면서 나리오키의 건강 이상을 알아차리지 못했다. 책임지고 자리에서 물러나는 것은 당연하다고.

젠유도 크게 고개를 끄덕였다.

"번의인 저도 마찬가지입니다."

두 사람 다 조금도 의심을 사지 않고 시게오키 곁에서 물러날 수 있다.

"에도 가로와 번의가 각각 은거하고 적자에게 자리를 물려준다는 말인가."

수석 가로는 생각에 잠겼다.

"시게오키 님이 붙드실지도 모르는데."

"고사하겠습니다" 번의는 말했다. "책임이라는 것은 누가 묻지 않아도 생기는 것이니까요."

"나도 마찬가지야" 오리베는 말했다. "다만 나는 적자에게 가독을 물려줄 생각도 없네. 나오지로도 시게오키 님 곁에서 떼어놓지."

이시노 나오지로는 시게오키보다 다섯 살 많다. 어렸을 때 나리오키의 시동으로 들어가, 시게오키가 태어나 철이 들자 그의 소바슈가 돼서 학문과 검술을 함께 공부했다. 관례를 치른 뒤로는 오리베의 수하에 들어와 작년 봄부터 에도 가로의 아랫사람으로서 별저를 관리했다.

아닌 게 아니라 겐유의 제안을 받아들인다면 나오지로도 쇄신되어야 할 인물이다. 명목상 오리베와 마찬가지로 나리오키의 건강 이상을 간과해 급서를 불러일으킨 책임을 물을 수도 있다. 하지만……

"그러면 이시노 가가 없어지는데."

"바라는 바네."

수석 가로와 번의는 마주 봤다.

"시게오키 님은 아드님에게도 친근감을 갖고 계실 것입니다. 이시노 님께서 은거하시면 도리는 다한 것이 됩니다. 아드님은 붙드실 테지요."

그것을 끝까지 사양할 수 있을 것인가. 나오지로 본인의 의사는 어떻게 되나.

"그렇다면 내 각오를 보이면 그만이지. 에도 가로로서 먼저 이시노 나오지로를 파면하고, 이시노 가 당주로서 그 아이를 가문에서 내쫓겠네. 내 은거 신청은 그 뒤에 하겠어."

비애와 절망이 오리베의 마음속 둑을 허물고 말이 되어 쏟아져

나왔다.

"본래는 은거 따위 하고 싶지 않네. 내 아버지를 허무하게 죽게 하다니 이 멍청한 놈, 하고 시게오키 님께서 꾸중하시고 할복을 명해주시면 좋겠어."

내 아버지를 허무하게 죽게 했다.

그 말의 진짜 의미는. 오리베가 진실로 기타미 시게오키에게서 듣고 싶은 질책은.

내가 내 손으로 아버지를 죽일 만큼 실성한 것은. 그렇게까지 마음이 병든 것은.

나를 기르고 늘 곁에 있었으면서.

넋을 놓는 버릇쯤은 사소한 일이다.

깊이 유념하지 않고 간과해온 이시노, 네놈 잘못이다!

오리베는 무릎 위에 얹은 주먹을 부르쥐었다. 한카미시모를 입은 어깨가 와들와들 떨렸다.

"허나 그것은 불가능해."

순사(殉死)는 막부에서 엄격하게 금지하고 있는지라 나리오키를 따라 죽을 수도 없다.

"그렇다면 최소한 내 손으로 우리 이시노 가에 최대한의 벌을 내리고 싶네."

억제된, 그러나 피를 토하는 듯한 부르짖음 뒤에 침묵이 흘렀다.

이윽고 와키사카 가쓰타카가 낮게 물었다.

"나오지로는 납득하겠나?"

"그 아이는 아비의 뜻을 거역하는 불효자가 아니야."

"……그래."

와키사카는 또 잠시 침묵한 뒤 "가혹하군" 하고 말을 이었다. "허나 나오지로가 에도 가로 자리를 이어받아 시게오키 님을 모시는 모습을 잠자코 지켜봐야 한다면, 그편이 자네에게는 더 가혹하려나."

오리베는 대답할 수 없었다.

시로타 겐유가 작은 목소리로 말했다.

"심정은 이해합니다."

"겐유 공, 자리를 비켜줄 수 있겠나?"

번의는 목례하고 조용히 사라졌다.

"오리베" 하고 와키사카가 불렀다. '이시노 공'이 아니라 이름으로 불렀다.

"나는 피곤해. 일이 너무 많아 지난 며칠 동안 잠도 제대로 자지 못했어. 그러니 지금부터 졸면서 잠꼬대를 할 것이야."

그리고 실제로 눈을 감고 말했다.

"나오지로에게 진실을 가르쳐주게."

아버지가 왜 이 정도로 괴로워하는지 사실대로 말해주어라.

오리베는 주먹을 꽉 쥔 채 고개를 수그렸다.

"그러고 나서 자네나 자네 아들이나 좋을 대로 하라고. 내가 주선해주지. 허나 내 판단으로 이시노의 가명(家名)은 지키겠네."

사건은 이렇게 끝을 맺었다. 오리베의 거취와 나오지로의 의절에 관해서는 가신들 간에 다소 소문이 돌았지만 그것도 이내 그쳤다.

시게오키는 적자를 파면, 의절까지 하면서 부자가 둘 다 물러나고
자 하는 오리베의 자세에 부득이 허락했지만, "이시노는 고집쟁이니
말이지"라고 서운한 듯 중얼거렸다 한다.

이시노 가에는 와키사카의 셋째 아들 신노조가 들어가 에도 가로
로 취임하게 됐는데, 와키사카는 오리베에게 이렇게 말했다.

"신노조의 대에 한할 것이야. 다음 에도 가로는 가신들 중에서 새
로운 인재를 찾도록 하지. 우리 네 가문도 늙어 딱딱하게 굳어버린
엉덩이를 세습의 자리에서 들어도 될 때가 됐어."

잔혹한 진실과 그로 인한 아버지의 괴로움을 알게 된 나오지로는
나리오키를 위해, 시게오키를 위해 피눈물을 흘렸다.

"그렇게 사이좋은 부자이셨건만."

그러나 오리베와 함께 기타미 번을 떠나는 일에 대해서는 조금도
망설이지 않았다.

"앞으로 시게오키 님의 마음이 평안하시기를 기원하며 미련 없이
번을 떠나겠습니다."

미안하다. 오리베는 짤막하게 사과했다.

나오지로와 그의 처자식은 번저에 드나드는 상인의 소개로 에도
시내의 나가야에 자리를 잡고는 오리베에게도 그곳에서 같이 살자
고 권했다.

"앞으로 아버지께 효도하고 싶습니다."

"필요 없다. 너는 처자식을 부양하는 것이 우선이지."

속으로 나오지로는 걱정할 필요가 없다고 생각하고 있었다. 아들

은 원래부터 무사로서의 품위에 구애되지 않았고 기개보다 재치로
에도 번저 관리를 거들어왔다. 본인도 자신을 잘 알아 "아버지 가르
침 덕분입니다"이라고 했다.

"나는 기타미로 돌아갈 테니 죽었다고 생각해라. 그것이 가장 큰
효행이다."

헤어질 때 품에 안아 올린 손주의 온기에 또다시 이치마쓰 님이
생각났다. 떠난 지 오래된 고향으로 돌아오는 길에 오리베는 바람을
핑계로 울었다.

나는 이제 한낱 눈물 많은 늙은이구나.

그 늙은이에게 수석 가로 와키사카 가쓰타카는 다시 시게오키를
섬기라고 하는 것이다.

"작은나리께서는 나를 기억하시나."

"자네를 어떻게 잊겠나."

"허나 종종 다른 사람이 되신다면서? 그것도 여자나 어린아이라
니."

그 정도로 실성이 심해졌다면, 오 년 이상 곁에 없었던 자의 얼굴
은 이제 알아보지 못하지 않을까.

"그에 관해서는 나도 잘 설명을 못 하겠군."

와키사카는 더없이 언짢은 표정이었다. 담력으로는 가로 네 가문
중에서도 으뜸가는 이 남자가, 곤혹과 불쾌함에 더해 조금이나마 두
려움을 드러내는 것을 보고 오리베는 놀랐다.

"아닌 게 아니라 여자나 어린아이가 되실 때도 있어. 허나 깨어나면 본래의 나리로 돌아가시니 말이네."

"이상이 전혀 없는?"

"……그렇다고도 말할 수 없으니 또 문제란 말이지."

특히 일 년 전부터는 깨어난 다음에도 정신이 딴 데 팔려 있는 듯한 모습이 남아 있다고 했다.

"아마 나리도 분별을 잃고 기억을 잃은 동안이 두려워 당신 자신도 우리 측근들도 믿을 수 없게 되신 것일 테지."

오리베는 상상해봤다. 어제 자신이 무슨 일을 했는지 기억이 없다. 지시를 내린 적이 없는 일에 관해 질문을 받는다. 시동들도 경비 무사들도 늘 의아한 표정이니 어딘지 모르게 영 편치 않다. 날짜를 따져보면 중간에 건너뛴 것 같다.

나 같으면 견딜 수 없을 것이다.

여자나 어린애로 변했다가 깨어나 원 상태로 돌아온 시게오키를 둘러싼 이들의 눈에는 혐오와 공포의 빛조차 적잖이 떠올라 있을지도 모르지 않나.

"신노조 말로는 나리께서 종종 어디를 보시는지 알 수 없는 시선일 때가 있다 하더군."

와키사카 가쓰타카의 호흡이 언짢은 듯 거칠어졌다.

"거기에 또 이토 놈이 교활하게 개입하니 한층 성가신 것이지."

이토 나리타카는 나리는 전혀 이상하지 않다, 건망증이 약간 있을 뿐이다, 건강에 이상이 있을 뿐이라고 구슬렸다.

"그러면서 나리께 이변이 생기면 우리를 내실에서 몰아내고 시동들조차 멀리하지 뭔가. 우리가 다시 나리의 존안을 뵐 때는 원 상태로 돌아와 어리둥절해하시거나 깊이 잠들어 계시네."

등골이 오싹해지는 사태 아닌가.

그런 상태에서 용케 지금까지 아무 일도 없었다 싶었다. 기타미 번에서라면 그나마 덮을 수 있다. 하지만 시게오키가 출부해 에도 성에 출사했을 때 그런 이변이 벌어진다면…….

"외부에서는 모르나?"

"지금까지는 간신히 무사했네."

와키사카는 한숨을 쉬며 그렇게 말했다.

"대외적인 일은 대체로 무라세에게 맡겨두면 염려할 필요가 없었네만."

다이묘의 에도 번저에는 중심인물이 두 명 있다. 에도 가로와 에도 대행이다. 전자는 주군 가까이에서 번저 내의 일을 관장하고, 후자는 막부나 다른 번과의 교섭, 외교를 담당한다. 기타미 번의 에도 대행 무라세 규노스케는 나이는 이제 겨우 마흔이지만 나리오키 때부터 그 자리에 있는 노련한 사람이다.

"대행이 아무리 잘 막아도 나리께서 국화 방에 계실 때 여자나 어린아이가 되셨다가는 그 순간 기타미 번 이만 석의 운명은 끝장이야."

나가카미시모*를 차려입고 동격의 다이묘와 함께 있다가 이변을

* 하카마를 길게 해서 바짓자락을 끌도록 만든 정장 예복

일으킨다면 감출 수도 얼버무릴 수도 없다.

"지금까지 그런 처지를 면할 수 있었던 것은 오로지 운이 좋았던 것에 불과해. 나리의 출부중에는 신노조가 매일 살얼음을 밟는 심정일 테지."

간토 다이묘의 참근 교대는 보통 반년 간격이다. 2월이나 8월에 에도로 올라와 각 번저에서 반년을 보낸 뒤 번으로 돌아간다.

"현재 출부 기간이시네. 귀국은 이달 말 예정이고."

그동안 연금을 준비한 것이다.

연금, 다시 말해 강제 은거는 품행에 문제가 있는 번주에 대해 가신이 취할 수 있는 최후의 수단이다. 기타미 번의 안녕을 위해 군주라는 개인을 폐한다.

"이제 연금밖에 방법이 없나."

오리베는 신음했다.

"이렇게 되기 전에 왜 더 일찍 손을 쓰지 않았나. 다른 수단도 있었을 텐데. 이토 나리타카가 가까이 있어 나리의 실성이 악화됐다면 그자를 제거해⋯⋯."

와키사카가 강한 어조로 가로막았다.

"우리가 시도해보지 않았을 것 같나? 몇 번이고 해봤네. 허나 안돼."

시게오키가 완전히 실성한 게 아니라 정신이 온전할 때도 있다는 사실이 상황을 더욱 복잡하게 했다.

"그자는 나리가 쓰신 사람이야. 나리의 분부가 없으면 어떻게 할

222

방도가 없네. 그자가 제 주위에 모으고 있는 말썽꾼들이 그것을 알고 훼방 놓는 것도 분통 터지고."

기타미 번 중신의 얼굴을 버리고 젊은 날을 함께 보낸 벗의 얼굴로 와키사카 가쓰타카는 이를 갈았다.

"그자의 목을 비틀어 끊어놓는 꿈을 몇 번을 꿨는지 아나. 그렇게만 된다면 내 주름투성이 머리 따위 기꺼이 내놓겠다고 신불에 기원했다네."

습자 교습소의 널벽에는 학생들의 습자가 붙어 있다. 그중 한 장, 얄궂게도 '忠'이라는 한 글자를 크게 쓴 종이가 웃바람에 흔들렸다.

두 노무사는 잠시 거기에 시선을 빼앗겨 침묵했다.

"일문은 그렇다 치고 막부에는?"

"로주의 내재를 얻으려고 노력중이네."

이 경우 '내재'는 단순한 사전 승인이 아니다. 이후로도 이 연금에 관해 막부에서 문제 삼는 일은 없으리라는 약조를 얻는 것이니 뇌물이 필요하다.

"가능하겠나?"

"빈틈없이 처리하고 있어."

오리베는 또다시 벽에 붙은 습자로 시선을 돌렸다. 하나같이 서툴지만 힘차게 붓을 놀렸다.

학생들 중에 마을 농가의 자식인데 자기 이름을 쓰는 것조차 여의치 않은 아이가 하나 있었다. 오리베는 결코 그 아이를 버리지 않고 끈기 있게 가르치며 격려해왔다.

이곳에서 보낸 나날은 즐거웠다.

"······새 훈장을 구해주어야겠군."

아이들아, 용서해다오. 이 할아범은 이치마쓰 님과 운명을 함께하련다.

2

고코인의 저택 관리인이 돼서 시게오키를 맞이할 준비를 비밀리에 착착 진행하며, 오리베는 복숭아꽃이 피고, 벚꽃이 피어 이윽고 새잎이 나고, 진쿄 호의 호반을 철쭉이 홍백의 테두리처럼 장식하는 것을 바라봤다.

와키사카 가쓰타카는 오리베 밑에서 시게오키를 모시게 될 위사와 하인으로 입이 무겁고 눈치가 있는 자들을 모아주었다. 저택을 수리하는 목수와 창호 직인도 실력이 확실한 것은 물론 신뢰할 수 있는 자들이었다.

현재의 번의인 시로타 겐유의 적자는 시게오키를 수행중이다. 그렇기에 사전에 만날 수는 없었지만, 대신 고코인에서 시게오키의 주치의가 될 그의 동생 시로타 노보루와는 여러 차례 상의할 수 있었다. 시로타 의사는 이미 자신의 아버지와 형에게서 시게오키의 상태에 관해 몇 가지 들은 게 있다고 했다.

"병세에 관해서는 뭐라 경솔한 말씀을 드릴 수 없겠습니다. 하지만 은거하셔서 위태로운 줄타기 같은 현재 상황에서 풀려나시는 것은 시게오키 님께도 잘된 일이라고 생각합니다."

의사는 또 오리베가 가끔 기침하는 것도 걱정했지만, 오리베는 "내 나이쯤 되면 폐부가 약해지는 것도 자연스러운 일일 테지"라며 그냥 넘겼다. 설령 병이 발견된다 해도 요양하고 있을 겨를은 없거니와 그럴 생각도 없었다. 시로타 의사도 그런 뜻을 헤아려준 것 같았다.

"그럼 몸을 따뜻하게 해주는 약탕을 처방해드리지요."

시로타 가를 책임지는 형보다 훨씬 편한 입장에 있었던 그는 열일곱 살까지 나가사키에 유학해 저명한 난의 밑에서 공부했다. 기타미로 돌아온 뒤로는 번의 시약원 지코료에서 많은 환자를 보며 경험을 쌓았다. 그가 처방해준 생약은 잘 들었다. 그러나 바쁘기도 하고 이것저것 생각하느라 종종 복용을 잊어 기침을 하면, 간키치와 고, 스즈가 챙겨주었다.

"아, 또 약 드시는 걸 잊어버리셨군요."

"이시노 님, 약은요?"

"지금 가져올 테니까 바로 드세요."

시로타 의사가 지코료에서 데려온 세 사람은 금세 오리베의 마음에도 들었다. 특히 소녀인 스즈는 몸에 심한 화상을 입어 아직 동통을 느낄 때도 있다는데도 몸을 사리지 않고 부지런히 일했다.

연금 결행이 다가오자 오리베는 밤잠을 이룰 수 없게 됐다. 와키사카는 '매사 빈틈없이 처리했다'라고 하지만, 감히 나리를 폐하려

하는 것이다. 게다가 시게오키에게는 이토 나리타카라는 '간신'이 있고 그에게 가담한 당파도 있다. 자칫해서 계획이 실패로 돌아갔다가는, 와키사카를 비롯한 중신들이 주군 가문의 전복을 꾀한 역신으로서 처형당할 수도 있다.

5월 중순 와키사카가 보낸 가게마와리를 통해 '내일 아침 진시(辰時) 결행'이라는 소식을 받은 뒤로는 심지어 살아있는 것 같지도 않았다. 고코인에서 일하는 이들 눈에는 이때 오리베야말로 넋이 나간 것처럼 보였을 것이다.

다행히 전부 기우였다.

결행 당일 이른 아침, 기타미 시게오키는 성내 알현실에서 그때를 맞이했다. 기타미 나오마사를 받들어 일문의 '의견서'와 가로 일동의 상신(上申)을 낭독하는 와키사카 가쓰타카에게, 젊은 군주는 한마디 변명도 하지 않고 성에서 멀지 않은 기타미 가의 위패를 모신 절로 옮겨갔다.

같은 자리에서 체포된 이토 나리타카는 성내 북쪽 구역에 구금됐고, 이토 가와 그에 가담했던 주된 가신들의 저택에는 성대 가로 노자키 무네토시가 지휘하는 토벌대가 출동했다. 두목을 잃은 당파의 결속은 우스꽝스러울 정도로 약해서 불꽃이 다소 튀는 정도로 사태는 수습됐다.

성내에서나 성읍에서나 큰 혼란 없이 끝나, 바로 그다음 날로 새 번주 기타미 나오마사는 시게오키를 고코인으로 보낼 것을 명했다. 전령을 통해 소식을 듣고 오리베는 몸차림을 가다듬었다.

진쿄 호 호반의 샛길을 지나 철쭉의 꽃과 푸른 새잎 사이를, 시게오키를 태운 귀인용 가마가 다가왔다.

오 년 이상의 세월을 지나 본래 해서는 안 될 재회를 하게 됐다.

가마에서 내린 기타미 시게오키는 속삭이는 듯한 작은 목소리로 말했다.

"……이시노인가."

몰라보게 수척해진 창백한 얼굴이 눈앞에 있었다.

"고마운 일이야. 와키사카가 자네를 불러주었군."

오리베는 아무 말도 할 수 없었다. 그저 시게오키가 내민 손을 잡아 이마에 갖다대며 눈을 감았다.

"열 일을 제치고 먼저 시게오키 님께 신체의 활력을 되찾아드려야 합니다."

시로타 의사의 말을 들을 것도 없이 오리베도 그게 최우선이라는 것은 알 수 있었다. 시게오키는 혈색이 나쁘고 몸이 야위어 그림자까지 흐렸다. 눈은 흐리멍덩해서는 생기가 심하게 부족했다.

다만 이때는 착란한 기색은 없이 시게오키는 시게오키 본인으로, 은거하게 됐다는 사실을 뚜렷하게 이해하고 있었다. 그에 대해 노여워하거나 누군가를 꾸짖는 일도 없었다. 연금은 스스로 자초한 일이며 자신이 번주로서 부족했다, 실책이 있었다고 자진해서 인정하는 말도 해서, 오리베는 측은함에 가슴이 메었다.

그래도 처음으로 창살방을 봤을 때는 기가 꺾여 표정이 무너졌다.

시게오키는 곁에 있던 오리베를 돌아보고 물었다.

"나는 여기에 들어가는 것이 나을 것 같나?"

그러고는 오리베가 뭐라 대답하기 전에 말을 이었다.

"이시노는 기억하는지 모르겠군. 나는 어렸을 때 가끔 넋을 놓는 버릇이 있었어."

"예, 기억합니다."

"어렸을 때만 그랬고 깨끗이 나은 줄 알았는데 이삼 년 전부터 다시 도졌어. 내가 뭘 하고 있었는지 알 수 없는 때가 가끔 있군."

사실 이삼 년 정도가 아니지만, 시게오키가 자각할 수 있게 된 게 이삼 년 전인가 보다고 오리베는 이해했다.

"정신이 들어보면 엉뚱한 곳에 있고 다들 나를 찾아다니는 적도 있었네."

나는 여기에서 나오지 않는 게 좋겠어, 라고 했다.

더없이 순순한 태도를 보고 오리베는 생각했다.

작은나리는 이 처사에 오히려 안도하고 계시는 게 아닌가.

쇠약했던 것도 지금까지 겪어온 불안과 긴장이 단번에 풀린 탓도 있었을지 모른다.

다만 시게오키의 언동에 이상한 점이 없는 것은 아니었다. 정실인 유이 부인은 언제 고코인으로 오느냐고 묻는가 하면, 이토 나리타카가 지금도 수석 요닌으로서 새 번주인 나리마사를 모시는 줄 알고 있었다.

"이것도 착란 탓인지, 아니면 마음의 정리가 되지 않아 일시적으로 혼란에 빠지신 것뿐인지 아직은 모르겠습니다. 당분간 시간에 맡기고 지켜보기로 하지요."

시로타 의사의 견해를 좇아, 오리베도 일일이 따져 설명하지 않고 적당히 말을 맞추거나 화제를 돌리면서 시게오키를 지켜보기로 했다. 재촉할 마음은 없었거니와 그럴 필요도 없었다. 유이 부인은 그렇다 치고 이토 나리타카에 관해서는 본인에게 물으면 그만이다.

지난 오 년 동안 시게오키와 이토 나리타카는 어떤 신뢰 관계를 맺어왔나. 그 관계가 시게오키에게 나쁜 영향을 미쳤다면, 생각하기 따라서는 그곳에 그를 착란에서 끌어낼 단서가 숨어 있을지도 모른다. 오리베는 시게오키에게서 되도록 자세한 이야기를 듣고 싶었다.

새 번주 기타미 나오마사는 시게오키가 중용했던 수석 요닌의 처벌에 관해서는 일찌감치 가로 일동에게 일임하고 있었다. 어차피 천한 태생에서 벼락출세를 한 자겠다, 성내의 뒷수습은 어질러놓은 자가 알아서 하라는 뜻이다.

지금까지 밉살스러운 실력자 앞에서 이를 갈아야 했던 가로들은 떨치고 일어났다. 이토 나리타카에 대해서는 펄펄 끓는 듯한 노여움과 원한이 있었다. 성읍 옥사에 그를 가두고 무슨 수로 시게오키를 속여 조종했는지 실토하게 하려고 갖은 애를 썼지만, 이토도 순순히 자백하려 들지 않았다.

와키사카 가쓰타카의 사자를 통해 상황을 전달받으면서 오리베는 불안했다. 이대로 결과를 얻지 못한 채 이토를 고문으로 죽이는 일이 없어야 할 텐데.

그러다가 마침내 이토가 꺾였다는 낭보가 날아왔다. 게다가 그자가 이시노 오리베를 만나고 싶어한다고 했다.

오리베는 급히 성읍으로 갔다. 뜻밖에도 옥사에는 와키사카 가쓰타카뿐 아니라 성대 가로 노자키 무네토시, 내정 가로 무토 주베에까지 모여 있었다.

"이토에게 이치노스케라는 적자가 있네만, 연금 당일 유모가 안고 도망쳤어."

어떤 연줄이 있었는지는 분명치 않지만, 성읍에서 3리 남짓 떨어진 엔코 사라는 절에 있었다고 했다.

"엔코 사 주지는 내 육촌이야. 부처님 품 안에 들어온 어린아이를 죽였다가는 부처님의 벌을 받을 것이라고 중 주제에 나를 위협하는 만만치 않은 인물이지."

와키사카는 코웃음을 쳤다.

"부처님 앞 따위 이제 와서 두려울 것도 없어. 유모는 성읍으로 끌고 와서 도망죄로 참형에 처했네만, 이치노스케는 쓸모가 있을지도 모른다 싶어 말이네. 그대로 맡겨놓은 것이 도움이 됐군."

"그럼 이토는?"

"아들의 목숨을 살려주면 입을 열겠다고 하네. 다만 우리 세 가로의 구두 약속 따위 믿을 수 없다고 뇌까리지 뭔가."

시게오키 님께서 가장 신뢰하셨던 이시노 오리베를 불러달라.

"이시노, 자네에게서 약조를 받아내고 싶다는군. 어지간히 자네를 좋게 보는 모양이지."

와키사카 가쓰타카는 어디에 있으나 지위에 걸맞은 위엄이 느껴진다. 툭하면 흥분하는 성대 가로 노자키 무네토시는 그런 버릇이 얼굴과 동작에도 드러나 있어 보기만 해도 불퉁이 같다. 가정 가로 무토 주베에는 노자키의 평에 따르면 '너글너글한 겁쟁이'로, 마음은 착하고 사람 다루는 데에는 능하지만 배짱이 없다. 지금도 노자키는 화가 머리끝까지 치민 듯했고, 무토는 낮에도 어둑어둑하고 냄새 나는 옥사의 공기에 주눅이 들어 있었다. 가로들 중 최고령으로 환갑이 지난 무토에게는 이곳 어둠 속에 감도는 죽음의 분위기가 한층 몸에 사무치는지도 모르겠다.

"이토가 진실로 그렇게 말했다면 나를 좋게 보는 것이 아니야. 그자는 지금도 시게오키 님께 얼마간 충성심이 남아 있는 것이지."

바로 만나겠네, 라고 오리베는 말했다.

이토 나리타카는 옥사 맨 안쪽에 있는 취조실 천장에 매달려 있었다. 봉두난발이 얼굴을 덮었고, 갈비뼈가 튀어나온 가슴에도 등에도 무수한 타박상, 찰과상이 있었다. 숨이 턱 막히는 피와 고름 냄새. 그에 비해 이토의 몸이 지저분하지 않은 것은 여러 차례 물고문을 당했기 때문일 것이다.

네 가로는 옥졸을 물리고 이토 앞에 나란히 섰다.

"흥, 고작 이 정도인가. 참 미지근하군."

성대 가로는 독특한 새된 목소리로 내뱉듯 말했다.

"역시 내가 직접 문초에 입회해야 했어. 나 같으면 사흘은 더 먼저 입을 열게 했을 것이야."

"그래, 성대 가로에게 맡겼다면 사흘 만에 고문하다 죽였을 테지. 수석 가로는 귀공의 수완을 잘 아는 것이야."

가정 가로는 벌벌 떨며 고개를 움츠렸다.

오리베는 한 걸음 앞으로 나서 심한 고문을 당한 죄인을 올려다 봤다.

"이토 나리타카, 내 말 들리나."

죄인의 턱 끝에서 피와 물이 섞인 것이 방울방울 떨어졌다.

"내가 이시노 오리베다. 자네 외아들 이치노스케의 목숨을 살려주는 문제에 관해서는 이 내가 분명하게 약조하네. 나나 자네나 과거에 시게오키 님께 충의를 바쳤던 몸이지. 시게오키 님의 명예를 걸고 약속은 반드시 지키겠네."

전 수석 요닌은 머리를 쳐들었다. 봉두난발 사이로 형형한 눈이 보였다. 무토가 "힉" 하고 숨을 삼켰다.

"가로들이여."

낮고 갈라지고 쉬었어도 이토 나리타카의 목소리에는 저주 같은 느낌이 있었다.

"이즈치 촌의 쿠리야라는 이름을 아시나."

그러고는 믿기 힘든 이야기를 시작했다.

시게오키 님의 착란은 사령의 소행이라고?

"어디서 그런 허튼소리를 지껄이느냐, 이 천치 같은 놈!"

이성을 잃은 양 분노하는 수석 가로를 오리베는 몸으로 막아야 했다.

와키사카의 노여움은 이해한다. 하지만 어렵게 알아낸 이야기의 진위는 이제부터 확인해야 한다. 만약 이토 나리타카, 아니, 실은 쿠리야 신쿠로라는 이 인물이 말하는 '미타마쿠리'라는 기술이 지금도 어딘가에 존재하고 있다면, 그것을 찾아내기 위해서도 아직은 이 남자가 죽으면 곤란하다.

쿠리야 신쿠로를 고코인으로 옮겨달라는 오리베의 부탁은 처음에는 일고의 여지도 없다는 듯 거절당했다. 고코인 뒷산에 있는 오래된 동굴 감옥에 유폐한다는 조건으로 어렵사리 승낙을 받아낼 수 있었던 것은, 가정 가로 무토 주베에의 중재 덕분이다.

"시게오키 님을 위하는 일이라면 해충도 길러야지."

다른 사람과 말다툼은 고사하고 논의조차 하기를 싫어해 아무렴 지당하신 말씀, 하며 좌고우면하는 이 인물이 뜻밖에도 기골을 보이며 편들어준 것에 오리베는 놀랐다.

본인도 자각이 있는지 변명처럼 이렇게 말했다.

"아니, 나는 타고난 겁쟁이야. 만약 사령 같은 꺼림칙한 것이 기타미 번에 들러붙어 있다면, 한시라도 빨리 쫓아낼 수단을 찾아야 한다 생각하는 것뿐이네."

엔코 사에서 맡고 있는 이치노스케에 대해서도 오리베가 약속을 어기는 일이 되지 않도록, 무토가 앞으로 지켜봐주겠다고 했다.

"이것은 나리의 뜻을 이루는 일이기도 하네. 나오마사 님은 자비심이 많은 분이야. 어린아이의 목숨을 앗는 일은 전국시대였다면 또 몰라도 이 태평한 세상에 맞지 않는다고 싫어하시지."

그러더니 갑자기 목소리를 낮추었다.

"이토 나리타카의 혈족이 그 뭔가…… 원한을 품고 사령이 되어 시게오키 님께 붙었다는 이야기가 만일, 만에 하나 그렇다는 뜻이네만, 진실이라면."

"진실이라면 어떻다는 말인가."

"이토도 이치노스케라는 그 아이도 사령이 될 수 있지 않나."

나는 그게 무서워.

"행여나 나오사마 님께까지 사령의 원한이 미치는 일이 생긴다면 말이네."

겁쟁이는 조소의 대상이지만 이때 오리베는 웃지 않았다. 무사는 죽음을 두려워하면 안 된다. 하지만 사령에게 영혼을 먹혀 올바르게 사는 길을 놓치는 일은 두려워해야 마땅하다.

"수석 가로와 성대 가로가 그 정도로 격노한 것도 실은 두 사람 다 겁이 났기 때문 아니겠나……."

무사의 힘으로는 사령을 이길 수 없다.

"말씀 잘 새겨두겠네."

오리베는 말했다.

필요한 준비를 마치고 성읍에서 선잠으로 하룻밤을 보낸 뒤, 오리베는 고코인으로 돌아왔다. 시로타 의사를 만나자 시게오키는 오늘 아침 일어나서부터 두통이 있다며 아침식사 뒤로도 자리에 누워 있다고 했다.

"배알이 어려울 정도이신가?"

"지장은 없을 듯합니다만."

"그럼 선생도 동석해주게."

오리베는 심란한 마음으로 창살방으로 향했다. 시게오키 님에게 무슨 말을 어떻게 꺼내야 하나. 이토 나리타카라는 인물에게 비밀이, 아니 어둠이 있었음을 어떻게 알리면 좋은가.

그런 고민은 침소에서 시게오키를 대면한 순간 어디론가 날아가 버렸다.

하얀 비단 잠옷을 입은 채 일어나 한 손을 옆으로 짚으며 가볍게 몸을 틀어 이쪽을 돌아보는 그 자세, 고개를 갸웃하는 동작, 눈빛까지 **달랐다**.

이것은 시게오키 님이 아니구나.

오리베가 깨달은 것을 꿰뚫어본 듯 시게오키는 엷게 미소 지었다.

"어머나, 오리베 님" 나긋나긋한 여자 목소리였다. "오늘은 안색이 좋지 않으시네요."

시게오키 안에 있는 누군가와 이시노 오리베가 처음으로 대치한 순간이었다.

3

이른 아침, 고가 스즈와 아침 준비를 하는데 간키치가 내실 쪽에서 나와 얼굴을 내밀었다.

"어이, 잠깐 성읍에 심부름을 다녀올 건데."

간키치가 이른 시간부터 내실에 있었던 것은 이시노 님이나 시로타 가의 젊은 선생님께서 부르셨기 때문인가 보다.

"뭐 없는 게 있으면 말하라고. 가는 김에 사올 테니까."

"잠깐만 기다려봐."

고는 재빨리 생각했다.

고코인 주위 산에서 버섯과 산나물을 구할 수 있고 진쿄 호에서는 잉어와 붕어가 잡히지만, 다른 식료품과 쌀, 잡곡, 일용품 등은 성읍에서 보내준다. 그 짐은 열흘에 한 번 오는데 바로 그저께 왔다.

그러니 간키치가 말하는 '없는 것'이란 그 외의 자질구레한 물건인데, 이게 함부로 볼 게 아니다. 있을 때는 생각도 나지 않지만 없으면 곤란한 물건들이 일상생활에 꽤 된다.

아궁이 앞에 쭈그리고 앉아 새빨개진 얼굴로 볼을 한껏 부풀리며 대통을 후후 불고 있던 스즈가 "갈아입을 옷"이라고 한마디 하고는 다시 '후후'로 돌아갔다. 산속이라 밥을 맛있게 지으려면 불이 세야 한다.

"앙? 뭐라고?"

스즈는 대통에서 잠깐 입을 떼고 "다키 님"이라고 덧붙였다.

그렇구나. 고는 생긋 웃었다.

"스즈, 너 잘 생각했네."

임시로 고의 옷을 빌려드렸지만, 앞으로도 이곳에서 지내시려면 다키 님도 자기 옷가지와 소품이 필요할 것이다.

"간키치 씨, 잠깐 기다려봐. 내가 다키 님께 필요한 게 없으신지 여쭤보고 올 테니까."

간키치도 이해했다.

"올 때 맨몸이셨으니 말이지."

그러더니 갑자기 안절부절못하면서, 열심히 밥을 짓고 있는 스즈를 두고 고에게 얼굴을 가까이 갖다대며 소곤거렸다.

"그런데 말이야…… 네 생각은 어때? 이시노 님도 그런 연약한 부인네하고 관직도 없는 풋내기 무사를 데리고 뭘 하시려는 거지?"

어제 그런 일이 있었으니 입이 근질근질한 것은 이해하지만 뒷소문은 삼가야 한다. 간키치도 그런 것은 잘 아는데, 상대가 고면 조심성이 줄어드는 것 같다. 지코료에 있었을 때부터 그랬다.

"연약한 부인네라니."

파를 숭숭 썰며 한마디 해주었다.

"다키 님은 예쁘시기는 해도 연약한 분은 아니야. 자기 발로 그 산에 올라갔다 내려오셨으니까 나보다 더 다리가 튼튼하실 정도인걸."

"난 그런 뜻으로 한 말이 아닌데."

"그럼 무슨 뜻인데?"

숭숭숭 썰다가 "아! 간이야, 있다, 있어!" 하고 소리쳤다. 식칼이 휙 올라가며 파 쪼가리가 간키치의 얼굴로 날아갔다.

"청과상에서 생강 오래된 걸로 골라 사다줘."

"갑자기 왜? 그리고 '간이'라고 부르지 말라고."

"그럼 간키치 신이시여, 생강 사 오세요."

"짐에 잔뜩 들어 있었잖아."

생강은 음식 양념에도 쓰고 생약에도 쓰기 때문에 늘 바로바로 보충한다.

"그렇게 좋은 건 아깝잖아. 줄기가 생기고 오래돼서 싸게 파는 거면 충분해."

"뭐에 쓰려고?"

"요새 항아리 물이 탁하더라고. 생강을 담가놓으면 금세 맑아지거든."

철들어서부터 내내 하녀나 간호인으로 일해온 고는 길어놓은 물이 쉬이 탁해지는 것으로 여름이 왔음을 안다.

"드디어 장마가 끝났나 봐. 오늘도 날씨가 좋을 것 같잖아."

고코인을 둘러싼 산들의 윤곽이 아침 햇빛에 뚜렷하게 보였다.

"난 이런 그럴싸한 날씨는 안 믿어. 방심하면 그러다 한바탕 쏟아질걸. 빨래 널고 나서 조심해야지, 안 그러면……."

"그래그래, 간이야."

"간이라고 부르지 마. 식칼 휘두르지 마. 파는 내가 썰어줄 테니까 얼른 다키 님한테 여쭤보고 와."

성공적으로 '후후'를 마친 스즈가 웃으며 일어섰다.

"'간이'는 왜 안 돼요?"

"여자가 그런 식으로 부르면 연잎처럼 들리거든."

스즈는 어리둥절한 표정을 지었다.

"연잎은 성스러운 거 아니에요? 부처님이 앉아 계시잖아요."

"어머, 너 유식하네. 그러고 보니까 나도 왜 품행이 안 좋은 여자를 '연잎'이라고 하는지 모르겠는걸."

"품행이 안 좋아요?"

"수다는 그만 떨고."

간키치가 화냈다.

"어이쿠, 무서워라. 간이가 오늘 아침 기분이 안 좋으시다네."

"네에."

"그러고 보니까 고로스케 할아범이 진쿄 호에도 연꽃이 있다던데."

음식할 때 쓰는 연근은 겨울이 제철이지만, 둥근 방석 같은 잎이 우거지는 것은 봄부터 여름까지다.

"남쪽 호숫가에 한데 뭉쳐서 자란대. 제철이 되면 캐러 가자."

"고!"

"아이고, 알았네, 알았어. 아침부터 화내면 재수 안 좋아."

복도를 잔달음질 치며 고는 혼자 킥킥 웃었다. 간키치만 뭐라 할 수는 없다. 나도 기분이 들떠 있다. 어젯밤 이시노 님 말씀 때문일까.

간키치는 그렇게 말했지만 다키 님과 다지마 님은 이시노 님께 도움이 될 분들이다.

봐라, 실제로 그렇지 않나. 나리마님을 맞이한 그날부터 시간이 멈춰 있던 고코인에 두 분은 잇따라 변화를 가져왔다. 먼저 마치 마술처럼 그 죄인, 전 수석 요닌 나리를 산 위에서 데리고 내려왔고,

어제는 심지어 나리마님의 창살방에 발을 들여놓기까지 했다.

본인들은 모르시겠지만 그때 저택 사람들은 크게 동요했다. 하인들은 물론 위사들조차 안절부절못했다. 하기야 이건 늘 다키 님의 호위꾼처럼 붙어 다니는 다지마 님께서 엉엉 우신 탓도 있는 모양이지만.

"뭐, 다들 놀랄 만도 하긴 했어."

침착했던 사람은 젊은 선생님뿐이다.

하지만 틀림없이 그 덕분일 것이다. 어젯밤 그들에게 이야기하는 이시노 님은 얼굴에 생기가 돌았다고 할지, 뭐랄까, 정신을 차린 듯한 느낌이었다. 고는 그게 기뻤다.

지금까지 그들은 애써 담담하게 이시노 님 밑에서 일했다. 뭘 보고 들어도 놀라지 않고 하루하루 열심히 일하며 쓸데없는 생각은 하지 않았다.

자신도 간키치도, 심지어 어린 스즈마저도, 그러는 게 가능할 것이라 보고 젊은 선생님이 택해 이곳으로 데려온 것이다. 이시노 님을 확실하게 모시는 것은 젊은 선생님의 기대에 부응하는 일이기도 했다.

그런 마음은 이시노 님의 인품을 알면서 더욱 강해졌다. 조용하고 차분한 저택 관리인은 늘 온화하고 자상하며 거만한 구석이 전혀 없다. 마음속에는 나리마님에 대한 충의가 가득하다. 다만, 아니, 그렇기에 이시노 님의 눈에는 그늘이 있었다. 무슨 말씀을 하고 어떤 표정을 지으셔도 고의 눈에는 언제나 슬퍼 보였다.

슬픈 게 당연하다. 그 아름답고 늠름하시던 작은나리께서 창살방 안에 계시는데. 대체 무슨 일로 그런 신세가 되셨나. 고조차도 가슴이 찢어지게 운 적이 있는데 이시노 님은 얼마나 괴로우실까.

내실에 가까이 간 적은 없어도 같은 저택 안에 있다 보니 괴이한 일이 일어나고 있는 것을 저절로 알게 됐다. 내실에서 어린애 목소리가 들렸다. 밤중에 여자가 흐느껴 우는 소리가 들렸다.

하지만 알려고 들면 안 된다. 입을 꽉 다물고 마음을 평탄하게 유지하자. 그게 이곳에서 일하는 자의 의무다.

나리마님이 이곳에 자리를 잡으시자, 파란 진쿄 호 수면을 바라보며 젊은 선생님이 이런 말씀을 하셨다.

"참 고요한 게 속세로부터 멀리 떨어져 있군. 호중천(壺中天)이 이런 식일지도 모르지."

작은 항아리 속에 있는 별천지라고 했다.

"그러니 속세에는 없는 기이한 일도 일어나. 이 저택은 호중천이 된 것이야."

호중천. 고는 낯선 말을 가슴에 새겼다. 우리는 모두 항아리 속에 있다.

그렇지만.

다키 님은 그 항아리를 깨는 천녀일지도 모른다. 그렇기에 이시노 님도 기운을 되찾으신 것이다. 군고구마도 아닌데 언제까지고 항아리 속에 틀어박혀 있으면 안 되니까 말이야.

고코인 안에 비쳐드는 아침 햇빛이 밝았다. 고는 기운차게 하루를 시작했다.

그렇게 해서 정오가 지났을 때다.

"여기는 어떨까."

도요사쿠가 말했다.

바쁜 일이 일단락되어 고는 저택 하인 고로스케 할아범과 외부에서 온 하인들 중 한 명인 도요사쿠, 이렇게 셋이서 호숫가 북쪽을 걷고 있었다. 저마다 손에 낫과 갈퀴와 가래를 들었다.

말을 꺼낸 사람은 고다. 오늘 아침 스즈와 연꽃 이야기를 한 게 발단이었다. 겨울이 오면 연근을 캘 수 있는 장소도 봐두고 싶었지만, 그 밖에 전부터 생각했던 계획이 있었다.

근처에 적당한 장소를 물색해 밭을 일굴 수 없나. 푸성귀와 콩, 감자 종류를 재배할 수 있다면 일일이 성읍에서 가져다주는 수고를 조금은 덜 수 있을 것이다.

이곳을 제일 잘 아는 고로스케 할아범은 안내인으로 데려왔고, 도요사쿠도 부른 것은 그가 태생은 농민이라고 들었기 때문이다. 땅딸막한 체구를 쪽빛 제복 저고리로 감싸고 이렇게 호숫가를 걸으며 낫으로 슥슥 풀을 뽑고 베는 손놀림이 제법 그럴듯하다.

"볕은 잘 드네."

고는 주위를 둘러봤다. 잡목림을 개간하고 관목을 조금 벨 필요는 있을 것 같지만 흙은 보드랍다. 진쿄 호는 땅속에서 물이 솟는 호수라 마를 염려가 없으니 관개에 대한 불안도 없다. 원래 고코인이라는 이름대로 꽃나무와 과실나무가 풍성하게 자라는 땅이니 밭도 가능할 것이다.

"지코료에서 작긴 해도 약초밭을 가꿨거든. 그러니까 나도 어느 정도는 알아."

"거름으로 뭘 썼는데?"

"조경사가 알아서 골라줬는데."

고로스케 할아범은 두 사람의 대화에 관심 없는 듯, 주변 나무들의 가지들이 너무 자라지는 않았는지 살펴보고 땅바닥에 떨어진 꽃과 나무 열매를 주우며 돌아다니고 있었다.

"아하, 냄새가 나?"

"그야 거름인데 나지."

"지코료는 성 경비소에서 가깝잖아. 냄새가 풀풀 나는 건 쓸 수 없지. 조경사가 정원용으로 쓰는 걸 테니 재료는 그래봤자 지푸라기랑 말린 정어리, 기껏해야 생선 끓인 물 정도일 거야. 그렇지만 감자랑 푸성귀를 기르려면 분뇨 거름을 줘야지. 그거 냄새 고약해."

도요사쿠는 코를 쥐는 시늉을 했다.

"성읍에서 자란 고 씨는 속이 메슥거려서 숨도 못 쉴걸."

고도 조금 주춤했다. 거기까지 생각하지 못했다.

부스럭 소리가 나서 돌아보자, 고로스케 할아범이 허리에 묶었던 밧줄을 풀어 조금 높은 곳에 선 모밀잣밤나무 가지에 걸려 하고 있었다. 밧줄을 획 던져 걸고는 다리에 힘을 주고 버티면서 체중을 실어 튼튼한지 확인하는가 싶더니 거침없이 나무를 타고 올라갔다.

"원숭이가 따로 없네."

고로스케 할아범은 수분이 다 빠진 것처럼 몸집이 작고 살빛은 검은 데다 허리가 꼬부라졌다. 그것만 해도 딱 원숭이 같은데 움직임까지 똑같다.

"이 일대 숲은 고로스케 씨 영역이거든."

이 부근에서 태어나 어렸을 때부터 고코인에서 일했다고 한다.

"그래도 고코인의 멋진 정원은 할아범 혼자만의 공이 아니야. 일 년에 몇 번 조경사가 손을 본단 말이지. 올해는 저택 수리를 할 때 온 게 다니까 슬슬 올 때가 됐다고 들었어."

"어머, 그래? 그게 왜?"

"그러니까 정원도 별로 냄새 안 나잖아. 고상한 비료를 써서 그런 거야. 하지만 여기에 밭을 만들어서 고 씨가 거름통을 들고 열심히 뿌리면 어떻게 되겠어?"

바람 방향에 따라서는 고코인까지 냄새가 날 것이다.

"그리고 농민은 거름을 만드는 것부터 시작한다고. 먼저 거름 구덩이부터 파야 해."

고가 시무룩해서 입을 다물자 도요사쿠는 유쾌하게 웃었다.

"이제 알겠지? 그냥 그만둬. 정말 밭을 일굴 생각이면 여기에 농민을 데려오라고. 오두막을 지어서 몇 명 거기서 살게 하는 거야."

"그래……."

고는 살짝 입을 삐죽 내밀었다.

"그런데 말이야."

고로스케 할아범이 올라간 언저리를 올려다보며 도요사쿠가 중얼거렸다.

"어제 그 다키 님이란 분이 내실로 들어갔잖아."

이 인간도 뒷소문을 하고 싶어하는 건가 했는데 방향이 달랐다.

"그랬더니 오늘 아침 나리마님께서 아침진지도 안 드시고 계속 누워 계신다고 하잖아. 뭐 부정 탄 거 아냐?"

그런 걱정인가. 도요사쿠도 충의를 아는 사람이다.

"나리마님께서 아침진지를 안 드시는 건 그렇게 드문 일이 아니야. 그런 때는 중간에 뭔가 따로 올리곤 해."

"그래? 그럼 고 씨, 이런 데서 잡담할 때가 아니겠군. 그만 가자고."

그때 고로스케 할아범이 밧줄을 타고 거미처럼 스르르 내려왔다. 옆구리에 뭔가 엉클어진 덩어리를 끼고 있었다.

"그건 뭐야? 새 둥지?"

"까마귀 둥지."

고로스케 할아범은 무뚝뚝해서 정말 필요한 말밖에 하지 않고 묻지도 않았다.

"알이나 새끼 없어?"

"그건 이제부터. 치워야 해."

까마귀는 탐욕스러워서 다른 새를 공격하는 데다 생김새도 불길하다.

"고로스케 씨, 눈 좋네. 저런 데 있는 둥지가 보여?"

감탄하는 도요사쿠를 아랑곳하지 않고 할아범은 까마귀 둥지를 해체했다.

"고코인에서 뭐 훔쳐간 거 없나?"

까마귀는 반짝이는 물건을 좋아해서 인가에서 물건을 훔칠 때가 있다. 그러나 이 둥지 임자는 손버릇이 나쁘지 않은지 죄다 잔가지와 마른 풀, 덩굴줄기뿐인가 했는데…….

"그거 뭐지?"

고도 정말 몰라서 물은 게 아니다. 한눈에 알았다. 뼈다. 가늘고 작고 오래된 뼈.

무슨 뼈지?

"이런…… 이거 뼈 아냐."

도요사쿠가 손을 내밀었다. 손가락으로 집으려고 한 것이었다.

고로스케 할아범은 재빨리 그의 손을 피했다. 그리고 절반쯤 남은 엉클어진 덩어리를 곁에 툭 던졌다.

"짐승 거야. 까마귀는 먹는 욕심이 많아서 아무거나 먹거든."

"에휴, 징그러워라."

"둥지가 더 있을지도 모르니까 난 더 돌아보고 가."

그게 전부다. 그냥 사소한 일이었다. 고는 곧바로 까맣게 잊어버렸다.

훗날 생각날 기회가 오기 전까지는.

지네를 겁내고 미꾸라지를 징그럽다고 하는 남자애가 정말 기타미 번 농촌의 아이일까. 신쿠로는 강한 확신에 사로잡힌 나머지, 시게오키에게 일어나고 있는 일을 자신의 뜻에 맞는 방향으로 해석한 게 아닐까.

다키와 이시노 오리베, 시로타 의사와 한주로, 네 사람은 창살방에서 있었던 일을 근거로 차근차근히 따져봤다.

"한번 전부 백지로 돌리고 다시 생각해봐야겠군."

이즈치 촌의 비극도, 사령과 미타마쿠리도 옆으로 밀어놓고, 머리와 마음을 새롭게 고쳐보자. 오리베의 결단을 반대하는 사람은 아무도 없었다.

특히 시로타 의사가 적극적이었다.

"의외로 일찍 이때가 왔군요"라며 기뻐했다.

"빨라도 일 년쯤 걸리리라고 각오했습니다만, 다키 님 덕분입니다."

"그게 무슨 말씀이신지요?"

"시게오키 님께 일어나고 있는 일이 불가해하고 무서우니, 그에 대한 해석 또한 불가해하고 무서운 편이 어울릴 것 같다는 말이죠. 그 때문에 사령 운운하는 이야기는 누구나 쉽게 받아들일 수 있는 설이었습니다."

수석 가로 와키사카 가쓰타카가 신쿠로에게 이즈치 촌의 사령 이야기를 처음 들었을 때, 도를 넘어 노여워한 것도 이야기가 터무니없어서가 아니다. 그럴싸하게 들렸기 때문에 노여워하지 않을 수 없었던 것이다.

"게다가 이 해석은 오 년 가까운 시간을 들여 그것을 굳게 믿는 신쿠로 공이, 은밀히 가슴을 짓누르는 불안과 두려움에 사로잡혀 계시는 시게오키 님께 작용해서, 표현은 좀 그렇습니다만, 이를테면 잘 **다듬어온** 줄거리란 말이죠."

그렇기에 그 이야기 자체에 강한 주술적 힘이 있어 주위의 타인에게도 충분한 효력을 발휘했다. 모두가 사령 이야기에 씌었다고 할 수도 있다.

"주술적 힘이라는 말도 온당치 않다면 주술의 굴레라 바꿔 말해도 됩니다" 젊은 의사는 말을 이었다. "이 굴레에서 벗어나려면 시간이 걸린다. 서두르면 안 된다. 저는 지금까지 저 자신을 그렇게 타일러왔습니다."

주술의 굴레에서 벗어나려면 당사자들이 먼저 자신들을 옭아매고 있는 게 있다는 사실을 알아차리는 게 첫걸음이다. 그러기 전에 외부에서 이러쿵저러쿵 논리적으로 설명해봤자 효과가 별로 없다. 되레 더욱 강하게 속박되는 경우도 있다. 그 때문에 인내심 있게 시게오키의 건강 유지에 힘쓰며 누가 문득 '뭔가 좀 이상하지 않나' 하고 알아차리기를 기다리자. 시로타 의사는 그렇게 마음먹고 있었다 한다.

"적당한 때를 봐서 제 쪽에서 넌지시 그런 분위기를 만들 생각이었습니다만, 그것도 아직 시기상조다 싶어 조심하고 있었거든요."

그렇기에 다키가 **알아차린** 게 기뻤다.

"그러하시면…… 선생님은 처음부터 사령이 붙어 있다는 이야기를 믿지 않았다는 뜻입니까?"

한주로의 물음에 시로타 의사는 활짝 웃더니 입매를 다잡고 딱 잘라 말했다.

"믿고 말고 하기 전에 사람이 죽은 다음의 일은 제 전문 분야 밖입니다."

사람의 출생, 병과 부상, 죽음에 입회하는 게 의사의 역할이지만, 태어나기 전이나 죽은 다음의 일은 알지 못한다.

"전문 분야가 아닌 일을 기준으로 나리마님을 진단할 수는 없으니까요. 제가 늘 생각했던 것은 나리마님처럼 말하자면 '사람이 변하는' 원인은 무엇인가 하는 점이었습니다."

"사령 외에 그런 원인이 있습니까?"

"여러 가지 있죠. 가령 주란(酒亂)이 있잖습니까?"

평소에는 온후하고 성실한 인물이 술에 취하면 난폭해진다. 듣고 보니 확실히 그렇다.

"머리를 크게 다쳐 사람이 변하는 경우도 있습니다."

나가사키 유학중 난의 밑에서 그런 환자를 진찰한 적이 있다고 했다.

"데지마 관리의 부하였는데, 짐수레에 깔려 머리뼈가 부러지는 심한 부상을 입고 난 뒤로 쉽게 화를 내는 성격으로 변했다는 겁니다. 작은 일에도 금세 흥분해서 아내와 자식을 구타하고 비난하고 하게 됐다고 했습니다."

머리 부상의 치료 자체가 시로타 의사에게는 공부를 할 귀중한 기회였던 터라 난의의 조수로서 꼼꼼히 지켜봤는데, 놀랄 일이 종종 있었다고 했다.

"게다가 발작 같은 노여움이 한번 시작되면 분별을 잃지 뭡니까. 자기 주인인 관리에게 주먹을 휘두르고, 말리는 사람을 물어뜯고 말이죠. 다치기 전에는 별명이 고양이일 만큼 온화한 남자였건만 그야말로 다른 사람이 되고 말았습니다."

"술 때문이 아니고 말입니까?"

"한 방울도 마시지 않았는데 그런 겁니다. 더욱이 이 남자는 흥분해서 날뛰었을 때 일을 전혀 기억하지 못했습니다. 그동안의 기억이 없으니 지적을 받으면 무척 당황한다는 말이죠."

"시게오키 님의 착란과 비슷하군."

한주로는 신음하고 오리베는 생각에 잠겼다. 그 곁에서 다키는 몸이 싸늘하게 식는 기분을 곱씹고 있었다.

사람이 느닷없이 이성을 잃고 성낸다.

사령을 빼고 그 부분만을 따로 생각해보면 다키에게도 짚이는 데가 있었다.

지금까지 자신의 그런 경험을 나리마님의 착란과 연결해서 생각해본 적은 없었다. 다키 또한 사령 이야기의 굴레에 매여 있었을 테고, 뭣보다 놀라움의 연속에 다른 생각을 할 여유도 없었다.

여기서 이야기해볼까.

하지만 결국 말하지 않았다. 아니, 할 수 없었다. 오리베도 한주로도 시로타 의사도 눈치채지 못했을 것이다.

"병으로 그런 변화가 일어나는 경우도 있습니다. 가벼운 졸중으로 쓰러졌다가 회복된 뒤 건망증이 심해졌다든지, 열병에 걸린 뒤로 그때까지 즐겨 먹던 것을 싫어하게 됐다든지."

"으음."

한주로는 품에 손을 넣은 채 또다시 신음했다.

"허나 그것은…… 기이하기는 합니다만 남자가 여자가 됐다가 아이가 됐다가 하는 정도로 급격한 변화는 아니지 않습니까? 원래의 그 인물과 이어지는 변화죠."

"맞는 말씀입니다. 그렇기에 나리마님의 경우는 까다롭죠. 하지만 잘 생각해보십시오. 나리마님처럼 '사람이 변하는' 모습을, 그 정도로 급격하지는 않지만 우리도 일상적으로 조금은 목격할 텐데요."

예를 들면 병이 나거나 다친 사람은 **어린애처럼** 간호하는 이에게 어리광을 부린다.

"간호인 또한 환자가 약해져 있을 때는 상대방이 어엿한 성인 남자라도 어린아이를 다루듯 대하게 마련입니다."

그로써 쌍방이 친해져 신뢰가 강해진다.

"남자도 때로 계집 같은 행동을 하지."

오리베의 말에 시로타 의사는 미소를 지었다.

"맞습니다. 그 경우의 '계집 같다'는 다소 의미가 다릅니다만."

"온나가타*는 완벽하게 여자가 되죠." 한주로가 말했다. "혹독한 수련을 쌓아 그런 기술을 습득하는 것이겠습니다만."

* 가부키에서 여자 역을 하는 남자 배우

"맞습니다. 예술을 완성한다는 목적을 위해 타고난 남성성을 봉하고 '여자'가 되는 겁니다. 사람에게는 그런 것을 해낼 능력이 감추어져 있거든요."

그게 핵심이라고 시로타 의사는 말했다.

"사람의 마음은 그렇게 할 수밖에 없는 절실한 목적이나 필요가 있으면 어떤 식으로나 바뀔 수 있습니다."

남자가 여자로. 어른이 아이로.

"사령의 빙의 따위는 그와 관계없다는 게 제 생각입니다. 원래 한 사람에게 하나 있는 마음이 여러 개 있는 것처럼, 한 사람 안에 다른 사람이 몇 명 있는 것처럼 겉으로 드러나는 것에 불과합니다."

의사의 표정은 늠름했고 시선은 밝았다. 지금까지 조심스레 다물고 있던 입을 열어 하고 싶었던 말을 하고 있는 것이다.

겉으로 몇 명이 나타나건 창살방 안에 있는 사람은 기타미 시게오키 한 명뿐이다. 주저 없이 그렇게 단언했다.

"앞으로는 세 분도 그렇게 명심하셨으면 합니다."

따라서 기타미 시게오키를 구하기 위해 풀어야 하는 수수께끼는 '착란중에 나타나는 여자와 아이는 누구인가'가 아니라고 말했다.

"나리마님의 마음은 대체 무슨 필요가 있어 그런 식으로 변하시는가."

여자와 아이, 그리고 그들은 아직 만난 적이 없는 '굵은 목소리의 남자'는 **왜** 나타나는가.

"목적은 무엇인가. 또는 효용은 무엇이냐고 말할 수도 있겠습니다."

"효용?"

"여자나 아이, 상스러운 남자가 됨으로써 나리마님께서는 뭔가를 얻으실 수 있다. 뭔가로부터 보호를 받는다. 뭔가를 보호한다. 또는 뭔가로부터…….."

시로타 의사는 잠깐 뜸을 들였다.

"도망칠 수 있다."

이 발언에 오리베가 동요했다. 이마에 손을 대고 고개를 푹 떨구었다.

"……이시노 님."

다키가 부르자 손을 내렸지만 눈을 감고 미간을 찌푸리고 있었다.

"오 년 전 스물두 살이라는 젊은 나이에 번주 자리에 취임하시는 것에 대해 시게오키 님은 불안을 느끼고 계셨다. 나는 그리 말씀하시는 것을 내 귀로 들은 적이 있어."

그러고는 말을 잇지 못했다.

"말씀대로 번주라는 입장의 중책에 짓눌리신 것도 착란의 계기 중 하나였을지 모릅니다. 하지만 때때로 넋을 놓고 그동안의 언동을 잊어버리시는 버릇은 시게오키 님께서 어렸을 때부터 있었던 게 아닙니까?"

의사는 그렇다면 병의 근원 또한 어린 시절에 있을 것이라고 말했다.

"열너덧 살 무렵에는 그 버릇이 사라졌었다고 아버지에게 들었습니다. 이제 와서 보면 사라진 게 아니라 일시적으로 눈에 띄지 않은 것뿐이겠죠."

시게오키가 번주가 되어 기타미 번으로 오면서, 에도 번저에 사는 작은나리였을 때보다 훨씬 더 많은 이들 위에 군림하고 시선을 모으게 됐다. 그래서 그 버릇이 다시 표면으로 나온 것이다. 단순히 넋을 놓는 데 그치지 않고 딴 사람처럼 행동할 정도로 악화돼서.

"이시노 님?"

오리베가 너무나도 괴로워 보여서 다키는 가까이에서 그의 얼굴을 살폈다.

"안색이……."

한주로도 근심스레 쳐다보다가 말하기 거북한 듯 우물쭈물하며 "다키 님, 이시노 님께서는 그게, 저……"라고 말했다.

한주로가 말을 하지 못하자 시로타 의사가 대신 설명했다.

"이시노 님은 에도 가로 자리를 사임하고 시게오키 님 곁을 떠난 것을 후회하시는군요. 당신이 시게오키 님 곁에 계셨다면 이번 같은 사태에 이르지 않았을지도 모른다고 말입니다."

여느 때처럼 온화한 어조로 단적으로 지적했다. 오리베의 표정이 한층 괴롭게 일그러졌다.

"심정은 이해합니다만 후회하신들 소용없는 일입니다. 뭣보다 에도 번저를 지키는 이시노 님의 입장에서는, 설령 곁에 계셨다 해도 여기 기타미에서 쿠리야 신쿠로가 시게오키 님께 접근하는 것을 막을 수 없으셨을 겁니다. 그것 하나만 보더라도 이시노 님이 혼자 어떻게 하실 수 있는 일이 아니었습니다."

완곡하게 둘러대지 않고 거침없이 말하지만 사실은 사실이다.

다키는 오리베가 너무 괴로워하는 게 걱정돼서 무릎걸음으로 살며시 다가갔다. 그러자 오리베가 얼굴을 들고 눈을 떴다. 이마에 식은땀이 맺혀 있었다.

"다지마, 주위에 누가 없는지 꼼꼼하게 살펴주겠나."

목소리를 낮추고 지시를 내렸다. 한주로는 재빨리 이시노의 방 주변을 확인했다.

"아무도 없습니다."

오리베는 그래, 하고 중얼거리고는 각오를 다진 것처럼 몸을 똑바로 폈다.

"할 이야기가 있네."

그러고는 이야기했다. 지금도 모든 가신과 영민이 그의 유덕을 존경하며 곤보 후라는 시호로 칭송하는 기타미 나리오키의 죽음의 진상을.

졸중으로 인한 급사가 아니었다. 다름 아닌 시게오키가 자기 아버지를 때려 죽인 것이었다.

오리베의 얼굴은 핏기가 없이 창백했다. 다키도 한주로도 심정은 똑같았다. 충격을 받아 아무 말도 하지 못했다.

오로지 시로타 의사만은 눈을 살짝 크게 떴을 뿐 그 이상 동요한 기색을 보이지 않았다. 나이는 젊어도 의사라는 직업을 가진 사람의 담력은 다른가 보다.

이시노 오리베는 몸을 긴장시킨 채 토해냈다. 비밀을. 의혹을.

"시게오키 님께서 도망치고 싶어하시는 것은 당신 손으로 아버님을 죽인 기억이 아닐까. 그것이 그런 착란을 일으키는 것은 아닌가."

시게오키가 그 참사를 잊고 지낼 수 있도록 오리베는 그의 곁을 떠났다. 그러나 시게오키는 기억하고 있었던 게 아닐까. 기억이 남아 이따금 되살아났던 게 아닐까. 그렇기에 풀려날 길 없는 자신의 소행으로부터 도피하기 위해 시게오키는 그런 뜻밖의 방법으로 자신에게서 벗어나는 게 아닐까.

"기타미 시게오키가 아닌 다른 사람이 되고 싶다. 그것도 본래의 자신과 거리가 먼 사람이. 그런 바람 때문에 착란이 일어나는 것이 아닌가."

오리베는 거기까지 단숨에 이야기하고는 어깨를 축 늘어뜨렸다. 비탄에 젖은 옆얼굴에 드러난 나이에 다키는 가슴이 메었다.

"그것도 발단, 이유 중 하나는 될 수 있겠습니다만" 시로타 의사는 더없이 침착하게 대답했다. "그 이전에 아버님을 죽였을 때 시게오키 님이 본래의 시게오키 님이셨는지 아닌지 알 수 없습니다."

"'꼴좋다'라고 말한 것은 도련님 목소리였네."

"목소리는 같아도 다른 시게오키 님이었을지도 모르죠. 도대체가 '꼴좋다'는 상스러운 말입니다. 시게오키 님답지 않거든요. 그 일에 집착해서 생각해봤자 진전이 있을 것 같지 않습니다."

한주로가 머리를 싸안았다.

"어렵군……."

"네, 성가신 문제입니다. 하지만 알기 쉽고 이해하기 쉽고 납득하기 쉽다는 이유만으로 결론을 서둘러서는 안 됩니다. 사람의 마음은 그런 식으로 깔끔하게 정리할 수 있을 만큼 간단한 게 아닙니다."

차갑게 들릴 정도로 딱 부러지게 말했다.

"그럼 앞으로 어떻게 하면 좋을까요? 저희가 무엇을 할 수 있을지요?"

다키는 뭔가에 매달리듯 두 손을 꽉 깍지 끼었다.

"아까 말씀드린 것처럼 지금까지 저는 시게오키 님의 착란에 관해 본인과 이야기를 나누는 것을 삼갔습니다. 하지만 앞으로는 조금씩이나마 사실대로 털어놓고 시게오키 님 자신의 생각과 마음을 여쭙는 게 첫걸음이라는 생각이 듭니다."

요컨대 처음으로 본인과 까놓고 이야기한다는 뜻이다.

"다름 아닌 시게오키 님께서 수수께끼의 중심에 계시는 겁니다. 본래 영명한 분 아닙니까. 그러니 수수께끼 풀이에 본인의 힘을 빌립시다."

"이것 또 담대한 말씀을 하시는군요."

한주로도 식은땀을 흘리고 있었다.

"유례가 없는 까다로운 병을 대하는 겁니다. 맨손으로 부딪쳐야 한다면 최소한 담대하기라도 해야죠."

"아, 예."

"여기에는 반드시 이시노 님의 조력이 필요합니다. 부디 정신 바짝 차리셔야 합니다."

오리베는 아직 안색이 창백했다. 하지만 꼿꼿하게 몸을 일으키고 고개를 끄덕였다.

"다키 님도 꼭 도와주셨으면 합니다. 다키 님은 벌써 시게오키 님 안의 사내애와 친해지셨죠. 놀랐습니다."

"아닌 게 아니라 내가 보기에도 그 사내애 쪽에서 다키에게 흉금을 터놓는 것 같더군."

"그건…… 저는 모르겠습니다만."

다키는 어디에서 왔어?

고개를 갸웃하며 다키의 얼굴을 쳐다보던 시게오키는 정말 열 살도 안 되는 남자애처럼 사랑스러웠다.

"지코료의 간호인들을 보면서도 느꼈습니다만, 이번 일로 더욱 통감했습니다. 남자는 여인의 다정함에 당하지 못하겠군요. 이거야 원, 견주지도 못하겠습니다."

감탄하는 듯한 시로타 의사의 말에 다키는 몸을 움츠렸다.

"저 같은 사람이 도움이 된다면 무슨 일이든 하겠습니다."

"어렵게 생각하실 것 없습니다. 우선 그 사내애와 친해지시면 됩니다. 물론 그중에 다른 사람이 나타나는 경우에는 그자와도 이야기해보십시오."

"알겠습니다."

"그렇다면 앞으로 다키 님은 창살방에 종종 드나들게 되시겠군요?"

한주로가 끼어들었다.

"물론입니다."

"혼자서 괜찮으실지요. 저도 같이……."

"필요할 때는 부탁드리겠습니다."

"예에."

겉으로 드러날 만큼 풀죽은 한주로에게 오리베가 말했다. "네 마음은 선생도, 다키도, 나도 잘 안다."

한주로는 쩔쩔맸다.

"앞으로 저희가 해야 할 일은" 시로타 의사의 말투가 무거워졌다. "진짜 시게오키 님을 뵙고 시게오키 님께서 마음을 열고 저희를 신뢰해주실 수 있도록 노력하는 겁니다."

본래의 기타미 시게오키.

"제가 본 바로는 연금되신 뒤로 오늘까지 본래의 시게오키 님께서 나타나신 것은 단 한 번뿐인 듯합니다."

고코인에 도착한 시게오키가 가마에서 내려 마중 나온 오리베와 대면했을 때다.

고마운 일이야. 와키사카가 자네를 불러주었군.

나는 여기에서 나오지 않는 게 좋겠어.

"아닌 게 아니라 그렇군" 이시노 오리베는 중얼거렸다. "그때를 제외하면 내가 나날이 뵈어온 것은 빈껍데기 같은 시게오키 님이었네. 또는 우리를 멀리하시는, 우리로부터 멀어지신 시게오키 님이야."

"다른 누구보다도 시게오키 님께서 가장 불안하고, 두려워하고 계십니다."

홀로 마음속 깊은 곳에 틀어박혀 있다.

"창살방으로 찾아뵈었을 때 시게오키 님께서 조용히 주무시고 계시거나 서책을 가까이 하시며 사경을 하는 모습을 보면 내 마음도 잠시 안도하곤 했네."

내가 아는 작은나리이시다.

"이상도 없고 의심스러운 구석도 없어. 허나 그래도 한 발짝 깊이 들어가 여쭐 용기가 나지 않는군."

대체 무엇을 괴로워하는가.

자신의 몸에 일어나고 있는 변고를 어디까지 파악하고 있는가.

오 년 전 그날 밤에도 번저에서 일어난 사건을 기억하고 있는가.

"신쿠로의 사령 이야기에 겁먹은 것은 결단코 아니야. 다만……."

기타미 시게오키가 기타미 번의 암부가 되고 말았다는 사실이 두려웠던 것이다.

"나 또한 시게오키 님을 멀리하고 있었다. 도망쳤던 것이야."

오리베는 말했다.

"그렇다면 앞으로는 한 걸음씩 다가가는 겁니다. 이시노 님께서 앞장서주지 않으시면 앞으로 나아갈 수 없습니다."

"그렇고말고요!" 한주로가 큰 소리로 말했다. "게다가 시게오키 님은 이시노 님을 멀리하신 것이 아닙니다. 다키 님과 함께 이야기하실 때 이시노 님께서 기침하시는 것을 걱정하셨죠?"

"네. 미꾸라지 탕은 영양분이 있으니까 이시노가 먹으라고 하셨답니다."

"친근한 정이 담긴, 시게오키 님다운 말씀이십니다."

어린 시게오키. 어린 시절의 시게오키.

"네, 그래요…… 그런데……."

다키는 다시 한 번 창살방에서 시게오키와 주고받은 말을 돌이켜 봤다.

그렇게 격식 차릴 것 없어. 지금은 이치마쓰가 없으니까.

"그 아이는 자기는 시게오키 님이 아니라고 하더군요. 그러면 서……."

이치마쓰와 함께 기타미 영내 여기저기에 갔을 때 큰 강을 많이 봤는데.

"자기가 시게오키 님과 함께 있는 게 당연한 일처럼 이야기했어요."

오리베가 고개를 끄덕였다.

"그때는 나도 놀랐지."

오리베가 너는 산키치냐고 물어도 한 번도 그렇다고 인정하지 않았다.

주위 어른들의 언동을 잘 관찰하다가 그때그때를 잘 넘길 수 있도록 상황에 맞추는 기색이 있어서 말이다.

남자애의 조심스러운 행동, 주위의 관심을 얼렁뚱땅 넘기는 언동 뒤에는 일종의 분별이 있는 게 아닌가. 그것은 곧 시게오키의 분별 이다.

"그 아이는 지금까지 주위, 특히 연금 이전의 생활 속에서는 가장 의지가 됐던 신쿠로의 뜻에 맞도록 행동했을 테죠."

그리고 지금은 변화한 상황 속에서 어떻게 하면 좋을지 또 분위기를 가늠하고 있는 게 아닐까. 이곳 고코인에서는 누구를 의지하고 누구 말을 따르면 안심할 수 있는지.

그리고 보면 그 아이는 오리베가 정장을 하면 겁낸다고 했다. 무사의 혼이라 할 칼도 무서워한다고. 그래서 다키에게 금세 친근감을 보였는지도 모른다. 과거로 거슬러 올라가보면 신쿠로가 일찌감치 시게오키의 신뢰를 얻고 중용된 것도, 시게오키의 일면인 남자애가 가로들이나 다른 측근들과 달리 무사로 태어난 게 아니기에 어떤 형태로든 그 아이를 억압할 권위를 갖지 않은 신쿠로를 좋아했기 때문이 아닐까.

기타미 시게오키는 한 명뿐이다. 하지만 시게오키의 마음은 여러 사람으로 나뉘어 시게오키가 아닌 **척**하며 나타난다.

그렇게 해서 시게오키를 지키고 감싸고 있다. 시게오키가 가장 안심할 수 있는 상황을 만들려 하고 있다. 하지만 그로 인해 시게오키 본인은 불안에 사로잡혀 괴로워하고 있다.

"아아, 또 어렵군."

한주로는 천장을 올려다보며 탄식했다.

"알 것도 같고 모를 것도 같고, 하지만 알 것 같은 기분이 어느 정도 더 큰 듯도 하니 이것 참 괴이합니다."

"다지마야, 말 한번 잘 했다. 나도 같은 기분이구나."

"다음에 그 남자애를 만나면 너는 누구냐고 물어봐도 될까요?"

"네, 한번 해보십시오. 다키 님에게라면 솔직하게 털어놓을지도 모릅니다. 그 아이가 뭐라 대답하는지, 그것이 최초의 단서가 될 테죠. 그런데……."

시로타 의사는 다소 난처한 표정을 지었다.

"신쿠로 공 말입니다만, 그 사람에게도 저희 생각을 이해시켜야 합니다."

시게오키와 신쿠로는 비슷한 시기에 여기 고코인으로 왔지만 두 사람이 대면한 적은 한 번도 없다. 또 시로타 의사도 신쿠로와 차분히 이야기한 적이 없었다.

"건강 상태를 확인하려고 동굴 감옥까지 간 적이 한 번 있습니다만, 거의 거들떠보지도 않더군요."

지금까지 사정이 사정이었던 만큼 어쩔 수 없다. 하지만 앞으로도 그래서는 안 된다. 신쿠로는 시게오키가 번주로 지냈던 오 년간의 일을 가장 자세히 아는 인물이다. 묻고 싶은 게 수두룩했다.

하지만 그러려면 더는 그가 주장하는 사령 이야기를 받아줄 수 없다. 신쿠로도 백지상태로 돌아가야 한다.

"다만 그 사람을 설득하기는 쉽지 않을 것으로 보입니다."

신쿠로의 머리에서 사령 이야기를 몰아낸다. 아닌 게 아니라 시간이 걸릴 것 같다.

"그자는 수완가에 여간내기가 아닌 놈, 악명 높은 고집불통이니까요."

한주로가 묘한 표현을 쓰며 팔에 알통을 만드는 시늉을 했다.

"제게 맡겨주십시오."

"아닙니다, 이것도 다키 님에게 협조를 부탁드리고 싶습니다. 그 사람도 다키 님 말에는 귀를 기울일 것 같거든요. 다지마 공은 완력이 필요할 때 도와주시면 됩니다."

"예에에?"

"다지마, 시끄럽다."

그런데 신쿠로에게 사정을 설명해보니, 아니나 다를까 상상했던 이상으로 쉽지 않았다.

"어디서 그런 약은 소리를!"

신쿠로가 고함치더니 바로 신음하며 가슴을 부여잡았다. 아직 상처가 쑤시는 것이다.

"큰 소리를 내니까 그렇죠."

다키는 재빨리 일어나 이부자리에 앉아 있는 그에게 다가가 등에 손을 얹었다.

신쿠로는 손을 뿌리쳤다.

"그렇게 깨지는 물건 다루듯 하지 마라. 몸은 이제 괜찮아."

"누구 마음대로 그렇게 단정합니까. 그것을 판단하는 것은 제 몫입니다."

시로타 의사는 쓴웃음을 지었다.

"뭐, 이제는 조금쯤 흥분한다고 상처가 벌어질 염려는 없으니까요. 실컷 고함쳐도 됩니다."

신쿠로는 적의를 드러내며 의사를 노려보고는 다키에게 말했다.

"다키, 너는 이런 돌팔이 말을 믿고 나를 의심하는 것이냐."

"돌팔이라니 너무하는군요."

다키는 한숨을 쉬고 말았다. 쉽지 않네.

"신쿠로 공, 오해하지 마십시오. 우리는 이즈치 촌의 참사를 가볍게 여기는 게 아닙니다. 당신의 비분도 이해합니다. 다만 그것과 시게오키 님의 병은 따로 떼어 생각해야 한다고……."

"시끄러워!"

무슨 말을 해도 이런 식이라 결국 다키와 시로타 의사도 두 손 들었다.

"그런 태도를 뭐라고 하는지 압니까? 어른스럽지 못하다고 하는 겁니다."

"흥, 멋대로 떠들라지. 다키, 네게 실망했다."

"네, 그런 것 같네요. 저도 유감입니다. 선생님, 가시죠. 이 악명 높은 고집불통과 이 이상 이야기해봤자 소용없습니다."

신쿠로의 얼굴이 붉어졌다.

"이 배신자!"

예의에 어긋나는 줄 잘 알면서 다키는 등 뒤로 장지문을 탁 소리 나게 닫았다.

"죄송합니다."

시로타 의사가 머리를 숙여 사과했다.

"선생님이 사과하실 이유가 없어요. 저 사람은 잠시 머리를 식히는 게 좋겠습니다."

말은 그렇게 하지만 다키도 물론 가슴이 아팠다. 이즈치 촌의 참사를 짊어지고 사는 신쿠로는, 무참하게 죽임을 당한 친족의 영혼이 시게오키 속에 깃들어 있다고 믿는 것으로 가까스로 슬픔과 노여움에 짓눌리지 않을 수 있었을 것이다. 그런 버팀목을 느닷없이 빼라는 말을 듣고 흥분하는 것도 무리는 아니다.

아버지가 계셨더라면.

가가미 가즈에몬의 얼굴이 떠올랐다. 돌아가신 아버지라면 분명 성의와 위엄을 가지고 신쿠로를 설득하고, 야단치고, 달랬을 텐데.

"나리마님께서 오늘은 어떠셨는지요?"

"오늘 아침에는 늦게 일어나셔서……."

의사는 잠시 주위를 둘러보고 위사가 없는 것을 확인한 다음 말을 이었다.

"조금 전 창살방으로 찾아가뵀더니 그제야 침소에서 나오셨습니다."

남자애가 아니라 시게오키로 돌아와 있었다고 했다. 단 본래의 시게오키는 아니다.

"이시노 님의 말씀을 빌리자면 빈껍데기 같은 시게오키 님이시군요."

내용이 있는 대화를 주고받을 수 없고, 눈빛은 멍했다.

"저는 시게오키 님의 사람이 바뀌는 것을 '교대'라고 부릅니다. 마치 위사가 망보기를 교대하는 것처럼 표면에 나타나는 인물이 바뀌니까요."

알기 쉬운 호칭이다.

"'교대'가 일어나는 전후로 시게오키 님은 깊은 잠에 빠져 계실 때가 많습니다. 그리고 일어나면 종종 심한 두통을 호소하시죠. 오늘도 많이 힘드신 것 같았습니다."

가엾으셔라. 다키는 그의 미모와 칠흑 같은 눈동자를 생각했다.

"일단 식사를 드시게 하고 두통을 완화시켜줄 탕약을 드렸습니다. 잠이 오는 약이니 다시 주무시고 계실지도 모릅니다."

다키의 두 번째 배알은 조금 더 기다렸다가 하는 게 좋을 것 같다. 의사는 상황을 지켜보며 진행하자고 말했다.

"알겠습니다. 만사에 선생님 지시를 따르겠습니다."

다음에 만날 때 시게오키는 다키를 기억할까. 아니면 완전히 처음 만나는 것 같은 태도일까. 그 남자애는 언제 만날 수 있을까.

다키는 숨쉬기가 갑갑할 정도로 긴장하고 있었다. 그러나 점잖지 못하기는 해도 한편으로 가슴속에 따스한 불이 밝혀진 듯한 기분이기도 했다. 그 정도로 사랑스러운 아이였다.

"나리마님 쪽에서 볼일이 있으실 때는 어떻게 하시는지요?"

"방에 있는 방울을 울려 저희를 부르시죠."

지금까지 창살방에 드나든 사람은 오리베와 시로타 의사, 제복 저고리를 입은 하인 넷이었다.

"시게오키 님 자신이나 남자애 경우에는 별다르게 신경 쓸 일이 없습니다만, '여자'가 나와 있을 때는 하인들 중에서도 특히 간키치가 마음에 드는 모양입니다. 다른 사람들이 시중을 드는 것을 싫어하고 오늘은 간키치가 없느냐고 묻기도 하더군요."

시게오키와 '교대'하는 이들에게도 각기 호불호가 있는 것이다.

"저도 싫어하지 않으면 좋을 텐데요."

같은 여자다.

"고 씨와 스즈는 왜 창살방에 들어가지 않는지요?"

"고는 시게오키 님을 존경하는 마음이 강한 터라 그런 모습을 뵈면 평정을 잃지 않을까 염려됐습니다. 스즈는…… 야무진 아이입니다만 아직 어린 소녀이니까요."

역시 짐이 너무 무거울 것이다. 소녀의 쓸쓸한 모습이 생각나 다키는 고개를 끄덕였다.

그때 갑자기 투두둑 소리가 났다. 시로타 의사가 놀란 듯 큰 소리로 말했다.

"어이쿠, 비가 오는군요."

방금 전까지 맑았던 하늘이 어느새 흐려져 주위가 어둑어둑했다.

"어머나, 큰일 났네. 빨래 걷어야지."

동쪽 대기소를 통해 나가는 뒷마당에 빨래 너는 곳이 있다. 아까 창문 너머로 봤을 때 유카타와 수건 등이 잔뜩 있었다.

"선생님, 실례하겠습니다."

다키는 종종걸음으로 복도를 달려가 대기소 봉당에서 신을 꿰고 뒷마당으로 향했다. 스즈와 제복 저고리를 입은 하인 한 명이 황급히 빨래를 걷고 있었다.

"저도 도울게요."

"말도 안 돼요, 다키 님, 비 맞으세요."

짤막하게 말을 주고받는 사이에도 빗발은 점점 굵어지고, 머리 위에 닥쳐드는 먹구름 속에서 낮고 심상치 않은 천둥소리가 들리기 시작했다. 세 사람은 분담해서 빨래를 걷어들었다.

"다키 님, 이쪽으로 오세요."

굵은 곱자처럼 생긴 고코인의 짧은 부분에는 뒷마당에서 바로 안으로 들어갈 수 있는 뒷문이 있었다. 신을 벗고 들어가면 다다미 넉장 반 크기의 마루방이다. 우물도 가까이에 있으니 집안일을 할 때 편리하다. 다키는 처음으로 그곳에 발을 들여놓았다.

"수고를 끼쳐드려 죄송합니다."

남자는 간키치보다 나이가 훨씬 많고 말꼬리를 약간 끄는 사투리를 썼다. 같은 사투리를 쓰는 하녀가 이가와 가에 한 명 있었는데, 아무리 애를 써도 잘 고쳐지지 않아 시어머니에게 종종 혼났던 게 생각났다.

"저는 만사쿠라고 합니다. 감사합니다."

만사쿠는 정중하게 머리를 숙여 인사하고 옆에 있는 스즈에게도 재촉했다.

"얘야, 스즈, 너도 다키 님께 감사 인사를 드려야지."

"괜찮아요. 그보다 얼른 젖은 빨래를 골라내기로 해요. 만사쿠 씨, 여기는 저와 스즈면 충분해요. 비가 꽤 많이 오는 것 같으니까 실내를 확인해주세요."

"그렇습니까. 하기야 비가 들이치면 안 되죠. 그럼."

만사쿠는 허둥지둥 사라지고, 다키는 빨래 더미를 사이에 두고 스즈와 단둘이 남았다. 뒷문 처마 밑으로 바람이 불었다. 바람에 실려 굵은 빗방울이 마루 가장자리까지 들이쳤다.

"죄송합니다" 스즈는 움츠러들어 쩔쩔맸다. "고 씨도 간키치 씨도 나가고 없어서요."

"괜찮아요. 저도 이곳에서는 나리마님을 모시는 여러분의 동료 중 한 사람이니까요."

다키는 척척 빨래를 구분해 비에 젖지 않은 것은 개켰다. 스즈도 익숙한 동작으로 작업하며 불안한 듯 호수 쪽으로 시선을 향했다.

"간키치 씨는 성읍에 갔으니까 상관없지만 고 씨, 괜찮으려나."

먹구름 속에서 무거운 것을 굴리는 듯한 소리가 점점 가까워왔다. 창살방 문을 여닫을 때 나는 소리를 세 배 키운 것 같은 느낌이다.

"고 씨는 어디 갔는데요?"

"도요사쿠 씨, 고로스케 씨와 진쿄 호 호숫가로 갔어요. 밭을 일굴 장소를 찾는다고요."

"어머나, 재미있겠네."

그러자 스즈가 솔직하게 놀란 표정을 지었다. 눈을 깜박이고 있다. 다키는 그 모습이 귀여워 웃었다.

"저도 밭일을 한 적이 있거든요. 푸성귀와 콩이라면 기를 수 있어요."

"다키 님이 직접요?"

그때였다. 번개가 번쩍했다. 저택 안에 있어도 순간 눈이 부실 만큼 센 번개였다.

"꽤 크네요."

말이 채 끝나기도 전에 천둥소리가 났다. 주위를 뒤흔들고 배에 진동이 느껴질 것처럼 무시무시한 소리였다. 다키는 저도 모르게 고개를 움츠렸다.

"어머, 무서워라."

스즈를 보니 앉은 자세로 뻣뻣하게 굳어 있었다. 빨래를 꽉 움켜쥐고, 얼굴은 창백했다.

다키는 흠칫했다. 한주로가 말하지 않았나. 이 아이는 온도 님의 큰불로 가족을 잃고 자신도 심한 화상을 입었다. 온도 님의 큰불은 산불이 발단이었고, 산불의 원인은 번개였다.

그것을 기억나게 하는 천둥소리도 벼락도 스즈에게는 무서운 게 당연하다. 다키는 빨래를 놓고 얼른 스즈의 어깨를 끌어안았다.

"스즈, 괜찮아요. 여기 있으면 괜찮아요. 고코인은 튼튼한 건물이니까요."

또다시 번개가 치고, 큰 소리로 천둥이 울렸다. 비는 바야흐로 마구 휘몰아쳤다.

스즈의 가녀린 몸뚱이가 떨고 있었다. 뭔가 말하려고 하는지 턱도 와들와들 떨렸다.

다키는 한 팔을 스즈의 몸에 두르고 다른 손을 목덜미에 갖다대 스즈를 품에 끌어안았다.

"무섭지 않아요. 제가 곁에 있으니까요."

벼락이 칠 때는 원래 모기장을 매달지만 지금 그런 여유는 없다. 좌우로 여는 널문이 벽 한 면을 차지하고 있었다. 안은 헛방일까. 저 안에 들어가면 스즈도 조금은 안심이 되려나.

우르르, 꽝! 벼락이 어디 가까운 곳에 떨어졌다. 스즈가 더는 못 견디겠다는 듯 두 손으로 귀를 틀어막고 다키의 품 안에서 몸을 움 츠렸다.

아니, 안 된다. 다키가 꽉 끌어안고 있자. 지금은 그게 제일이다.

"올해 장마도 이제 끝이네요. 기타미는 아름다운 곳이지만 번개가 많은 것은 문제라니까요."

봄철, 장마가 갤 때, 여름 끝 무렵. 겨울에는 돌풍이 휘몰아치는 가운데 번개가 친다. 겨울철 번개는 기타미에서 종종 눈이 올 것을 알려준다. 그러고 보면 온도 님의 큰불 때도 성읍 장인 구역을 휩쓰 는 불길 위로 눈발이 날렸다.

"무섭지 않아요. 제가 같이 있으니까요."

스즈는 눈을 꽉 감고 울고 있었다. 다키는 소녀를 달래듯 가볍게 흔들며 계속 "괜찮아요, 괜찮아" 하고 되풀이했다.

"다키 님, 다키 님!"

어라, 한주로의 목소리다. 쿵쾅쿵쾅 소리 내며 여기저기 다니고 있다.

"한주로 씨, 저 여기 있어요."

다키도 소리를 높여 대답하자 발소리가 다가왔다. 마루방 문에 한주로의 커다란 덩치가 나타났다.

"이런, 여기 계셨습니까."

"빨래를 걷고 있었어요."

"스즈도 같이 있구나."

다키에게 매달려 있는 스즈를 보고 한주로도 바로 눈치챈 듯했다.

"불쌍해라. 무섭지?" 하고 상냥하게 말했다.

"다키 님, 이쪽으로 오시죠."

한주로는 몸을 굽혀 다키와 스즈를 함께 감싸듯 하며 일으켜 세웠다.

"더 안쪽으로 가실까요. 스즈, 괜찮다. 이곳에는 벼락이 떨어지지 않아. 뇌수(雷獸)막이가 있으니 말이지."

"뇌수막이?"

"저 말입니다. 다키 님 모르셨습니까? 저는 혼자 산속에 있어도, 논 한복판을 걷고 있어도 한 번도 번개를 만난 적이 없답니다. 후에 이류 검술을 완벽하게 구사하는 제 실력을 뇌수가 두려워하는 것이겠죠."

확실히 한주로는 번 도장의 기린아로 칭송받는 명수지만, 뛰어난 것은 창술이다. 검술 쪽은 과연 완벽하게 구사하는 수준에 도달했을까. 혹시 허풍이 아닐까.

건물의 긴 쪽으로 돌아오자 눈앞의 방에서 오리베가 나타났다. 그들을 보고는 오오, 하며 멈춰 섰다.

"스즈, 무섭지."

저택 관리인도 이 소녀의 정신적 상처를 알고 있다.

"마침 잘됐구나. 이 방 반침이 비어 있단다. 그 안에 들어가서 번개가 지나갈 때까지 쉬고 있으려무나. 다키, 스즈를 부탁해도 되겠느냐."

"예, 알겠습니다."

"나는 나리마님이 어떠신지 보고 오마. 그나저나 참으로 위세 좋은 번개로고."

천둥이 울리면 이렇게 주고받는 말조차 잘 들리지 않을 정도였다.

다키는 방으로 들어가 반침문을 열었다. 벽 쪽에 옷을 거는 횃대가 서 있고 옷농 몇 개가 있을 뿐인 방은 반침도 거의 비어 있었다.

"자, 스즈, 여기로 들어가요."

스즈는 머리를 감싸고 반침 안으로 급히 들어갔다. 이마를 무릎에 꽉 붙이고 몸을 말고 있다.

"저는 여기 있을게요."

다키는 문을 다 닫지 않고 한 치쯤 열어놓으며 말했다.

덧문을 닫은 저택 안은 밤중처럼 어두워져 곳곳에서 불빛이 흔들리기 시작했다. 이윽고 한주로가 촛대를 들고 돌아와 이 방 사방등에도 불을 붙여주었다.

"고 씨가 호숫가로 나갔다는데요."

"방금 떠들썩하게 소란을 떨며 돌아왔습니다. 스즈, 고는 무사하다. 쫄딱 젖어서 간키치가 이상한 소리를 했다고 화가 났더라."

"이상한 소리?"

"아침에 날이 맑았을 때 이런 그럴싸한 날씨는 믿을 수 없다고 재수 없는 소리를 했다나요."

"어머나, 저런. 하지만 장마가 걷힐 때는 매년 이런 일이 있으니까요. 간키치 씨는 지혜롭네요."

"맞는 말씀입니다만 고에게 지금 그런 말을 해도 통하지 않을 겁니다. 얼마나 무섭게 펄펄 뛰는지요. 천둥번개가 따로 없습니다."

한주로는 천둥소리에 질세라 큰 소리로 농을 하며 방에서 나갔다.

비바람은 잦아들 기색을 보이지 않고, 뇌운은 독촉하고 싶어질 만큼 천천히 고코인 위를 통과했다. 뒷산 나무들이 술렁거리고 바람이 울었다. 벼락이 떨어지면 이 부근에도 산불이 날 염려가 있으니 위사들이나 한주로나 경계하고 있을 것이다.

반침 안의 스즈와 단둘뿐. 다키는 조용히 앉아 있었다. 저택 밖은 날씨가 매우 사납고 스즈는 걱정됐지만, 다키의 마음은 이상하게도 잔잔했다. 이곳 사람들이 스즈를 자상하게 신경 써주는 모습을 봤기 때문일 것이다.

기타미에서는 성읍에 살아도 일 년에 몇 번은 이런 번개를 겪는다. 이가와 가에서는, 그래, 그 사투리를 쓰는 하녀가 역시 번개를 싫어해서, 언젠가 시집가면 뇌수가 없는 곳으로 가고 싶다고 한 적이 있었다.

미치라는 이름의 하녀였다. 당시 벌써 스물다섯 살로, 가신 저택의 하녀로서는 나이가 꽤 많은 축에 속했다.

이가와 가에서 내 편은 미치뿐이었어.

오리베나 시로타 선생과 이야기하던 중에 결혼해서 살 때 기억이 되살아났다. 입 밖에 내지는 않았지만 다키의 마음속에서 잠자던 아이가 이미 깨어나고 말았다.

사람이, 어떤 이유에서인가 사람이 변한 것처럼 격하게 화를 낸다. 다키는 이가와 사다스케의 아내였을 때 그것을 경험했다.

화내는 사람은 이가와의 어머니, 다키의 시어머니였다.

처음 만났을 때는 점잖은 분인 줄 알았다. 온화하다기에는 다소 냉랭하고 말수가 적었다. 이렇게 떨어져서 보니 과감한 표현을 쓰자면 음침한 여인이기는 했다.

그런 사람이 가끔 분별을 잃은 것처럼 화내고 다키를 호되게 야단쳤다. 게다가 말만으로는 부족해 손찌검까지 했다.

이혼의 원인도 실은 그것이었다. 참다 참다 못해 이가와 가에서 도망친 것이었다. 이대로 가다가는 시어머니 손에 죽겠다 싶었다.

며느리를 구박하는 시어머니는 드물지 않다. 결혼했을 때 다키의 어머니 사에는 이미 고인이었지만, 간소한 혼례 전에 중매인이 그렇게 잘 타일렀거니와 다키도 원래 그런 것이라고 이해했다. 어느 집에나 고부간의 갈등은 있다. 일일이 신경 쓰거나 화를 냈다가는 며느리로서 소임을 다할 수 없다.

하지만 이가와 가 시어머니의 노여움은 보통이 아니었다.

시어머니는 과부로, 사다스케가 호주였다. 가족이나 하녀들은 시어머니를 큰마님, 다키를 마님이라고 부르며 모셨다. 그리고 시어머니는 평소 큰마님이라는 호칭에 걸맞게 점잔 빼는 사람이었다. 깊은 연못의 잉어처럼 조용하고, 주위 사람 누구에게도 관심이 없는 것처럼 보였다.

그런데 어느 순간 갑자기 표변하는 것이다. 노여움으로 순식간에 형상이 달라져서는 몸을 와들와들 떨었다. 그러면 손바닥이나 주먹이 날아들었다. 종종 자로도 맞았다.

시어머니의 노여움과 질책은 며느리인 자신에게 잘못이 있기 때문이다. 그저 한없이 견디며 죄송합니다, 용서해주십시오, 앞으로 고치겠습니다, 하고 되풀이해서 말할 뿐, 다키는 한 번도 저항한 적이 없었다. 여자치고는 뼈대가 굵고 체격이 큰 시어머니는 힘도 세서, 저항하고 싶어도 다키의 힘으로는 못 당했을 것이다.

다키는 열심히 생각했다. 뭐가 문제일까. 뭐가 미흡한 걸까. 시어머니가 야단쳤던 내용을 찬찬히 곱씹으며 이해하려고 온 마음을 다하고 지혜를 쥐어짰다.

하지만 그것은 늘 변덕스러웠고 조리가 없었다. 어떤 때는 국이 짜다고 야단맞고, 어떤 때는 싱겁다고 야단맞았다. 간은 똑같이 하는데도.

너는 이가와의 가풍에 맞지 않는구나.

그것도 시어머니가 늘 하는 말이었다. 하지만 어떻게 고쳐야 하는지는 가르쳐주지 않았다.

토목청 감독 딸이라 흠내가 나.

한방에서 바느질을 하다가 갑자기 그렇게 화를 내며 냄새 나서 못 견디겠다고 장지문을 활짝 열고, 그러고도 냄새 난다고 걷어찬 적도 있었다.

그런 일은 사다스케가 등성해 저택에 없을 때 일어났다. 남편이 보는 앞에서 시어머니는 단정한 무가의 과부였다. 다키와 둘이 있을 때만 광란이 찾아들었다.

사다스케는 외아들이었다. 그러니 그런 것은 사랑하는 아들을 며느리에게 빼앗긴 시어머니의 질투다, 아이가 태어날 때까지만 참아라, 그러면 시어머니의 꾸중도 반드시 누그러진다고 세상 사람들은 말할 것이다. 실제로 너무나도 이해할 수 없고 두려운 상황에 다키가 딱 한 번 호소했을 때 중매인은 엄하게 그렇게 타일렀다.

다키 생각에도 확실히 질투 같은 것은 있었지 싶다. 시어머니의 광란은 다키가 사다스케의 침실에 불려간 다음 날 일어나는 때가 많았기 때문이다. 방사(房事)가 끝나고 다키가 자기 침실로 돌아가려고 하면 시어머니의 침소에서 헛기침 소리가 들릴 때도 있었다.

하지만 사다스케와 시어머니는 그다지 사이좋은 모자가 아니었거니와, 사다스케 본인도 그것을 인정하고 있었다. 어머니와는 영 뜻이 맞지 않는다, 어렸을 때부터 어머니에게 사랑받은 기억이 없다고 이따금 다키에게 푸념하곤 했다.

돌아가신 아버지와 원치 않는 결혼을 한 모양이야. 그래서 어머니는 이가와 가를 싫어하시는 건가.

자신은 가족이기에 존재하는 친근함, 가족의 정이라는 것을 모른다고 사다스케는 종종 말했다. 그만큼 다키를 소중히 여겨주었고 사랑해주었다.

그러나 도와주지는 않았다.

다키의 멍든 등, 부어오른 뺨, 찢어진 입술을 보고 왜 그러냐고는 물었다. 이렇게 되는 것은 자기 탓이라고 스스로를 타이르고 있던 다키는 그때마다 가짜로 핑계를 댔다.

그러면 사다스케는 그 이상 물으려 하지 않았다.

장황하게 늘어놓고 있는 다키 자신에게조차 거짓말처럼 들리는 이야기에도 쉽게 납득했다.

아니, 납득한 **척**했다. 그편이 편했기 때문이다. 활달하고 명랑한 성격에 야심 많은 사다스케는 인간 본성의 어두운 일면을, 그게 자신의 어머니 것이라면 더더욱, 직면하고 싶지 않았을 것이다. 지내다 보면 어떻게든 될 것이라 생각해 도망쳤을 것이다.

후에 친정으로 도망쳐 온 다키의 몸에 난 상처를 보고 놀라고 이야기를 듣고도 놀란 오빠 소이치로가 은밀히 사다스케를 만나 담판을 지었을 때, 그가 당황은 했을지언정 놀라는 기색이 전혀 없었던 데에서도 그것은 명백했다.

그때 아버지를 닮아 말재주가 없는 소이치로는 다키에게 이렇게 말했다.

잘 돌아왔다.

그 한마디로 충분했다.

올케도 울며 감싸주었고, 오빠가 중간에서 잘 말해주었는지 아버지도 다키를 야단치지 않았다. 다키는 이가 가의 가풍에 맞지 않아 쫓겨났다는 형태로 친정에 돌아올 수 있었다. 늘 자기편을 들어주었던 미치가 이가와 가에 있기 어렵게 된 게 아닐까 하는 것만이 마음에 걸렸지만, 소문에 귀를 기울여봐도 다행히 그런 일은 없는 듯했다.

다키가 친정으로 돌아온 지 반년쯤 뒤 사다스케는 새로 아내를 맞이했다. 시어머니의 질투와 광란이 잠잠해졌는지 아닌지는 알 수 없다. 다만 올해 정월에 갓난아기를 안고 있었으니 괜한 걱정을 할 필요는 없을 것이다.

하지만 다키의 마음에는 지금도 의혹이 남아 있었다. 시어머니가 그런 식으로 행동한 것은 역시 자기 잘못이 아닐까. 자신에게 시어머니 같은 사람을 노엽게 하는 뭔가가 있는 게 아닐까. 여자로서 뭔가 중대한 것이 결여돼 있어서 남편의 보호를 받지 못한 게 아닐까.

이제 다시는 결혼하지 않겠다.

활기찬 성읍을 떠나 아버지와 단둘이 나가오 촌에서 조용히 살 것을 택한 것도, 그런 생활이 자신 같은 여자에게 어울린다고 생각했기 때문이다.

"다키 님."

자신을 부르는 작은 목소리에 다키는 정신이 들었다. 천둥이 그쳤고 빗소리도 꽤 조용해졌다.

스즈가 반침문을 잡고 얼굴을 내밀어 자신을 보고 있었다.

"다행이네요. 천둥 님이 지나가셨나봐요."

그렇게 말한 뒤에야 자신의 뺨이 젖은 것을 알아차렸다. 어느새 눈물을 흘리고 있었다. 스즈는 그 때문에 놀라 부른 것이었다.

황급히 손가락으로 눈가를 훔쳤다.

"미안해요. 천둥 번개가 하도 세게 쳐서 저도 깜짝 놀랐나 봐요."

장난스레 눈동자를 굴려 보이고는 몸을 가까이 가져가 소곤거렸다.

"창피하니까 이시노 님이나 다지마 님께는 비밀로 해주세요."

그러고는 웃자 스즈는 고개를 끄덕였다. 그리고 몸을 움츠리고 주뼛주뼛 중얼거렸다.

"다음에 또 센 천둥 번개가 오면 다키 님도 저와 같이 반침에 숨어요."

어머나, 이 아이는 나를 걱정해주는구나. 다키의 마음속에 따스한 감정이 솟았다.

"네, 꼭 그래요."

눈을 맞추자 스즈도 그제야 미소를 지었다. 저택 곳곳에서 덧문을 여는 소리가 들리기 시작했다.

5장

暗 雲

암

운

I

간키치는 오리베의 서한을 전달하기만 한 게 아니라 수석 가로 와키사카 가쓰타카의 답신까지 가지고 돌아왔다. 되도록 빨리 시간을 내서 고코인으로 오겠다고 쓰여 있었다. 다키와 한주로를 만나 자기 눈으로 직접 두 사람의 사람됨을 확인하고 싶어서일 것이다.

새 번주의 시정(施政)이 시작돼 수석 가로는 바쁘기 그지없을 텐데도 긴노스케다운 일이다. 오리베도 그렇게 될 것이라 예상은 하고 있었다. 그런데 또 하나, 생각지도 못한 문제가 있었다.

"……말인가요."

시로타 의사가 말했다.

"그래, 시게오키 님의 애마지."

연금 이래로 기타미 성 마구간에 내내 묶여 있다.

"도비아시(飛足)라는 이름 그대로 그야말로 날듯이 달린다더군. 기타미에 오는 난부 말 중에서도 특출한 준마야."

도비아시는 가타노 촌에서의 소동에서 시게오키를 떨어뜨릴 뻔한 말이 아니다. 그 뒤 이토 나리타카, 즉 신쿠로가 난부에서 오는 말장수에게서 직접 입수해 시게오키에게 헌상한 말이다.

시게오키는 첫눈에 도비아시에게 반했다. 도비아시도 주인에게 충실한 말이었다.

"이상하게도 연금되신 날 종일 울부짖고 날뛰어 마구간지기가 하마터면 차여 죽을 뻔했다지."

"주인의 몸에 이변이 생긴 것을 알아차렸을까요. 똑똑한 말이군요."

"짐승이 지나치게 똑똑한 것도 생각해볼 일이라 말이네. 그 뒤로 내내 다른 사람이 타는 것을 거부한다는 것이야. 이대로 가다가는 죽을 때까지 묶어놓고 방치하든지, 그것이 가엾으면 죽여야 하는지라 성에서 몹시 곤란해한다더군."

그렇다면 차라리 도비아시를 고코인으로 보낼까. 망설이던 와키사카 가쓰타카는 서한으로 시로타 의사의 의견을 구했다.

"애마가 있으면 시게오키 님의 병세에 어떤 영향을 미칠지 염려되는군."

본래의 시게오키라면 물론 애마가 온 것을 기뻐할 것이다. 하지만 만약 도비아시를 타겠다고 하면 어떻게 하나. 시게오키가 창살방 밖으로 나와도 되나.

"저는 소문으로 들은 것뿐입니다만, 시게오키 님은 마술에 능하셔서 들놀이를 즐기셨다 하던데요."

"도비아시를 자주 타셨다 하더군."

오리베가 알기로 에도 번저에서 지냈던 소년 시절부터 말타기에 열심이었다. 하지만 들판과 산길, 강변을 종횡무진으로 달리는 즐거움은 번에서나 맛볼 수 있다.

"그렇다면 도비아시를 타실 때는 항상 본래의 시게오키 님이셨군요. 최소한 여인이나 아이는 아니었던 셈입니다."

시로타 의사의 눈빛이 밝아졌다.

"그러면 이곳에서도 나쁜 영향이 있을 것 같지는 않은데요. 도비아시를 보내달라고 하죠."

"시게오키 님께서 도비아시를 타고 들놀이를 나가셔도 된다는 말인가?"

"네. 시게오키 님께서 그렇게 원하신다면 아주 좋습니다. 햇볕을 쬐고, 바람을 느끼고, 건강에도 좋죠."

"으음……."

"승마는 창살방에서 나오시게 하는 좋은 계기도 될 것입니다. 이시노 님도 시게오키 님을 이대로 평생 그런 곳에 가둬둘 생각은 아니시겠죠?"

"그것은 물론 그러네만."

"그럼 이것을 단서로 삼죠. 고코인과 진쿄 호 주변에서는 산책 정도로만 타실 수 있을 테니까 걱정하실 것은 전혀 없습니다."

그건 그렇지만 수행할 사람이 필요하다.

"전에는 들놀이를 나가실 때면 반드시 신쿠로가 수행해 나리마님과 경주를 했다 하더군."

"신쿠로 공도 그 정도로 실력이 있었군요. 하지만 승마는 아직 무리일 테죠. 시게오키 님과 대면시키는 것도 좋지 않습니다."

양쪽 다 주술의 굴레에서 벗어나지 못하게 된다.

"그자는 아직 쿠리야의 사령 이야기에 집착한다지?"

"네, 저더러 돌팔이 의사라고 욕하더군요. 다키 님께도 배신자라고 언성을 높이고 말입니다."

오리베는 이마에 손을 얹었다.

"그자도 가엾은 사내이기는 하네만……."

"저도 딱하게 생각합니다" 의사가 말했다. "신쿠로 공도 어떤 의미에서는 치료가 필요할 테죠. 더불어 시게오키 님의 이전 상태라든지, 착란이 일어났을 때 '교대'해서 나타나는 자들과 어떤 이야기를 주고받았는지……."

남자와 여자는 신쿠로에게 어떤 말을 했나.

"자세히 묻고 싶은 게 많습니다만, 허락해주시겠습니까."

"물론이네. 선생 뜻대로 하게."

"이전보다 더 저를 쉽게 믿어줄 것 같지 않기는 합니다만."

돌팔이 의사라고 할 정도니 말이다.

"신쿠로에게 내가 잘 일러두지."

그 뒤 얼마 동안 오리베는 혼자 생각했다. 최근 잠깐잠깐 생각했던 일인데 결심할 때가 온 것 같다.

간키치와 고, 스즈가 바삐 일하는 기척과 소리, 숲에 부는 바람 소리, 새소리.

이윽고 일어서 신쿠로의 침소로 갔다.

다키와 한주로가 와 있었다. 남자 둘은 또 험악한 분위기로 말다툼을 벌이고, 다키가 걱정스레 지켜보고 있었다.

"어머나, 이시노 님."

다키와 한주로는 즉시 자세를 바로 했지만, 오리베는 스스럼없이 다가가 신쿠로의 잠자리 곁에 앉았다.

"성이 잔뜩 난 모양이군, 수석 요닌 나리. 오늘은 무엇이 그리도 마음에 들지 않는가?"

신쿠로는 얼굴색이 많이 좋아졌다. 통증이 줄었는지 몸 움직임도 나쁘지 않았다. 오리베가 놀리는 말에 재빨리 맞받아쳤다.

"이런, 할복에 실패한 동지 아니신가, 마침 잘 오셨군."

한주로가 화냈다. "이시노 님께 어떻게 그런 무례한 말을!"

"괜찮다. 그보다 나에게 무슨 볼일이라도 있나?"

그러자 한주로가 나서 오리베와 신쿠로 사이에 끼어들었다.

"이자가 나리마님을 배알하겠다고 우기지 뭡니까. 하여간 자기 처지를 모르는 것도 정도껏 해야지."

펄펄 뛰는 한주로를 아랑곳하지 않고 오리베는 온화하게 신쿠로에게 물었다.

"나리마님을 뵙고 어찌 할 생각이지?"

신쿠로는 거친 콧김을 내뿜으며 즉각 대답했다.

"여자든 아이든 거친 남자든 누가 됐든 상관없어. 누군가 불러내 내가 직접 이야기하겠어. 저택 관리인 나리도 그 돌팔이 의사도 어디 눈 똑똑히 뜨고 보라고. 그건 쿠리야 일족의 사령이 틀림없다는 것을 알 수 있을 테니까."

역시 그렇게 나오나. 확실히 시로타 선생이 애 좀 먹겠다고 오리베는 속으로 한숨을 쉬었다.

"자네가 그것을 바라는 것은 인정상 당연한 일이지."

"오오, 그럼……."

"허나 허락할 수 없네" 오리베는 말했다. "나리마님께 새로운 치료가 필요한 것처럼 자네에게도 새로운 사고방식이 필요해."

"나더러 뭘 어떻게 생각하라는 거지?"

"그 질문은 내가 아니라 시로타 선생에게 하게. 앞으로 자네도 선생의 진찰을 받을 것이야. 자네 혼자서, 질문에는 뭐든 숨기지 말고 순순히 대답하도록."

"그런 돌팔이 의사를 어떻게 믿고."

"그렇다면 자네를 살려둘 이유가 없군. 다지마, 신쿠로를 베어라."

오리베가 의연하게 내린 명령에 한주로는 순간 주저했다.

"이 자리에서 말씀입니까?"

"그래. 단칼에 쳐라."

한주로는 칼자루에 손을 얹으며 한쪽 무릎을 대고 민첩하게 일어섰다. 다키는 숨이 멎은 채 한주로의 팔을 붙들려 했다.

"망할 영감탱이 같으니" 신쿠로가 내뱉듯 말했다. 눈에 증오가 불타고 있었다. "목숨 따위 아깝지 않아."

"거짓말 마라" 오리베는 신쿠로를 똑바로 쳐다봤다. "자네는 누가 무슨 연유로 쿠리야 일족을 몰살시켰는지 진상을 알고 싶은 것이 아닌가."

그를 위해 시게오키에게 접근했다.

"그것을 알기 전에 죽어도 되겠나?"

두 사람의 시선이 맞부딪쳐 불꽃을 튀겼다. 이윽고 신쿠로가 눈을 내리깔아 오리베는 자신이 이겼음을 알아차렸다.

"다지마, 조금 전 명령은 취소한다. 다키, 놀라게 해서 미안하구나."

다키는 말없이 머리를 숙였다. 한주로가 천천히 도로 앉았다.

오리베는 말했다. "쿠리야 신쿠로, 이 이시노 오리베와 거래를 하지 않겠나?"

"거래라고?"

"자네가 순순히 시로타 선생 말을 따른다면 그 대가로 쿠리야의 참극의 수수께끼를 반드시 풀어 주모자를 잡아주겠네."

일시적인 생각, 말로만 하는 약속이 아니었다.

"마을 하나를 불태울 정도의 큰일을 저지르고 더욱이 그것을 은폐할 수 있는 것은 번의 중추에 있는 사람만이 가능한 일이야."

과거에는 이시노 오리베도 그중 한 사람이었다.

"단 나는 십육 년 전에는 이미 에도 가로 자리에 있었던 터라 기타미 내에서 벌어진 일은 알지 못하네. 이즈치 촌의 참극, 쿠리야의 몰살에는 일절 관여하지 않았어. 그 점에 관해서는 내 말을 믿어달라고 할 수밖에 없으니 답답하네만."

그러자 다키가 얼른 신쿠로에게 말했다.

"당신은 이렇게 말했죠? 옥사에서 가로 분들께 처음으로 이즈치 촌에 관해 털어놨을 때 이시노 님은 진심으로 놀라셨다, 그 모습에서 거짓은 느껴지지 않았다고요."

신쿠로 본인은 입을 일그러뜨린 채 오리베를 노려보고만 있었다.

"나 자신에게 물어봤네" 오리베는 말을 이었다. "어떤 중대한 비밀이 있는데 그것을 은폐하는 것이 주군 가문을 위한 일, 기타미 번을 위한 일이라고 납득할 수 있었을 때 나는 어떻게 할 것인가."

끝까지 감춘다.

시게오키가 아버지를 죽인 사실을 감추었듯이, 중대한 비밀에 관해서도 입을 다물고 없었던 일처럼 행동한다.

다키와 한주로도 똑같은 생각을 하는 듯 표정이 굳었다.

"그러나 그 중대한 비밀로 인해 무고한 영민이 목숨을 잃었다면 이야기는 별개다. 정치에 관여하는 자가 백성을 죽인다면 본말이 전도된 것이지. 그것만은 용납해서는 안 될 일이야. 빠짐없이 백일하에 드러내 주모자에게 책임을 물어야 한다고 믿네."

그러나 유감스럽게도…….

"그러기 위해 무엇을 해야 할지 도무지 알 수가 없군."

이 일에 관해서는 번의 중신들 중 누구를 믿고 누구를 의심해야 하는지 판단할 재료조차 없었다.

"신쿠로, 자네 눈에는 다 같은 족속 같겠네만, 수석 가로 와키사카 님은 내 어렸을 때부터 가까이 지내온 벗이야. 그분이라면 나와 같은 마음이실 것이라 생각하네. 아니, 그렇게 생각하고 싶군."

하지만 사람에게는 입장이라는 게 있다.

"와키사카 님은 영내의 중신들을 통솔하는 입장에서 나 따위는 생각도 못할 문제에 직면한 적이 있었을지도 모르지."

오리베가 용납할 수 없다고 생각하는 일을, 와키사카 가쓰타카는 용납하고 받아들여야 했던 경우가 있었을지도 모른다. 그런 생각을 하면, 이 일에 관해서는 시게오키가 아버지를 죽였을 때 함께 비밀을 짊어진 사이인 수석 가로에게조차 털어놓기가 망설여졌다.

"위세가 좋은 것은 말뿐이고 나는 아무 힘도 없는 저택 관리인 노인에 불과하다는 뜻이지. 허나 절망하기에는 아직 이르네."

시게오키 님이 계시니까, 하고 오리베는 말했다.

"시게오키 님께서 본래의 자신을 되찾으신다면 광명이 보여."

병만 나으면 비록 은거는 했어도 전 번주다. 시게오키 또한 어엿한 일문의 한 사람으로서 쿠리야의 비극의 수수께끼를 밝히고 싶다고 현 번주인 기타미 나오마사에게 제안하는 것도 가능할 것이다.

"알겠나. 나는 이제 와서 자네에게 충의 운운하는 것이 아니야. 시게오키 님께서 나으시면 자네에게도 이로워. 그러니 힘을 빌려달라고 하는 말이야."

내내 일그러져 있던 신쿠로의 입가가 희미하게 떨렸다.

"돌팔이 의사가 내게 뭘 묻겠다는 것이지?"

"지난 오 년간 있었던 일 전부."

"그게 정말로 시게오키 님의 치료에 도움이 되나?"

"그래."

"시게오키 님이 낫지 않으면 나는 거래의 대가를 얻을 수 없는데."

"시게오키 님은 반드시 나으실 것이야."

"흥, 뭘 믿고 그렇게 장담하는지."

얄밉게 말하지만 증오에 찬 말투는 아니었다.

"……그래, 알겠다."

"하하, 다행이군."

저도 모르게 자세가 흐트러질 뻔한 다키는 손가락으로 눈가를 눌렀다. 한주로도 긴장이 풀린 표정이었다.

"어이쿠, 죽다 살아났습니다."

"그건 내가 할 말이지."

"나도 불필요한 살생은 하고 싶지 않았어. 그런데 저, 이시노 님."

방금 전 진심으로 신쿠로를 칼로 베려 했던 한주로가 지금은 그와 다른 고지식한 눈빛이었다.

"또 무엇이 있나?"

"저, 쿠리야 말씀입니다만" 한주로는 땀을 흘리며 말했다. "아니, 이 거래를 트집 잡을 생각은 조금도 없습니다. 오히려 명안이라 감탄했기에 저 다지마 한주로도 한몫 거들 수 없을까 합니다만."

"그래서 무슨 말을 하려는 것이냐?"

통명스럽게 묻는 신쿠로에게 한주로는 몸을 돌렸다.

"네가 할 법한 악담을 미리 하자면, 나는 도장에서는 기린아라도 번교에서는 말석, 있는 것은 완력뿐이고 머리는 돌대가리니 말이다. 제대로 이해하지 못했을지 모르니까 가르쳐줘."

오리베는 무심코 웃고 말았다. 신쿠로도 쓴웃음을 짓고 있었다.

"그 정도로 악담을 할 생각은 없었다만, 네 머리에 든 게 없어서 뭐가 어떻다는 말인가?"

"죽은 이를 만나기 위한 미타마쿠리는 쿠리야 사람이 멋대로 하는 게 아니잖아?"

"무슨 뜻이지?"

"다시 말해 누구에게 부탁을 받고 하는 기술이 아니냐 하는 말인데."

"그래."

"그렇다면 십육 년 전 네 추측대로 쿠리야 사람이 미타마쿠리에 의해 뭔가 매우 위험한 사실을 알았다면, 그때도 '누구누구의 미타마쿠리를 해달라' 하고 부탁한 사람이 있지 않겠나?"

그 의뢰자는 그 뒤 어떻게 됐나. 한주로는 엄숙하게 물었다.

"쿠리야 일족은 몰살당하고 입막음을 당했어. 미타마쿠리를 부탁한 자 또한 무사할 것 같지 않은데."

오리베는 다키와 마주 봤다.

"다지마, 언제부터 그런 생각을 했나."

"이 이야기를 들었을 때부터 마음에 걸렸습니다. 신쿠로, 너는 어떻지? 의뢰자가 그 뒤 어떻게 됐는지 생각해본 적은 없나?"

신쿠로는 굳어 꼼짝도 하지 못했다.

"어이, 어떻지?"

"……생각도 해본 적이 없었어."

"그럼 의뢰자가 누군지 알아보려고 한 적도 없군."

"그래. 그것을 안들 수수께끼를 푸는 열쇠는 되지 않으리라 생각했으니까."

그러고는 가볍게 몸서리를 쳤다.

"할머님은 강령술로 뭔가를 알게 돼도 감춰두는 편이 나은 경우가 있다고 종종 말씀하셨어. 현세의 사람에게 해가 되는 것은 전달하면 안 된다고. 그러니 의뢰자 쪽을 추적한들 허탕칠 뿐이야."

"아니, 잠깐. 이 경우 그렇게 단정하기는 이르지."

한주로는 신쿠로 쪽으로 몸을 내밀었다.

"이 문제는 사생아가 있다든지 어디에 돈을 숨겨놨다든지 사실은 남편이 미웠다든지 하는 종류의 이야기가 아니야. 그때 미타마쿠리로 불러온 죽은 이는, 쿠리야에 있던 사람이 모조리 입막음을 위해 제거될 만한 이야기를 한 것이야."

무시무시한 비밀. 알려지면 곤란한 비밀.

"그렇다면 의뢰 자체가 상당히 위험한 것이었을 테지. 게다가 잘 생각해보라고. 그때 죽은 이의 말이 의뢰자에게 전달되지 않고 쿠리야 안에서 묻혔다면 어째서 외부에 그것을 들켜 제거되는 신세가 됐지?"

다키가 입가에 손가락을 갖다대고 숨을 훅 들이마셨다. 오리베도 여기에는 의표를 찔렀다.

"다지마, 대단한 돌대가리로군."

십육 년 전, 쿠리야뿐 아니라 의뢰자도 입막음을 위해 제거되지 않았을까.

"그렇다면 어떻게 하지?"

"연관성이 있어 보이는 변사를 찾아보면 어떨까 합니다."

쿠리야에 생긴 일과 마찬가지로 갑작스럽고 끔찍하게 사람이 죽은 사건. 겉으로는 다른 사건처럼 보이게 꾸며졌을지도 모른다.

"하지만 의뢰자가 어떤 인물인지 실마리가 전혀 없는데요."

다키가 눈살을 찌푸리며 중얼거렸다.

"가신들 중 한 분인지, 성읍 사람인지, 산촌이나 농촌 사람인 지……."

"하지만 다키 님, 적어도 기타미 영내 사람이기는 합니다."

"그건 그렇겠지만요."

"산촌이나 농촌은 제외해도 될 겁니다. 이런 사태를 일으킬 만한 비밀이 성읍 밖에서 생길 것 같지는 않으니까요."

오리베도 동감이었다. 신쿠로도 고개를 끄덕이고는 말했다.

"내 생각도 그래. 기껏해야 오 년도 채 안 되는 기간이었지만 기타미 성의 정점에 앉아보니 아주 잘 알겠더군. 그 높이에서는 연공을 바치는 존재인 농민들의 움직임은 훤히 보여. 개미집을 바라보는 것 같은 일이지."

고지식한 한주로가 이 말을 그냥 들어 넘기지 못했다.

"네가 성의 정점에 있었다고?"

"다지마, 시끄럽다."

농민을 개미에 비유한 신쿠로의 말에 숨겨진 칼날은 농민을 향한 것이 아니다. 그들을 '연공을 바치는 존재'로만 보는 번의 위정자들, 그리고 한때 그쪽에 몸을 두었던 신쿠로 자신을 향한 것이다.

오리베의 나무람에 한주로는 다소 주춤했다.

"아, 아무튼 가신들에게 일어난 변사라면 아버지가 대개 기억합니다. 보기와는 달리 의외로 귀가 밝아서 말이죠."

"그런 것이라면 저도 물어볼 데가 없지 않지만 성읍 쪽은 어떻게 할 생각이죠?"

다키의 물음에 한주로는 콧방울을 살짝 벌름거렸다.

"이 다지마 한주로가 괜히 관직도 없이 놀고먹는 게 아닙니다. 나름대로 평민들의 세정(世情)에 밝죠. 맡겨주십시오."

신쿠로가 눈썹을 치켰다. "네가 성읍을 조사하고 다니겠다고?"

"왜 안 되지? 바로 착수할 수 있고, 빠르면 빠를수록 좋지 않나?"

십육 년 전 일이다. 상당히 눈에 띄는 큰일이라고는 해도 그새 기억이 풍화됐을 것이다.

"빠를수록 좋다는 것은 알아. 하지만 네게 조사를 시키느니 내가 하고 말지."

나머지 세 사람은 어안이 벙벙해서 입을 열지 못했다. 그중에서도 눈을 커다랗게 뜨고 쳐다보는 다키에게 신쿠로는 말했다. "몸은 이제 다 나았어."

"겨우 걸을 수 있게 된 정도죠. 그보다 잊어버리신 건가요? 당신은 공식적으로는 죽은 사람이라고요."

"그러니 편리하잖아."

"성읍에서 당신 얼굴을 모르는 사람이 없어요."

"누가 이 모습 그대로 돌아다닌다고 했지? 상인으로라도 변장할 것이야. 머리와 복장을 바꾸면 그것만으로 못 알아보게 되지. 아예 행상인이 되어 다른 지방 사투리라도 써봐?"

다키는 또다시 입을 다물었지만 한주로가 고개를 가로저었다.

"무리야. 네게는 무리지. 연줄이 없지 않나. 내게는 있어. 도대체가 이 정도 일을 지금까지 생각도 못 했으면서."

"뭐라고!"

오리베가 무릎을 탁 쳤다. "그만."

하여간 손이 가는 남자들이다.

이 수수께끼는 깊고 무겁다. 시게오키를 둘러싼 문제도 산적해 있다. 하지만 오리베는 다시금 생각했다. 나는 도망치지 않을 것이다.

이자들이 있으니까.

"다지마."

"예."

"내가 명령한다. 십육 년 전 변사를 조사해라."

오리베는 표정을 다잡았다.

"조심해라."

쿠리야를 몰살하고 이즈치 촌에 불을 지른 권력을 상대하는 것이다.

"분부 받들겠습니다."

한주로가 늠름하게 대답했다.

"좋은 일은 서둘러라, 아니 조사는 서두르라고 하지 않습니까."

한주로는 그날 중으로 성읍으로 출발했다. 신쿠로에게는 없지만 그에게는 있다는 연줄은 과연 어떤 걸까.

긴장 속에 신쿠로와 대결하고 피곤했는지 오리베는 기침이 심해 휴식을 취했다. 방으로 물을 가져다준 스즈가 "저기, 저, 실례하겠습니다" 하고 몸을 움츠리며 등을 쓸어주었다.

"감기에 걸렸나. 여름 감기는 바보가 걸린다 하더만 스즈는 아니냐?"

"모, 모릅니다."

"이렇게 날이 더우면 화상 흉터에 땀이 스며 쓰리지는 않느냐?"

"젊은 선생님께서 주시는 고약이 잘 들어서 아프지 않습니다. 저, 이시노 님, 잠시 누우시겠어요?"

"그 정도는 아니다. 나이는 먹고 싶지 않구나."

저녁식사 전에 다키가 찾아와 오리베를 보살피며 가르쳐주었다.

"쿠리야 신쿠로는 이시노 님의 박력에 눌렸는지 약속대로 얌전히 있답니다."

"시로타 선생은 만났고?"

"네, 바로 만났습니다. 오늘은 가타노 촌에서 나리마님의 말이 폭주했을 때 일을 물으시더군요."

오리베 생각에도 거기서부터 시작하는 게 타당할 듯했다.

"말이 폭주한 것은 그 사람이 꾸민 일이 아닌가 싶습니다만."

"고백하더냐?"

"아니에요. 하지만 시로타 선생님의 질문에서 도망칠 수 없을 테죠."

다키의 웃음에는 유연한 힘이 있었다.

"다키, 잠시 뜸했다만 내일 다시 나리마님을 배알하자. 그 사내애가 아닌 시게오키 님을 네가 어서 뵈었으면 좋겠구나."

이번에는 시게오키가 다키에게 어떤 말을 할까.

"알겠습니다. 하지만 내일 이시노 님의 기침이 잦아들고 안색이 좋아지시면 그때 말씀대로 따를게요."

"내 안색이 그렇게 안 좋으냐?"

"계속해서 마음고생을 하고 계시니까요."

그날 밤 오리베는 시로타 의사가 준 탕약을 마시고 잠자리에 들었다. 몸이 따뜻해져 푹 잤다. 아무런 이상도, 이변도 느끼지 않았다.

아침에 저택 안이 소란스러워 잠이 깼다.

다키 목소리인가. 침착치 못하게 들뜬 여자 목소리. 빠른 말투로 뭐라 말하고 있다.

시게오키 님인가? 여자가 나타났나. 아니, 역시 다키 목소리다.

"왜죠? 아무도 몰랐나요?"

서둘러 몸단장을 하는데 시로타 의사가 찾아왔다.

"이시노 님, 일어나셨습니까."

"들어오게."

오리베는 의사의 얼굴을 보고 잠이 확 달아났다. 당황하는 기색이 역력했다.

"무슨 일이 있나? 소란스럽군."

의사는 턱을 끌어당기고는 미간에 주름을 잡은 채 낮게 말했다.

"쿠리야 신쿠로가 사라졌습니다."

침실에 없다고 했다. 고코인 안을 샅샅이 뒤졌지만 어디에도 없다고 했다.

"혹시 나리마님 방에 들어간 것은 아니고?"

"네."

"숨어 있을지도 모르지."

"창살방 안에는 없습니다. 그런데 이시노 님, 위사의 말 한 마리가 없어졌습니다."

오리베는 경악했다.

"면목 없습니다. 제가 진찰을 틀리게 한 모양입니다."

신쿠로는 말을 탈 수 있을 만큼 회복해 있었다. 마구간에서 말을 훔쳐 사라졌다.

오리베가 제안한 거래를 수락한 척하고 도망쳤나. 이곳에 있어봤자 시게오키를 만날 수 없다면 의미가 없다. 친척이라고 의지했던 다키도 자신의 감정에 동조해주지 않는다. 본의가 아닌데 이곳에 계속 머무를 이유가 없다고.

"성읍으로 나가 쿠리야의 수수께끼를 풀 단서를 자력으로 찾을 생각일지도 모르겠군."

다지마 한주로의 생각을 듣고 그 자리에서 그가 놀린 대로 스스로는 생각도 못 해봤다는 게 답답해서 가만있을 수 없었다.

신쿠로가 사라진 침실로 가니 창백한 얼굴의 다키가 있었다. 오리베가 온 것을 알아차리고 다다미에 머리를 박을 것 같은 기세로 사죄했다.

"다키 네가 사과할 일이 아니다."

"그 사람은 배신자라고 저를 욕했습니다. 그렇지만 이런 처사가 오히려 배신이에요."

오리베는 다키의 등에 손을 얹으며 주위를 둘러봤다. 바깥은 시원한 여름날 아침이었다.

쿠리야 신쿠로는 연기처럼 사라졌다.

2

하룻밤이 지났다.

"비록 이런 때이기는 해도 다키, 오늘이 좋을 것 같구나."

오리베가 다키를 불렀다. 같이 창살방으로 찾아가자고 했다.

"너도 진정됐느냐?"

"네."

짤막하게 주고받았을 뿐 그 이상 신쿠로 이야기는 꺼내지 않았다. 그게 낫다고 다키도 마음을 정리했다.

"지난번 이래로 나리마님은 시게오키 님이시다만."

말이 복잡하지만 남자애도 여자도 아니라는 뜻이다.

"몸이 좋지 않으신 듯해서 말이다."

특히 입맛이 없는 듯해서 걱정이라고 했다.

"조금 색다른 것이라면 드실지도 모르지. 성읍에서 보낸 팥으로 고에게 팥떡을 빚게 해봤다."

그것을 드리며 다키가 시게오키를 새로 배알하자는 것이다.

"인사를 마치고 나리마님께서 허락하시면, 앞으로는 너도 나리마님의 시중을 드는 시녀로 창살방에 드나들어도 된다. 당분간은 나와 같이 가서 조금씩 익숙해지는 것이 좋을 테지."

그렇게 말하면서도 지난번 배알했을 때의 전말이 있었으니 오리베는 다소 긴장한 것 같았다.

"잘되면 좋겠다만."

시로타 의사는 매일 아침저녁으로 시게오키를 만난다. 맥을 짚기 위한, 다시 말해 진찰이다. 오리베는 아침마다 꼬박꼬박 문안인사를 드리러 가고, 낮에도 이따금 간다. 또 시게오키가 부를 때는 당장 대령한다. 고코인에 처음 왔을 때 시게오키는 감정이 혼란스러운 탓인지 낮과 밤이 뒤바뀌어 밤을 꼬박 새우곤 했다. 그런 때 오리베가 곁을 지킨 적도 있다고 했다.

하인들은 시게오키의 시중을 들기 위해 하루에도 몇 차례 창살방에 들어간다. 그때는 거창하게 들들 소리 나는 창살문이 아니라, 창살방 안 측간에 있는 오물 배출구로 드나든다고 한다.

다키는 이번에도 동쪽 창살문을 지났다. 상쾌한 바람과 눈부신 햇살. 창살방 안에도 여름이 찾아와 있었다. 창살이 박힌 창밖으로 펼쳐지는 진쿄 호의 파란 수면이 아름답다. 다키는 그 색깔을 눈에 담아 마음을 진정시키려고 했다.

시게오키는 일어나 거실 서안 앞에 있었다. 벼루에 먹을 갈아놓고 붓을 꺼내놓았다. 뭔가를 쓰는 모양이다.

"이시노입니다."

오리베의 목소리에 나른하게 몸을 틀어 돌아봤다. 하얀 얼굴, 멍한 눈초리, 빛이 없는 눈에 다키는 각오하고 있었음에도 불구하고 주춤하고 말았다. 남자애는 그렇게 생기가 넘쳤건만.

"……**할아범**인가."

웃풍처럼 가느다란 목소리였다. '할아범'이라는 호칭도 친근감보다 길 잃은 어린애처럼 불안한 느낌이 강했다.

"사경하시는 데 방해가 됐습니까."

"아니, 유이에게 서한을 쓰려고 했네."

유이 부인은 시게오키의 아내다. 연금으로 번주가 바뀐 뒤 기타미 번의 에도 별저 근처에 있는 시게오키의 어머니 비후쿠인의 암자로 옮겼다고 들었는데, 지금도 거기에 있을까.

"그런데 뭐라고 쓰면 좋을지…… 생각이 정리되지 않는군."

시게오키는 가늘고 긴 손가락을 자신의 턱에 갖다댔다. 손가락도 어쩐지 바르르 떨리는 듯 보였다.

시게오키와 유이 부인에 관해서는, 혼인이 결정된 직후 성읍에서 인형처럼 잘 어울리는 한 쌍이라는 소문을 들은 게 전부고 부부 사이가 어떤지는 모른다. 언제 후계자가 태어나나, 어서 경사스러운 소식을 듣고 싶다, 그런 이야기뿐이었다. 다이묘의 정실은 대개의 경우 영민들과는 먼 존재다.

기타미에 사는 이들의 태반이 알지 못하는 가운데 시게오키는 병이 들어 고통을 겪어왔다. 반년 걸러라고는 해도 시게오키가 출부했을 때는 가장 가까이에 있었을 유이 부인은 그의 병을 어떻게 봤을까. 두려워했나, 걱정했나.

그렇지만 이런 상황이 되어 떨어져 있어도 시게오키는 아내에 대한 마음을 잃지 않은 것이다.

"작은나리께서 친히 쓰신 서한이라면 유이 마님께서도 분명히 기뻐하실 테지요. 먼저 기타미에 여름이 왔다고 알려드리면 어떻겠습니까."

오리베는 온화하게 말했다.

"고코인의 여름은 아름답습니다. 진쿄 호도 하늘이 비쳐 반짝이는군요."

시게오키는 대답하지 않고 멍하니 있었다. 졸린 듯 눈을 반쯤 감고 노인처럼 구부정한 자세로 앉아 있다. **이런** 시게오키와는 처음 만나는 다키에게도 전혀 관심을 보이지 않았다. 그 정도가 아니라 다키가 오리베 바로 뒤에 앉아 있는 것도 모르는 듯했다.

"묘안 아닙니까?"

오리베는 손가락으로 턱을 쥐었다.

"작은나리께서 요새 진지를 충분히 들지 못하셔서 감정이 산만해지는 것이겠지요. 배가 고프면 싸움도 할 수 없다고 하지 않습니까. 다키, 나리마님께 상을 올려라."

다키는 예, 하고 대답하고 공손히 절한 다음 앞으로 나아갔다. 상자식 상의 뚜껑을 열자 삶은 팥의 달콤한 향기가 풍겼다. 함께 곁들인 큼직한 찻종에는 보리차가 들었다.

다키가 상을 갖추고 다시 엎드려 절하자 오리베는 말했다.

"나리마님, 이 시녀는 가가미 다키라고 합니다. 나리마님께서 허락해주시면 오늘부터 제 밑에서 일하게 하려고 데려왔습니다."

"처음으로 배알을 청합니다. 가가미 다키라고 합니다."

인사하고 그대로 얼굴을 들지 않았다.

아무런 반응도 없었다.

"나리마님" 오리베가 불렀다. "작은나리, 할아범 목소리가 들리십니까?"

갑자기 시게오키가 중얼거렸다.

"가가미는 토목청 감독이 아닌가."

가가미 가즈에몬, 하고 다키의 아버지 이름을 정확히 부르며 돌아봤다.

"가가미의 딸인가."

다키가 주저하고 있으려니 말을 이었다.

"고개를 들어라. 직답을 허락한다. 지금의 나는 한낱 병자야. 그렇게 격식 차릴 것 없다."

비록 목소리는 힘이 없었지만 어렴풋한 자조를 포함해 지성이 깃든 말이었다. 다키는 호흡을 가다듬고 시게오키를 우러렀다.

"예, 저는 가가미 가즈에몬의 딸입니다."

아버지 가즈에몬은 시게오키가 6대 번주로서 기타미로 왔을 때, 토목청 상사(上士)의 한 사람으로서 한 번 뵌 것이 전부일 것이다. 그 정도 신분의 가신까지 기억하다니 그것도 놀랍다.

다키가 놀란 것을 감지했는지 시게오키는 이어서 이렇게 말했다.

"그게 벌써 삼 년쯤 됐나. 이토 나리타카에게서 들은 적이 있어. 그자가 내 대리로 공사 시찰을 나갔을 때, 실수를 저지른 인부를 감싸며 훌륭하게 행동한 감독이 있다, 가가미 가즈에몬이라는 사람이었다고."

다키도 생각났다. 그 이야기는 신쿠로에게서도 들었다. 그 일이 있었기에 자신은 가가미 가즈에몬의 인품을 믿은 것이라고 했다.

시게오키는 턱을 가볍게 쳐들고 기억을 더듬듯 눈을 가늘게 떴다.

"하지만 가가미는 그 뒤 얼마 안 돼서 은거했다고 들었는데. 공사에 관해서는 가신들 중 가장 밝고 경험을 쌓은 자라 해서 한층 유감스럽게 생각했다만."

"황송합니다."

"잘 지내느냐?"

다키는 다시 한 번 깊이 절했다.

"일전에 세상을 떴습니다."

잠시 침묵이 흘렀다.

"그러냐. 쓸쓸하겠구나."

그러고는 무심결에 흘리듯 말을 이었다.

"쓸쓸하다는 것은 인간만이 마음에 품는 감정이라 하더군."

또다시 고개를 수그리고 서안에 시선을 떨어뜨렸다. 단정한 옆얼굴에 드리워진 그늘이 다키의 마음을 뒤흔들었다. 그 감정이 솔직하게 말이 되어 나왔다.

"나리마님께서도 쓸쓸하신지요?"

시게오키는 눈을 깜박였다.

"그래, 쓸쓸해. 혼자 이곳에 있으면 지금까지 있었던 일들이 생각나서."

격의 없고 친근한 말이었다. 남자애의 붙임성 있는 표정, 사랑스러운 목소리가 순간 느껴졌다.

"그렇다면 그런 기분을 서한에 쓰시면 어떠실까요?"

시게오키는 그제야 다키를 향해 돌아앉았다. 서안에 한쪽 팔꿈치를 얹었고 눈도 여전히 가늘게 뜨고 있었지만, 시선은 다키를 향하고 있었다.

분수를 모르는 무례한 발언이라 꾸중할 줄 알았다. 그런데 아니었다.

"그런 것을 쓰면 또 유이가 슬퍼할 테지."

시게오키는 가볍게 한숨을 쉬었다.

"그렇지 않아도 유이를 힘들게 했는데. 나는……."

말하다 말고 오리베에게, 그리고 다키에게도 희미하게 웃음을 지었다. 쓴웃음이라기보다 아픈 것을 감추려고 웃음으로 얼버무린 것이었다.

"너희 마음은 고맙게 생각한다. 허나 나는 지금의 내 처지를 잘 알고 있어. 유이에게는 다른 사람 생각은 말고 내 곁을 떠나라 권하려고 서한을 쓰려 한 것이야."

간단히 말하면 이혼장이다. 시게오키는 그것을 직접 쓰려고 한 것이다.

"지난겨울 출부를 마치고 기타미로 돌아오기 직전에도 이 일로 유이와 이야기를 나누었다만 그 뒤로는 기회가 없었어. 이렇게 은거하게 된 이상 하루라도 빨리 내 뜻을 전해야지."

처음 듣는 이야기였던 듯 오리베의 시선이 평소의 그답지 않게 흔들렸다.

"그게 저…… 이야기라 하심은……."

"그러니까 이혼 말이야. 할아범은 잘 모르겠네만 유이는 장인어른이 애지중지하는 자식이라 말이지. 장인어른은 이번 연금이 있기 전부터 내 행실에 문제가 있다고 노여워하셔서 유이를 본가로 데려가려고 은밀히 신노조와 담판을 벌이셨다네."

이시노 신노조는 이시노 가에 양자로 들어온 와키사카 가의 셋째 아들, 현재의 에도 가로다.

"유이는 장인어른을 달래서 이혼 이야기도 없던 일로 해주었네만 이제 더는 무리일 테지."

"작은나리의 행실에 문제가 있다는 것은 병환 말씀입니까."

"그것 말고 또 있겠나. 내가 병든 탓에 넋이 나간 것처럼 보였기 때문이야. 실제로 넋이 나간 것 같은 행동을 여러 번 했으니 변명할 수는 없지."

서국에서 시집온 유이 부인 주위에는 본가에서 따라온 종자와 시녀가 있다. 이들은 첩자이기도 하기에, 그들의 눈과 귀, 입을 통해 유이 부인의 생활과 시게오키와의 사이, 나아가 기타미 가신들의 동향에 이르기까지 모조리 본가에서 파악하고 있다. 다이묘의 혼인은 외교인 터라 당연한 일이기는 하다.

장인의 노여움.

시게오키 본인의 입에서 그런 말을 들으니 거북하기도 하고 측은하기도 하다.

"허나 유이 마님께서 아버님의 말씀을 거부하셨다면 마님의 마음은 아직 작은나리 곁에 있으실 테지요."

"할아범, 할아범답지 않은 소리를 하는군."

오리베가 가볍게 꾸중을 듣는 것을 다키는 숨죽이고 지켜봤다.

"이것은 감정으로 어떻게 할 수 있는 문제가 아니야. 이시노 오리베라면 그 정도는 잘 알 텐데."

오리베는 턱을 끌어당기고 이 또한 평소의 그답지 않게 떨떠름한 표정을 지었다.

"송구스럽습니다."

"게다가 언제까지고 내 정실로 붙들어두었다가는 유이의 인생을 망치게 돼. 나는 그편이 더 괴롭군."

창밖에서 새가 지저귀고 있었다. 대화가 끊기자 새소리가 원망스러우리만큼 한층 경쾌하고 즐겁게 들려왔다.

"……다키."

이름을 불려 다키는 허둥지둥 엎드렸다. 그러자 시게오키는 '픽' 하는 정도이기는 해도 웃음다운 웃음을 보였다.

"얼굴을 숙여도 소용없다. 울고 있지?"

그랬다. 가슴이 메어 눈물이 나고 말았다. 요새 내가 왜 이러는 걸까. 가가미 다키는 이렇게 눈물이 많은 여자였나.

"흉한 꼴을 보여드려 죄송합니다. 용서해주십시오."

"상관없다. 할아범 마음에 드는 시녀라면 오지랖이 넓다 할 정도로 다른 사람 생각을 하는 성격인 것이 당연하지."

오리베가 웃었다. "하하, 이거 한 방 먹었군요."

"다만 미리 말해두네만 나는 이곳에 측실을 둘 생각은 없어. 자칫 잘못하면 목숨을 빼앗을 수도 있으니 말이지."

너무나도 솔직한 말에 다키는 얼어붙었다. 그러나 오리베의 목소리는 더없이 침착했다.

"십중팔구 작은나리께서 전에 에도 번저의 시녀를 베셨던 일을 말씀하시는 것이겠지요."

"이런, 알고 있었나."

"저택 관리인으로서 작은나리를 맞이하기 전에 대략의 사정은 전달받았습니다."

오리베가 지금까지 소녀인 스즈는 물론 고까지 창살방 안에 들이지 않은 것은 전에 그런 사건이 있었기 때문이다.

"유이와의 이혼 이야기는 몰랐으면서."

시게오키는 오리베를 놀렸다. 오리베도 작은나리께서 놀리시다니 이 늙은이는 서운합니다, 하는 표정으로 대답했다.

"허나 시녀 일은 작은나리께서 분별을 잃으셨을 때 일어난 불행한 실수입니다. 시로타 의사도 여기 고코인에서 조용히 지내시는 가운데 그러한 일이 일어날 염려는 없다고 진단을 내렸지요."

"나는 그 정도 확신은 없어. 할아범도 본심은 같을 테지."

나는 병들었으니까, 라고 했다.

"아니면 다키는 내가 착란을 일으켰을 때 죽여도 되는 여인인가. 그렇다면 인신공양 같은 것이군."

여전히 표정은 변화가 적었고 목소리도 가라앉아 있었다. 하지만 시게오키의 이성은 예리해 지금 상황을 분명하게 이해하고 있었다.

그리고 화가 나 계신다.

다른 누구도 아닌 자기 자신에게. 다키는 그렇게 확신했다. 이분은 한심한 자기 자신이 답답하고 화가 나 계시는 것이다.

"나리마님, 한 말씀 올리겠습니다."

"뭐지?" 시게오키는 다키를 바라봤다. 다키도 그의 눈을 우러러봤다.

"혹시나 만에 하나 나리마님께서 병환으로 인해 제게 칼을 드신 다면……."

시게오키의 눈이 처음으로 흥미를 띠었다.

"그러면 어떻게 할 것이지?"

"목숨을 걸고 막겠습니다. 그러기 위해서는 어떤 결례도 마다하지 않을 것입니다."

다키는 목소리에 힘을 주어 잘라 말했다.

"제게는 그것이 바로 나리마님께 바쳐야 할 충의입니다. 부디 곁에서 모시는 것을 허락해주십시오."

잠시 시간이 멈추었다.

"이토가 말하기를 토목청의 가가미 가즈에몬은 바위 같은 얼굴의 사내였다 하더군."

시게오키는 천천히 그렇게 말했다. 서안에서 팔꿈치를 떼고 고쳐 앉았다.

"바위산의 바위가 아니야. 센 천변에 뒹구는, 별 특징도 없는 바위 다."

그러나 눈바람을 견뎌내고, 홍수에 떠내려가지 않고, 그저 단정히 그곳에 있다. 그런 바위다.

"이토는 재치가 있고 재능이 있는 자였네만 평소 그런 풍아한 비유를 하는 사내가 아니었어. 가가미 가즈에몬의 인품에 어지간히 감탄했나 보다 싶었지. 나도…… 차분히 만나보고 싶었는데."

시게오키는 그렇게 말하고는 눈가를 누그러뜨리며 이번에야말로 정말 웃었다.

"바위처럼 생긴 가가미의 딸이 모래처럼 공허한 나를 섬겨주겠다면 이 또한 인연일 테지."

허락을 받았다. 다키는 마음속에도 진쿄 호의 수면이 펼쳐진 듯한 느낌이 들었다.

"나는 보다시피 가신에 대해서나 영내에 대해서나 잘 알기도 전에 번주 자리를 잃고 말았어."

자조는 없이 그저 쓸쓸한 후회만이 느껴지는 말이었다.

"이미 늦기는 했다만 네 아버지에 대해, 토목청에서 하는 일에 대해, 네가 아는 가신들의 생활에 대해 이것저것 가르쳐주겠나."

"예, 분부 받들겠습니다."

"이제 와서 내가 무엇을 들은들 기타미 번에 도움은 되지 않겠다만 해가 되지도 않을 테지. 괜찮겠나, 할아범."

오리베가 숨을 크게 내쉬었다.

"물론입니다. 이거야 원……."

휴지를 꺼내 눈시울을 훔쳤다.

"왜 그러지? 식은땀인가?"

"무슨 말씀을. 감격의 눈물입니다. 작은나리의 말씀이 기뻐서 말이지요. 작은나리께서는 지금까지 이 할아범에게는 속마음을 보여주지 않으셨지 않습니까."

"그것은 피차일반이지. 할아범도 내게는 말할 수 없는 일이 많을 테니까."

이번에도 놀리는 투였다.

"이것 또 송구스럽군요. 그나저나 작은나리께서 그 먹음직스러운 팥떡을 들지 않으신다면 할아범이 먹지요. 하도 기쁘니 배가 고파서 어지럼증이 날 것 같습니다."

"하여간 과장은."

시게오키의 말투가 허물없어졌다.

"하는 수 없군. 여기서 할아범이 저세상으로 갔다가는 나도 곤란해. 나눠주지. 다키, 시중을 들어라."

"예!"

오리베의, 그리고 처음 보는 시게오키의 웃음에 다키는 또다시 눈물이 쏟아질 것 같았다.

놀랐다, 놀랐다, 놀랐다, 하고 이시노 오리베는 세 번이나 말했다.

"그것이 바로 본래의 시게오키 님이란다."

다키의 공이다. 아니, 가가미 가즈에몬의 공일지도 모르겠군. 이제야 겨우 본래의 작은나리께서 돌아오셨다고 했다.

"그것은 정말 기쁜 일입니다만 이시노 님, 과하게 기뻐하시지 않도록 부탁드립니다" 시로타 의사는 상냥하게 웃으면서도 못을 박았다. "이런 병은 오락가락하는 법이니까요. 다키 님도 그 점을 명심해 주십시오."

오리베, 시로타 의사와 상의한 결과, 다키가 이토 나리타카, 즉 쿠리야 신쿠로의 사촌동생이라는 것, 신쿠로가 살아있고 도주하기 전까지 이 저택에 있었다는 것, 이 세 가지 사실은 당분간 덮어두기로 했다. 미타마쿠리를 포함해 시게오키를 속박해온 지금까지의 경위와 깊이 연관돼 있기 때문이다.

또 하나, 시게오키의 병에 어떻게 대응할지에 관해서도 중요한 문제가 있었다.

"나리마님은 연금 전 착란이 일어날 때 어떤 식으로 변하는지 사실 그대로 알지 못하셨습니다."

측근 중의 측근인 이토 나리타카는 시게오키가 '사람이 변한' 것처럼 됐을 때 그에게 붙은 사령이 나타나는 것이라고 생각해, 그것과 내밀히 대화하는 데에만 열중했다. 다른 측근들과 중신들도 '나리는 이러이러하게 실성하셨습니다' 하고 직언하지 못하고 침묵을 지켰다. 시게오키 자신도 기억이 없으니 결국 모든 게 흐지부지된 채로 모호했다.

"현재 제가 조금씩 설명드리면서 시게오키 님께 정말 그때 기억이 없으신지 조심스레 확인하는 중입니다. 그러니……."

시게오키가 병으로 착란을 일으켰을 때 자신이 어떤 상태냐고 물어도 다키는 명확히 대답하면 안 된다.

"그런 때 나리마님을 아직 뵌 적이 없어서 모릅니다, 그냥 그렇게만 대답하시면 됩니다."

모든 게 한꺼번에 백일하에 드러났다간…….

"특히 여인으로 변한다는 것을 아시면 동요하시겠죠. 믿기지 않아서 마음의 문을 닫으시게 된다면 곤란합니다."

더욱이 마음의 병에는 기이하고 성가신 일면이 있다고 의사는 말했다.

"외부에서 '이러이러한 일은 없나' '이런 부분이 이상한 것 같다'라고 섣불리 말을 꺼내면 환자가 그대로 따라할 수 있거든요."

시게오키의 경우, 당신은 가끔 여자나 아이가 된다고 가르쳐주면 나쁜 방향으로 박차가 가해질 수 있다는 이야기다.

"알겠습니다. 단단히 명심하겠습니다."

"단 자연히, 라는 말도 묘하기는 합니다만, 시게오키 님께서 예사롭게 다른 인물로 변하셨을 경우에는 허둥대거나 소란을 떨지 말고 그 다른 사람을 상대해주십시오."

그 다른 인물들에게서 많은 것을 알아내면 알아낼수록 좋다.

"다키 님은 남자애와 이미 친해지신 것 같으니 마음이 든든하군요."

"하지만 여인 쪽은 모릅니다. 울음소리를 들은 적이 있는 것뿐이에요. 그렇게 울다니 연약한 사람일까요."

다키의 물음에 시로타 의사의 표정이 매서워졌다.

"실제로 만나기 전에 다키 님에게 공연한 인상을 심어드리고 싶지는 않습니다만."

꽤 오래 생각에 잠겼다가 말했다.

"추잡하다는 인상을 저는 받았습니다."

다키 입장에서는 더없이 뜻밖의 표현이고, 무례하기도 했다.

"뭐랄까요, 나긋나긋하게 슬며시 다가드는 것 같은 느낌이라고 할지.”

의사는 그렇게 말하더니 쩔쩔맸다.

“죄송합니다. 제가 남자라 아양을 떠는 것처럼 느꼈을 뿐인지도 모릅니다. 다키 님은 선입견을 갖지 말아주십시오.”

쉽지 않을 것 같다.

그렇지만 시게오키가 기분이 좋은 듯한 날은 이런 걱정거리를 잊어버릴 만큼 다키도 즐거웠다.

처음 몇 번은 오리베도 함께 있었지만, 이내 다키 혼자서 식사 시중을 들고 오후 간식 시간에 다과를 대령하게 됐다. 그편이 시게오키가 더 마음이 편해 보인다는 것을 알았기 때문이다.

번의 중신이었던 오리베나 번의(藩醫) 일족이요 자신의 주치의인 시로타 의사에 대해서는 시게오키도 아직 어느 정도 ‘태도를 꾸며야’ 한다. 병자이고 은거해 유폐된 몸이기에, 하나부터 열까지 면목 없게 생각하고 있기에, 위엄을 모조리 벗어던질 수는 없다.

미미한 신분의 다키가 상대라면 그런 어려움이 없다. 하찮은 이야기, 시시한 이야기, 일상의 이야기를 할 수 있다.

어느 순간 다키는 깨달았다. 나리마님도 사람인 것이다.

처음에 말한 것처럼 시게오키는 가가미 가즈에몬의 사람됨과 그가 했던 일을 알고 싶어했다. 다키는 자신이 아는 대로 이야기했다. 아버지에 얽힌 추억도 이야기했다. 그런 중에 본래 엄격한 아버지였던 가즈에몬이 다키가 이혼하고 이가와 가에서 돌아왔을 때만은 야단치지 않았다는 이야기까지 무심코 하고 말았다.

아차 싶었다. 자신의 일신상의 이야기고 가가미 가의 수치인데.

"다키는 결혼했다가 이혼한 건가?"

무심결에 말이 나온 것처럼 즉각 물은 시게오키의 단정한 얼굴에는 다키를 염려해주는 마음이 가득했다.

"가엾구나."

캐물을 생각은 없다고 서둘러 덧붙였다.

"슬펐을 테지."

아아, 나 따위에게 생긴 일에 유이 마님에 대한 마음을 겹치고 계시는구나 싶었다.

"나는 아직 유이에게 서한을 쓰지 못했구나. 사실 내 의사가 어떻든 우리 이혼 이야기는 저절로 진행될 테지. 그래도 유이에게 내 마음을 전해두고 싶어서 말이다."

그게 되레 좋지 않은가 싶어 망설여진다고 했다.

"나는 이제 완전히 실성해서 유이도 모르게 됐다고 해두는 것이, 유이를 위해 나을지도 모르지."

거기까지 혼잣말처럼 중얼거리더니 덧붙였다.

"어이쿠 이런. 다키, 또 우는 것이냐?"

"아닙니다, 울지 않습니다."

다키는 눈을 힘주어 뜨고 대답했다.

에도 번저에서 유이 부인과 생활하면서 두 사람 사이에 어떤 일이 있었고, 뭐가 즐거웠고, 지금은 뭐가 그립고, 더없이 아쉬운가. 시게오키는 마음 내키는 대로, 때로는 머뭇거리고 잠시 말을 잇지 못하면서도 다정한 목소리로 이야기를 들려주었다. 그것만 들어도 두 사람이 금실 좋은 젊은 부부였음을 알 수 있었다. 혼인 자체는 시게오키가 6대 번주가 되면서 서둘러 한 것이지만, 일반 사람들 식으로 말하자면 '두 분 다 첫눈에 반하셨구나'였다.

혼례를 올리기 전까지는 얼굴도 성품도 모른 채로 부부가 되어 살아야 하는 입장의 두 사람에게는, 쉽게 찾기 어려운 다행스러운 조합이었다.

"서한은 쓰십시오. 감히 말씀을 드립니다만, 제가 유이 마님이라면 나리마님께 서한을 받으면 두 분의 연이 어떻게 되든 마음에 위안이 될 것입니다."

"그런가."

이런 식으로 시게오키와 다키가 이야기를 주고받는 모습을 보고 오리베도 시로타 의사도 놀랐다. 건강 상태와 기분의 변화는 있을지언정, 이 정도로 오래 착란이 일어나지 않은 것은 고코인으로 온 뒤 처음이라고 했다.

"이제 나으시는 것이 아닌가. 아니, 이미 나으신 것이 아닌가."

오리베는 그런 말까지 했다.

"우리는 작은나리의 기이한 병에 과도하게 얽매여 신쿠로와 같은 실수를 저지른 것이 아닌가. 다키가 지금 하고 있는 것처럼 자연스럽게 작은나리를 대하면 되는 것이 아니었나."

시로타 의사는 아무 말도 하지 않았지만 다키도 그게 사실이면 좋겠다고 생각했다. 남자애를 이제 만날 수 없을 테고 여러 수수께끼도 풀리지 않은 채로 남겠지만, 본래의 나리마님께서 돌아오신다면.

도비아시라는 옛 애마 이야기는 해도 된다고 해서 다키가 말씀을 올렸다. 그런데 좀처럼 보내주시지 않는군요, 왜 이렇게 지체되는 걸까요, 하고 의아하게 여기자, 시게오키는 장난스레 말했다.

"와키사카는 말에 관심이 없어. 그런 자를 말 목석이라 하는 것이야. 그래서 선뜻 할아범에게 말했을 것이다만, 도비아시가 이곳으로 오는 일은 없을 테지."

"어머나, 왜 그렇지요?"

"나오마사 님은 명마라면 사족을 못 쓰시는 분이야. 도비아시를 놓아줄 리 있나."

어떻게든 타보려고 애쓰고 있을 것이라고 했다.

"그렇게 훌륭한 준마입니까?"

"그래, 바람처럼 달리지. 처음 고삐를 잡았을 때는 신쿠로도 놀랐을 정도였어."

다키는 놀랐다.

"신쿠로 님이라는 분은……."

"그래, 다키는 모르나. 이토 나리타카 말이다. 그자는 가타노 촌 촌장의 자식인데 원래 신쿠로라는 이름이거든. 내 밑에서 관직에 올랐을 때 형식상 이토 가에 양자로 들어가면서 나리타카라는 이름을 쓰게 된 것이지."

시게오키도 당사자에게는 평소 친근하게 신쿠로라고 불렀던 모양이다. 다키와 대화하는 데 익숙해지면서 무심결에 그 호칭이 나온 것이다.

"그랬군요."

다키는 물론 이미 아는 사실이었다. 하지만 새삼 생각하지 않을 수 없었다.

쿠리야를 몰살시킨 주모자는 십중팔구 번의 권력자다. 당연히 번주인 시게오키가 신쿠로, 신쿠로 하고 부르는 것을 곁에서 들을 기회도 있었을 것이다. 그때마다 불안이든 의심이든 들지 않았을까. 아니면 주모자는 신쿠로가 쿠리야 일족이라는 것을 몰랐나. 알면서 몰살에서 빠진 자는 그냥 둬도 된다고 생각했나.

"신쿠로도 공연히 내 눈에 드는 바람에 불행하게 됐지."

시게오키는 침통한 표정을 지었다.

"그자는 할복해 죽었다는데 나는 이렇게 살아있으니 나를 얼마나 원망할까."

그 사람은 할복하지 않았습니다. 여기 고코인에서 살고 있었어요. 그 사람은 자기 나름대로 다시 나리마님을 도와드리려 하는 것처럼 보였습니다.

하지만 지금은 없습니다. 어두운 집념과 수수께끼를 안고 어디론가 가버렸습니다. 저는 쿠리야 신쿠로라는 사람을 조금도 이해할 수 없었습니다.

그렇게 모조리 털어놓고 싶은 것을 참고 아버지의 표정과 어조까지 떠올리며 다키는 진심을 담아 이렇게 말씀을 올렸다.

"충의를 아는 무사는 어떤 일이 생기든 주군을 원망하지 않습니다. 저희 아버지가 그렇게 말씀하셨지요."

그날은 결국 그 이상 즐겁게 이야기를 나눌 수 없었다.

3

성읍으로 돌아온 다지마 한주로는 자기 집보다 먼저 가가미 가를 찾았다.

대외적으로 다키는 지금도 혼자 나가오 촌에 있다고 돼 있다. 가가미 가 남매는 전부터 사이가 좋았고 다키는 올케와도 마음이 맞는 것 같았다. 그러니 원래라면 아무것도 숨기고 싶지 않지만 막상 설명을 하려니 이 문제는 너무 복잡했다. 쿠리야 신쿠로라는 성가신 남자의 존재도 있다. 거짓말을 하기는 괴롭지만 당분간은 비밀로 해두는 편이 수고가 덜할 것이다.

하지만 다키에게서 몇 달씩 소식이 없으면 당연히 소이치로 부부도 걱정할 것이다. 어떻게 지내는지 보고 오라고 나가오 촌에 사람을 보냈다가 다키가 은거소에 없는 것을 알면 소동이 벌어질지 모른다. 그러니 한주로가 앞질러서 얼마 전 문득 나가오 촌에 찾아가봤더니 다키가 잘 지내더라, 하고 인사해두자 생각한 것이다.

가봤더니 아니나 다를까 아버지를 닮아 일만 아는 소이치로는 나가 못에 있는 토목청 주재소에 가 있고 부인만 있었다. 세 살이 되는 딸과 태어난 지 얼마 되지 않은 적자는 둘 다 귀여웠다. 한주로는 특별히 아이를 좋아한다는 자각은 없는데 아이들이 잘 따랐다. 딸과 놀아주고 적자를 안고 어르며 소이치로의 부인과 이야기했다.

다키의 소식을 전하자 부인은 몹시 기뻐했다. 아버님의 흔적이 남아 있는 은거소가 그리운 것은 이해하지만 그런 외진 촌에서 지내려면 불안할 것이다. 앞으로도 가끔 찾아가봐달라고 머리를 숙이며 부탁하는 바람에 한주로는 조금 죄책감을 느꼈다.

"이삼 일 전 마을에서 심부름꾼이 와서 다키 씨의 여름 옷가지와 소품을 조금 가져갔는데, 제가 챙긴 것만으로 충분한지요? 다키 씨에게서 무슨 말씀 못 들으셨나요?"

그 심부름꾼이 나가오 촌 사람일 리 없다. 어떤 시골 사람이었느냐고 묻자 부인이 인상을 이야기해주었다.

아아, 간키치군.

나가오 촌에서 왔다고 말하면 된다고 다키와 의논한 건가. 꽤 재치가 있다.

"충분한 것 같더군요. 다음에 제가 찾아갈 때 성읍에서 맛있는 과자라도 사다드리겠습니다."

시치미 떼고 그런 말을 주고받고 딸에게 손을 흔들어준 다음 다지마 가의 무사 저택에 다다르니 피곤이 몰려왔다. 나쁜 의도가 없이 하는 거짓말이라도 한주로의 성미에는 맞지 않는다.

이미 하성(下城)해 집으로 돌아와 있던 아버지 가쿠베에가 달려들 듯, 아니 덤벼들듯 다가와 목덜미를 잡고 고코인의 현재 상황을 낱낱이 이실직고하게 했다. 덕분에 거짓말을 하고 괴로웠던 가슴은 개운해졌다.

"원래라면 네게 맡길 것이 아니라 내가 고코인에서 다키를 지키고 이시노 님을 섬기고 싶다."

저녁상에 곁들인 반주의 술기운도 거들어 아버지가 그런 소리를 했을 때는 기가 막혔다.

"아버지는 성읍에 의젓하게 계시면서 제 군사(軍師) 노릇을 해주시지 않으면 곤란합니다."

그런 그럴싸한 말로 또 슬렁슬렁 넘기고는 십육 년 전 가신들 중에 무슨 눈에 띄는 사건은 없었느냐고 물었다.

"눈에 띄는 사건이라니 그게 무엇이냐?"

"끔찍한 일, 수상쩍은 일, 괴이한 수수께끼, 뭐든 다 괜찮습니다."

한주로가 사정을 설명하자 가쿠베에는 술잔을 탁 엎고 정색했다. 한주로는 그런 아버지를 경애했다.

"그런 중대한 이야기는 얼른 해라."

"예에. 순서대로 말씀드려야 이해하실 것 같아서 말입니다."

"미타마쿠리를 부탁한 쪽도 무사했을 리 없다는 추측은 네 머리가 배설한 것이냐."

"말씀이 심하신데요."

가쿠베에는 한참 기억을 더듬었다. 간평관이라는 직무상 영내에 관해 모르는 일이 없는 게 당연하지만, 성내나 가신들의 동향에까지 밝은 것은 귀가 밝고 입이 무겁기 때문이다.

"바로 생각나는 것은 없구나. 게다가 내가 즉각 생각날 만한 사건이라면 되레 해당되지 않을 테지."

"그럴지도 모릅니다."

"짚이는 데를 알아보마. 그나저나 한주로, 더 마실 생각이냐?"

아버지가 잔을 엎었는데도 한주로는 자작으로 계속 마시고 있었다. 술은 세다. 전혀 취하지 않아서 술 마시는 재미가 없을 정도로 세다.

"준비를 하는 중입니다. 지금부터 스즈마치 구역의 서쪽 거리로 가거든요."

기타미 성읍에는 쌀 수확량에 비하면 뜻밖일 정도로 번화한 유흥가가 있다. 별다른 산물은 없지만, 난부와 에도를 왕래하는 말장수들이 지나는 길목이라는 것에서도 알 수 있듯 기타간토의 교통 요지인지라 사람의 왕래가 잦다.

스즈마치 구역이라 불리는 일대가 그 유흥가다. 성에서 가까운 동쪽에는 요릿집과 연회 자리를 빌려주는 대여 회장, 여인숙이 있으며 전체적으로 품위가 있다. 서쪽으로 갈수록 품위가 떨어진다. 그쪽에 위치한 서쪽 거리는 남자들이 싼값에 놀 수 있는 곳, 다시 말해 비공인 유곽이다.

"그렇게 언짢은 표정 짓지 마십시오. 서쪽 거리의 파수막에 '눈'인 센치쿠를 만나러 가는 것뿐입니다."

가쿠베에가 으으음 하고 신음했다.

"센치쿠는 아내가 가면 가게를 차려서 꽤나 떵떵거리고 사는 모양이더구나."

"저는 가면은 사지 않습니다. 사도 쓰지 않을 테니까 안심하십시오."

"오늘밤은 그럴 테지."

눈을 대굴대굴 굴리는 아버지를 보고 한주로는 웃었다.

"이시노 님을 섬기는 동안에는 절대로 쓰지 않겠습니다. 하지만 유곽에 가는데 술 냄새 정도는 풍겨야 눈에 덜 띄지 않겠습니까."

"준비라면 그 정도로 해둬라."

저녁 7시를 알리는 종소리가 들려왔다. 스즈마치 구역은 지금부터가 한낮이다. 한주로는 일어섰다.

기타미 번에서 성읍의 치안을 담당하는 것은 성읍 경비소다. 이곳은 성의 경비를 맡는 무관 조직의 일부로, 성읍 경비 대장 밑에 성읍 감찰사 두 명이 배치된다. 달랑 두 명으로는 물론 부족하니, 각자의 재량으로 적절한 평민을 고용해 직무의 태반은 그들에게 맡기는 형태를 취한다.

성읍 감찰사의 지시를 받는 이 평민들은 '눈'이라고 불리며, 성읍에 사는 영민들은 이들을 두려워하고 또 의지한다. 눈이 되는 계기는 사람마다 다른데, 뱀의 길은 뱀이 안다고 죄인이 맡는다든지 힘센 장인 우두머리나 은퇴한 유복한 상인이 되는 경우도 있다. 눈이 되어도 원래 하던 일을 계속할 수는 있지만, 거처는 성읍에 몇 군데 있는 파수막으로 옮겨야 한다. 다만 이것도 형식상 그런 것이고, 부하를 고용해 파수막에 두고 자신은 집에 계속 머무는 눈도 많다. 파수막은 평범한 살림집으로 문초를 하는 곳도 감옥도 없지만, 출입구에 '눈'이라고 쓴 포렴을 걸어두는 규칙이 있어 보면 바로 알 수 있다.

그런 눈 중 한 사람인 센치쿠는 환갑이 지나 머리가 훤히 벗어진 할아버지다. 예전에는 목수 우두머리였다. 통칭도 '기둥 천 개를 세운 대도편수 다케조(竹蔵)'를 줄여 '센치쿠(千竹)'다. 온도 님의 큰불로 잿더미가 된 장인 구역의 재건에 힘쓰면서 성읍 감찰사에게 잘 보여 눈이 됐다. 그대로 장인 구역의 파수막에서 지냈는데, 이 년쯤 전 스즈마치 구역 조합의 부탁을 받고 서쪽 거리로 거처를 옮겼다.

지역적 특성상 스즈마치 구역은 내부 문제는 내부에서 처리하려는 성격이 강해 눈을 싫어한다. 유곽에서 취할 것만 취하고 도움이 안 되는 경우가 많기 때문이다. 그렇기에 성읍 경비소도 스즈마치 구역만은 별도로 취급해 눈을 두지 않고 월번제(月番制)로 다스렸다. 하지만 스즈마치 구역 내에서, 특히 혼잡한 서쪽 거리에서 일어나는 작은 다툼까지 일일이 월번이 출동하려니 너무 번거로웠다. 그 점에서는 역시 눈이 있는 쪽이 편리하다. 그러니 노련하고, 괜히 일을 크게 만들지 않을 지혜가 있고, 그곳에 있기만 해도 말썽을 방지할 수 있는 눈이 있다면 와달라, 하는 까다로운 조건에 정확히 일치한 사람이 센치쿠였다.

센치쿠는 시든 나무 같은 노인이지만, 목수 일로 다져진 체력은 조금도 약해지지 않았고 여차할 경우에는 주먹도 세다. 그리고 뭣보다도 센치쿠를 화나게 하면 그를 '대도편수'로 받드는 성읍의 도편수들까지 적이 된다. 온도 님의 큰불 때 입은 은혜가 있으니 장인 구역에서도 센치쿠는 인망이 있다. 그러니 그를 망신시키거나 곤란하게 하면 바로 눈 밖에 나게 될 것이다. 비좁은 기타미 성읍에서는 그렇게 됐다가는 살 수 없다. 그렇기에 센치쿠는 화로 앞에 앉아 졸고 있어도 충분히 서쪽 거리의 눈 노릇을 하는 셈이다.

센치쿠의 지금 아내는 후처인데, 갓 서른이 넘은 요염한 여자다. 이 아내가 운영하는 가면 가게는, 서쪽 거리라는 비공인 유곽에 들어갈 때 손님들이 꼭 사서 쓰는 종이 가면을 판다. 꽤 오래된 습관인데 대체 언제 시작됐는지 한주로는 물론 가쿠베에조차도 기억에 없다. 기타미 사람뿐 아니라 외부에서 온 상인과 여행자도 노는 유곽이니 '이곳에서는 신분도 이름도 얼굴조차도 드러내지 않고 감춘다'라는 약속의 표시가 종이 가면이다. 또 이 종이 가면을 만드는 일을 하급 무사가 부업으로 해서 수입을 얻는다는 이점도 있었다.

한주로는 약식 기모노에 양끝의 길이가 다르게 허리띠를 맨 차림으로 한가롭게 스즈마치 구역을 지났다. 여름날 저녁, 곳곳의 여인숙 앞에 걸상을 내다놓고 손님들이 장기며 주사위 놀이를 즐기고 있었다. 냉주 장수와 장아찌 장수가 돌아다니고, 튀김과 산적 노점에도 사람들이 모여들었다.

서쪽 거리 입구에는 대문이 있고 그 옆의 작은 이층집 문간에 '눈' 포렴이 걸려 있었다. 가면 가게는 대문으로 한 발짝 들어선 곳에 자리하는데, 이곳은 간소한 가건물로 널문을 없애 가게 안이 보이게 했다. 벽에 가느다란 대를 엮어 만든 격자를 세워놓고 여기에 가면을 줄줄이 걸어놓았다. 동전 한 닢짜리 가면은 흰 바탕에 눈 구멍만 뚫었을 뿐. 색과 무늬가 든 가면은 세 닢에서 여덟 닢까지로, 무사며 악귀, 못생긴 남자와 여자, 개와 곰 얼굴까지 있다. 동물 가면에는 귀가 붙었고, 악귀 가면에는 뿔이 나 있다.

얼굴을 감추는 가면은 볼일을 마치고 돌아갈 때 이곳에 반환하면 돈을 돌려받을 수 있다. 더러워졌어도 상관없다. 유곽의 점포 측에서 다달이 가면 값으로 일정한 금액을 지불해주기 때문에, 손님이 부담하지 않아도 가면 가게는 이윤을 내고 가면을 만드는 삯도 줄 수 있다.

서쪽 거리에 늘어선 점포들은 어디나 불을 환히 밝혔고, 놀러온 손님들이 천천히 길을 걷고, 어디선가 요란한 교성과 서툰 노랫소리가 들려온다. 눈앞 점포 앞에서 상호가 든 짧은 저고리를 입은 남자가 목청을 높여 안내하고 있다.

"잘 있었나."

포렴을 걷고 들어가 말을 걸자, 구리로 테를 두른 화로 저편에서 이쪽을 등지고 구부정하게 앉아 있던 바둑판무늬 유카타 차림의 남자가 돌아봤다.

"저런, 웬일로 행차하셨나."

오랫동안 수많은 목수를 부리고 가르치고 훈련시켜서인지 센치쿠는 목소리가 갈라졌다. 지금이야 마음씨 좋은 영감님이지만 젊었을 때는 꽤 거친 싸움도 했다. 코가 납작하게 짜부라진 것은 그 때문이다.

"한 반년 만이신가."

"그렇게 오래 안 왔나? 하여간 오랜만이군."

열다섯 살에 관례를 치른 한주로를 바로 형이 서쪽 거리로 데려 왔다. 한주로가 관직이 없는 비슷한 처지의 동배들과 어울려 놀러 다니기 전에 경험시켜 주려는 뜻에서였을 것이다.

그러나 그런 형의 의도와는 달리 한주로는 놀이에 맛을 들였다. 도장 동기와 선배 중에 단골 점포에 며칠씩 묵는 행운아, 아니 불효 자가 있어서 좋은 뜻으로나 나쁜 뜻으로나 스승이 되어주었다. 아버 지가 격노하고 형이 후회하게 만드는 사태가 벌어지지 않은 게 다행 이다.

반년 전부터 걸음이 뜸했던 것은 아버지에게 일종의 밀명을 받은 탓도 있었지만, 한주로가 가까이 지냈던 여자가 감기가 악화돼 맥없 이 죽는 바람에 시들해진 게 컸다.

그 여자는 다키가 이혼하고 본가로 돌아왔다는 소식을 듣고 화가 나 술을 퍼마시며 울고 날뛰는 한주로를 위로해주며 이렇게 말했다.

가엾어라. 전복 같은 짝사랑이네.

한주로는 사촌누나인 다키를 여자로 생각하고 남자로서 연정을 품은 게 아니었던 터라, 이 말에 한층 발끈해서 화를 냈다. 여자는 웃으며 다키라는 사람이 부럽다고 말했다. 매사에 명랑한 여자였다.

이곳에 성읍 파수막이 생겨 센치쿠가 오자 한주로는 금세 낯을 익혔다. 그 정도로 자주 가면을 샀다는 뜻이다. 하지만 센치쿠가 한 주로의 얼굴과 이름을 외운 것은, 다른 어떤 손님보다도 먼저 한주로가 센치쿠의 아내가 파는 가면을 칭찬해주었기 때문이다. 꼼꼼하게 잘 만들었고 색깔과 무늬가 곱고 종류도 풍부하다고.

이곳 가면 가게는 전에는 서쪽 거리의 점포들이 돌아가며 가게 보는 사람을 두었을 뿐 별로 열심히 관리하지 않았다. 센치쿠는 조합의 의뢰를 받고 온 눈으로서 구역 어디서 뭘 해도 된다는 말을 듣자, 서슴없이 서쪽 거리에서 가면 가게를 운영하기로 했다. 센치쿠도 전부터 이전의 가면 가게는 재미가 없다고 생각했다 한다. 그런데 한주로가 칭찬했으니 이 풋내기 무사는 좀 볼 줄 안다고 마음에 들어해준 것이다.

유카타 차림의 센치쿠는 구부정한 자세로 앉아 뭘 그리 열심히 하나 했더니, 낡은 화로 안을 들여다보고 있었다.

"금붕어를 기르거든."

정말 붉은색과 흰색 무늬의 금붕어 두 마리가 물을 채운 화로 속을 헤엄치고 있었다. 천녀의 날개옷처럼 하늘거리는 긴 꼬리지느러미가 아름답다.

"예쁘지. 하루 온종일 보고 있어도 물리질 않아."

"대장에게도 귀여운 데가 있었군."

한주로는 마루 턱에 걸터앉았다.

"다지마 댁 도련님이 오늘은 무슨 일이신가?"

'도련님'은 놀리려고 하는 말이고, 센치쿠는 여전히 감이 좋다.

"놀러 온 게 아니라는 얼굴이신데."

"이야기하기 수월해서 좋군."

센치쿠는 눈이기 이전에 지역 유력자다. 과거의 일을 묻기에는 안성맞춤의 상대다. 자세한 사정은 덮어둔 채 십육 년 전 성읍에서 무슨 눈에 띄는 사건은 없었느냐는 막연한 질문에, 조금 놀라기는 했지만 웃거나 의아해하지는 않았다.

"십육 년 전이라. 좀 어중간한데. 십오 년, 이십 년 아니고?"

"그래. 미안하지만 좀 복잡한 사정이 있어서 말이야."

센치쿠는 눈을 가늘게 뜨고 한주로를 바라봤다.

"수상쩍네."

한주로는 미안하다며 머리를 긁적였다. 자세한 사정을 알고 있는 아버지와 이야기할 때와는 상황이 다르니, 스스로 생각해도 기이한 질문이다 싶다.

"이 성읍에서 눈에 띄는 사건으로 말하자면 우선은 온도 님의 큰불이지. 대다수 사람이 그렇게 말할걸."

하지만 그건 구 년 전 일이다.

"그 외에는?"

"눈에 띄는 일이라는 게, 사람들을 놀라게 하고 떠들썩하게 한 일이 아닌 거지?"

"그래. 오히려 사망자가 있는 그야말로 수상쩍은 사건을 찾고 있어."

센치쿠는 생각에 잠겨 이따금 고개를 가로젓고 손가락을 꼽아 햇수를 셈하고 하면서, 해자 밖에서 벌어진 원수를 갚기 위한 결투라든지, 성읍의 상가(商家)에 잇따라 침입한 강도라든지, 여기 스즈마치에서 유랑 극단이 한 공연이 문란하다고 성읍 경비소에서 단속한 일 등 몇 가지 사건을 열거했다. 이건 햇수가 맞지 않는다느니 이건 우스개 이야기라느니 일일이 주석도 붙였다. 모두 한주로가 어렸을 때 일인데 개중에는 들어본 것도 있었다.

'눈에 띄는 사건'이란 보통 그렇다. 직접 겪지 않은 사람들에게도 일화로 전해진다.

"역시 눈은 눈이군. 잘도 기억하는데."

"웬걸, 이런 건 전부 내가 목수였을 때 있었던 일이거든. 늙은이는 옛날 일만 잘 기억하는 법이지."

한바탕 이야기한 뒤 센치쿠는 술이 당긴다며 냉주 술병을 꺼내왔다. 둘이서 천천히 마시는 사이에 대도편수 출신 눈의 벗어진 머리에 땀이 살짝 났다. 그런데 표정은 어두워져갔다.

"⋯⋯옛날이야기가 하나 더 있긴 한데."

"별로 내키지 않는 것처럼 보이는군."

한주로의 말에 "애들이 얽힌 일이라 말이지"라고 했다.

"다만 그건 십육 년 전에만 있었던 게 아니야. 칠팔 년 계속됐으니까 시작부터가 도련님이 원하시는 일하고는 다르지."

"아이들이 왜?"

"신령님한테 잡혀갔어. 여기 성읍에서 알려진 것만 해도 네 아이가 연기처럼 사라져선 돌아오지 않은 거지."

한주로는 처음 듣는 이야기였다.

"언제 있었던 일이지?"

센치쿠는 바로 대답했다.

"첫 아이는 십팔 년 전 한여름이었어. 잇페이란 열 살 먹은 사내애인데, 그 애 아버지인 긴페이가 나하고 같은 목수라 말이야. 집도 가까웠기 때문에, 잇페이가 매미 잡으러 가서 안 돌아온다는 말을 듣고 우리도 나서서 찾으러 다녔거든."

그래서 똑똑히 기억한다고 했다.

"장인 구역의 애들은 매미를 잡거나 붕어를 잡을 때 오누마 숲에 가곤 하니까 분명히 거기 있겠지 하고 말이야. 그런데 끝내 못 찾았어."

"……딱한 이야기군."

오누마(小沼) 숲이란 성읍 남쪽에 있는 숲이다. 오누마라는, 물웅덩이보다 조금 큰 정도의 작은 늪이 있어 그렇게 불린다.

"혼자서 갔나?"

"그게 말이야, 같이 갔던 친구하고 싸우는 바람에 친구는 먼저 와버렸다는군."

운이 나빴다며 센치쿠는 벗어진 머리를 쓱 쓸었다.

아버지 긴페이를 비롯해 장인 구역 어른들은 사나흘씩 잇페이를 찾았고 오누마의 물도 빼봤지만, 잇페이의 옷 쪼가리 하나 신발 한 짝 찾지 못했다고 한다. 잇페이의 부모도 눈물을 머금고 포기하는 수밖에 없었다.

"그런데 그로부터 이 년쯤 지나서 이번에도 여름에 한창 더울 때였어. 3번가 환전상의 어린 일꾼 녀석이 사라진 거야."

이쪽은 열한 살 먹은 남자애로, 근처에 심부름 갔다가 돌아오지 않았다.

"그 애는 피붙이가 없어서 환전상 주인 부부가 부모 노릇을 했거든. 애한테 꽤 엄했는지 없어지기 얼마 전에도 혼나고 울었다 해서, 당연히 도망친 줄로만 알고 아무도 이상하게 생각하지 않았어."

"하지만 대장은 알고 있었군."

"아니, 나도 그땐 몰랐어. 그러고 나서 삼 년 뒤, 그게 초봄이었던 가, 또 성읍에서 사내애가 없어진 거야. 그때 당시 눈 중에 잇페이와 환전상 일꾼을 기억하는 똑똑한 사람이 있어서 말이지."

이거 이상한데.

"유괴범의 소행이 아니냐고 그제야 성읍 감찰사님께도 알린 거야. 꽤 큰 규모로 수색하게 되면서 뒤늦게나마 긴페이한테도 연락이 와서, 그러면서 우리 귀에도 들어온 거지."

이때도 사라진 남자애를 찾지 못했다. 먼저 두 아이와 마찬가지로 단서조차 없었다. 그 아이는 성읍 방물 상점의 외아들로, 나이는 아홉 살. 부모는 슬픔에 빠져, 이윽고 어머니는 실의 속에 목을 매 죽고 아버지는 점포를 접고 순례를 떠났다고 한다.

"이때도 혹시 유괴범 짓이면 성읍에서 애를 잡아 밖으로 데리고 나갔을 테니, 하수인은 다른 번 사람이 틀림없다고 스즈마치 조합에서도 여인숙에 드나드는 사람들을 주의해서 살펴봤다고 하거든. 그러니 누군가 붙잡고 물어보면 분명히 기억할 거야."

"그런 흔적은 있었나?"

"있었으면 벌써 잡았지. 그런 것도 못 찾았어."

"그래서 신령님한테 잡혀갔다는 거군."

"그렇게 생각할 수밖에 없으니까."

센치쿠는 언짢은 듯 한숨을 쉬었다.

"네 번째 아이는 그로부터 또 이 년쯤 지나서, 그때는 딱 지금쯤, 한여름이었어. 행상을 나왔던 사노 촌 농가의 아이가 없어진 거야."

센 천을 따라 성읍에서 1리 못 간 곳에 있는 사노 촌에서는 종종 야채나 숯을 팔러 온다.

"고키치라는 열세 살 먹은 사내애였어. 어머니하고 같이 2번가에 행상을 다니다가 사라졌지 뭐야."

3번가는 상가와 소규모 상점들이 늘어선 곳이고, 2번가에는 부유한 큰 상점과 도매상이 있다.

"어머니가 장사를 하면서 잠깐 한눈을 판 사이였다고 하니까, 이번에도 또 새가 낚아채갔다느니 덴구*가 숨겼다느니 하는 식이었지."

네 명씩이나 연기처럼 사라졌는데 단서가 전혀 없다. 바람이 없이 무더운 밤인데도 한주로는 목덜미가 서늘해졌다.

첫 번째 아이는 십팔 년 전 여름, 목수의 아들 잇페이, 나이는 열 살. 두 번째는 그로부터 이 년 뒤 여름에 환전상의 일꾼, 열한 살. 세 번째가 십삼 년 전 초봄으로 방물 상점의 아홉 살짜리 외아들. 네 번

---

* 일본 전설에 등장하는 요괴로 얼굴이 붉고 코가 큰 생김새

째가 십일 년 전 여름, 행상을 나왔던 열세 살 고키치. 모두 남자애고 나이도 비슷하다.

"환전상 일꾼은 십육 년 전이군."

시기적으로는 일치한다. 그러다 문득 생각났다.

"부모 노릇을 했다는 환전상이 아이의 소식을 알려고 기도꾼 부류를 찾아갔을 가능성은 있을까?"

센치쿠가 어리둥절하게 쳐다봤다. 한주로도 쓴웃음을 지었다.

"묘한 질문이네만 어떤가?"

"아니, 전혀 묘하지 않아. 그저 도련님 입에서 기도꾼 같은 말을 들을 줄 몰랐거든."

기도꾼이라면 긴페이 부부가 열심히 찾아다녔다. 잇페이는 어디에서 뭘 하고 있나? 무슨 실마리는 없나? 하지만 점도 기도도 아무런 결과를 내지 못했다고 한다.

"방물 상점에서도 그랬을 테고, 행상 다니는 어머니도 돈이 있으면 그랬을걸. 자기 자식이 사라졌는데 할 수 있는 일은 뭐든 다 해보는 게 부모 마음이지."

아직 부모 밑에서 독립하지 못한 한주로의 귀에는 따끔한 말이다.

"그렇지만 환전상은 어떨까 모르겠군. 당시에는 일꾼 아이가 도망친 걸로 금세 끝내고 만 것 같고, 그렇게까지 정이 있었을 것 같진 않은데."

그렇군. 한주로는 고개를 끄덕이고 술을 마셨다. 센치쿠는 품에 손을 넣고 가늠하듯 한주로의 얼굴을 바라보고 있었다.

긴페이 부부는 기도꾼을 찾아갔다. 신통한 결과는 없었다고 하지만 그렇다고 바로 단념할 수 있을 리 없다.

몇 년씩 기도꾼이며 무녀를 찾아다녔어도 이상할 것 없지.

한주로는 찻종을 든 손을 내렸다. 혹시 그 부부가 잇페이는 이미 죽은 게 아닌가 생각해서, 그렇다면 최소한 혼령이라도 만나고 싶다고 이즈치 촌의 쿠리야를 찾아간 것은 아닐까. 십육 년 전이라면 잇페이가 사라지고 일 년 반 뒤다. 충분히 있을 수 있는 이야기다.

"대장, 긴페이 씨를 만나볼 수 있을까?"

"그건 무리야. 그 부부는 벌써 저세상으로 갔거든."

"두 사람 다 죽었어?"

"온도 님의 큰불 때 한꺼번에 죽었지."

"아아…… 그것참."

불행이 거듭됐다.

"그게 아니라도 이미 죽은 사람이나 다름없었어. 여편네는 해골처럼 뼈만 앙상했고, 긴페이도 술독에 빠져 지내게 돼선 주독으로 손이 떨려서 일도 제대로 못했으니."

그것도 비통한 이야기다.

"방물 상점도 이제 없다 이거지."

이쪽도 어머니가 자살했다고 하니 참혹하다.

"일꾼이 사라진 환전상은?"

"이즈쓰야란 점포였는데 이쪽 부부도 이미 오래전에 죽었어. 당시 벌써 두 사람 다 쉰 살이 넘었으니까. 점포는 아들이 물려받았군."

"사노 촌의 행상꾼은?"

"글쎄, 다른 지역까지야 나도 모르지."

"응, 그건 그렇지."

한주로는 콧등을 긁적였다. 잠깐 진정하자. 그 사건이 자신이 찾던 답이라는 보장은 없다. 그렇게 편리하게 일이 진행될 리 없다. 조급하게 판단하면 안 된다.

"그나저나 꽤 자세하게 기억하는데."

센치쿠는 또 다시 벗어진 머리를 쓸고는 손바닥을 내려다봤다.

"다 긴페이한테 들은 말이야. 아들이 행방불명돼서 어떻게 됐는지도 모른 채로 술만 퍼마시다가 화재로 죽은 사내가 늘 하던 소리지."

잇페이만이 아냐. 그 밖에도 세 명이나 없어졌다고.

대장, 걔들 다 어디 있을까. 무슨 꼴을 당하고 있을까.

나는 몹쓸 아비야. 술만 처마시면서 행방불명이 된 제 자식도 찾아주질 않고. 그래도 대장, 이렇게 술 마시고 취하기라도 하지 않으면 잇페이 얼굴이 자꾸 눈앞에 어른거리는 거야. 울음소리가 들리는 거야. 아버지, 살려줘요, 하고 애가 울어.

센치쿠의 낮은 목소리가 배에 진동으로 느껴졌다. 한주로는 눈을 내리깔았다.

신령님에게 잡혀갔나.

사라진 아이가 상인이나 장인, 농민의 자식이기 때문일 것이다. 성읍 감찰사가 움직였는데도 성과가 없이 흐지부지된 사건이기 때문일 것이다. 가신들 사이에서는 이 일에 대해 들어본 적이 없었다.

이미 오래전에 잊힌 사건인 것이다.

문란한 공연을 한 유랑 극단보다 훨씬 큰 사건일 텐데.

기타미 번의 무사로서 그래도 되는 건가 싶다.

"이런 이야기는 도움이 안 되시지?"

"모르겠어. 하지만 그냥 두기는 분하군."

센치쿠는 눈을 깜박였다.

"옛날 일인데."

"성읍에서 남자애가 넷이나 사라졌어. 무슨 일이 있었던 건지 밝혀져야 해. 최소한 노력은 해야지."

일을 서두르면 안 된다고 생각하면서 나도 참 바보로군. 한주로도 자각은 있었다. 하지만 말을 꺼낸 이상 도로 주워담을 수는 없었다.

"그렇지만 도련님이 말하는 '눈에 띄는 일'은 어쩌고?"

"솔직히 나도 내가 뭘 찾는지 잘 몰라. 그저 막연한 상태인데."

어쨌거나 이 사건을 알게 됐다. 전혀 무관한 일도 아닌 것 같다.

"일단 거기서부터 출발해보겠어."

센치쿠가 쿡쿡 웃었다.

"그럼 나도 도와드릴게. 명색이 눈인데 이 센치쿠, 금붕어만 지키다간 이름이 녹슬 테니 말이지. 안 그러냐?"

센치쿠가 손가락으로 화로를 툭 치자 금붕어는 우아하게 긴 꼬리 지느러미를 흔들며 다가왔다.

이튿날 아침.

"아직도 술내가 납니다."

아침식사 시중을 들어주며 훈계를 늘어놓는 어머니의 비위를 맞춘 다음, 한주로는 3번가 이즈쓰야로 갔다. 환전상은 아들이 물려받았다고 했는데, 일꾼이 사라졌을 때 상황을 기억할지도 모른다.

그러나 검푸른 색으로 얼굴이 퉁퉁 부은 아들은 더없이 쌀쌀맞았다. 하는 말이라곤 자기 아버지 험담뿐. 젊었을 때 꽤나 놀았는지 스즈마치 구역과 서쪽 거리에 훤해서 그쪽 이야기에는 신나서 대답하는데, 일꾼에 관해서는 이름조차 확실하게 몰랐다. 곤타였나, 신타였나…….

"아니면 시로? 고마?"

개나 고양이와 같은 취급이다. 아들이 이 모양이면, 피붙이가 없는 일꾼을 아버지가 차갑게 대한 것도 이상할 것 없다. 행방불명된 아이를 금세 도망친 것으로 치고 넘겼을 만하다고 납득했다.

일단 다지마 가로 돌아오자 대문 앞에 낯익은 얼굴이 보였다. 한주로는 "오오" 하고 큰 소리로 말했다.

"간키치 아닌가. 또 심부름인가?"

고코인에서 입는 쪽빛 제복 저고리 대신 줄무늬 기모노의 옷자락을 걷어올려 입었고, 목에는 땀이 흐르지 않도록 수건을 둘렀다.

"아이고, 다행이군요. 외출하셨다고 해서 나중에 다시 오려고 하던 참입니다."

"내게 볼일이 있나?"

"예. 이시노 님께서 다지마 님께 급히 알려드리라고 분부를 내리셔서요."

쿠리야 신쿠로가 고코인에서 도망쳤다고 했다.

한주로는 할 말을 잃었다.

"……다키 님은?"

"눈물을 글썽이며 분해하셨습니다."

그야 그럴 것이다. 그 성격 비뚤어진 남자는 다키를 배신자라고 욕해놓고 자기가 뒷발로 모래를 끼얹은 것 같은 짓을 했다.

"이시노 님께서 신쿠로도 성읍에서 조사할 생각인지 모른다고 전하라 하셨습니다. 다지마 님도 주의하시라고 말입니다."

있을 수 있는 일이다. 신쿠로 놈, 하여간 손이 가는 녀석이다.

"그래, 알았다."

고개를 끄덕였다가 아차 하고 깨달았다. 간키치는 십팔 년 전부터 십일 년 전에 걸쳐 행방불명된 네 남자애와 비슷한 또래 아닌가.

"간키치, 잠깐 물을 게 있는데."

둘이 시원한 부엌 봉당으로 자리를 옮겼다.

"너는 무슨 영문인지 모르겠다만, 내가 지금 이시노 님 분부를 받고 어떤 것을 조사하고 있어."

"예, 고생 많으십니다."

지혜롭게 캐고 들지 않는다.

"그래, 그래서 말인데……."

한주로가 행방불명된 아이들 이야기를 하자 간키치는 고개를 끄덕였다.

"그 이야기라면 저도 압니다. 제 귀에까지 들어온 건 세 번째, 방물 상점 외아들 때입니다만. 눈 어르신들이 움직이고 있다고 꽤 시끌시끌했거든요."

십삼 년 전 당시 간키치는 열네 살로, 이미 지코료의 간호인으로 일하고 있었다 한다.

"인신매매꾼이나 납치범이라면 성읍 내 상점 아들을 대뜸 노리지는 않죠. 분명 그 방물 상점에 원한이 있는 자의 소행일 것이다, 아니, 몸값을 요구하기 위한 유괴일 것이다, 하고 수군댔는데 그 밖에도 없어진 애들이 있다고 하는 겁니다."

간키치, 너도 정신 빼고 있다간 잡혀간다.

"지코료에서 같이 일하던 사람들이 얼마나 겁을 주는지 거의 한 달은 조마조마하게 살았어요."

"하수인은 잡히지 않았고 사라진 아들도 결국 찾지 못했는데, 그런데도 소문이 한 달 정도 가고 끝인가."

간키치는 고개를 움츠렸다.

"그렇게 오래 간을 졸이면서 살 수는 없으니까요."

"그러고 이 년 뒤에도 또 한 명 없어졌는데 그 소문은 들었고?"

"아뇨, 지금 처음 듣는군요."

인근 촌락에서 행상을 온 농민의 아이 따위 애초에 성읍 사람들 눈에 들어오지 않았을지도 모른다.

"바로 고코인으로 돌아가나?"

"볼일 몇 가지를 보고 저녁 전에 돌아갈 생각입니다."

"그럼 미안하지만 내 용건도 부탁해도 되겠나?"

한주로는 성읍 경비 대장도 성읍 감찰사도 알지 못했지만, 성읍 경비소 서기 중에 아는 사람이 있었다. 교분칸과 슈게쓰칸에서 함께 공부한 동기, 라고 하면 그럴싸하게 들리지만, 요는 피차 관직이 없는 신세로 함께 놀던 친구다. 작년에 대대로 서기직을 맡는 문관 가문에 양자로 들어가 의외로 얌전하게 일하고 있다.

방물 상점 아들 일로 감찰사가 움직였다면, 성읍 경비소에도 기록이 남아 있을 것이다. 꼭 확인해보고 싶다. 한주로는 의뢰하는 서한을 재빨리 적어 간키치에게 맡겼다.

"수고해주면 다지마 한주로가 이치야나기에서 한턱낸다 했다고 전해줘."

간키치는 재미있다는 듯 눈을 데굴 굴렸다.

"다지마 님, 이치야나기 같은 곳에 드나드십니까?"

서쪽 거리에 있는 점포다.

"그냥 듣고 넘겨달라고. 그럼 부탁하지."

"예, 알겠습니다."

간키치와 헤어진 뒤 한주로는 서둘러 외출 준비를 했다. 사노 촌까지 그리 멀지는 않지만 한여름에 들길을 가야 하니 햇빛을 가려줄 삿갓과 물통이 필요하다.

무사는 식사를 걸러도 이를 쑤신다는 말이 있다. 더워도 덥다는 말을 하지 않고 버티는 게 무사인데, 땀만은 어떻게 안 된다. 한낮에 급히 길을 가던 한주로는 곧 물을 뒤집어쓴 것처럼 됐다. 단 그 덕분에 사노 촌에 들어선 직후 만난 농부에게 물을 청하면서 이야기를 꺼낼 기회를 얻었으니, 뭐가 좋은 결과를 가져올지 알 수 없다.

농부는 십일 년 전 성읍에서 사라진 고키치를 기억했다. 센치쿠에게 잇페이가 그런 것처럼 이 마을 사람들에게는 고키치의 실종이 '잊으려야 잊을 수 없는' 사건인 것이다. 시원한 우물물을 얻어 마시고 땀을 닦고 그늘에서 잠시 땀을 식히는 동안, 한주로가 일단 알고 싶었던 것은 다 알았다.

고키치의 아버지는 사노 촌의 소작인 우두머리였는데 이미 세상을 떠났다. 어머니도 죽었다. 고키치는 일곱 남매 중 막내였으며, 현재 남아 있는 사람은 그중 셋, 큰형과 셋째 형, 바로 위 누나다. 남자들은 논에 나갔지만 누나는 자기 아이들과 소작인 나가야에 있다고 했다. 한주로는 장소를 묻고 흐린 하늘 아래 바람 한 점 없는 논두렁 길을 따라갔다.

사노 촌처럼 성읍에 야채나 숯을 팔러 오는 인근 마을들은, 중간에서 조정을 맡는 촌장을 통해 시장이나 도매상에 일정한 세금을 내야 한다. 그래도 행상을 나가면 개별 농가가 직접 금전을 얻을 수 있는지라 이런 마을은 비교적 윤택하고 풍경도 한가롭다.

소작인 나가야에 다다르자 베틀 소리가 들려왔다. 근처에 뽕밭은 보이지 않으니 비단이 아니라 베를 짜는 것일 텐데, 이것도 팔면 바로 돈이 된다.

갈대발로 햇빛을 가린 집 안에서 머리를 뒤로 바짝 묶은 여자가 열심히 베틀을 돌리고 있었다. 등에 갓난아기를 들쳐 업어 동여맸고, 발치에도 짚을 엮어 만든 바구니에 아기를 재워놓았다. 근처에서 애들 목소리가 떠들썩하게 들리니 자식이 그 밖에도 더 있을 것이다.

실례하네, 하고 한주로가 말을 걸자 여자가 놀라 펄쩍 뛰어올랐다.

"놀라게 해서 미안하군. 이 앞에서 네가 고키치의 누나 센이라고 들었다만, 잠깐 물어볼 것이 있다."

여자는 황급히 문간으로 나왔다. 까맣게 탄 얼굴에서 경악의 빛이 사라지지 않았다.

"예, 제가 센입니다."

"미리 말해두는데 나는 관리가 아니야. 관직이 없는 몸이다만 사정이 있어 십일 년 전 여름에 행방불명된 고키치에 관해 조사하고 있어. 당시에 대해 기억하는 게 있다면 가르쳐주지 않겠느냐."

센은 우두커니 선 채 어안이 벙벙해서 한주로를 쳐다봤다.

"고키치를…… 찾았습니까."

"아니, 유감이지만 그런 것은 아니야."

처음에는 당혹하고 겁에 질려 있던 센은 한주로가 온화하게 말을 붙이자 점점 침착함을 되찾았다.

"그렇지만 왜 이제 와서 고키치에 대해 물으시죠?"

"이 일을 오랫동안 그냥 내버려둔 것이 이상한 일이야."

센은 고키치보다 한 살 많은 누나로, 당시 열네 살이었다. 충분히 철이 들었을 때지만, 어쨌거나 그 자리에 없었던 터라 사정은 전부 남을 통해 들었을 뿐이다. 하지만 고키치가 사라진 뒤 어머니는 상심한 나머지 몸져눕고, 아버지가 성읍을 오가며 기를 쓰고 찾았던 것을 똑똑히 기억했다.

"청과 시장 파수막에 있던 눈 어르신이 꽤 친절하게 돌봐주셨다고 했어요. 반드시 찾아주겠다 하셨다고요."

"그 눈의 이름은 기억하고?"

"글쎄요……."

센은 만난 적이 없다고 했다.

"고키치는 끝내 찾지 못하고 말았고요."

아버지도 밭일을 버려두고 고키치만 찾아다닐 수는 없었다. 잇페이의 부모와 마찬가지로 이쪽도 눈물을 머금고 포기하는 수밖에 없었을 것이다.

등에 업은 아기가 칭얼대기 시작하자 센은 가볍게 흔들어 아이를 얼렀다. 표정이 어두웠다.

"고키치는 신령님이 데려가셨으니까요."

나지막이 중얼거렸다.

"덴구 님이 어디 먼 곳으로 데려가서 편히 잘 살고 있을 거라고 촌장님께서……."

촌장은 이 가족을 그런 말로 타일렀나.

"그래서 어머니 몫도, 고키치 몫도 제가 돈을 벌 수 있도록 이 베틀을 빌려주셨어요."

센은 베틀의 바디를 상냥하게 쓸었다.

"이건 고키치가 준 베틀이랍니다. 저희 애들도 덕분에 먹고살 수 있어요."

동생이 사라지건 부모가 몸져눕건 죽건 센은 지금까지 계속 일해
온 것이다.

"네 오빠들과도 이야기를 하고 싶은데 논 어디쯤에 있는지 알 수
있겠느냐?"

사노 촌의 논은 푸릇푸릇하고 넓어 한주로는 또다시 물을 뒤집어
쓴 것처럼 됐다. 고키치의 형들은 센 만큼 순순하지 않아서 일손을
멈추기도 싫었는지, 유난스레 굽실거리기는 하는데 한주로와 눈을
제대로 맞추려 하지도 않았다. 결국 볕에 그을기만 했을 뿐 아무런
수확도 없었다.

그래도 청과 시장의 눈이라는 단서는 얻었다. 한주로는 성읍까지
1리쯤 되는 길을 연신 땀을 닦으며 돌아왔다. 배가 고파 현기증이
날 것 같아서 3번가 밥집에서 배를 채운 다음 바로 청과 시장으로
향했다.

그러나 지금은 청과 시장에 눈도, 파수막도 없었다. 눈은 성읍 감
찰사가 고용하는 부하고 본인의 생업과 깊은 관계가 있는 곳에서 활
동하니 그것 자체는 이상한 일이 아니었다. 그러나…….

"식중독?"

"예. 버섯 때문이었다는 것 같더군요. 식품을 다루는 시장의 눈이,
하여간 창피한 일입니다."

한주로가 붙든, 청과 시장에서도 고참이라는 중개인은 눈살을 찌
푸리며 말했다.

"원래는 저처럼 중개인이었던, 쇼고로라는 눈 어르신입니다만."

쇼고로와 그의 아내는 십 년 전쯤 그해 말에 식중독으로 갑작스레 죽었다.

"성읍 감찰사님께 눈이 돼서 칠칠치 못하다고 호되게 꾸중을 들었습니다. 그 뒤로 이 시장에서는 눈을 두지 못하게 됐죠. 그래도 별 불편은 없습니다만."

한주로는 무심코 윽박지르듯이 물었다.

"그 '십 년 전쯤'이라는 게 구 년인가, 십 년인가, 십일 년인가."

"무사 나리, 표정이 무서우십니다."

"그래서 언제지?"

"저도 확실하게 기억하는 게 아니라 잠깐 알아봐야겠는데요."

그 자리에 있던 동료에게 한마디 남기고 대기소로 들어간 중개인은 꽤 한참 지나 돌아왔다.

"십일 년 전입니다."

파수막을 폐쇄한 기록이 시장 장부에 남아 있다고 했다.

"그래, 수고를 끼쳐 미안하군."

수명이 다하면 사람은 죽는다. 그건 어쩔 수 없다. 하지만 이 경우는 어쩐지 이상하다. 죽은 이유가 의심스러운 데다, 시기도 시기다. 한여름에 고키치가 사라진 그해 말이 아닌가.

쇼고로는 반드시 고키치를 찾아주겠다 말했다고 한다. 그렇다면 조사를 계속했어도 이상할 것 없다. 그러다가 갑자기 죽었나. 그것도 부부가 둘 다.

이게 어떻게 된 일이지.

다지마 한주로는 허공을 노려봤다.

4

시게오키를 가까이에서 모시며 다키가 바쁘기는 해도 즐겁게 하
루하루를 보내는 사이에 와키사카 가쓰타카의 사자가 고코인을 찾
아왔다. 비로소 이곳을 방문할 날짜가 정해진 것이다. 이틀 뒤 오전
중으로 도착할 것이라 했다.

수석 가로가 병으로 요양중인 전 번주에게 문안하는 것이기는 하
지만 공적인 방문은 아니다. 어디까지나 잠행이니 거창한 준비는 필
요 없다고 이시노 오리베는 모두에게 말했다.

"그리고 도비아시를 데려오신다 하는구나. 앞으로는 이곳 마구간
에서 나리마님의 소중한 애마를 돌보게 될 테니 다들 그렇게 알고
주의해라."

한여름에도 진쿄 호에서 바람이 불어오는 고코인은 시원하다. 이
른 오후 다키가 다과를 들고 창살방으로 가자 시게오키는 편안한 자
세로 도감을 보고 있었다.

남자애가 오리베에게 졸랐던 새와 짐승 도감이다. 이미 오래전에
성읍 서점에 주문해서 받았는데, 그 뒤로 내내 시게오키의 상태가
안정되어 있어서 바치는 것을 미뤘다.

"기껏 작은나리께서 작은나리로 계시는데, 그 사내애가 나타났을 때 원한 것을 보여드리면 그야말로 자는 애를 깨우는 꼴이 되지 않겠느냐."

"그렇게 어렵게 생각하실 것 없이 나리마님도 기분 전환이 되실 테니 보여드리죠."

시게오키는 도감을 보고 매우 기뻐하며 열심히 읽었다. 진기한 동물이나 아름다운 새의 그림을 발견하면 다키에게도 보여주며 즐겁게 이야기했다. 몇 개는 베껴 그리려고까지 했다. 오리베의 걱정은 지금 단계에서는 기우였고 남자애가 나타날 조짐은 없었다.

"성읍에서 진귀한 과자가 왔습니다. 나리마님 마음에 드시면 좋겠습니다만."

와키사카의 사자가 요새 성읍에서 유명하다는 물만주를 가져왔다. 갈분을 굳혀 만든 피(皮)로 팥소를 쌌다.

"꽤나 정교한 과자로군."

시게오키는 한 입 먹고 감탄했다.

"차게 잘 보관하지 않으면 금세 녹아버릴 텐데 이런 것이 유행하다니."

성읍은 풍요롭고 평온하구나, 하고 말했다.

"다키도 먹어보려무나. 이시노 입에는 들어갔으려나. 할아범은 떫은 감처럼 얼굴은 칙칙해도 단것을 좋아하거든."

"어머나, 몰랐네요."

"에도에서는 유명한 과자 상점은 이시노에게 물으면 안다는 말이 있을 정도였지.”

명랑하게 이야기는 하는데, 사이사이 시게오키가 손가락으로 관자놀이를 누르는 것을 다키는 알아챘다. 두통이 생기려는 조짐이다.

“잠시 쉬시는 것이 어떻겠습니까.”

“염려하지 마라. 머리가 아픈 것은 와키사카가 온다는 말을 들어서야.”

할아범에게 들었다고 했다.

“나는 그 사람이 불편하거든. 늘 언짢은 표정인 것이.”

수석 가로가 늘 언짢은 표정이었던 것은 시게오키의 행동 탓만은 아니고 수석 요닌이라는 방해물 탓도 있었을 것이다.

“와키사카 님은 문안을 드리러 오시는 것이니 나리마님의 안색이 오늘 같으시면 기뻐하시겠어요.”

“글쎄, 모르지.”

“도비아시가 오는 것도 기대됩니다.”

“와도 나는 타지 않아. 여기서 나갈 수 없고 나갈 생각도 없으니까.”

다른 누구보다도 시게오키 자신이 스스로를 두려워하며 가둬놓고 있었다. 그런 심정도 다키는 서서히 배려할 수 있게 됐다.

“저는 도비아시 같은 명마를 가까이에서 본 적이 없답니다. 어서 보고 싶은데요.”

그렇게 말하며 생긋 웃고 창살방에서 나왔다.

거창한 준비는 필요 없다지만 수석 가로를 맞이하는 것이다. 하인들도, 고와 스즈도 다들 안절부절못했다. 가구와 족자, 장식품 등도 바꾼다고 해서 다키도 이것저것 의논 상대가 되어주었다.

"서쪽 방 장지에 찢어진 부분이 있으니까 갈아야 해."

"소나기가 내리면 동쪽 대기소 주위 땅이 질어지니 말이야. 널판을 깔아두지."

저녁상에 올릴 찬을 위해 하인 중 한 명인 미노스케가 호수로 낚시를 나갔다고 했다. 슬슬 돌아올 때가 됐다고 해서 다키는 스즈에게 말했다.

"물고기를 받으러 가는 김에 잠깐 쉴 겸 산책해요. 저는 아직 호수에 가본 적이 없거든요."

"그럼 잔교로 안내해드릴게요."

고코인에서 호숫가를 따라 북쪽으로 조금 돌아가니 작은 오두막이 있고 그곳에서 간소한 잔교가 뻗어 있었다.

"이 부근은 호숫가부터 깊거든요."

물풀이 무성해 물고기가 모이는 장소라고 했다.

"잔교에서 낚싯줄을 늘어뜨리기만 해도 많이 잡혀요. 그렇지만 큰 놈을 잡으려면 호수 한복판으로 배를 저어 나가야 해요."

"스즈도 낚시를 하나요?"

"저는 못하고요, 미노스케 씨는 잘해요. 헤엄도 아주 잘 쳐서 간키치 씨가 감탄했어요."

해는 서쪽으로 기울어 꼭두서니빛 하늘이 진쿄 호 수면에 비쳤다.

미노스케가 탄 조각배는 아직 낚싯줄을 드리운 채 호수 한복판

부근에 떠 있었다. 스즈는 잔교 끝에 발꿈치를 들고 섰다.

"미노스케 씨, 미노스케 씨."

큰 소리로 부르며 손을 흔들자, 미노스케도 알아차린 듯 조각배 위에서 움직였다.

"전 처음에 미노스케 씨가 무서웠거든요."

그때 뇌우가 쏟아진 이래로 다키는 스즈와 친해진 것 같았다. 스즈의 표정과 말투에서 격식 차리는 느낌이 사라졌다.

"무뚝뚝하고 굵은 눈썹이 맞붙어 있잖아요? 그런 사람은 화를 잘 낸다고 옛날에 어머니가 가르쳐주셨기 때문에 그 앞에 가면 흠칫흠칫했거든요."

다키도 '맞붙은 눈썹'에 그런 속설이 있다는 것은 안다. 미노스케는 눈썹에 흰 털이 섞여 희끗희끗하다. 나이는 사십대 중반쯤, 제복 저고리를 입은 하인들 중에서는 가장 많다.

"그렇지만 미노스케 씨는 그렇게 무서운 사람이 아니잖아요?"

"네, 붙임성이 없어서 잘 안 웃는 것뿐이에요. 저나 고 씨가 무거운 것을 들고 있으면 금세 도와주고 나무열매를 주워 와서 간식으로 주고 그래요."

게다가 손재주까지 있어 종종 작은 장식품이나 장난감을 만들어 스즈에게 준다.

"여기에 어린애는 너 혼자라 외로울 테지 하고요."

바로 얼마 전에는 헌 수건과 헌 옷 자투리와 솜으로 인형을 만들어줬다. 어깨 길이로 가지런히 자른 머리모양의 여자애 인형인데,

사라사 기모노를 입었고 주름 비단으로 지은 허리띠는 기치야 식으로 매듭을 맸다.

"저는 기치야 매듭이라는 것을 몰랐는데요, 저번 쇼군님 때 에도에서 아주 유행했던 매듭이래요."

허리띠 한쪽 끝을 고리로 만들고 다른 한쪽은 늘어뜨렸다.

"인형을 보여드렸더니 이시노 님께서 가르쳐주셨어요."

"기타미에서는 거의 찾아볼 수 없지만 에도 시내에서는 이미 그게 당연한 식이라더군요. 가부키 온나가타의 무대 의상에서 유행이 시작됐다나요."

스즈는 눈을 동그랗게 떴다.

"다키 님은 에도에 가보셨어요?"

"어머, 아뇨. 이야기를 들어본 것뿐이에요."

시게오키의 참근 교대를 수행한 적이 있는 이가와 사다스케에게 들었다. 그러고 보니 사다스케가 기타미로 돌아오면서 에도에서 유명하다는 향 상점에서 선물을 사다주었다. 그로부터 며칠 동안 다키는 시어머니에게 심하게 구박을 받았다.

"아, 배가 돌아오는데요."

스즈는 웃는 얼굴로 또 손을 흔들었다. 미노스케는 익숙한 동작으로 노를 저어 다가왔다.

간키치와 고, 스즈, 이렇게 세 사람은 지코료에서 왔는데, 제복 저고리를 입은 나머지 세 사람은 도요사쿠가 농촌 출신이라는 것 외에 원래 신분도 생업도 잘 모르겠다. 다키의 입장에서 캐물을 일도 아니니 신경 쓰지 않았는데, 미노스케는 에도에 있었던 적이 있는 걸까. 세공품을 만드는 장인이라 기술을 배우러 갔었는지도 모르겠다.

다키는 스즈와 나란히 잔교에 서서 시원한 바람을 맞으며 눈을 가늘게 떴다.

참방참방, 잔교의 가로목에 물이 부딪치는 소리에 무심코 내려다보니 아닌 게 아니라 꽤 깊을 것 같다. 물속에서 물풀이 흔들리고 있었다. 뜯겨서 엉킨 채로 떠내려왔나, 아니면 물속에 뿌리를 내려 수면 바로 아래까지 자란 건가.

가느다란 덩굴을 묶은 것 같은, 달래 같은, 여자의 긴 머리를 풀어헤친 것 같은 물풀 사이로, 몸이 투명한 작은 물고기가 헤엄치고 있었다. 시게오키가 보던 진쿄 호의 물고기 도감에 이런 작은 물고기도 있을까. 치어일지도 모르겠다.

다키는 더 가까이에서 보려고 그 자리에 무릎을 꿇었다. 몸을 약간 내밀어 오른손을 수면 쪽으로 뻗었다.

그러자 스즈가 말했다.

"다키 님, 조심하세요. 그러다 빠지시겠어요."

"괜찮아요. 예쁜 물고기가 있어서요. 무슨 물고기일까. 알아요?"

스즈가 살짝 쭈그리고 앉았다. 다키는 물고기를 가리켰다.

"봐요, 여기 물풀 근처에요."

"아, 정말이네요. 참 날렵하기도 하지."

스즈도 몸을 조금 내밀었다. 두 사람의 얼굴이 물에 나란히 흐릿하게 비쳤다.

그런데 두 개의 하얀 얼굴 그림자가 갑자기 흐트러졌다. 수면 바로 밑으로 검고 긴 것이 물풀 사이를 스윽 가로질렀다.

다키는 놀라 손가락을 거두고 스즈가 큰 소리로 말했다. "와, 아주 큰 뱀장어네요."

"저, 저게 뱀장어인가요?"

"다키 님, 뱀장어가 헤엄치는 모습을 처음 보세요?"

"저런 식으로 헤엄치나요?"

솔직히 징그럽다.

"이곳에는 살찐 뱀장어가 많아요. 고 씨가 구워 먹으면 좋을 텐데 하고 아까워하지만, 고로스케 할아범이 안 된다고 하니까 안 돼요."

붕어나 송어는 괜찮지만 뱀장어나 미꾸라지는 안 된다.

"왜죠?"

"진쿄 호의 터줏대감님은 몸통이 한 아름만 한 커다란 뱀장어래요. 그러니까 뱀장어는 전부 터줏대감님의 부하고, 미꾸라지도 뱀장어의 종자니까 먹으면 천벌을 받는다고요."

그러고 보면 고코인에서는 뱀장어나 미꾸라지가 상에 오른 적이 없다. 미꾸라지는 시게오키가 싫어해서 그런 것이라고 생각했는데, 그런 이유가 있었나.

"고로스케 씨는 이 부근을 잘 아나 봐요."

"터줏대감님과 나이가 거의 비슷한걸요." 그러더니 갑자기 허둥댔다. "제가 한 말이 아니에요. 이시노 님께서 그러셨어요."

"어쩌면 고로스케 씨가 터줏대감님일지도 모르겠네요."

둘이 후후 웃었다. 미노스케의 조각배는 목소리가 들릴 만큼 가까이 와 있었다.

"그런 곳에에 있으며언 위험해애……."

미노스케가 노를 저으며 큰 소리로 말했다. 스즈가 "네" 하고 대답한 다음 다키와 손을 잡고 일어서려 했을 때였다.

아까 본 뱀장어인지 또다시 수면 밑을 빠르게 지나갔다. 그러면서 물이 움직여 물풀이 흔들리자, 물속 깊고 어두운 곳에서 뭐가 스윽 떠올랐다.

다키와 **그것**의 눈이 마주쳤다.

텅 빈 안와.

스즈가 날카롭게 비명을 지르며 뒤로 펄쩍 뛰어 물러나려 했다. 일어서려던 참이라 체중이 단숨에 뒤로 실리면서 간소한 짚신에서 발이 빠졌다.

스즈와 잡고 있던 손이 다키를 끌어당겼다. 다키도 놀라 뒷걸음치려 하고 있었던 탓에 두 사람의 움직임이 일치하고 말았다.

막을 길이 없었다. 멈추려야 멈출 수도 없었다. 다키도 좁은 잔교를 비틀거리며 가로지르자 다음 순간 온몸이 허공으로 뛰쳐나갔다.

풍덩!

등부터 떨어져 단숨에 물에 휩싸였다. 차갑다. 탁하다. 그리고 깊다. 발이 닿지 않는다. 목덜미에, 기모노 소매에, 허겁지겁 움직이는 두 다리에 엉겨붙는 물풀이 무섭다.

스즈는? 다키는 애써 팔다리를 놀렸다. 스즈는 바로 곁에서 발버

둥치고 있었다. 물풀을 밀어내 헤엄치려 하고 있다. 입에서 거품이 방울방울 솟았다.

물을 먹은 기모노가 무거워 원하는 대로 몸의 방향을 틀 수 없었다. 아무리 팔다리를 내저어도 가라앉아만 갔다. 잔교 가로막을 붙들려고 하는데 무성한 물풀 탓에 자신이 어느 쪽을 보고 있는지도 알 수 없었다. 초조한 나머지 숨을 확 내뱉고 말았다.

강한 힘이 허리띠 매듭을 붙들었다. 팔이 몸통에 감겼다. 물이 코와 입 안을 메웠다.

머리가 물 밖으로 휙 나왔다. 눈부시다. 숨이 쉬어지지 않는다. 웩웩거리며 숨을 들이쉬자 이번에는 기침이 심하게 났다.

미노스케였다. 한 팔로 다키를 끌어안고 다른 한 팔로는 스즈의 옷깃 뒤를 잡은 채 머리만 물 위로 끌어올리고 있었다. 두 사람이 물에 빠지자 바로 뛰어들어 헤엄쳐온 것이다.

"미노스케, 계속 버텨!"

고함치는 소리에 시선을 돌리자, 물을 뒤집어써서 흐린 다키의 눈에 이쪽으로 달려오는 시로타 의사가 보였다. 의사는 잔교 중간쯤에서 호수에 뛰어들어 거침없이 물을 헤치고 다가와서는 미노스케에게서 스즈를 받아 안았다. 한 팔이 빈 미노스케는 다키를 안은 채 옆으로 누워 헤엄치기 시작했다.

"선생님, 저쪽 얕은 곳으로 가시죠."

"그래! 다키 님, 스즈, 이제 걱정 없으니까 움직이면 안 됩니다."

"힘을 빼십시오."

물에 젖은 기모노의 무게 때문에 잔교로 기어 올라가는 것은 무리다.

아까 스즈가 말했듯이 미노스케는 헤엄을 잘 쳤다. 시로타 의사도 위를 보고 누운 스즈의 턱 밑에 팔을 걸어 끌면서 힘차게 물을 헤치고 나아갔다.

발이 바닥에 닿게 되자 다키는 미노스케의 부축을 받아 자력으로 뭍에 올랐다. 스즈는 시로타 의사가 안고 나왔다. 스즈가 울음을 터뜨렸다. 다키는 다리가 후들후들 떨려 모래땅에 주저앉았다. 스즈가 왈칵 달려들었다.

"대체 어떻게 된 겁니까?"

"뭘 보고 놀라셨습니까? 스즈, 너 꺅 하고 소리쳤지."

물에 흠뻑 젖은 시로타 의사와 미노스케를 올려다보고 다키는 추위와 공포에 이를 딱딱 맞부딪치며 말했다.

"물풀에, 엉켜서, 물속에."

물풀 사이에서 떠올라 다키와 눈을 마주친 그것은…….

"배, 백골" 하고 스즈가 속삭였다.

다키는 스즈의 몸뚱이를 꼭 끌어안으며 고개를 끄덕였다.

"네, 작은 백골이 가라앉아 있었어요."

6장

因果 인과

I

    고코인에서는 행인지 불행인지 시게오키가 예상대로 두통이 생겨, 다키가 나간 지 얼마 안 돼서 자리를 깔고 일찌감치 누웠다. 잔교에서 벌어진 소동에 대해서도 모른다.

    "그 백골을 그냥 둘 수는 없지. 해가 지기 전에 찾아보자."

    오리베가 서둘러 내린 명령에, 미노스케가 훈도시 차림으로 단검을 입에 물고 다시 한 번 잔교에서 잠수했다. 밀려드는 물풀을 손으로 헤치고 방해가 되는 덩굴을 단검으로 잘라 시야를 넓히면서 두 번 세 번 잠수를 거듭한 끝에 겨우 발견했다.

    작다고 생각한 것은 다키가 잘못 본 게 아니었다.

    "……어린애 두개골이군요."

    살은 썩어 고기밥이 됐고, 남아 있는 뼈도 진쿄 호의 물에 씻겼는지 얇은 부분은 약해져 있었다.

생각지도 못한 일에 보초를 서는 위사를 제외하고 모두가 서쪽 대기소에 모였다. 다키도 스즈도 다친 곳은 없었거니와 물에서 나온 뒤 바로 몸을 따뜻하게 했기 때문에 아무렇지도 않았다. 오리베를 비롯한 사람들에게 둘러싸여 사방등 불빛 속에 보는 백골은 무섭지도, 꺼림칙하지도 않고 그저 측은하고 슬플 뿐이었다.

거기서 고와 도요사쿠가 소란을 피우기 시작했다.

"지난번에 고로스케 할아범과 호숫가를 걷고 있을 때……."

"할아범이 발견한 까마귀 둥지 속에 작은 뼈가 있었거든요!"

고로스케는 짐승 뼈라고 했지만 그것도 아이의 뼈가 아니었을까.

"진쿄 호에서 빠져죽은 아이의 뼈 아닐까요, 젊은 선생님."

"뼈가 뿔뿔이 흩어진 거예요."

불쌍하게도 고는 이미 눈물을 글썽이고 있었다.

"알았다, 알았어. 알았으니까 그렇게 흥분하지 말고."

시로타 의사는 찬찬히 백골을 조사했다.

"크기로 볼 때 열 살쯤 됐겠군요. 상당히 오래된 것 같습니다만, 사후 어느 정도 지났는지 저는 감별할 방법이 없습니다. 이시노 님은 여기 고코인에 드나들 수 있는 입장에 그 정도 나이의 아이를 아십니까?"

오리베는 시로타 의사의 질문에 바로 대답할 수 없었다. 이시노 가는 대대로 에도에서 근무했거니와 오리베 자신도 이십대 중반부터 이미 기타미를 떠나 있었다. 저택 관리인으로 오기 전에는 고코인에 발을 들여놓은 적이 없다. 시게오키가 틀어박히기 전까지 고코인은 역대 번주가 휴식을 취하는 별저였던지라 기타미 번의 가정 가로 무토 주베에의 소관이며, 경비는 성대 가로 노자키 무네토시가 책임진다.

"이틀 뒤에 와키사카 님께서 오시니 그때 사정을 말씀드려보지."

"그것도 괜찮을 것 같습니다만, 고로스케가 뭔가 기억하지 않을까요?"

"하지만 그렇다면 까마귀 둥지에서 뼈를 발견했을 때 좀 더 관심을 보였을 것 같은데요."

도요사쿠의 말에 고도 고개를 끄덕였다. 그 정도로 고로스케 할아범은 그 작은 뼈에 무관심했고 태연했다.

"너무 오래돼서 고로스케도 모르는지도 모르지."

어쨌거나 일단 물어보고 싶은데, 정작 고로스케 할아범은 어디서 뭘 하는지 모습이 보이지 않았다. 평소에도 자유롭게 숲을 돌아다니며 짐승이나 벌레로 인한 피해는 없는지 조사하고 덤불을 베고 나무를 솎는 등, 고코인과 정원을 넘어 이 일대 전체가 그의 활동 영역이다 보니 가끔 그럴 때가 있었다. 부지 안에 할아범이 기거하는 간소한 오두막이 있지만, 거처가 따로 있는 듯 고코인으로 돌아오지 않고 그곳에서 자는 날도 있다고 고가 말했다.

"그래서 고로스케 씨 저녁식사가 그냥 남을 때가 있거든요."

"간키치 씨가 먹으니까 그냥 버려지는 일은 없지만요" 하고 스즈가 덧붙였다. 다키는 상냥하게 미소를 지으며 스즈의 가녀린 등을 쓸어주었다. 두 사람 다 무사해서 다행이다.

"그러고 보니 어제 제가 장작을 패는데 할아범이 슬슬 둑을 보러 가야겠다는 말을 했습니다만……."

도요사쿠가 중얼거리자 오리베가 물었다.

"둑이라 하면 미에의 둑 말이냐."

"예. 무슨 일이 있어도 그 둑이 무너질 염려는 없지만 가끔씩 둘러본다고 할아범이 말하더군요."

미에의 둑은 고코인에서 볼 때 호수 반대편에 있다. 산에서 잘라낸 바위를 성 돌담 같은 식으로 튼튼하게 쌓은 둑이다.

"이 이야기는 다키에게는 부처님한테 설법일 테지."

오리베는 빙긋 웃으며 다키를 봤다.

"진쿄 호는 용수(湧水)가 괸 작은 호수다만, 대략 육십 년 전에는 더 수심이 얕고 조그마해서는 그저 주변 숲의 낙뢰를 비추는 것만 같았던 터라 '거울 늪'이라고 불렸다 한다."

산속이기는 하지만 늪이 있다. 그 물을 이용할 방법은 없을까.

"튼튼한 둑을 쌓아 '거울 늪'에서 흘러나오는 시냇물을 막고 흙을 다져 주변 숲에 침식하는 것을 차단해서 더 큰 호수로 만들고, 호반을 개척해 영민을 이주시킨다. 그것이 우리 번 토목청이 최초로 맡은 큰 사업이었다 하더구나."

아버지 가즈에몬에게 종종 들었던 옛날이야기다.

"저도 제 눈으로 직접 본 적은 없지만 아버지에게 이따금 이야기를 듣곤 했습니다. 폭은 10간에 못 미친다고 하니 그다지 큰 둑은 아니지만, 아주 튼튼하게 만들어져 있다고 해요."

"그래. 비바람을 맞고 호수 물에 쓸려도 백 년은 끄떡없을 것이라 하더군."

완성된 둑은 당시 토목 부교의 성(姓)을 따서 미에의 둑이라고 불리게 됐다.

"둑 상부에 박는 돌에 기타미 가의 위패를 모신 절의 석등을 썼다. 물에 잠겨 보이지 않는 뒷면에는 미에 가의 문장을 새겼다 하더구나."

이 둑 공사에 이 년 남짓의 세월이 걸렸지만, 거기서 쌓인 기술이 훗날 센 천 제방 조성에도 크게 도움이 됐다. 그렇기에 토목청에서 자랑으로 여기는 것이다.

"하지만 호반에 마을이 없는데요."

"그건 말이다, 고. 이곳 경치가 너무 아름다운 탓이란다."

호반의 주재소에서 생활했던 토목청 번사들은 물론 몇 차례 시찰을 나왔던 당시의 3대 번주까지도, 비록 산속의 변덕스러운 날씨와 잦은 벼락이 골치이기는 해도 거울 늪, 즉 진쿄 호를 둘러싼 사계의 아름다움에 반하고 말았다.

"그래서 개척과 이주는 중지하고 기타미 가의 별저를 세우기로 한 것이야."

고코인의 건물이 옆으로 넓고 높이는 낮은 것은 낙뢰의 위험을 조금이라도 줄이기 위해서다. 건물 주위에 정원을 꾸민 것도 근처에서 산불이 났을 때 불길이 바로 번지는 것을 막기 위한 조처다.

"당시에는 진쿄 호에 어용선을 띄운다는 계획도 있었다고 하더라만, 그쪽은 낚싯배를 매어두기에는 다소 근사한 잔교를 만드는 것으로 그쳤다. 나리께서 호수로 뱃놀이를 나가셨다가 소나기와 천둥이라도 만났다가는 피할 곳이 없고 구해드릴 방도도 없으니 말이다. 그 점을 우려한 지혜로운 사람이 간언했을지도 모르지."

이야기하는 동안에도 작은 백골을 손에 들고 있었던 시로타 의사가 중얼거렸다.

"……그렇다면 더욱 이상한데요. 이 아이는 어디서 온 걸까요."

예나 지금이나 호숫가에 마을은 없다. 미에의 둑과 고코인을 조성하러 왔던 토목청 관계자는 모두 어른이었을 것이다.

"당시 동원된 인부 중에 어린아이가 섞여 있었을지도 모르겠군."

"그럴 수도 있겠군요. 하지만 이 아이가 짐을 나를 정도의 나이였을까요."

고개를 꼬아봐도 답이 나오지 않으니 그 자리는 일단 파했다.

생각지도 못한 일 탓에 저녁 준비가 늦어졌다. 다키는 부엌일을 거들려고 했으나 고와 스즈에 간키치까지 합세해서 몹시 쩔쩔매며 말렸다. 그러나 "다키 님이 어, 어, 어깨띠 같은 것을 처두르시면 안 됩니다"라는 간키치의 말에 먼저 다키가 웃음을 터뜨리고, 고도 덩달아 깔깔 웃었다.

"처두르신대."

"간키치 씨, 무슨 말이 그래요."

나무라는 스즈도 웃음을 참고 있었다.

"뭐? 그럼 뭐라고 하는데?"

"부엌일에 다키 님의 도움을 받다니 너무 아깝지 않습니까. 천벌을 받을 것입니다."

고가 점잔 뺀 얼굴로 대답했다.

"뭐가 그렇게 복잡해. 그보다 다치지는 않으셨어도 물에 빠지셨으니까 몸이 차가워졌을 겁니다. 다키 님은 편히 처쉬셔…… 아니, 처쉬고 계십시오…… 아니, 이것도 아니고."

이 정도로 철저하면 일부러 이상한 말투를 쓰는 게 뻔하다. 간키치는 그들을 웃기려고 하는 것이다.

"스즈가 이렇게 일하는데요, 저도 괜찮아요."

"그, 그렇지만……."

"백골을 발견했을 때는 무서웠지만 지금은 오히려 가엾은 생각이 들어요."

옆에서 스즈도 살짝 고개를 끄덕였다.

"그나저나 다지마 님…… 한주로 씨가 없을 때라 다행이네요. 그 사람이 있었으면 호되게 야단맞았을 거예요."

"야단치지 않으실 겁니다. 그분은 다키 님의 호위꾼이니까요. 다키 님을 잔교 끄트머리에 서게 한 자기 실책을 수치스럽게 여기고 진쿄 호에 뛰어들어 사죄하실 것 같은데요."

고가 장난치지 말라며 간키치를 노려봤다.

"아니, 장난치는 게 아니라고. 내가 신쿠로라는 사람이 고코인에서 도망쳤다는 걸 알려드리러 달려갔을 때도 다지마 님은 맨 먼저 다키 님이 어떠신지 그것부터 걱정하셨는걸."

그 이야기는 간키치가 고코인으로 돌아온 직후에 들었다. 다키는 사촌동생의 자상함을 다시금 느끼며 신쿠로에 관해서는 그만 잊기로 했다.

"다지마 님이 성읍에서 볼일을 얼른 마치고 돌아오시면 좋을 텐데."

스즈가 중얼거렸다. 세 어른이 무심코 쳐다보자 순식간에 볼이 빨개졌다.

"자, 장작 가져올게요!"

허둥지둥 부엌에서 뛰쳐나갔다.

"어머나" 고가 방긋 웃었다. 다키도 가슴속이 따스해졌다.

"쳇, 뭐냐고. 스즈는 나한테는 수줍어한 적 한 번도 없는데."

"간 씨는 끝마무리가 허술하잖아. 오늘도 중요한 대목에 없었지."

호반에서 소동이 벌어졌을 때 간키치는 동쪽 대기소를 청소하는 중이었던 듯 아무것도 몰랐다.

"진짜다. 스즈한테 멋진 모습을 보여줄 기회를 놓쳤군. 아, 물론 다키 님께도 말이죠."

네, 아쉽네요, 하고 다키는 정중하게 대답했다.

"그렇지만 그 백골을 잘 안치하고 향을 피우고 꽃을 장식할 수 있게 이것저것 준비한 사람은 접니다."

"젊은 선생님이 분부하신 거잖아."

간키치는 주위를 잠깐 둘러보고는 목소리를 낮추었다.

"이건 비밀입니다만 위사 중에 그 백골을 무서워하는 사람이 있거든요."

그런 것은 지벌을 입는다며 경원하는 눈치라고 했다.

"뭐, 그럴 수도 있겠지."

"그나저나 어린애 백골이라……" 간키치는 팔짱을 끼더니 고개를 가볍게 갸웃했다. "어째 묘하게 맞아드는 것 같아서 실은 나도 약간 찜찜하단 말이지."

이것 역시 무심코 흘린 혼잣말 같았으나 다키는 마음에 걸렸다. 고도 어리둥절한 표정이었다.

"무슨 소리야?"

"뭐가 맞아들죠?"

두 여자의 반응에 간키치는 순간 대답이 궁한 듯했다.

"아니, 그게 저 말이죠. 저 따위가 경솔하게 입을 놀릴 게 아니다…… 싶긴 합니다만."

고개를 갸웃했다.

"뭘 그렇게 빼?"

"그런 게 아니야. 우연히 겹친 것뿐이라. 그 백골에 관해서는 고로스케 할아범에게 묻는 게 제일 나을 겁니다. 분명히 뭔가 알걸요."

"역시 미에의 둑을 만들 때 노역에 동원된 아이일까요."

"네, 있을 법한 일입니다. 인근 지역에서 남자들이 징용됐다면 어떻게든 머릿수를 채워야 하거든요. 늙은이랑 애새끼도 노역을 하러 오죠."

"간 씨, 정말 말씨가 형편없네."

"뭐가 어때서."

"'늙은이랑 애새끼'가 뭐야."

"시끄럽네."

그러나 밤이 깊어 방으로 돌아와서 혼자가 되니, 다른 사람들과 함께 있을 때의 밝은 기분이 사라지고 착잡함이 가슴을 메웠다.

아버지 가즈에몬이 자랑으로 여겼듯이 기타미 번의 토목청은 지금까지 훌륭한 업적을 남겨왔다. 수해를 막고 농지를 개간해 수확량을 늘렸다.

그러나 노역에 징용된 영민들 중에서 때로 희생자가 발생한다. 공사 현장에는 위험이 따른다.

심지를 짧게 한 사방등에 두 손을 비춰봤다. 손바닥에도 손목에도 피가 통했다. 어렴풋이 붉게 비쳐 보였다.

이 피가 정말로 미타마쿠리를 쓸 수 있는 혈통이라면. 그 기술을 다키도 습득할 수 있었다면.

백골이 어디 살던 누구인지 직접 물어볼 수 있을 것이다. 왜, 어떻게 해서 목숨을 잃고 차가운 물속에 가라앉아 있었나. 한탄을 듣고 위로해주는 것도 어렵지 않았을 것이다.

하지만 나는 아무것도 모르고 아무것도 할 수 없다.

다키는 그저 아버지가 감독해온 현장에서는 한 사람의 인부도 잃은 적이 없고 설령 머릿수를 맞추기 위해 아이가 오는 일이 있었다 해도 혹사한 적은 없다고 믿는 수밖에 없었다.

안녕히 주무세요, 아버지.

합장하고 나서 잠자리에 들었다.

한편 밤늦은 시간, 고와 간키치는 부엌에 있었다.

"아까 하려던 이야기가 뭐야?"

"뭐?"

"뭐가 맞아든다느니 어쩌니 했잖아."

"글쎄올시다, 고 님께서 뭔 말씀을 하시는 건지 소인 간키치, 통 모르겠는뎁쇼, 에헤야 좋다."

"하여간 바보 같긴."

고도 진심으로 욕하는 게 아니거니와, 간키치 본인도 자신은 머리가 뛰어나게 좋은 것은 아니지만 입장을 모를 만큼 바보는 아닌 줄 잘 알고 있다.

다지마 한주로는 오리베의 명령을 받아 움직이고 있으니, 그가 조사하려는 성읍의 남자애들 실종 사건은 분명 지금의 고코인과, 다시 말해 나리마님과 어떤 연관이 있을 것이다. 적어도 그렇게 생각할 만한 이유가 있을 것이다.

그런 중대한 일을 간키치가 곁에서 나불나불 이야기할 수는 없다. 다지마 님도 그냥 듣고 넘겨달라고 하지 않았나.

아차, 그건 서쪽 거리 이치야나기 이야기였나.

오직 충의와 다키 님밖에 모르는 다지마 님도 남자로군 생각하며 간키치는 혼자 히죽거렸다.

남자로 말하자면 한 분 더 있다.

"야, 고."

"왜? 그 그릇 다 씻으면 행주로 닦아서 이쪽으로 줘."

"젊은 선생님은 어디에 계셨을까."

"뭐?"

"다키 님과 스즈는 둘이 산책 나갔다가 잔교에서 물에 빠진 거잖아."

"그렇지."

"그런데 젊은 선생님이 달려와서 물에 뛰어들어 건져주셨다 이거지."

"근처에 미노스케 씨도 있었어. 배 타고 나가 있었으니까."

"그쪽은 됐고, 젊은 선생님은 어디에 계시다가 다키 님과 스즈가 물에 빠지는 걸 봤을까."

고도 갑자기 흠칫했다.

간키치는 한층 히죽거렸다. "건물 안에 있었으면 잔교는 보이지 않는다고. 나도 그랬으니까."

"그러게……."

"다키 님이 스즈와 단둘이 호수로 가시니까 젊은 선생님이 걱정되신 게 아니겠어?"

고는 간키치의 얼굴을 빤히 쳐다봤다.

"미노스케 씨가 낚시를 하고 있으니까 잔교 쪽으로 가자고 스즈가 말하는 소리는 나한테도 들렸어."

간키치의 히죽거리는 웃음이 고의 얼굴에도 옮았다.

"잔교 언저리는 물이 깊으니까 말이지."

"그럼, 그럼."

"내가 젊은 선생님 같으면 몰래 따라갈걸."

별일 없는지 지켜보기 위해.

"사실은 같이 산책하고 싶지."

하지만 바로 다가가서 나란히 걷는 것은 너무 무례하지 않나.

"그러니까 조금 떨어진 곳에서 지켜봤는데……."

"그랬더니 진짜로 물에 빠져서 이크 하고 달려가서 풍덩! 한 거야."

"풍덩이 아니야, 첨벙이지. 자진해서 뛰어든 거니까. 미노스케 씨가 감탄하던걸. 시로타 선생님은 의사 나리이신데 수영을 배우셨나 보군요, 하고."

"번의(藩醫)도 무사니까 말이지. 학문만이 아니라 검술도 수영도 다 배운다고."

히죽히죽히죽히죽.

"젊은 선생님이 다키 님께 멋진 모습을 보여드렸네."

"그 목석같은 분이 여자한테 멋진 모습 보여주겠다는 생각을 한 것도 처음 아닌가?"

히죽히죽히죽히죽.

"다키 님은 미인이니까 말이지."

고는 한숨을 쉬었다.

"그렇지만 난 좀 걱정되는데."

이 사랑, 쉽지 않을 것이다.

"그렇잖아. 어쨌거나 다키 님은 나리마님의 측실이잖아? 지금은 아직 아니라도 언젠가는 말이지."

그에 관해서는 뭐라 경솔하게 말할 수 없다. 고는 간키치의 이마를 찰싹 때렸다.

"자, 수다는 이제 끝. 괜히 밤만 깊어졌네."

이튿날 아침, 어디서 잤는지 식사는 어떻게 했는지 피로한 기색도 없이 고로스케 할아범이 고코인으로 돌아왔다. 오리베와 시로타 의사가 백골을 보여주며 고에게서 들은 까마귀 둥지 속의 작은 뼈에 관해서도 같이 묻자 "그야 둑 공사 때 거겠지"라고 대답했다.

고로스케는 신분 때문인지 결코 오리베나 의사와 눈을 맞추려 하지 않았다. 밑을 보며 갈라진 목소리로 중얼중얼 말했다.

"공사에 관계한 인부 중에 이 정도 나이의 아이가 있었다는 뜻인가?"

"노인네도 아이도 있었어. 큰 공사라 남자 일손이 많이 필요했으니까."

말투는 무뚝뚝했다.

"사람도 제물로 바쳤으니까 그 뼈일지도 몰라."

오리베와 의사는 마주 봤다.

"제물이라. 고로스케는 당시에 관해 아는가?"

"나는 몰라. 스님한테 들은 거야. 날 키워준 스님. 이시노 님, 이제 가도 돼? 도비아시가 오는데 여물을 더 많이 마련해줘야지."

등도 허리도 굽었고 팔꿈치와 무릎 뼈가 튀어나왔을 만큼 말랐는데도 고로스케는 원숭이처럼 동작이 민첩했다. 쪼르르 가버렸다.

"이 백골은 호숫가 어딘가에 묻어주는 수밖에 없을 것 같군요."

시로타 의사는 그렇게 말하고 나서 오리베의 표정을 알아차렸다. 뭔가 생각하는 얼굴이었다.

"왜 그러십니까?"

"아니, 별일은 아니네만."

고로스케는 몇 살이지? 하고 중얼거렸다.

"누구보다도 오래 이곳에 있으면서 고코인을 지켜준 사람이네만 실은 정체를 잘 모르겠군."

뭐, 됐네, 라며 쓴웃음을 지었다.

"내일 와키사카 님께서 오시니 준비를 서둘러야지. 작은나리가 별일 없으시면 좋겠네만."

수석 가로의 방문을 무사히 마치면 시게오키의 처우가 달라질 수 있을지도 모른다.

2

날씨가 매우 화창했다.

푸른 하늘에 여름 태양이 빛나고 진쿄 호에 부는 바람이 상쾌했다. 성읍은 푹푹 찌겠지만 고코인은 그야말로 별천지다.

수석 가로 와키사카 가쓰타카는 낮이 다 돼서 경호를 맡는 우마마와리와 하인 한 명씩을 거느리고, 마부에게 도비아시를 끌게 해서 고코인을 찾아왔다. 신분을 생각하면 수행원이 적지만, 자신이 주도해서 연금한 전 번주에게 문안하는 것이니 신경 썼을 것이다. 어쨌거나 번 중신의 신변은 항상 가게마와리가 지키고 있으니 걱정 없다.

그렇지만 세 번째 인물, 즉 수석 가로가 거느리고 온 마부를 보고는 마중 나온 고코인 일동도 당황했다.

"이자의 이름은 시게라고 한다."

마침 성읍에 머물고 있던 난부의 말 장수라고 했다.

"나리마님께 도비아시를 무사히 데려오기 위해서는 시게의 힘을 빌리지 않을 수 없었어. 다른 자들은 도무지 감당이 되어야지."

도비아시는 기름을 바른 것처럼 윤기가 흐르는 검은 털에 몸이 탄탄하며 채찍을 한 번 휘두르면 검은 화살처럼 달린다고 시게오키는 오리베와 다키에게 이야기했다. 그런데 지금 눈앞에 있는 말은 털빛이 바랬고 갈기도 숱이 적어진 듯했다. 말 장수가 잡은 고삐를 거스르는 기색도 없이 얌전하게 고개를 낮추고 있었다. 주인과 떨어진 뒤 누구 말도 듣지 않고 먹이도 제대로 먹지 않았다고 하니 제 아무리 준마라도 약해졌을 것이다.

그런데도 이 마부 말고는 아무도 도비아시를 여기까지 끌고 오는 것조차 여의치 않았다는 말인가.

더욱이 놀랍게도 시게는 여자였다. 여자 말 장수인 것이다.

남자처럼 통 좁은 바지와 짧은 저고리를 입었고, 각반을 차고 짚신 끈을 졸라맸다. 경단 모양으로 단단히 틀어 올린 머리에는 흰머리가 간간히 섞여 있었다. 무두질한 가죽처럼 검게 탄 피부는 목 주위까지 주름이 자글자글했지만, 몸놀림은 가볍고 저택 관리인 앞에서 엎드려 절하는 어깨와 등, 저고리 소맷부리 밖으로 보이는 팔은 근육이 탄탄했다.

"수고했다, 시게."

시게가 도비아시를 마구간으로 데려가 쉬게 하자, 와키사카는 여장의 흙먼지를 털고 고코인으로 들어갔다. 시게오키의 용태에 관해서는 시로타 의사가, 쿠리야 신쿠로의 도주에 이르는 경위는 이시노 오리베가 다시금 자세히 설명했다. 사전에 시게오키가 은거중인 환자이니 매사 편히 하라는 명을 내린지라 수석 가로도 옷을 갈아입지 않았다. 그래도 의사는 오늘 작업복 대신 하카마 하오리를 갖추어 입었고 머리도 간소하게 틀어 올렸다.

세 사람의 만남은 오래 걸렸다. 도중에 가벼운 점심식사를 들 때는 간키치가 시중을 들었다.

그 뒤 창살방 문이 열렸다 닫히는, 익숙한 들들 소리가 들렸다. 드디어 수석 가로가 시게오키의 거실로 찾아뵙는 것이다.

다키는 부름을 받지 못했다. 신분과 입장을 생각할 때 당연한 일이었지만, 쿠리야 신쿠로의 사촌누이인 이상 수석 가로에게서 무슨 질문이나 질책을 받아도 이상할 것 없다. 혹시 부름을 받을 경우 보기 흉하지 않도록 비단 옷을 입고 있어 마음이 진정되지 않았다.

창살방 분위기가 지금 어떨까 싶어 혼자 안절부절못하고 있었다. 거기에는 다소 뼈아픈 이유도 있었다.

창살방 안에 매일 드나들게 되면서 다키도 시게오키의 기분이 불안정해 걸핏하면 바뀐다는 것을 알게 됐다. 날에 따라 다른 것은 물론 오전과 오후, 아침과 저녁까지 다를 정도다.

단순히 두통이나 미열 등 몸 상태가 좋지 않아 우울해할 때도 있었다. 몸은 괜찮은 것 같은데 생각에 잠겨 침묵할 때도 있었다. 간키치 등 하인을 통해 아침부터 '오늘은 아무도 만나고 싶지 않다'고 이르고는 그게 며칠씩 계속될 때도 있었다. 그런가 하면 다키가 오는 것을 학수고대한 것처럼 "오늘은 날이 덥군" 하고 날씨 이야기를 한다든지, "그러고 보면 네게 오빠도 있었지. 가즈에몬 밑에서 일하지 않았느냐" 하고 친근하게 말을 걸곤 했다. 밤낮이 뒤바뀌는 것은 그친 듯했지만, 시간 경과에 대한 감각이 다소 어긋난 것처럼 느껴질 때도 있었다. 이른 아침을 저물녘이라고 생각한다든지, 그저께 있었던 일을 어제 일로 착각한다든지.

이날 시게오키는 두통도 사라져 몸 상태는 안정돼 있었다. 아침에 다키가 상을 들고 들어갔을 때도 기분이 나쁘지 않아 "어이구, 드디어 그 도깨비처럼 생긴 할아범이 오는 날이군" 하고 장난스럽게 말할 정도였다.

그에 대해 안도하는 마음도 있어서 다키는 어물어물 말했다.

"무례한 질문을 드려 죄송합니다만, 나리마님께서는 가로 나리께……."

"내가 도깨비 할아범에게 화가 나지 않았는지 묻고 싶은 것이냐."

화나는 게 당연할 것이다. 수석 가로는 연금의 주모자다. 병이 들 대로 들고 약해질 대로 약해져 상황 판단이 전혀 되지 않았던 당시와 지금의 시게오키는 많이 다르다. 기력도 이성도 되찾았다.

"이제 와서 화낼 정도라면 처음부터 이렇게 되지 않았을 테지."

온화하게 미소 지으면서 그렇게 말했다.

"게다가 이번 문안은, 뭐, 내가 얌전히 요양하고 있는지 확인하는 목적도 있겠다만, 와키사카는 그보다 이시노를 만나러 오는 것이야."

오리베는 와키사카 님과 어렸을 때부터 친했다고 말했었다.

"저택 관리인으로 할아범을 불러준 사람도 와키사카야. 내 용태에 대해, 앞으로의 처우에 대해서도 기탄없이 의견을 주고받을 수 있을 테지."

"앞으로의 처우라니 무슨 말씀이신지요?"

"다키는 의외로 태평하군."

시게오키는 얼핏 비꼬는 듯한 웃음을 지었다. 이런 미묘한 표정 변화도 요새는 자연스레 나타났다.

"나도 언제까지고 이 호화로운 우리 안에서 편안히 살 수 있을지 모르는 일이야."

아무리 그럴 리가. 갑자기 무슨 말인가.

"어디 다른 곳으로 옮기신다는 말씀인지요?"

"그래. 어디로 옮기게 되든 유폐 신세인 것은 다를 바 없으니 내가 있을 곳은 옥방 안이지. 하지만 언제까지고 번주의 별저를 독차지하고 있을 수는 없지 않느냐."

"그렇지만 이곳은……."

이렇게 수고와 비용을 들여 꾸미지 않았느냐는 말은 차마 할 수 없었다. 그래도 시게오키는 정확하게 알아들었다.

"이 정도면 부수고 다시 공사하면 그만이지."

그러고는 타이르는 듯한 어조로 말을 이었다.

"돈 낭비처럼 보일 테지. 그래, 아닌 게 아니라 낭비야. 하지만 중신들 입장에서 생각해보려무나. 그들도 정중하게 일을 처리할 수밖에 없었던 것이야. 나를 함부로 대했다가는 가신들 중에 반발하는 자가 나타날지도 모르고, 영내의 민심도 어지러워질 우려가 있었어."

시게오키는 어깨를 가볍게 으쓱했다.

"나는 병들어 넋이 나가 있기는 했다만 악랄한 번주는 아니었을 테니 말이지."

"물론 다키도 그것은 잘 압니다!"

"그렇게 흥분할 것 없다. 다키는 세상물정 모르는 어린 처자 같은 데가 있구나."

그렇기에 이 창살방은 필요한 낭비라고 말을 이었다.

"나오마사 공도 내게 예를 다해주셨다. 앞으로 얼마나 더 그 후의에 의지할 수 있을지. 어쨌거나 내일 당장 이곳을 비우라고 하지는 않을 테니 도깨비 영감이 내 얼굴을 보고 싶다 하면 보여주자꾸나."

가볍게 웃고 나서 문득 정색했다.

"그보다 도비아시를 모르겠다는 말이지. 설마 나오마사 공이 보내 주실 줄은 몰랐는데."

무슨 일이 있었나, 하고 중얼거렸다.

"그놈, 정말로 나오마사 공을 걷어찼는지도 모르겠군."

"그렇게 성격이 거친 말입니까?"

"좋고 싫고가 분명한 것이야. 싫은 것은 싫다고 죽어도 뜻을 굽히 지 않는 점이 나와 비슷하지."

다키는 시게오키에게 그런 면이 있는 것 같지 않았지만, 어쨌거나 좋은 이야기를 들었다.

"그런 것이 걱정되신다면 나리마님께서 직접 도비아시를 보러 가 시면 어떨까요?"

"말은 이곳에 들어오지 못해."

"그러니까 나리마님께서 마구간으로 가시면 되죠."

시게오키는 잠시 주춤했다.

다키는 점잔 뺀 표정으로 말을 이었다.

"시로타 선생님도 나리마님은 조금 볕을 쬐는 게 건강에 좋으실 것 같다고 말씀하셨답니다."

그래, 그래서 빨리 더 좋아지면 된다. 좋아지면 어떤 호화로운 옥 방도, 튼튼한 옥방도 필요 없게 된다.

언젠가 여기 고코인에 있을 수 없게 된다고? 좋다. 제 발로 나가서 전 번주에 어울리는 저택에 살면 된다. 그게 기타미 시게오키가 본래 누려야 할 생활이다.

그러나 다키의 그런 생각과는 달리 시게오키는 즉각 대답했다.

"나는 이 옥방에서 나가지 않아."

강한 어조 안에 뿌리 깊은 공포가 느껴졌다. 또다시 이성을 잃지 않을까 하는 공포.

"그렇지만 요새 나리마님은……."

"다키, 그만 물러가라. 그 이야기는 그만 하자꾸나" 시게오키는 날카롭게 가로막았다. "노여워하는 것이 아니야. 그저 그렇게 간단히 나를 믿지 말라고 하고 싶은 것뿐이다. 나 스스로가 나를 믿지 않으니까."

그 이상은 어떻게 얼버무릴 길도 없어 맥없이 나온 다키는 손으로 얼굴을 감쌌다.

중요한 날에 쓸데없는 짓을 하고 말았다. 시게오키는 노여워하지 않는다고 말해주었지만, 다키의 실책이다.

그때부터 내내 불안이 가시지 않았다.

아침에 내가 한 행동 같은 것을 경박하다고 하는 거야.

문안은 언제 끝날까. 가슴이 울렁거렸다. 지금은 부름이 없으면 다키는 시게오키에게 갈 수 없다. 한시라도 빨리 사죄하고 싶은데 방법이 없었다.

이러고 있느니 도비아시를 보러 가자고 생각했다.

다키가 가까이에서 애마의 상태를 살피고, 그래, 시게라는 말 장수와 이야기도 해서 시게오키에게 전하면 되지 않나.

기분이 조금 밝아져 동쪽 대기소의 마구간으로 갔다.

다키가 고코인에 처음 왔을 때는 마구간에 말 세 마리가 있었는데, 한 마리는 신쿠로와 함께 없어져 지금은 두 마리만 남아 있었다. 그 두 마리가 한 칸에서 꼴을 먹고 있고, 빈 칸에 도비아시가 들어 있었다. 생소한 장소를 경계하는지 머리를 쳐들고 벽 근처를 돌아다니고 있었다.

위사는 보이지 않았다. 정원으로 통하는 문을 열고 나간 곳에 시게가 빈 나무통에 걸터앉아 담뱃대를 만지작거리고 있었다.

발소리에 돌아본 시게는 바로 일어나 담뱃대를 허리띠에 꽂고 정중하게 인사했다. 다키도 마루에 무릎을 꿇었다.

"실례합니다. 저……."

"도비아시를 보시겠습니까?"

굵고 뚜렷한 목소리였다. 다키는 이런 목소리를 가진 여자를 처음 봤다.

"이쪽으로 오시죠. 울타리에 가까이 가지만 않으면 도비아시는 얌전히 있을 겁니다."

그렇게 말하며 시게도 마구간 안으로 들어왔다.

"저는 여기서도 충분해요."

그러자 무두질한 가죽 같은 시게의 뺨에 주름이 잡혔다. 웃은 모양이다.

"무서워하실 것 없습니다. 똑똑한 말이니까 느닷없이 날뛰거나 하지 않는답니다."

장사 때문에 에도를 자주 오가서일까, 억양이 다소 기타미와는 다르지만 난부 사투리가 두드러지지는 않았다.

"무서운 게 아니라 아까워서요. 도비아시는 나리마님의 소중한 말이니까요."

시게는 울타리에 손을 가볍게 얹고 탁 쳤다.

"이리 오렴, 도비아시."

도비아시는 다가와 시게의 손이 있는 곳에 코를 갖다댔다. 꼬리를 휘휘 젓고 있다.

"당신을 따르는군요."

"제가 난부에서 데려온 말이니까요."

"쿠리…… 이토 나리타카 님이 주선하신 것 말인가요?"

"네. 이토 님은 말을 볼 줄 아셔서 바로 도비아시를 마음에 들어하셨죠. 그래서 작은나리께 헌상하게 된 겁니다."

"작은나리……."

"여기서는 '나리마님'이시죠."

시게는 고개를 살짝 움츠렸다.

"저희는 할아버지 대부터 기타미 번에 출입을 허락받았거든요."

도비아시의 코를 쓰다듬었다. 말의 콧김에서 축축한 소리가 났다.

"저도 아버지와 함께 성 마장(馬場)에서 큰나리께 말을 보여드린 적이 있답니다. 작은나리가 기타미 번에 처음 오셨을 때도 축하 인사를 올리러 갔었죠."

마장에서였다 해도 선대 곤보 후를 배알할 수 있을 만큼 시게의 집은 말 장수로서 기타미 번에서 인정받는 것이다. 시게오키를 작은나리라고 부르는 것도 그동안 쌓아온 신용과 경애가 있기에 그럴 것이다.

"이곳에 찾아뵙는 것도 이번이 세 번째일까요. 두 번째 왔을 때는 도비아시를 타신 작은나리와 이토 님을 수행해서 왔죠."

도비아시가 발을 들었다 놨다 하더니 빙글 돌아섰다. 가볍게 팔짝팔짝 뛰는 듯한 걸음걸이로 칸막이 벽 쪽으로 돌아갔다.

"이곳에 오면 작은나리를 뵐 수 있다고 타일러서 데려왔기 때문에 도비아시가 조바심을 내는 거랍니다."

시게는 다키를 쳐다봤다.

"작은나리는 내실에서만 지내시면서 모습을 보이지 않으신다죠?"

어디까지 이야기해도 되는 걸까. 망설이고 있으려니 시게는 다키의 등 뒤를 향해 살짝 턱짓을 했다.

"제가 끈덕지게 물어본 탓이니까 야단치지 마세요. 저 애가 가르쳐줬습니다."

놀라 돌아본 다키는 그늘에 있던 스즈와 눈이 마주쳤다.

"꺄! 죄송합니다."

스즈는 깡충 뛰어오르더니 "저, 저기, 정말 죄송합니다!" 하면서 머리를 꾸벅 숙이고 허둥지둥 도망쳤다. 시게가 또다시 뺨에 주름을 잡고 다키도 쓴웃음을 지었다.

"도망치지 않아도 되는데요."

"저 애, 아까도 왔었답니다. 이렇게 검은 말을 보는 게 처음이라면서 눈을 동그랗게 뜨더군요."

어린애답고 귀여운 호기심 아닌가. 야단칠 생각은 조금도 없었다.

"이렇게 하얀 점이 전혀 없는, 우단처럼 새카만 말은 정말 흔치 않거든요. 기운이 좋았을 때는 훨씬 더 몸에 윤이 흘렀는데요."

말투는 시원스럽고 목소리가 굵다 보니 남자와 이야기하는 기분이 들었다. 하지만 비록 검게 타기는 했어도 옆얼굴의 부드러운 선은 여자의 것이었다.

정원에서 발소리가 들리더니 순찰을 도는 위사가 얼핏 모습을 보였다. 두 사람에게 인사하고 지나갔다.

다키는 다시 바싹 다가앉았다.

"시게 씨, 인사가 늦었습니다. 저는 가가미 다키라고 합니다. 이곳에서 저택 관리인이신 이시노 님을 모시고 있어요."

"그러시면 안 됩니다. 저 같은 것은 그냥 편하게 부르셔야죠."

시게는 다키 쪽으로 한 걸음 다가와 그 자리에서 마구간 바닥에 무릎을 꿇었다.

"난부 오마노의 목장에서 온 시게입니다."

정식으로 인사를 주고받은 뒤, 다키는 시게오키가 도비아시에게 무슨 일이 있었던 게 아닌가 걱정한다는 이야기를 털어놨다.

"아니면 나리께서 도비아시를 보내주실 리 없다고 말씀하셨어요."

다키의 말을 들으며 시게는 천천히 고개를 끄덕였다.

"작은나리는 역시 다르시군요."

"그럼……."

"아뇨, 도비아시가 나리를 물거나 걷어차거나 한 게 아닙니다. 충분히 그럴 만한 고집쟁이지만요."

그저 **못 쓰게** 된 것이라고 했다.

"오른쪽 앞다리의 관절 뒤. 잘 보이지 않기는 합니다만 흉터가 있거든요."

다키는 도비아시를 훑어봤지만 잘 알 수 없었다.

아마 벌레에게 물린 게 발단이었을 것이라고 했다.

"작은나리가 그립다고 날뛰면서 마구간지기도 가까이 오지 못하게 했으니 관리가 제대로 되지 못했을 테죠. 벌레 독 때문에 부어서 가렵다고 여기저기 비벼대니까 상처가 나서 곪은 겁니다."

마구간지기가 알아차리고 허둥지둥 마의(馬醫)를 불렀을 때는 고름이 가득 찬 종기가 어린애 주먹만 했다고 했다.

"그렇게 되면 잘라내는 수밖에 없습니다. 그냥 두면 독이 온몸에 퍼져 죽으니까요. 하지만 말의 다리에 상처를 낸다는 것은 예삿일이 아니거든요."

말의 영혼은 다리에 깃들어 있다고 시게는 말했다.

"영혼이 다리에?"

"도비아시 같은 뛰어난 말이라면 더 그렇죠. 이놈은 이제 예전처럼 달리지 못합니다."

날개 달린 듯한 준마가 땅에 떨어졌기에 기타미 나오마사는 도비아시를 내준 것이다.

"가엾어라."

다키가 중얼거리자 시게는 말했다.

"그렇지만 기질은 달라지지 않았으니까요. 작은나리를 뵈면 지기
싫어하는 성격이 되살아날지도 모르죠."

그러더니 시게는 목소리를 낮추었다.

"하지만 작은나리야말로 병환이 위중하십니까? 목숨이 위태로우
신 건가요?"

"당치도 않아요!"

"방에서 나오실 수 없다니 용태가 어지간히 나쁘신가 해서요."

"그건 기분이 울적해서 그런 거예요."

시게는 꼬리를 흔들며 칸 안을 왔다 갔다 하는 도비아시에게 시
선을 주었다.

"이토 님께서 주선해주셔서 제가 이놈을 데리고 작은나리를 뵌
것이 사 년 전입니다. 그때는 더없이 건강해 보이셨고 편찮으신 기
색은 전혀 없었는데요."

그 무렵에는 시게오키의 실성도 아직 그렇게 빈번히 일어나지 않
았다.

"그런데 갑자기 은거해서 이곳으로 옮기셨잖습니까? 이토 님도
할복하셨다는 게 사실인가요?"

공식적으로는 그렇게 돼 있다.

"네."

시게의 검게 탄 얼굴이 아픔을 참듯이 일그러졌다.

"저 같은 게 드릴 말씀은 아니지만 딱하기도 하시지."

이토 나리타카 즉 쿠리야 신쿠로도 가타노 촌에서 말을 가까이 하며 자란 사람이다. 시게와 서로 통하는 데가 있었을 것이다.

이렇게 아쉬워해주는 사람이 있는데.

이곳에 계속 있었다면 시게를 만날 수도 있었는데. 신쿠로의 도주에 새삼 화가 났다.

"도비아시도 이토 님의 말씀은 고분고분 들었고 작은나리도 금세 따랐습니다. 그놈 쪽에서 먼저 반한 것 같았죠."

말을 멈추고 입술을 깨물었다.

"시게 씨는 가로 나리와 함께 성읍으로 돌아가시나요?"

다키의 물음에 시게는 어리둥절한 표정을 지었다.

"아닙니다. 도비아시를 이곳으로 데려오는 게 제 역할이었으니까요."

"며칠만이라도 고코인에 머물면서 도비아시를 돌봐주시면 나리 마님께서도 기뻐하실 것 같거든요. 이시노 님께는 제가 말씀드릴게요."

오리베도 안 된다고는 하지 않을 것이다.

시게의 눈빛이 환해졌다.

"허락만 해주시면 기꺼이 도비아시 곁에 있겠습니다."

"일에 지장은 없으신가요?"

"에도에 말을 가져다드리러 다녀오는 길에 성읍에 들른 것이었으니까요. 며칠 정도면 네, 어떻게 될 겁니다."

"잘됐네요. 고맙습니다. 바로 주무실 방을 준비해드릴게요."

"다키 님, 전 마구간 구석이면 됩니다!"

허둥지둥 당부하는 시게를 남겨두고 다키는 고를 찾으러 갔다.

와키사카 가쓰타카는 기나긴 여름날이 저물어갈 때가 돼서 고코인을 떠났다.

출발을 앞두고 오리베가 다키를 불렀다. 시게오키가 '도깨비처럼 생겼다'고 평한 험상궂은 얼굴은 웃음기 하나 없이 다키를 똑바로 쳐다봤다.

"네가 가가미 다키냐."

"예."

"하나 물을 것이 있다."

다키는 엎드려 절한 채 꼼짝하지 않았다. 오리베만 그 자리에 있을 뿐 시로타 의사는 보이지 않았다.

"쿠리야 신쿠로가 어디로 갔을지 짐작 가는 데가 있느냐."

"없습니다."

수석 가로는 하오리 끈을 고쳐 매고는 하카마 자락을 떨치며 일어섰다.

"그러면 됐다. 은밀히 수색해 발견하는 대로 처단할 것이야."

신쿠로 자신이 뿌린 씨앗이다. 최소한 한주로가 가게마와리보다 먼저 찾아내기를 바라는 수밖에 없었다.

"너는 이시노 밑에서 나리마님을 모시는 것에 전념하도록."

다키에게는 그 말만 남기고 수석 가로는 성읍으로 돌아갔다.

그건 곧 인정받았다는 뜻일 것이다.

오리베도 말했다.

"와키사카 님께서 시로타 선생의 생각을 이해해주셨다. 작은나리께서 마음을 여시도록 도와 병을 없애려 하는 것도 찬성해주셨어."

원래 사령 운운하는 이야기에 노여워하셨던 분이니 말이다, 하고 웃었다.

"연금으로부터 두 날 남짓 지난 지금, 나오마사 님의 치정도 순조로워 내달 초에는 에도로 올라가신다는구나."

기타미 번정은 완전히 기타미 나오마사 것이 됐다.

"작은나리의 용태가 안정돼 있다면 앞으로는 공연히 창살방에만 계시지 않아도 될 것이라 하셨다."

신체제는 확실하게 자리를 잡았다. 시게오키의 유폐는 풀어주어도 된다. 비록 비공식적인 것이기는 해도 연금을 감행한 중신과 그것을 승낙한 새 번주의 승인을 얻을 수 있었다. 오리베가 안도하고 기뻐하는 것도 당연했다.

"축하드립니다."

"우리는 한층 정성을 다해 하루라도 빨리 작은나리께 본래의 모습을 찾아드리자꾸나."

오리베도 도비아시가 다리를 다친 것을 들어 알고 있었다. 그는 매우 측은해했다.

"허나 검은 화살처럼 달리는 준족을 잃은 대신 작은나리께 올 수 있었던 것 아니냐. 작은나리께서 다시 아껴주시면 행복할 테지."

다키가 시계를 붙들어둔 것에 대해서는 잘 생각했다고 칭찬했다. 기분이 좋은 오리베에게 찬물을 끼얹는 것도 꺼려져 다키는 아침에 시게오키와 있었던 일에 대해서는 가슴에 묻어두기로 했다.

빈객의 방문 후 바쁘게 뒷정리를 하는데 시게오키가 오늘은 일찍 자리에 든다고 시로타 의사가 알리러 왔다.

"역시 조금 피곤하신 모양입니다."

결국 창살방으로 찾아뵙지 못한 채 자리에 들게 되는 바람에 다키는 심란함에 잠을 설쳤다.

나는 이 옥방에서 나가지 않아.

간단히 나를 믿지 말라고 하고 싶은 것뿐이다. 나 스스로가 나를 믿을 수 없다.

엄하게 단정하는 목소리가 귓속을 맴돌았다. 그래도 겨우 꾸벅꾸벅 졸기 시작했을 때였다.

"다키 님, 다키 님, 실례합니다."

"깨워서 미안하구나."

다키와 마찬가지로 황급히 옷을 갈아입었을 텐데도 오리베는 방금 전까지 일어나 있었던 것처럼 보였다.

"방울이 울리기에 내가 가뵀었다만……."

서둘러 복도를 걷는 두 사람 곁에는 촛대를 든 간키치가 있었다.

이쪽은 아직 잠이 덜 깬 얼굴이다.

"너를 만나고 싶어하신다."

말투에서 다른 뜻이 느껴졌다. 다키는 만난다는 말의 의미를 재빨리 생각해봤다.

창살방 안에는 사방등 두 개가 밝혀져 있었다. 하나는 침소에 늘 켜두는 등이고, 또 하나는 거실의 서안 옆에 둔다.

시게오키는 그곳에 있었다. 잠옷 위에 얇은 겉옷을 걸쳤다.

"나리마님, 다키입니다."

말을 걸자 돌아봤다. 표정을 본 즉시 다키도 자신을 만나고 싶어하는 게 '누구'인지 알아차렸다.

"안녕, 다키."

그 남자애 목소리였다.

"이렇게 밤늦은 시간에 자는데 깨웠지?"

"아니에요, 다키는 일어나 있었답니다. 마음 써주셔서 감사합니다."

다키는 미소를 지으며 자연스레 곁으로 다가갔다. 시게오키가 아니고 시게오키의 모습을 한 남자애는 놀란 것처럼 눈을 깜박였다.

"일어나 있었다니 다키는 무슨 일이라도 하고 있었나?"

"잠깐 생각을 하고 있었습니다."

그래, 하고 남자애는 중얼거렸다.

밤공기는 다소 습하고 묵직했다. 고코인 안팎은 쥐 죽은 듯 고요했다. 오리베는 반쯤 열어둔 장지문 밖에 대기하고 있었다.

"사실은 말이지, 나도 잠이 오지 않아."

"어머나, 큰일이네요. 나리마님도 생각을 하고 계셨습니까?"

남자애는 다키의 물음에는 대답하지 않고 매우 절박한 표정으로 다키를 쳐다봤다. 흰자위가 달처럼 창백했다.

"나는 나리마님이 아니야. 이치마쓰도 아니고."

아명이 '이치마쓰'인 기타미 시게오키가 아니다.

"그럼 존함을 가르쳐주십시오."

너는 누구야?

남자애는 입을 꼭 다물고 눈을 내리깔았다. 뭔가를 결심하고 결단을 내리려는 것처럼 보였다.

이윽고 작은 목소리로 이렇게 말했다.

"……고토네."

거문고 소리, 고토네(琴音)라고 했다.

"계집애 같은 이름이라 나는 좋아하지 않아. 그렇지만 그렇게 불렀으니 하는 수 없지."

여름철 깊은 밤의 어둠 속에서 다키는 오리베와 마주 봤다. 오리베는 고개를 가로저었다. 고토네라는 이름을 모른다는 뜻이다.

그때 고토네가 오리베를 향해 말했다.

"이시노도 이쪽으로 오지? 그쪽은 어둡잖아."

"그러면 실례하겠습니다."

오리베도 거실로 들어와 절했다.

"고토네 님이라 하십니까."

"그래."

"처음으로 이름을 밝혀주셨군요."

"그러네."

"나리마님…… 이치마쓰 님과 가까우신 분이건만 존함이 전혀 기억에 없습니다. 참으로 면구스러운 일입니다만, 제가 당신을 아는데 깜박 잊은 것입니까?"

남자애의 뺨이 살짝 누그러졌다.

"그렇지 않아. 이시노는 나를 몰라. 몰라도 괜찮아."

"하하, 그렇습니까."

"모르도록 해왔으니까."

말투에 단단한 느낌이 있었다.

"그렇지만 이시노는 나를 생판 모르는 사람 이름으로 부르지 않네. 신쿠로처럼 나를 다른 사람으로 단정하지 않으니까 훨씬 나아."

아, 하고 깨달았다.

"다른 사람이라 하시면, 가령 산키치라는 이름의 사내애로 단정하는 것이 고토네 님은 불쾌하셨군요."

"저런, 다키는 그런 것까지 알아? 다행이네. 그래. 다른 사람으로 착각한다는 것이 기분 좋지 않았어. 하지만 일이 성가셔지면 이치마쓰가 불쌍하니까 늘 장단을 맞춰주었거든."

어깨를 가볍게 으쓱했다. 아침에 시게오키가 했던 몸짓보다 어린 애 같다.

"신쿠로는 아무래도 이상한 착각을 하는 것 같았어. 내가 사령 따위일 리 있어?"

사령 따위일 리 있나. 명쾌하게 단칼에 쳤다.

다키는 땀이 솟았다. 여기에 이르러 문이 하나 열린 것 같다. 고토네라는 이름의 남자애는 뭔가를 털어놓으려 하고 있었다.

"있지, 다키" 고토네는 다키에게 다가앉아 응석 부리듯 얼굴을 응시했다. "이치마쓰 때문에 화내지 마."

"제가 이치마쓰 님 때문에 화를 낸다고요?"

"응, 사실은 이치마쓰도 도비아시를 만나고 싶어해. 다키가 이치마쓰를 걱정해서, 이치마쓰를 위해 그런 말을 하는 것도 잘 알아. 하지만 이치마쓰는 겁이 아주 많기 때문에 그렇게 고집을 부리는 거야."

아침에 있었던 일을 이야기하는 것이다. 고토네는 시게오키와 다키가 주고받은 말을 알고 있나. 그 사실을 어떻게 해석하면 좋을까.

다키가 혼란스러워하는데 오리베가 온화하게 말했다.

"이치마쓰 님은 무서워하십니까?"

"응."

"무엇이 무서우신지요? 또는 누가?"

고토네는 입을 꼭 다물며 몸을 뒤로 빼고는 세차게 고개를 내저었다.

"그건 가르쳐줄 수 없어."

"여쭤보면 안 되겠습니까."

"내가 일러바치면 이치마쓰가 싫어해서 어디론가 가버릴 텐데."

다키와 오리베는 또다시 마주 봤다. 두 사람 다 표정이 긴장돼 있었다.

"이치마쓰 님께서 어디로 가시는 걸까요?"

"도망쳐서 더는 돌아오지 않을지도 몰라. 그러니까 이치마쓰가 괜찮다고 하기 전까지는 아무 말도 할 수 없어."

놀라고 동요한 탓인지 오리베가 기침하기 시작했다. 손으로 입을 막아도 멎지 않았다.

"다키, 이시노는 추운 게 아닐까."

"아닙니다, 괜찮습니다."

오리베는 몸을 부르르 떨며 기침을 하고는 숨을 크게 쉬었다.

"보십시오, 이렇게 멎었지요."

고토네가 후후 웃었다.

"이치마쓰는 이시노를 좋아하거든."

다키는 고개를 끄덕였다.

"에도 저택에서 내내 함께 계셨으니까 말이지요."

"이시노를 힘들게 하고 싶지 않다는 말을 줄곧 하고 있어."

"화, 황송한 말씀입니다."

"그러니까 내가 있는 거야."

시게오키의 뜻을 따라 이시노 오리베를 힘들게 하지 않게 위해서 고토네가 있다.

그건 어떤 형태로 고토네가 시게오키를 지키고 있다는 의미일까.

오리베도 물었다.

"고토네 님은 이치마쓰 님을 지키시는 것인지요?"

고토네의 얼굴에서 표정이 사라졌다. 입을 한일자로 다물고 생각에 잠겼다.

"고토네 님……."

"그래. 나는 지금까지 내내 이치마쓰 곁에 있었어."

결심한 것처럼 고개를 깊이 끄덕였다.

"하지만 시로타 선생은 이제 나 혼자서는 이치마쓰를 지킬 수 없다고 하거든."

갑자기 의사의 이름이 나왔다.

"진찰할 때 그런 이야기를 하신 겁니까?"

아닌 게 아니라 시로타 의사는 남자애나 여자가 되는 것으로 시게오키는 뭔가로부터 도망치거나 보호를 받는 게 아닌가 생각하고 있었다.

"응. 그 선생은 지금까지 만난 의사나 기도사 같은 이들과 전혀 다르네."

특이한 사람이라고 하더니 문득 얼굴을 찡그리며 가슴에 손을 갖다댔다.

"왜 그러시는지요?"

"괜찮아. 아무 일 아니야."

상관하지 말라는 듯 가볍게 몸을 부르르 떨었다. 다키는 내밀었던 손을 내렸다.

"하도 달라서 나도 지금까지 주의해서 지켜봤는데."

시로타 의사를 믿어도 되는지 신중하게 관찰해왔다는 의미일 것이다.

"그 선생은 조금도 기이하게 생각하지 않고 화도 내지 않고 겁내지도 않아. 그래서 자신이 없어졌어. 선생 말이 맞을지도 모르겠다는 생각이 들었어. 나는 그 불쾌한 여자를 내쫓는 것조차 할 수 없으니까."

"불쾌한 여자?"

"다키는 만난 적이 없지? 이시노는 알 텐데. 가끔 나타나잖아."

오리베는 그저 잠자코 고개를 끄덕였다. 다키는 서둘러 말했다.

"저도 밤중에 울음소리를 들은 적이 있어요."

"가짜로 우는 거니까 그냥 둬도 돼."

고토네는 언짢은 듯 내뱉고는 또다시 얼굴을 찡그렸다.

"……이치마쓰가 싫어해."

그러고는 몸을 긴장시킨 채 꼼짝도 하지 않았다. 입이 씰그러졌다. 비유는 이상하지만 여울에서 물살에 휩쓸리지 않으려고 버티고 선 것처럼 보였다.

이윽고 몸에서 힘을 뺐다. 그 역시 여울에서 뭍으로 나와 다리가 편해진 것처럼 보였다.

"이치마쓰는 사실 겁쟁이란 말이지."

난감하다며 한숨을 쉬었다.

"있지, 다키."

"예."

"나는 말이지, 다키에게 꼭 일찍 사과하고 싶었어."

남자애 여자애 할 것 없이 어린애가 곧잘 그러듯이 폴짝 다가앉아 다키의 손등에 살며시 손바닥을 얹었다.

"이치마쓰도 사실은 다키에게 사과하고 싶어해. 아침에 그런 비뚤어진 말을 해서 미안하다고."

"그 일은 제가 경솔했습니다."

그러자 고토네는 다키의 손을 살짝 잡았다. 이것도 아이가 어른에게 뭔가를 조르거나 떼쓸 때 하는 동작이다.

"그럼 이치마쓰에게 화내지 말아줘. 싫어하지 말아줘. 그래도 되겠어?"

"예, 알겠습니다."

"약속하는 거야."

"그럼 새끼손가락을 걸까요?"

새끼손가락을 걸고 약속하자 고토네는 빙긋 웃었다.

"아, 이제 마음 놓이네."

"이제 쉴 수 있으시겠어요?"

"응."

고토네는 오리베에게도 웃는 얼굴로 말했다.

"도깨비 할아범이 이제 이치마쓰를 옥방에서 꺼내도 지장 없다고 했지?"

지장 없다에 비꼬는 억양이 있었다. 이제 시게오키보다 수석 가로가 더 우위에 있다는 것을 고토네는 정확하게 이해하는 것이다.

"이치마쓰가 보고 들은 것은 나도 알아. 다키는 알겠지?"

"그런 것 같네요. 이시노 님, 황송합니다만 '도깨비 할아범'이란……."

"와키사카 가쓰타카 말씀이군요. 얼굴이 무섭게 생겼으니 그럴싸합니다."

고토네가 아하하 웃었다.

"이치마쓰는 이제 죄수가 아니야. 밖에 나가도 된다는 말이지. 나도 잘 이야기해보겠어. 마구간으로 도비아시를 보러 가라고 **훈계**해볼게."

"네, 꼭 그렇게 해주세요. 고토네 님, 난부의 말 장수 시게도 고코인에 머물고 있답니다. 며칠 있으면서 도비아시를 돌봐준다고 합니다. 그 말씀도 꼭 이치마쓰 님께 전해주세요."

"알았어. 그래보지."

고토네는 진지한 표정을 되찾고 다키와 오리베를 둘러봤다.

"오늘 이치마쓰에게 몹시 우울한 일이 있었어. 다키 탓이 아니야. 유이가 본가로 돌아갔거든. 이치마쓰는 많이 낙심했어."

이시노가 허둥지둥 다키에게 고개를 끄덕였다.

"이것도 수석 가로께서 작은나리께 말씀을 올린 일이란다. 두 분의 이혼이 결정돼서 유이 마님은 본가로 돌아가셨다."

시게오키는 그 일로 슬퍼하고 있었다. 유이를 놓아주어야 한다고 말은 했지만 본심은 역시 괴로웠던 것이다.

"나도 서운해. 유이는 다정해서 좋아했거든. 한 번 더 만나고 싶었는데."

그 말은 시게오키의 정실이 고토네를 **안다**는 뜻일까.

"그렇지만 이치마쓰가 우울해서 약해진 상태라 오늘 밤 내가 마음대로 나올 수 있었던 거야. 평소에는 이치마쓰가 그래야겠다고 생각하지 않으면 그렇게 잘 되지 않거든."

앞으로 도와주면 좋겠다고 말했다.

"이치마쓰는 나에 관해 바로 시인하지는 않을 테지. 무서워하고 있고, 그 이상으로 수치스럽게 생각하니까. 참 쉽지 않아."

고토네는 심각하게 눈살을 찌푸렸다.

"하지만 다키와 이시노라면 분명히 가능할 거야."

처음 이야기를 나누었을 때부터 이 아이는 줄곧 우리를 보고 있었던 것이다. 믿기 힘든 이야기이기는 하지만 다키는 그렇게 확신했다. 두 사람을 지켜보며 가늠해왔다. 어떤 인물인지, 믿고 의지할 만한지.

그리고 지금 도와달라고 청하고 있었다.

"예, 약속드리겠습니다."

다키는 즉각 대답했지만 아무리 애를 써도 목소리가 떨리는 것을 막을 수 없었다. 오리베는 몸까지 떨고 있었다.

"시로타 선생님께도 도와주십사 부탁드리지요."

"그건…… 응, 하는 수 없지. 그렇지만 다키, 미리 말해두는데 이치마쓰는 시로타 선생에게는 그리 마음을 열지 않을 거야."

"이유가 무엇인지요?"

고토네는 흥 하고 콧소리를 냈다.

"면목이 없으니까."

"그러시면 그런 기분도 천천히 푸실 수 있도록 이시노 님과 제가 도와드리겠습니다."

오리베가 자기도 모르게 그런 것처럼 짤막하게 오열했다가 황급히 얼버무렸다.

"기, 기침입니다. 나이를 먹으니 이렇군요."

"그러게. 이시노는 건강을 잘 챙겨야 해. 이제 할아버지니까."

고토네는 놀리는 것처럼 건방진 말을 하고는 웃었다.

그런 일이 있었는데 바로 잘 수 있을 리 없다.

시로타 의사도 일어나 창살방 밖에서 기다리고 있었던 터라 세 사람은 오리베의 거실로 자리를 옮겼다.

놀라운 순간이었다. 닫혀 있던 문이 하나 열렸다. 그다음 열어야 할 문이 있다는 것도 알았다.

다키도 오리베도 얼굴색이 달라질 만큼 흥분하고 그에 못지않게 동요하고 있었던지라 이야기에 조리가 없었다. 뒤죽박죽으로 뒤엉킨 두 사람의 말을 시로타 의사가 냉정하게 정리했다.

"사내애 이름이 고토네입니까."

"선생은 몰랐나."

"여러 번 물어보기는 했습니다만."

어디 한번 맞혀봐.

"시게오키 님의 병을 고칠 생각이라면 먼저 자기 이름을 맞혀보라는 말만 하더군요."

내 이름도 모르는 의사가 어떻게 이치마쓰를 낫게 하겠어.

"그때마다 당신은 이름이 없다, 왜냐하면 당신은 이치마쓰 님, 다시 말해 시게오키 님이니까, 하고 말씀드렸습니다. 그러면 웃거나 기분이 상해서는 입을 다물어버리고는 했죠."

계속 그랬다고 했다.

"아무래도 저를 싫어하는 모양입니다."

"아니, 경계하는 것이야. 선생이 예리하니 그 아이에게는 위험하게 느껴지는 것일 테지."

오리베가 말했다.

시게오키가 '면목 없다'고 느끼는 상황을 곧장 파고들려고 하는 만만치 않은 의사. 기이하게 생각하지도 않고 겁내지도 않는다.

"기타미 가에 고토네라는 이름을 가진 분이 계십니까? 굳이 따지자면 여성의 이름 같습니다만."

오리베는 고개를 내저었다.

"없는 것 같군."

"오늘 밤 이렇게, 말하자면 처음으로 허심탄회하게 고토네와 이야기를 해보시고 어떠셨는지요? 고토네는 그 나이 때의 시게오키 님과 비슷합니까?"

오리베는 으음 하고 신음했다.

"몸은 작은나리이다 보니 비슷하다 비슷하지 않다 가리기가 쉽지 않군."

"고토네는 붙임성이 있는 사내애입니다. 어른에게 어리광을 부리는 면이 있죠. 이치마쓰 님은 그런 성격이셨습니까?"

"아니, 전혀 다르군."

곤보 후, 즉 시게오키의 아버지 나리오키는 자식에게 엄했으며 특히 주군과 신하의 적절한 관계에 무척 까다로웠다. 그렇기에 이치마쓰는 철 들고 나서는 오리베에게 어리광을 부린 적이 없었다. 내실 시녀들을 대할 때도 늘 격식을 차렸다.

"어머님에게는 어떠하셨는지요?"

"비후쿠인 님도 무가의 아들 교육에 엄한 분이셨지."

기타미 시게오키는 어렸을 때부터 이미 '작은 무사'였던 셈이다.

"쾌활하고 명랑한 성격이시기는 했네만, 이렇게 돌이켜 생각하면 다소 측은하다 싶을 만큼 '어엿한' 분이셨네."

이치마쓰와 고토네는 어디까지나 다른 인격이다. 시게오키가 퇴행해서 고토네가 된 게 아니다.

"어쨌거나 이건 중대한 첫발입니다" 시로타 의사는 말했다. "고토네가 두 분께 도움을 청하고 자신도 시게오키 님께 '훈계'해보겠다고 한 것은, 요는 시게오키 님께서 현재의 상황을 타파하기 위해 움직이기 시작했다는 뜻이니까요."

"그것은 그렇겠네만, 계기가 유이 마님과의 이혼이라는 것이……."

가슴 아프고 슬프다.

"어쨌거나 강한 감정에 사로잡힌 것이 시게오키 님께 도움이 됐으니 좋은 쪽으로 생각하죠. 게다가 저는 고토네가 유이 마님을 그리워한다는 사실이 흥미롭군요. '유이는 다정해서 좋아했다'라고 했죠?"

"네."

"유이 마님도 고토네의 존재를 알고 있었다는 뜻일까요. 유이 마님께도 말씀을 여쭐 수 있었다면 좋았을 텐데요."

이 사람은 철저하게 의사다. 다키도 고토네가 시로타 의사를 기피하는 기분을 알 것 같았다.

"앞으로 며칠 사이에 고토네의 훈계 혹은 설득이 효과를 발휘해 시게오키 님이 도비아시를 만나겠다고 말씀하시는지가 다음 고비가 되겠군요."

재촉하면 안 된다. 강요해서도 안 된다. 그저 조용히 경과를 지켜보자.

의논하는 사이에 날이 밝아 눈도 충분히 붙이지 못한 채 아침이 됐다. 그날 시게오키는 늦게 일어나 점심 전이 되어서야 비로소 시로타 의사의 진찰을 허락했지만, 또 '아무도 만나고 싶지 않다'며 달팽이처럼 틀어박혀 오리베도 다키도 마음을 졸여야 했다.

시게오키가 나타나지 않으니 시게도 낙심했다. 도비아시를 끌고 나와 산책시키는 것을, 다키는 스즈를 데리고 구경하러 갔다. 정원을 터벅터벅 걷는 모습을 보다 보니 아닌 게 아니라 앞다리 관절 뒤쪽에 흉터가 있는 것을 알 수 있었다. 그곳만 털이 듬성듬성했기 때문이다.

본인의 뜻에 따라 시게는 마구간 구석에서 생활하고 있었다. 원래부터 고코인에 있었던 말 두 마리도 금세 시게를 따랐다. 위사들도 흔쾌히 시게에게 말을 맡기고 안심하고 있었다. 스즈와도 친해졌다.

"따로 할 일이 없을 때는 언제든 마구간에 오렴."

스즈는 눈을 반짝였다.

"그럼 시게 씨 일을 거들게요. 도비아시는 나리마님의 소중한 말이니까요, 실수 없도록 노력하겠습니다."

이틀째에 성읍에서 파발꾼이 왔다. 한주로가 서한을 보낸 것이다. 조사해볼 만한 것을 찾았으니 당분간 성읍에 머물겠다, 신쿠로는 아직 찾지 못했다, 하는 간략한 내용이었다.

다키는 낙담했다. 이즈치 촌이 불타 없어진 수수께끼를 경시할 생각은 없지만 한주로가 돌아와주기를 바랐다. 그 느긋한 얼굴이 옆에 있기만 해도 마음이 든든하건만.

시게오키는 여전히 달팽이 상태였다. 오늘 아침에는 의사의 진찰마저 싫어했다고 하니 어제보다 오히려 퇴보한 셈이다. 세수와 아침 식사를 시중든 간키치에게 물어보니 "기분이 언짢으신 것 같던데요"라고 했다. 내내 입을 열지 않은 모양이다.

사흘째, 나흘째도 그렇게 이어졌다. 시로타 의사와 오리베는 창살방에 들어갔지만 다키는 부름을 받지 못했다. 오리베도 금세 쫓겨났다.

"작은나리는 침소에 틀어박혀 계시는구나."

그때 밤중에 있었던 일은 무엇이었을까. 문 하나가 열린 줄 알고 기뻐했는데 헛된 기대였나.

그날은 정기적으로 배달되는 짐이 왔다. 식료품, 소모품과 더불어 의류가 든 궤와 고리짝도 왔다. 성읍에서는 아직 가을 옷을 꺼내기에 이르지만 고코인에서는 아침저녁으로 선선해졌다. 여름은 발이 빨라 한여름인가 하면 금세 지나가버린다.

고리짝을 방으로 운반하고 고와 둘이서 짐을 풀어 기모노며 허리띠를 꺼내고 있으려니 창살방 문이 들들 소리를 냈다.

다키는 일하던 것을 멈추고 잠깐 귀를 기울여봤다. 고요했다.

포기하고 하던 일로 돌아갔다. 하급 관리가 가져온 목록과 물품을 몇 번을 맞춰봐도 몇몇 소품의 개수가 맞지 않았다.

고는 화를 냈다.

"이 사람, 꼭 이렇게 꼼꼼하지 않다니까요."

다키는 손을 들어 조용히 하게 했다.

"잠깐만요."

정원 쪽이 어쩐지 소란스러웠다. 몇몇 사람 목소리와 말발굽 소리가 들렸다.

"어머, 또 짐이 왔을까요."

아니, 그런 게 아니다. 다키는 가슴을 두근거리며 얼른 일어나 복도를 달려갔다. 이곳에서 정원으로 나가려면 서쪽 대기소를 통하는 게 빠르다.

고코인의 여름철 정원을 도비아시가 천천히 가로질렀다.

고토네는 약속을 지켰다.

기타미 시게오키가 도비아시를 타고 있었다. 시게가 끄는 대로 도비아시는 경쾌한 발걸음으로 걷고 있었다. 소란스러운 것은 구경하는 사람들이고, 이시노 오리베는 만면에 웃음을 띠고 있었다.

우두커니 선 다키를 시게오키가 알아차리고 돌아봤다.

"오오, 다키구나."

그도 겸연쩍게 웃고 있었다.

"감탄하기에는 아직 일러. 나와 도비아시가 정말로 달릴 때까지 접어두어라."

어이쿠, 위세도 좋으시지, 하고 놀리며 시게가 명랑하게 웃었다.

3

끝없이 펼쳐지는 어둠 속에 빛의 고리가 있다.

한밤중 깊은 호수의 수면에 비치는 보름달 같다. 물결이 일면 빛의 고리 테두리도 흔들려 미묘하게 형태가 바뀐다. 그러나 환한 것은 확고하게 흔들림이 없었다.

이곳만은 어둠이 미치지 않는 빛의 장소다.

기타미 시게오키는 그 안에 우두커니 서 있었다. 발이 땅에 닿지 않고 허공에 두둥실 떠 있는 것 같은 묘한 느낌이 들었다.

꿈이구나 생각했다. 늘 있는 일이다. 나는 이 꿈을 오래전부터 알아왔다.

"안녕, 이치마쓰."

목소리가 들렸다.

"……고토네냐."

어둠과 빛 고리의 경계에 이치마쓰가 있었다. 꿈속에서 만나는 이 아이는 여느 때는 고소데와 하카마를 입고 나타나는데, 지금은 노시메에 아사가미시모 차림이었다. 본 적이 있는 옷이었다.

열한 살 때 정월 초이튿날, 그해 처음으로 말을 탔을 때 입었던 아사가미시모다. 어머니께서 직접 입혀주셨던지라 똑똑히 기억한다.

"이 옷 기억하는구나."

고토네는 그 자리에서 빙그르르 돌았다. 어깨 위로 어둠속에 잠겨 있어 표정은 보이지 않았다. 그래도 기뻐서 들떠 있는 것은 알 수 있었다.

"부탁을 들어줘서 고마워. 도비아시도 이치마쓰를 만나고 좋아하지?"

꿈속에서 듣는 고토네의 목소리는 작다. 속삭이는 게 아닌데도 속삭이는 것처럼 들리고, 중얼거리는 게 아닌데도 중얼거리는 것처럼 들린다.

멀리 있어서가 아니다. 이 아이는 어리다. 시게오키에게 이 아이는 내내 열 살이다.

"그 차림새는 뭐지?" 하고 시게오키는 물었다. 그의 목소리는 빛의 고리 안에서 어둠의 수면을 향해 희미하게 메아리치며 울렸다.

"이치마쓰가 고코인에서 처음 말을 탔으니까."

시게오키는 어둠을 향해 눈을 가늘게 떴다. 이치마쓰의 등 뒤로 펼쳐지는 호수. 그 속에는 시게오키도 이치마쓰도 아닌 자가 있다. 언제나 기척이 느껴졌다.

지금은 가까이 다가와 있지는 않은 것 같다.

"괜찮아."

그 여자는 자니까, 라고 고토네가 말했다. 이 아이도 시게오키가 느끼는 것을 감지할 수 있다.

"라세쓰도 없어. 그 사람은 훨씬 깊은 곳으로 가서 아직 돌아오지 않았거든. 겁내지 않아도 돼."

"나는 겁내는 것이 아니야."

"거짓말. 다 알아. 이치마쓰에 관한 일은 내가 다 알 수 있어. 나에 관한 일은 이치마쓰가 다 알 수 있어."

이 꿈속에서는 시게오키와 고토네가 있는 장소가 반대가 될 때도 있다. 고토네가 빛의 고리 안에 있고 시게오키가 어둠 속에 잠겨 있다. 또는 둘 다 완전히 어둠의 호수에 가라앉아 그 여자가 빛의 고리로 나가는 모습을 바라보는 수밖에 없을 때도 있다.

꿈속이다 보니 늘 몸이 자유롭게 움직여지지 않는다. 시게오키는 그 여자가 나타나면 쫓아버리고 싶어서 기를 쓰고 몸부림친다. 하지만 성공한 적은 한 번도 없었다. 여자는 시게오키를 비웃듯이 경쾌하게 움직이고, 시게오키는 엉겨붙는 어둠에 사로잡혀 그 무게를 떨쳐내지 못하고 차가운 어둠 속으로 가라앉는다. 이윽고 모든 게 흐릿해져 아무것도 알 수 없게 된다.

"이치마쓰, 여기 사람들은 이치마쓰 편이야."

도비아시와 마찬가지다. 이치마쓰와 마음이 통한다. 그러니 믿어도 된다.

"이시노도, 다키도, 시로타 선생도 이치마쓰를 도와주려고 해. 그러니까 거기에 응답해야 해."

"또 훈계를 하는군. 너는 어린애면서."

"어린애지만 이치마쓰보다 내가 강한걸."

나는 무서운 일을 당하지 않았으니까.

방금 그 말은 내 말일까, 고토네의 말일까. 그 아이가 생각하는 게 내 생각이고, 내 생각이 그 아이 생각이 된다.

그래도 괜찮았다. 내내 그렇게 지내왔다. 기타미 시게오키는 그렇게 해서 살아남았다.

"다키는 다정하네. 유이와 비슷해. 그래서 좋아하는 거지."

"나를 내버려둬."

"오늘은 기분이 좋지 않네."

"네가 나를 무시하고 멋대로 행동하니까."

"내가 다키와 친해지는 게 싫어? 그럼 이치마쓰도 친해지면 되지."

"시끄러워. 네가 이래라저래라 하지 않아도 돼."

고토네 뒤에서 어둠의 호수가 물결쳤다. 수면이 술렁거리며 흐르기 시작했다.

고토네도 그것을 깨닫고 어깨 너머로 뒤를 살폈다. 그리고 작은 주먹을 부르쥐었다.

"지면 안 돼, 이치마쓰."

겁내면 안 돼. 이제 겁내지 말아야 해.

"매일 도비아시를 만나자."

기운을 북돋워주듯 고개를 끄덕였다.

"사실은 이치마쓰도 강해. 나는 알아. 이치마쓰는 더 넓고 밝은 곳으로 갈 수 있어. 이 캄캄한 어둠을 없애버릴 수 있어."

그러니까 **기억을 되살려보자.**

어둠의 흐름이 빨라졌다. 고토네는 그것을 피하듯 슥 물러났다.

"이치마쓰, 빛 안에 있어."

고토네는 어둠 속으로 사라졌다. 직전에 이쪽을 보는 작은 얼굴이 암흑 속에 떠올랐다.

백골이었다.

기타미 시게오키는 빛의 고리 안에서 얼어붙었다. 어둠을 담은 호수 어디 먼 곳에서 웃음소리가 들렸다.

시로타 노보루가 아버지와 형에게서 6대 나리의 연금 계획을 듣고 은거 뒤 주치의로서 치료를 맡으라는 지시를 받은 것은 올해 정월이었다. 번의 시약원 지코료에서 보내는 나날에 보람을 느끼고 있던 노보루에게는 생각지도 못한 명령이라 처음에는 불만이 컸다. 그러나 시게오키의 증상을 자세히 알면서 관심이 생겼다.

"마귀가 들어 생기는 병 같은 것입니까?"

저도 모르게 그렇게 묻자 아버지와 형이 놀라며 제각각 탄식했다.

"아닌 게 아니라 내실에서는 미신에 사로잡힌 시녀들이 기타미 가에 원한이 있는 자가 나리에게 사악한 주문을 건 것이 아니겠느냐 고 수군거리고 있다."

"수석 요닌 이토 나리타카의 행동도 수상쩍어서 성내에 기도사를 들인 적도 있다고 하니 말이지."

"허나 설마 우리 시로타 가에서 그런 말을 듣게 될 줄은 꿈에도 몰 랐구나. 의사가 환자의 용태를 마귀 탓으로 돌리다니 이런 수치가 다 있나."

"집을 지켜야 하는 나와는 달리 노보루 너는 일찍부터 유학을 떠 나 난의 밑에서 수학할 수 있었지. 그렇건만 그런 네가 한낱 기도사 잡배 같은 소리를 하다니 한심하구나."

아버지인 시로타 겐유는 한층 펄펄 뛰었다.

"도쇼 신군(神君) 이에야스 공께서는 약사로서도 뛰어난 지식과 기능을 지니셔서 전투가 있을 때는 반드시 몸소 약을 조제해 부상과 급병에 대비하셨다고 한다. 무사에게 사람의 생명은 사람 손으로 지 키고 이어가는 것. 오로지 의술로만 상처를 낫게 할 수 있고 병을 고 칠 수 있는 법이다. 거기에 이매망량이 끼어들 틈이 있겠느냐!"

어렸을 때부터 형제가 귀에 못이 박히도록 들어온 설교까지 시작 되는 바람에 노보루는 웃음이 났다.

"아버지, 형님, 두 분 다 진정하십시오. 두 분 말씀이 맞습니다. 제 가 지금 '마귀'라고 말씀드린 것은 이매망량이나 여우, 너구리, 저주

나 원령의 소행이라는 뜻이 아닙니다."

형 말대로 공부를 처음 시작했을 때부터 서양의학을 접한 시로타 노보루는 의술의 힘을 믿었다. 그건 동시에 '인간의 신체'가 지니는 강함과 약함, 정교함과 복잡함을 이해하며 두려워한다는 뜻이기도 했다.

나가사키에서 노보루가 사사한 난의는 겐로쿠 시대 초입에 이 나라에 온 화란 상선 소속 홍모인(紅毛人) 의사의 직제자로, 화란어 통사로서도 우수한 사람이었다. 외과를 공부해 면허를 따고 환자를 치료하는 한편으로 여러 제자를 길렀다. 국내 최초의 서양 해부도(解剖圖) 번역서를 제작해 보급에 힘쓴 계몽가 의사이기도 했다.

이 스승 밑에서 노보루가 배운 것은 의학 지식과 기술만이 아니었다. 인간이라는 존재를 보는 눈 또한 배웠다.

무사는 주어진 길을 다하는 혼을 존중한다. 생명은 쇠해도 무사도를 관철하는 혼은 불멸이라고 설파할 만큼 존경한다. 그러나 노보루는 스승 밑에서 여러 차례 해부를 경험하고 메스와 겸자, 요도관, 구강경 등 외과 도구를 쓰는 치료를 하며 공부하는 사이에 참된 진실을 알게 됐다.

인간이란 신체다. 칼에 베이면 피가 나고 살과 뼈와 힘줄로 구성된 육체다.

신체이기에 인간은 병이 든다. 병의 원인은 다종다양해서, 선진 서양의학조차 이제 겨우 그것을 해명할 단서를 찾아냈다. 하지만 원인이 판명되고 그것을 제거할 기술이 발명돼서 올바르게 사용되면 병은 낫는다. 그건 1에 1을 더하면 반드시 2가 되는 것처럼 자연의 섭리를 따른 현상이다. 스승은 노보루에게 그런 사상을 철저하게 심어주었다.

그래도 의문은 남았다. 인간이란 신체다. 그렇다면 인간의 혼이란 무엇인가. 육체의 어느 부분에 깃들어 있나.

노보루의 스승은 이 물음에 명쾌하게 대답했다.

"혼이란 '마음'이다. 특정한 부분에 깃드는 것이 아니라 인간의 신체 활동이라는 동적인 것에 의해 생겨나는 힘이다."

신체를 가진 생자가 자신과 주위 사람들, 현세에 대해 갖는 마음. 혼이라고도 불리는 이 힘이 불멸이라고 이야기되는 것도, 그렇게 생각하며 믿는, 실체를 가지는 신체로 살아 숨 쉬는 생자가 있어서다.

"그러니 가령 세상 무사가 모두 사라져 무사의 혼을 기억하는 이가 아무도 없게 된다면 무사의 혼도 사라질 테지."

이 얼마나 과감한 생각인가. 노보루는 놀라고 어떤 의미에서 세상에 이렇게 무서운 사람은 또 없을 것이라고 생각했다.

"하지만 인간은 신체의 고장만이 아니라 기울, 착란, 실성이라 불리는 종류의 병으로 고통을 받기도 합니다. 그렇다면 역시 신체라는 그릇과는 별개로 '혼'이라는 실체가 있고 그것에 어떤 원인이 작용해 병을 발현시키는 일도 있다고 봐야 하는 게 아니겠습니까."

그런 필사적인 항변에도 불구하고 스승의 논리는 일관됐다. '혼'이라는 실체는 존재하지 않는다. 기울, 착란, 실성도 신체 쪽의 병인(病因)에서 비롯되는 것이며 언젠가는 반드시 해명될 것이다. 스승은 그렇게 대답했다.

"병인은 의외로 돌림병일 수도 있고 종기일 수도 있어. 지금은 아직 애석하게도 완전히 해명되지 않았을 뿐이다."

"그렇다면 신관의 불제(祓除)로 실성이나 착란이 낫는 것은 어떻게 봐야 합니까? 소위 마귀나 원령의 부류를 내쫓아 정화했더니 환자가 건강해지는 일도 항간에서는 드물지 않은데요."

그러자 스승은 말했다.

"시로타야, 혼동하면 안 된다. 오로지 주술로만 치유할 수 있는 것이라면 그것은 애초에 내가 말하는 '병', 의사가 갖은 수를 써서 고쳐야 하는 병과는 다른 것이야."

그건 하루하루를 살아가는 각 개인이 자신의 마음을 품고 어떤 식으로 자기 인생과 타협하느냐 하는 문제이니까.

"그렇기에 의사의 기술이 아니라 주술사의 불제라는, '말'과 '의식(儀式)'이 치료의 수단이 되는 것이다. 산다는 것을 어떻게 해석해야 할지 몰라 고통받는 자에게는 주문이나 불제로 그것을 없애고 백지 상태로 돌아가 다시 시작하는 것이 유효하단다."

"해석이라고요?"

"그래. 마귀에 씌였다. 원령의 저주를 받았다, 실제로 이렇게 고통스러운 일을 당하고 있다, 무서운 일이 일어나고 있다는 것은 다름 아닌 사실에 대한 해석이야."

마귀나 원령은 당사자(그리고 주변 사람들)가 그런 해석을 하기에 비로소 표출되는 마음의 발로이자 혼의 표현이다. 그렇기에 그것을 인정하고 받아들인 다음 불제를 통해 떨쳐내고 새로운 해석을 시작할 계기를 만드는 치료가 유효한 것이다.

노보루에게는 전혀 새로운 견해였다. 그 순간 낯선 지평에 선 듯한 기분이 들었다.

그것을 돌이키며 노보루는 과거 스승과 나눈 이야기를 아버지와 형에게 했다.

"······너는 대단한 스승을 얻었구나."

두 사람 다 크게 놀라며 생각에 잠겼다.

"확실히 시게오키 님은 당신의 인생 자체에 고통받고 계신다고 볼 수도 있겠다만······."

노보루의 아버지 시로타 겐유는 시게오키가 어렸을 때부터 알고 있었다.

"아버지는 어떻게 진단하고 계십니까."

그렇게 묻자 겐유는 얼굴을 찡그렸다.

"이렇게 말하기는 거북하다만 일종의 꾀병일 것이라고 본다."

이 말에는 형도 놀란 듯했다. "나리께서 일부러 착란을 일으킨 것처럼 행동하신다는 말씀입니까."

"아니, 그것은 연기지. 그게 아니라 당신을 착란으로 몰아넣고 계신다 싶다."

"이따금 넋을 놓는 버릇은 어렸을 때부터 있으셨고 말이지요."

"그런데 6대 번주가 되신 뒤로 빈도가 훨씬 잦아졌고 강도도 세졌구나."

"번주로서의 중책 때문에 피로하신 걸까요."

형의 물음에 아버지는 벌레 씹은 얼굴로 잠시 침묵한 끝에 낮게 중얼거렸다.

"두려워하고 후회하시는지도 모르지."

"예?"

형제가 놀라자 겐유의 표정이 한층 매서워졌다.

"아니, 내 억측이 과했다. 방금 한 말은 그냥 듣고 넘겨라."

형님과 내게는 말씀하실 수 없는 어떤 사정이 있는 게 아닐까.

더 파고들어볼까. 순간 망설이는 사이에 형이 한숨을 쉬었다.

"어쨌거나 노보루는 매우 까다로운 환자를 맡게 됐군요."

집에 매이지 않는 네 처지가 부럽다, 너는 득 보는 것이라고 걸핏하면 불평하는 형은 사실 누구보다도 노보루를 걱정해준다.

"기타미 가(家)분들의 건강을 책임지며 맡은 역할에 목숨을 거는 것은 번의 가문의 숙명입니다."

"그런 소리는 함부로 하는 것이 아니다."

형은 노여워하는 척하면서 더욱 걱정돼서 아버지에게 호소했다.

"꾀병이라면 오히려 들춰내서는 안 되는 것이 아닙니까. 이래 봬도 노보루는 우수한 의사인데 되레 위험하지 않을까요?"

"허나 거절할 수는 없어."

노보루도 거절할 생각은 없었다. 아닌 게 아니라 쉽지 않은 입장에 놓이게 되겠지만, 가능하면 시게오키 님의 병을 고쳐드리고 싶다. 흥미와 더불어 의욕이 솟았다. 공명심이 아니다. 의사로서의 투지다.

"형님, 염려해주셔서 고맙습니다. 하지만 저는 이 하명에 따르겠습니다."

노보루는 나가사키에서 스승에게 배운 것이 하나 더 있다는 게 생각났다.

"혼에는 실체가 없다고 단정한다고 혼을 경시하는 것이 아니다. 의사의 직무와 인간의 혼이 무관하다는 말도 아니야."

혼은 인체의 동적인 활동에 의해 생겨나는 것이기에, 실체가 있는 몸을 고치려고 하면 그게 곧 인간의 혼을 치유하는 결과가 된다.

"시로타 너는 앞으로 많은 환자를 상대하게 될 테지. 다양한 증상을 듣고 병례를 보게 될 테지. 그때마다 자신이 무엇을 할 수 있고 무엇을 할 수 없는지, 무엇을 해도 되고 무엇을 하면 안 되는지 신중하게 생각하고 잘 살펴보도록 해라."

그리고 있는 힘을 다하고 갖은 수를 써서 신체의 생(生)을 구해라. 그게 바로 의사가 '혼'이라는 것의 실체 없는 존재를 접하고 그 빛을 존경할 수 있는 유일한 길이다.

시로타 노보루는 스승의 그런 가르침을 다시금 가슴에 깊이 새기며 고코인으로 왔다.

"젊은 선생님, 나리마님께서 도비아시를 타고 산책 나가셨습니다."

간키치가 칸막이의 창살문 밖에 무릎을 꿇고 말했다. 서안 앞에 앉아 자신이 기록한 진찰 일지를 다시 읽어보다가 어느새 생각에 잠겨 있던 노보루는 눈을 깜박이며 정신을 차렸다.

"그래. 날씨가 나빠질 것 같은데 그래도 나가셨군."

간키치는 고개를 끄덕였다.

"시게 씨가 바람 부는 것을 보면 아직 두어 시간은 더 있어야 비가 올 것이라고 해서 말이죠. 하여간 기겁할 사람입니다. 말만 잘 다루는 게 아니라 날씨까지 예측할 수 있다니요."

"일 때문에 긴 여행을 자주 하니까 전국의 하늘과 산천을 아는 것이겠지."

"그런가요? 오늘도 나리마님께서 돌아오시면 바로 진찰하시겠습니까?"

"그럴 생각이야. 그리고 간키치, 나리마님께서 며칠 전부터 주무실 때 땀을 흘리신다고?"

"예, 오늘은 특히 심해서 잠옷이 축축하게 젖을 정도였죠."

"그럼 탕약을 달여놓겠나. 잠옷은 명주 대신 면 잠옷으로 바꾸고."

"알겠습니다."

잠잘 때 식은땀을 흘리면 몸이 차진다. 낮 동안에는 아직 많이 더워도 아침저녁으로 나날이 가을 기운이 짙어가고 있을 때인지라 더더욱 몸을 따뜻하게 하는 게 중요하다.

간키치가 가고 나자 노보루는 다시 서안으로 시선을 내렸다. 진찰일지는 두 권. 한 권은 두껍고 두 번째 권은 아직 얇다. 두꺼운 쪽은 고토네가 이름을 밝히기 이전 것이고, 얇은 쪽은 그 뒤로 기록하기 시작했다.

고토네라는 존재가 드러나고 그의 영향으로 시게오키가 밖으로 나왔다. 반가운 변화이기는 하지만 다소 마음에 걸렸다. 게다가 시게오키를 조금 시험해보자 싶어 노보루는 일부러 고토네의 고 자도 입에 올리지 않고 이전 방식대로 진찰을 계속했다.

고토네의 '훈계'로 시게오키가 움직였으니 두 사람 사이에 의사소통(형태는 알 수 없지만)이 이루어지고 있을 터였다. 이번 일에 관해 이쪽에서 아무것도 묻지 않으면 시게오키는 이상하게 생각할 것이다. 왜 고토네에 관해 묻지 않나 하고.

그런 의심이 쌓이다 보면 자진해서 무슨 말인가 할지도 모른다. 질문을 거듭하기보다 저쪽에서 먼저 무심코 말하기를 기다려보자.

누가 이기나 겨루는 셈인데 지금까지는 무승부다. 시게오키는 오랜만에 말을 탔더니 엉덩이가 아프다며 쓴웃음을 짓고 바깥 공기의 신선한 냄새에 놀랐다고 말하는 등 전체적으로 표정이 밝았고 편한 태도로 그를 대했다. 그러나 그 이상의 이야기는 하려 들지 않았다.

"나리마님 스스로 바깥에 나가신 것은 매우 기쁜 일입니다. 도비아시를 다시 만나고 싶은 마음이 강하셨기 때문인지요?"

"다리를 다쳐 이제 이름처럼 달릴 수 없다는 말을 들으니 잠깐이라도 봐야겠더군."

노보루의 물음에 시게오키는 그렇게만 대답했다. 고토네 이야기는 없었다.

오리베와 다키 앞에도 고토네는 그 뒤로 아직 한 번도 나타나지 않았다. 혹시 '이치마쓰가 우울해서 약해진 상태라' 고토네가 마음대로 나올 수 있었던 것에 데인 시게오키가 빈틈을 만들지 않기 때문인가.

그런 생각에 노보루 자신 이따금 어색함을 느끼곤 했다. 마음대로 나온다느니 나올 수 없다느니 하는 표현을 쓰면, '기타미 시게오키'의 신체에 시게오키의 혼과 고토네의 혼이 깃들어 있어 표면으로 나올 기회를 다투는 것처럼 들리기 때문이다.

기타미 시게오키라는 신체의 동적인 활동에서 생겨나는 혼이 기타미 시게오키의 혼이 아닐 리 없다. 그러니 본래 시게오키와 고토네는 하나인 것이다. 고토네가 별개의 독립된 혼이라면 그건 다름 아닌 사령이나 생령이고, 그런 생각은 쿠리야 신쿠로의 전철을 밟는 것이다.

하나의 혼이 왜 각각 다른 사람인 것처럼 행동하나.

전에 오리베와 다키에게 설명한 것처럼 사람은 의외로 자주 그런 일을 한다. 다만 보통은 본인이 기억하게 마련이다. 또 술이나 분노 탓이어서 그때 일을 잊어버렸다 해도, '꼭 다른 사람이 한 일 같다'라고 생각은 할지언정 '내가 아닌 다른 사람이 한 일이다'라고 따로 떼어 생각하지 않는다. 하물며 그 다른 사람에게 이름을 부여하지는 않는다.

기타미 시게오키는 고토네라는 남자애, 그리고 아직 이름조차 알 수 없는 여자와 상스러운 남자, 이렇게 세 명의 다른 사람을 **만들었다**. 외부에서 다른 세 혼이 들어온 것도, 시게오키의 혼이 넷으로 분열한 것도 아니고 본체가 다른 세 사람을 만들어냈다. 시게오키의 혼이라는 동적인 존재가, 그래야만 한다고 판단한 절실한 이유가 있었기 때문이다.

한 사람의 몸에서 벌어지는 일이라 복잡해 보이지만, 전제를 약간 바꿔보면 바로 알기 쉬워진다. 사람은 보통 혼자서는 해결할 수 없는 어려운 문제, 혼자서는 짊어질 수 없는 짐이 있을 때 어떻게 하나.

답은 간단하다. 타인을 불러 도움을 받으면 된다. 한 명이든 두 명이든 세 명이든 불러 역할을 분담하거나 힘을 합치면 된다.

그러나 문제나 짐이 당사자에게는 절대로 외부에 알리고 싶지 않은 일이라 누구에게도 도움을 청할 수 없다고 굳게 믿는 경우에는 어떻게 될까.

문제나 짐에 짓눌리거나, 어떻게든 혼자 힘으로 해결하는 수밖에 없다.

기타미 시게오키는 후자를 택했다. 그의 문제나 짐은 혼의, 마음속 일이고 실체가 없는 터라, 실체가 없는 타인이라 해도 **타인이기만 하면** 역할 분담이 가능할뿐더러 힘을 합칠 수도 있다. 그렇기에 필요한 타인을 만들고 말았다.

그럼 시게오키가 안고 있는 문제나 짐이란 무엇인가. 노보루는 시게오키를 진찰하기 시작하고 꽤 이른 단계에, 그게 실제로 어떤 내용인지는 둘째 치고 핵심에 '수치'와 '공포'가 존재하는 것 같다고 추측했다. 연금 뒤 고코인으로 왔을 때 시게오키는 지칠 대로 지치고 위축되고 절망하고 있었지만 그에게서 '노여움'은 전혀 찾아볼 수 없었기 때문이다.

부당하든 아니든 외부에서 공격을 받으면 사람은 기가 꺾이기 이전에 먼저 노여워하게 마련이다. 중병에 걸린 사람도 성을 낸다. 의사나 간호인이 '치료를 위한 것'이라며 아픔이나 고통을 주면 선생님은 왜 이런 잔인한 짓을 하느냐고 흥분하고 화내며 항변한다.

그런데 시게오키는 화내지 않았다. 연금이라는, 당하는 번주의 입장에서 보면 가신의 반역, 역모나 다름없는 사건에 직면하고도 항변한 마디 하지 않았다.

외부를 상대로 행동을 취할 수 없다, 화를 내며 호소하거나 도움을 청할 수 없다는 것은 최대의 고립이다. 사람을 고립으로 몰아넣는 것은 수치와 공포다.

기타미 시게오키는 십중팔구 넋 놓는 버릇이 시작된 열 살 전후부터 타인에게 털어놓을 수 없는 수치와 공포를 안고 있었다. 혼자서는 감당할 수 없게 돼서 자기 안에 타인을 만들었다. 그리고 일상생활 속에 지치거나 짓눌릴 것 같을 상황에 이르면, 타인에게 몸을 맡기고 본래의 시게오키는 도망쳐 숨는다. 그 모습이 주위 사람들 눈에는 다른 사람이 된 것처럼, 또는 넋이 나가 멍한 것처럼 보인다. 주위의 그런 반응에 시게오키는 겁이 나고 몹시 부끄러워져 점점 더 내향이 심해지는 악순환이 내내 계속돼 왔다.

이 악순환을 끊고 시게오키가 안고 있는 문제와 짐이 무엇인지 밝혀내 그 핵심에 숨어 있는 수치와 공포를 해소한다. 그러면 혼란은 자연스레 해결될 것이다. 그게 시로타 노보루의 진단이자 유일한 치료 방침이었다.

그러나 치료를 처음 시작했을 당시에는 약해질 대로 약해진 시게오키의 체력을 회복시키는 게 고작이었다. 그 뒤 가능한 한 시게오키의 현재 입장과 상관없는 부분에 대해 조금씩 질문을 거듭하는 데서부터 시작했다.

"처음으로 넋을 잃었을 때가 기억나십니까?"

"그럴 때 몸에는 어떤 증상이 있는지요?"

"어렸을 때 다치신 적은 있습니까? 심하게 아프셨던 적이 있습니까?"

"두통은 몇 살 때부터 시작되셨습니까?"

시게오키는 협조적으로 대답해줄 때도 있고 '모른다' '기억나지 않는다'라고만 할 때도 있었다. 질문을 싫어하며 노보루의 존재를 성가셔하는 기색이 역력할 때도 있었다.

물론 당시에는 아직 이름을 알지 못했던 고토네나 나긋나긋 휘감기는 듯한 여자가 간간이 나타났다. 각오하고 있었던지라 놀라지는 않았지만, 그렇게 되면 제대로 이야기를 하기가 어려웠다. 솔직히 노보루는 수동적인 입장에서 그저 그들의 언동을 관찰하고 기록을 계속하는 수밖에 없었다.

시게오키의 그런 상태에 변화가 나타난 것은 가가미 다키가 고코인에 온 뒤였다.

다키의 존재는 컸다. 다키가 매일 곁에 있게 되면서 시게오키의 표정에서 음울한 그늘이 사라졌다. 의사의 눈으로 보기에도 놀랄 만한 효과였다.

다키가 시게오키 안의 고토네를 먼저 만난 것도 결과적으로는 잘된 일이었다. 고토네는 시게오키의 밝은 부분을 담당하는 타인이다. 다키가 고토네를 섬뜩하게 여기거나 의심하지 않고 애교 있고 귀여운 남자애로 받아들인 게 시게오키의 마음에 평안을 주었을 것이다. 그렇기에 고토네는 시게오키를 **제쳐놓고** 나올 만큼 다키를 신뢰했다.

다만 여기에 대해서 노보루의 기분은 다소 복잡했다.

다키가 오기 전, 고토네는 본체인 시게오키와는 또 다른 의미로 완강했다. 자기 안의 문제와 짐을 감추는 데 있어 시게오키를 성벽에 비유한다면 고토네는 민첩한 새끼 사슴이다. 잡으려고 하면 팔짝 뛰어 다른 곳으로 가서는 여기까지 와보라며 웃었다.

고토네는 이시노 오리베에게는 일관되게 친근감과 배려를 보였다. 그러나 그건 강한 척하는 것이기도 했다. 오리베에게 '걱정 끼치지 않는다'는 것은 '거기까지 들어오도록 허락하지 않는다'는 뜻이기도 했다.

그런데 노보루에 대해서는 달랐다.

어디 내 이름을 맞혀봐.

늘 이쪽을 시험하고 재듯이 행동했다. 너 같은 풋내기 의사가 뭘 할 수 있다고. 죽은 사람의 시체를 얼마만큼 해부했건 내 혼을 해부할 수 있을 리 없다. 시로타 노보루 따위 믿고 의지할 수 없다, 너 따위는 일 없다.

그런 고토네가 왜 다키에게는 그렇게 일찌감치 다가섰나. 물론 다키의 상냥함과 현명함이 마음에 들었기 때문일 것이다. 하지만 그 이전에 지극히 평범한 인간적인 감정으로 고토네가, 즉 시게오키가 다키를 여자로서 좋게 봤기 때문이 아닐까.

노보루가 다키를 안 지 얼마 안 돼서 그렇게 느낀 것처럼.

다시 말해 다소 쑥스러운 '삼각관계'인 것이다. 그 결과, 지금까지 꼼짝도 하지 않던 고토네가, 시게오키가 예기치 못하게 밖으로 한 걸음 나왔다. 내면의 문제와 짐을 감추는 데 급급한 본체가 아니라 고토네를 통한다는 간접적인 방식이기는 해도 외부에 있는 '진짜 타인'을 상대로 행동을 취했다.

고토네는 다키에게 '이치마쓰를 싫어하지 말아달라'라고 했다. 그 말은 말 그대로 '좋아해주면 좋겠다'는 것뿐 아니라 '이치마쓰를 도와달라'라는 뜻이기도 하다.

앞길에 빛이 보였다고 노보루는 생각했다.

다음은 고토네를 통해 어떻게든 나머지 두 '타인'의 모습을 밝히고 싶다. 노보루 앞에서는 아양을 떠는 듯한 언동을 반복하고, 종종 늦은 밤에 흐느껴 울며, 고토네에게 '그 불쾌한 여자'라는 말을 듣는 여자. 과거 시게오키가 에도 번저에서 시녀를 죽였을 때 밖에 나와 있었다는 '상스러운 남자'.

이 두 사람의 역할은 무엇인가.

이름도 중요하다. 노보루는 지난번 고토네가 이름을 밝혔을 때 비로소 그것을 깨닫고 자신의 어리석음을 후회했다.

계집애 같은 이름이라 나는 좋아하지 않아. 그렇지만 그렇게 불렀으니 하는 수 없지.

그렇게 '부른' 사람은 누구인가. 시게오키가 '하는 수 없다'고 자신의 의사를 꺾어야 할 만한 인물인가. 아니면 시게오키 스스로가 계집애 이름으로 불리는 것을 감수해야 한다고 생각하고 있나. 그렇다면 이유는 무엇인가.

시게오키는 자기가 만들어낸 세 타인에게 맡은 역할을 나타내는 이름을 부여했을 것이다. 고토네가 노보루에게 집요하게 '내 이름도 모르는 의사가 어떻게 이치마쓰를 낫게 하겠어'라고 되풀이해서 말한 것은 결코 억지가 아니었던 것이다.

세 사람의 역할을 알면 시게오키가 안고 있는 문제와 짐도 보일 것이다. 그가 무엇을 수치스럽고 공포스럽다고 생각하는지. 무엇으로부터 도망쳐 '기타미 시게오키'라는 혼을 지키려고 하는지.

이시노 오리베에게서 시게오키가 자기 아버지를 죽였다는 말을 들었을 때는, 여러모로 각오하고 있었던 노보루도 놀랐다. 시게오키가 '두려워하고 후회하는지도 모른다'라고 자신의 아버지 시로타 겐유가 한 말은 그런 뜻이었나!

하지만 그 때문에 시게오키가 고통을 받고 있다는 생각은 들지 않았다.

아닌 게 아니라 시게오키의 실성이 잦아지고 정도가 심해진 것은 6대 번주가 된 다음이지만, 넋을 놓는 버릇은 더 어렸을 때부터 있었다. 도대체가 나리오키 살해는 시게오키 혼자만의 비밀이 아니다. 공적으로는 은폐됐어도 오리베도 시로타 겐유도, 십중팔구 가로들도 다 아는 일이다. 시게오키가 혼자서 떠안을 필요가 전혀 없다. 오리베는 시게오키 편이니 얼마든지 같이 이야기를 나누며 괴로움을 덜 수도 있었을 터다.

나리오키를 살해한 것은 측은하고 불행한 사건이기는 하지만 어디까지나 시게오키가 착란을 일으킨 결과다. 시게오키를 착란으로 몰아넣은 문제와 짐은 그것과는 별개로 존재한다.

오래 생각을 했더니 어깨가 결렸다. 노보루는 기지개를 켜고 일어섰다. 비는 아직 좀 더 있어야 올 테니 잠깐 바깥바람을 쐬자.

서쪽 대기소를 통해 정원으로 나가보니 도요사쿠가 빗자루를 든 채 시게와 이야기하고 있었다. 손짓 발짓에 이따금 빗자루까지 써서 주위 사방을 가리키는 것을 보면 정원 구조를 설명하나보다.

노보루는 조금 놀랐다. 시게오키가 도비아시를 타고 나갔는데 시게가 고코인에 남아 있다니.

시게가 노보루를 발견하고 허리를 살짝 굽혔다. 도요사쿠도 허둥지둥 머리를 꾸벅 숙였다.

"나리마님께서는 외출하셨다고 들었네만……."

"예. 미노스케가 모시고 나갔습니다. 이시노 님과 다키 님도 같이 가셨죠."

웬일로 여럿이 나갔나.

"시게 씨가 곁에 없어도 되는 겁니까?"

노보루의 물음에 시게는 가볍게 목례했다.

"도비아시의 왼 다리 상태가 염려돼서 얼마 동안 곁에서 지켜봤습니다만, 원래 그놈은 작은나리 말을 고분고분 잘 듣습니다. 안심하셔도 됩니다."

"시게 씨도 이제 슬슬 난부로 돌아가야 한답니다."

도요사쿠가 말했다.

"그래……."

"작은나리를 뵐 수 있어 기쁜 마음에 저도 모르게 너무 오래 신세를 졌습니다."

"아니, 시게 씨가 와줘서 다행입니다."

시게가 가고 나면 앞으로 시게오키가 산책할 때 고코인 사람 중에 누가 수행해야 한다. 시게가 이시노 오리베와 상의해 하인들에게 차례대로 도비아시의 마부를 시켜본 결과, 미노스케가 가장 궁합이 잘 맞는 듯했다.

"도비아시는 마부에 대해서도 까다로워서 말이죠."

참고로 간키치는 겁을 먹은 탓에 상대해주지 않았고, 만사쿠와 도요사쿠는 고개를 홱 돌려버렸다. 위사들은 다들 이전에도 교대로 시게오키의 산책에 수행했는데, 마부를 시켰더니 황공해하며 긴장하는 바람에 시게오키가 불편하다고 싫어했다 한다.

노보루는 미소를 지었다. 시게오키가 그런 당연한 감정을 드러내게 된 것은 좋은 일이다.

"오늘은 나가시려는데 이시노 님과 다키 님께서 배웅하러 나오셨거든요."

그러자 시게오키가 두 사람도 같이 가자고 해서 다 같이 산책을 나가게 됐다고 했다.

"호숫가를 따라 미에의 둑까지 가보신다고 하던데요. 젊은 선생님
도 둑을 구경하러 가시겠습니까?"

노보루는 잠깐 망설였다. 오리베, 다키와 이야기를 주고받으며 느
긋하게 도비아시를 타고 가는 시게오키를 보고 싶은 마음은 있었다.

또 괜한 소리를 들을 것 같다는 말이지.

지난번 다키와 스즈가 호수에 빠졌을 때, 그도 우연히 호수 쪽으
로 산책중이었던지라 즉시 달려갈 수 있었다. 정말 '우연히'였고 그
기회에 다키와 친해져보겠다는 마음은 전혀 없었건만, 간키치와 고
는 괜한 억측을 해서는 묘한 눈짓을 하며 노보루를 보는 통에 꽤 난
감했다.

"나는 다음 기회에 가지. 그보다 시게 씨, 잠깐 이야기 좀 할까요."

시게는 노보루가 모르는 시기의 시게오키를 알고 있다. 떠나기 전
에 몇 가지 물어보고 싶은 게 있었다.

"예, 무엇인지요?"

"별일은 아닙니다. 나도 산책하러 나왔으니 같이 갑시다."

두 사람은 정원을 천천히 돌기로 했다.

"시게 씨가 사는 오마노는 난부 9대 목장이라는 곳 중 하나죠?"

"그렇습니다. 잘 아시는군요."

"여기로 오기 전에 있었던 번 시약원에서 성읍에 머물고 있는 말
장수를 진료할 때도 있었기 때문에 조금 주워들은 게 있는 것뿐입니
다. 하지만 여자 말 장수를 만난 것은 처음이군요."

"모리오카 번에는 저 말고도 여자 말 장수가 있답니다. 아직 젊어서 배우는 중이라 영지 밖으로 일을 나오지는 못합니다만."

몇 백 명 중에 겨우 몇 명 있다고 하니 어쨌거나 흔치 않은 존재이기는 하다.

"원래 오빠가 있었습니다만 일찍 죽는 바람에 후계자가 없어져서 말이죠. 아버지 일을 제가 물려받게 된 겁니다."

허가만 받으면 여자 몸으로 말 장수가 되는 데에 특별히 문제는 없다고 한다. 그래도 고생스럽기는 할 것이다.

"저는 말을 좋아해서 고생이라고 생각한 적은 없습니다. 말은 제 형제자매나 다름없으니까요."

시게는 보드라운 검은 흙을 확인하듯 꽉 밟으며 말했다.

"그러고 보면 이토 님께서도 이곳 영내의 가타노 촌이라는 곳에서 말과 함께 자랐다고, 잠도 식사도 목욕도 같이 했고 말들이 가족이라고 말씀하셨는데요."

이토 나리타카, 즉 쿠리야 신쿠로다.

"말도 그런 사람은 금세 알아보거든요. 이토 님은 말에게 사랑받는 분이었습니다. 질이 떨어지는 말도 함부로 대하지 않으셨죠."

먼 길을 오느라 고생했다고 쓰다듬어주며 위로했다고 한다.

"이토 님은 작은나리와 꽤 마음이 잘 맞으시는 것 같았습니다만."

굵고 튼튼한 졸참나무 줄기에 손을 얹으며 시게가 멈춰 섰다.

"그렇기에 작은나리께서 은거하시면서 여러모로…… 쉽지 않았던 걸까요."

거래 상대라고는 해도 다이묘 가문의 일이다. 시게의 말투는 조심스러웠다.

"다키 님에게 들었습니다만, 시게 씨는 전에도 고코인에 온 적이 있다죠?"

"예. 이번이 세 번째입니다."

첫 번째는 나리오키가 번주였을 때였다.

"벌써 십 년쯤 됐나요."

당시에는 시게도 아직 젊어 아버지 밑에서 일하고 있었다.

"큰나리께서 저희 아버지에게 사신 말을 처음 데리고 나와서 여기까지 들놀이를 오신다고 해서 모시고 왔죠."

두 번째는 번주가 된 시게오키가, 이토 나리타카가 헌상한 도비아시를 타고 고코인을 찾았을 때였다.

"작은나리께서 기타미 번으로 오시고 나서 열 달쯤 지났을 때였나요. 이토 님은 아직 신참이라 요닌 중 한 분이셨습니다. 작은나리는 정실 마님과 예비 혼례를 올린 참이셨죠."

정식으로 처를 맞이하기 전에 처보다 소중한 애마가 생기다니 난감하군.

시게오키가 그렇게 말하며 웃은 게 시게는 지금도 생생히 기억난다고 했다.

오 년 전, 나리오키의 급사로 번주가 된 시게오키는 곧 유이 부인과의 혼사가 성사돼 예비 혼례를 올렸다. 기타미 번으로 온 뒤 대략 일 년을 지내며 이토 나리타카를 등용했고, 그 뒤 6대 번주로서 처음 출부해 나리오키의 상을 마치고 유이 부인과 정식으로 혼인했다. 그사이 이토 나리타카는 출세해 수석 요닌이 되어 있었다.

당시 있었던 일을 순서대로 나열하면 그렇다. 시게는 시게오키와 이토 나리타카의 인생이 급속도로 변화해 다소의 걱정거리는 있었을지언정 상승세를 타던 때를 목격한 셈이다.

"당시와 비교하면 시게오키 님은 어디가 가장 달라진 것 같습니까?"

"그야 마르신 것이죠."

"그 외에는?"

"안색이…… 좋지 않다고 할지, 어둡다고 할까요."

"시게 씨가 보기에 시게오키 님께서 어디 편찮으신 기색은 없으셨습니까?"

시게는 잠깐 눈을 깜박였다.

"제가 가까이에서 작은나리를 뵌 것은 여기에 모시고 왔을 때뿐이라 그렇게 명확한 것은……."

"이토 나리타카와는 그 뒤로도 몇 번 만났고요?"

"예, 세 번인가 네 번쯤 뵈었나요. 성읍에 오면 들르라고 해주셔서 일등지에 있는 저택에 인사드리러 가곤 했습니다. 매번 말 이야기뿐이었답니다. 이토 님은 정말 말을 좋아하시는구나 싶었죠."

"이토를 마지막으로 만난 것은 언제입니까?"

"3월에 저택으로 찾아뵈었을 때입니다."

머잖아 시게오키가 연금될 줄은 꿈에도 모르고 기분 좋게 시게를 맞이했을 것이다.

"그러고 보니……" 시게가 뭔가를 생각하며 중얼거렸다. "그때 이토 님께서 작은나리는 요새 도비아시를 조금 멀리하신다고 말씀하셨는데요."

시게오키의 착란이 잦아지면서 승마를 할 상황이 아니게 됐나. 말을 가족으로 생각한다는 공통점이 있는 시게와 이야기하다가 무심코 그 이야기가 나왔을 것이다.

"도비아시 같은 말은 달리지 못하면 생기를 잃거든요. 제가 말씀드리지 않아도 이토 님은 이미 잘 알고 계셨습니다만."

나리께서 계속 생각이 없으시면 내가 도비아시를 데리고 나갈 테니 안심해라.

쿠리야 신쿠로는 말에게는 다정하다.

"여기 경치는 한 번 보면 눈에 아로새겨질 만큼 아름답죠."

공 들여 꾸며진 한편으로 야취도 남아 있다. 곁에 있는 졸참나무 고목 아래 덤불에는 하얀 물억새 꽃이 드문드문 섞여 있었다. 심은 게 아니라 어디서 씨가 날아와 자랐을 것이다.

"저도 내내 생각났기 때문에 또 그 별저로 가실 때 모시고 갈 수 있으면 기쁘겠습니다, 하고 말씀드렸거든요. 그랬더니……."

이토 나리타카가 의외의 말을 하더라고 했다.

"작은나리는 고코인을 그리 좋아하지 않으신다고 말이죠."

"왜 좋아하지 않으시는지 이토가 이유를 말하던가요?"

"그게 말이죠, 꿈자리가 사납다고 하시는 겁니다."

시게도 고개를 갸웃했다.

"이곳에 묵으면 기분 나쁜 꿈을 꾸신다고 하시더군요."

노보루는 천천히 고개를 끄덕였다. 시게오키는 이곳에서 기분 나쁜 꿈을 꾸었다. 다만 지금은 신경 쓰는 기색이 없었다.

어디까지나 건너서 들은 이야기니 너무 과하게 생각하면 안 된다. 그래도 흥미로운 이야기였다. 기분 나쁜 꿈을 꾼다고 한 시게오키와 지금의 시게오키가 **다른 사람**이라 신경 쓰지 않는지도 모른다. 또는 기분 나쁜 꿈을 꾼다는 사실을 기억하기도 싫어서 잊어버렸는지도 모른다.

"죄송합니다, 선생님" 시게는 쩔쩔맸다. "제가 이상한 말씀을 드렸습니까."

"아닙니다, 귀중한 이야기를 들었습니다."

흐린 하늘을 올려다봤다. 산책을 시작했을 때보다 구름이 늘어난 것 같았다.

"어떻습니까? 비가 올 것 같은데요."

시게는 바람을 보려는 듯 눈을 가늘게 떴다.

"예, 이제 곧 오겠군요."

"나리마님은 정말로 미에의 둑까지 가셨으려나."

호수 건너편이니 꽤 멀다.

"오시는 길에 비를 맞으시겠군."

"도비아시도 날씨를 아니까 괜찮습니다."

"그럴 리가요."

노보루가 놀라자 시게는 눈가에 미소를 머금었다.

"똑똑한 말은 바람을 읽을 수 있거든요. 큰비나 뇌운이 다가올 때면 그쪽으로 가기 싫어한답니다."

타고 있는 사람이 있어도 지시에 따르지 않고 뒷걸음치거나 고개를 젖혀 알린다고 한다.

"이거 놀랍군요. 사람보다 훨씬 뛰어난데요."

"거짓말도 하지 않고 말이죠."

"그야 언어를 쓰지 않으니까요."

"그러니까 믿을 수 있다고 하죠. 말은 사람 보는 눈이 확실하고 말입니다."

그러더니 문득 시게의 얼굴에서 웃음이 사라졌다. 누가 이런 표정을 지을 때는 뜻하지 않게 생각났거나 깨달은 게 있을 때다. 노보루는 알 수 있었다.

"무슨 일입니까."

그의 물음에 시게는 당황한 기색이 역력해서는 얼버무리듯 숲 너머를 가리켰다.

"호숫가로 내려가려면 이쪽으로 가야 하죠? 나리마님을 마중하러 갈까요?"

가까이에 와 있을 것이라고 했다.

"그럼 내기할까요."

"예?"

"오솔길을 내려가서 보이는 범위 내에 도비아시가 있으면 내가

진 겁니다. 없으면 시게 씨가 진 것이고요."

시게는 눈을 깜박이며 물었다. "무엇을 거는지요?"

"내가 이기면 방금 시게 씨가 기억났거나 떠올린 일을 이야기해 주십시오. 내가 지면 난부로 돌아가는 길에 도움이 될 약 일습을 무료로 증정하죠."

시게는 어이없는 듯했다.

"죄송하지만 제가 이기니까 선생님은 약값을 손해 보시게 될 텐데요."

"그야 해봐야 알죠."

둘이서 오솔길을 걷기 시작했다. 숲에서 빠져나오니 완만한 비탈길이 이어졌다. 그 길을 다 올라가면 지난번 노보루가 다키와 스즈의 재난을 목격한 곳이 나온다.

나무들 사이로 호숫가에 선 허름한 오두막과 진쿄 호 수면 위로 튀어나간 잔교가 보였다.

도비아시의 고삐를 잡은 시게오키가 잔교 어귀에 보였다. 곁에 있는 다키와 뭔가 이야기하고 있었다. 이시노 오리베는 미노스케를 거느리고 잔교 끄트머리에 서 있었다.

"보세요, 선생님. 제 말씀이 맞죠?"

아닌 게 아니라 완패다. 그런데 시게는 호수 쪽에 시선을 준 채 말을 이었다.

"약은 감사히 받겠습니다만, 저도 말을 닮아서 숨기는 재주가 없으니까 아까 기억난 것을 말씀드리겠습니다."

노보루는 시계의 매서운 표정을 보고 놀랐다.

"……고맙습니다."

시계는 고개를 가볍게 흔들었다.

"하찮은 게 기억난 겁니다. 하찮기는 한데 무례한 일이기도 해서요, 그래서 아까 순간적으로 말을 삼간 겁니다. 그런데 숨겼더니 되레 중대한 일처럼 보여서 안 되겠군요."

'안 되겠군요'는 송구스럽다는 뜻으로 한 말일 텐데, 시계의 목소리가 엄숙하다 보니 노보루의 귀에는 누군가를, 또는 뭔가를 비난하는 말처럼 들렸다.

"제가 하는 이야기니까 물론 말에 관한 겁니다. 아까 말씀드린 것처럼 말은 사람 보는 눈이 확실합니다. 깜짝 놀랄 만큼 사람을 꿰뚫어보죠."

선한 사람을 꿰뚫어보고 악한 사람을 꿰뚫어본다. 거짓말과 부실을 냄새 맡는다.

"방금 선생님이 그러신 것처럼 사람이 가슴속에 뭔가를 담아놓은 것을 알아차린답니다."

"놀라게 해서 미안합니다."

노보루는 머리를 긁적였다.

"저희 아버지는 한 오십 년은 말 장사를 했거든요. 그 긴 세월 동안 취급한 말 중에 가장 똑똑한 놈이 덴라이(天雷)라는 이름의 말이었습니다."

늠름한 밤색 말로, 갈기에 번개 같은 금빛 털이 한 줄기 섞여 있었다. 그게 이름의 유래라고 했다.

"이놈이 글쎄, 망아지 때부터 어지간한 사람보다 더 예리했답니다."

시게의 아버지가 훈련시키는 젊은 말 장수 중에 도박에 빠져 거액의 빚을 진 사람이 있었다. 또 같은 말 장수 중에 여자를 사서 괴롭히는 음습한 남자도 있었다.

"그자들이 다가가면 덴라이가 아주 싫어했습니다. 큰 소리로 울면서 위협하고 뒷다리로 차서 쫓아내려고 하는 겁니다."

두 말 장수의 떳떳하지 못한 비밀이 발각되기 전까지 그런 행동은 덴라이가 변덕을 부리거나 버릇없게 구는 것으로 보였다. 두 사람 다 말은 부지런히 정성껏 돌봤기 때문이다.

"다들 덴라이는 다루기 힘든 말이라고 했습니다. 하지만 아버지만은 말을 믿는다고 하셨답니다. 덴라이가 이렇게까지 싫어하는 데는 분명히 이유가 있다고 그자들 행동을 주의 깊게 살펴보신 거죠."

그러자 두 말 장수의 나쁜 버릇이 드러났다. 동료 말 장수는 심지어 역참 여인숙의 유녀를 죽인 것까지 밝혀졌다.

"저희는 다들 기절초풍하게 놀랐지만 아버지는 태연하셨답니다. 그것 봐라, 말이 옳지, 라고 하셨습니다."

덴라이는 악행을 알아차리는 재주만 있었던 게 아니다. 날씨를 예측하는 것은 물론 꽤 먼 곳에서 불이 나도 그쪽을 향해 발을 굴러 주위에 알렸다. 조금 특이하게는 평소 가까이에서 일하는 여자들 중 누가 임신하면 본인보다 먼저 깨닫고 코를 비벼댔다고 한다.

"체취라든지 몸짓의 작은 변화를 알아차린 것이겠지만 정말 똑똑하군요."

"예."

고개를 끄덕인 시게는 왜 그런지 한층 표정이 매서워졌다.

"덴라이는 아버지의 자랑거리였습니다. 그래도 저희는 말을 파는 게 일이니까 곁에 그냥 두기만 할 수는 없죠. 다리가 튼튼한 말이라 군마로 활용할 수 있을 겁니다. 그래서……."

시게는 잠시 머뭇거렸다.

"덴라이가 두 살이 됐을 때 큰나리께 보여드렸거든요."

십오 년 전 여름, 기타미 성 마장에서였다고 한다.

"큰나리는 덴라이를 마음에 들어하셨습니다만……."

거래는 성사되지 않았다.

"뭐가 문제였나요?"

"덴라이가 큰나리를 싫어했던 겁니다."

세차게 울면서 꽁무니를 빼고 이빨을 드러내며 위협하는 등 미친 듯이 날뛰었다고 한다.

"다행히 큰나리께서 관대하게 용서해주신 덕에 거래만 이루어지지 않았을 뿐 벌은 받지 않았습니다. 아버지는 덴라이를 데리고 오마노로 돌아왔죠."

당시에는 시게가 아버지를 따라 모리오카 번 밖으로 일을 나가지 못하고 집을 지켰던지라 직접 그 장면을 본 게 아니다. 하지만 아버지가 못마땅한 얼굴로 몹시 고민했던 것은 지금도 잊을 수가 없다고 했다.

"아버지는 큰나리의 성품을 경애했으니까요."

"그건 기타미 번 영민들도 마찬가지입니다."

기타미 나리오키는 지금도 영민들이 유덕을 흠모하는 명군이다.

"왜 덴라이가 큰나리를 싫어했는지 도무지 모르겠다고 고개를 꼬며 괴로워했답니다."

아버지가 시게를 데리고 일을 가게 된 것은 그 일이 계기였다고 한다.

"내가 뭔가 실수를 해서 덴라이의 기분을 상하게 했을지도 모르니까 시게, 네가 옆에서 보고 있어라, 그렇게 말씀하셨죠."

그렇기에 훗날 둘이 함께 고코인에 온 적이 있는 것이고, 성 마장에서 다시 나리오키를 배알했을 때도 시게는 아버지와 같이 있었다.

"시게 씨와 시게 씨 아버지가 데려온 말이 곤보 후를 싫어한 적이 그 밖에는 없었습니까?"

"예, 한 번도 없습니다."

십오 년 전 여름, 덴라이만이 싫어했다. 그 전에도, 그 뒤로도 그런 일은 없었다.

"그 뒤 덴라이는 어떻게 됐죠?"

"모리오카 번의 상급 무사 분께서 사셨습니다."

군마로서 훌륭하게 역할을 다했고 종마로서도 우수했다고 한다.

"좋은 말이었다는 것은 틀림없군요."

노보루는 진쿄 호 쪽에 시선을 주었다. 이제는 도비아시 곁에 오리베와 미노스케가 있다. 시게오키와 다키는 잔교 끝을 향해 천천히 걸어가는 중이었다. 다키는 시게오키 바로 뒤를 따르며 호수를 가리키면서 뭐라 이야기하고 있었다. 지난번 물에 빠진 이야기를 하는지도 모르겠다.

"사람도 그날그날 기분이 다른 법입니다."

노보루는 시게에게 웃으며 말했다.

"덴라이도 그날따라 우연히 기분이 나빴겠죠. 너무 심각하게 생각하지 않아도 될 것 같군요."

"예." 시게는 살짝 고개를 움츠렸다. "그래서 하찮은 이야기라고 말씀드렸습니다만."

"그런데 캐물은 사람은 나죠. 미안합니다. 갈까요."

둘이서 호숫가로 내려가자 오리베가 손을 들었다.

"오, 선생인가."

도비아시의 등을 쓸어주며 미노스케도 머리를 숙여 인사했다. 시게오키는 잔교 끝에 이쪽을 등지고 서 있었으나 다키가 알아차리고 돌아봤다.

"조심하지 않으면 또 빠집니다."

노보루가 말하자 창피한 듯 두 손으로 볼을 가렸다.

"시게 씨가 곧 비가 올 것이라 해서 모시러 온 겁니다."

"그래그래, 그거야." 오리베는 다소 흥분한 듯했다. "미에의 둑까지 가려 했네만, 호반을 사분의 일쯤 돌았을 때 갑자기 도비아시가 멈춰 서지 뭔가. 머리를 흔들면서 돌아가고 싶어하는 것이야. 그래서 나리마님께서 말머리를 돌리셨더니 금세 고분고분 걸음을 떼더군.”

“비 냄새를 맡았을 겁니다.”

시게가 말하자 오리베는 고개를 크게 끄덕였다.

“서쪽 하늘에 구름이 저렇게 짙게 꼈으니 말이지. 저것을 보면 나
도 곧 비가 오겠구나 알겠다. 허나 도비아시는 더 똑똑하게……”

나리마님, 하고 다키가 부르는 소리가 들렸다.

도비아시 곁의 네 사람은 잔교 쪽을 돌아봤다. 시게오키의 뒷모
습. 물결이 밀려와 잔교 가로막을 가볍게 때렸다. 시게오키는 물소
리에 귀를 기울이듯 고개를 살짝 기울이고 서 있었다. 물 위로 부는
습한 바람에 묶은 머리가 가볍게 날렸다.

뒤에서 다키는 다소 당혹한 모습이었다.

“나리마님.”

다시 불러도 시게오키는 움직이지 않았다.

“무슨 일 있으십니까.”

오리베가 도비아시 곁을 지나 잔교 쪽으로 다가갔다.

“작은나리, 너무 끝에 바짝 서 계시면 위험합니다. 몸도 차집니
다.”

노보루도 잔교로 다가갔다. 다키 목소리에도 오리베의 목소리에
도 돌아보지 않고 꼼짝도 하지 않는 시게오키의 뒷모습에 문득 불안
감이 치밀었다.

“나리, 마님?”

다키의 목소리가 불안하게 흔들렸다.

쿡쿡쿡쿡쿡.

시게오키가 웃고 있었다.

오리베가 다키의 팔을 살며시 잡고 잔교에서 호숫가로 돌아왔다. 노보루는 두 사람과 엇갈려 시게오키에게 다가갔다.

낮은 웃음소리였다. 한 발짝 더 다가가자, 꼼짝도 하지 않는 것처럼 보였던 어깨가 희미하게, 희미하게 떨리고 있었다.

쿡쿡쿡쿡쿡.

노보루는 조용히 호흡을 한 뒤 물었다.

"당신은 나리마님입니까?"

어깨의 떨림도, 웃음소리도 그쳤다.

"아니면 다른 분이려나?"

시게오키는 돌아보지 않은 채로 말했다.

"이곳 물은 차갑답니다."

여자 목소리였다.

"차고 바닥을 모를 만큼 깊죠."

쿡쿡쿡쿡쿡.

또 웃었다. 이번에는 어깨뿐 아니라 머리와 등도 움직였다. 시게오키와 '교대'한 여자는 몸을 비틀듯 하며 웃고 있었다.

"물풀도 많으니까 이곳에 빠지면 절대로 떠오르지 않는다고 들었는데."

끈끈하게 잡아끄는 듯한, 귀에 끈적끈적 들러붙는 듯한 달짝지근한 목소리.

그 여자다.

노보루에게는 아양을 부리는 것처럼 느껴지는 태도. 고토네가 '그 불쾌한 여자'라고 내뱉듯 말하고 종종 우는 것도 '가짜로 우는 거니까 그냥 둬도 된다'고 한 여자.

그 여자가 나타났다.

"아쉬워라."

시게오키는 몸을 비틀어 노보루를 돌아봤다. 나긋나긋한 움직임을 보니 확실했다. 여자다.

시게오키의 단정한 얼굴이 일그러져 있었다. 웃고 있는데 우는 얼굴로 보였다. 눈을 가늘게 뜨고 입술을 반쯤 벌린 채 손을 천천히 들기에 무엇을 하나 했더니 호숫가에 있는 다키를 가리켰다.

"선생님, 저 천박한 하녀를……."

조르는 듯한 어조였다. 그러나 눈초리에는 노여움이 담겨 있었다. 다키를 노려보고 있다. 먹잇감을 통째로 집어삼키기 직전의 뱀 같은 눈빛이었다.

"여기 고코인에서 내쫓아주세요."

다키는 창백했다. 오리베가 그녀를 감싸듯 어깨를 끌어안고 있었다.

도비아시가 푸르르 콧소리를 내며 싫다는 듯 머리를 흔들었다. 시게가 재빨리 다가가 목을 두드려주었다. 굳은 표정이었다.

잔교 위에서 노보루는 여자와 마주 노려봤다.

"네? 어디 다른 데로 보내버려요. 작은나리에게 꼬리를 치는 저 여자 냄새가 고약해서 못 견디겠어요."

오리베가 뭐라 말하려는 것을 노보루는 손을 들어 제지했다.

"저 여자 분은 다키라고 합니다. 당신은 누굽니까?"

"어머, 선생님, 내 이름을 알고 싶어요?"

"지금까지 여러 차례 묻지 않았습니까. 당신은 얼버무리기만 하고 대답해주지 않았습니다만."

"이름이야 아무려면 어때요. 난 나인데."

몸을 비비 꼬며 오른쪽 소맷자락을 빙 돌려 손목에 감고는 얼굴에 갖다댔다.

"이곳에 다시 와보고 싶었는데 와봤더니 슬프기만 하네요. 기억나는걸요."

"뭐가 기억나죠?"

"선생님, 이해해줄 건가요?"

"이해하도록 노력하겠습니다. 그러니까 이야기해주십시오."

느닷없이 시게오키의 몸이 그 자리에서 펄떡 뛰어오르더니 등이 뒤로 젖혀졌다. 팔을 휘젓다가 그 바람에 균형을 잃었다.

오리베가 소리쳤다. "작은나리, 위험합니다!"

노보루는 순간적으로 시게오키에게 달려들어 팔을 붙잡고 끌어당겼다. 그러자 뜻밖에 강한 힘으로 뿌리쳤다.

"더러운 손 치워!"

'그 여자'가 침을 튀기며 소리쳤다.

"건드리지 마!"

이 여자가 흥분하는 모습을 노보루는 처음 봤다. 늘 부리는 교태도, 흐느껴 우는 울음소리도 매우 가식적이었지만, 그런 만큼 빈틈이 없어 여자의 정체를 짐작할 단서가 좀처럼 보이지 않았다. 시게오키는 이 여자가 **될** 때 어떤 신분의 어떤 내력을 가진 여자를 **생각**하는지 그것조차 알 수 없어서 답답했다.

그런데 지금 능숙한 연기가 무너졌다. 이를 드러내고 목소리를 꺾어가며 고함치는 이 여자는 천민, 거의 창녀나 다름없었다.

"내 몸에 손을 대도 되는 사람은 큰나리뿐이야. **틈새** 사람은 다들…… 아아, 아아, 아아."

여자는 이를 갈고 신음하더니 몸을 흔들며 울기 시작했다.

"큰나리가 그리워. 뵙고 싶어. 선생님, 큰나리는 어디 계셔?"

대답을 원하는 게 아니다. 헛소리다. 눈물이 맺힌 눈을 이리저리 움직이고 입을 뻐끔리고 두 손을 휘젓는가 하면 자기 몸을 부둥켜안았다.

"절대로 떠오르지 않으니까 괜찮다고 들었는데. 왜 발견된 거야. 큰나리께서 노여워하실 거야. 누가 옛날 일을 다시 끄집어내려고……."

갑자기 야차의 형상으로 변했다. 손가락을 갈퀴처럼 구부리고 이를 드러내며 덤벼들었다. "너구나!" 노보루를 밀쳐내고 다키 쪽으로 돌진하려 했다.

"이 닳아빠진 계집 같으니, 작은나리를 후리려는 거지? 누가 가만있을 줄 알고? 작은나리는 아무에게도 못 줘. 누가 줄 줄 알고?"

잔교 위에서 몸싸움이 벌어졌다. 노보루가 두 팔로 여자를 끌어안자 여자는 몸부림치며 마구 발길질을 했다. 몸은 시게오키 것이다. 게다가 바로 얼마 전까지 병으로 수척했던 사람 같지 않게 힘이 셌다. 노보루는 온힘을 다해 여자를 붙들고 질질 끌다시피 해서 호숫가 쪽으로 돌아오기 시작했다.

"선생님!"

미노스케가 거들려고 달려왔다. 여자가 미노스케의 얼굴에 침을 뱉었다.

"손 치워! 이 더러운 놈이, 나에게서 손 치워! 내 손에 죽고 싶어?"

"미노스케, 이 여자의 손을 묶어."

"네? 네? 무, 묶다니요."

"정신 차려. 이건 나리마님이 아니야. 그 수건이라도 상관없으니까 묶어버려."

"……하지 마."

가냘프고 떨리는 어린애 목소리였다. 노보루도 미노스케도 흠칫 놀라 동작을 멈추었다.

눈물에 젖은 여자의 눈이 애원하듯 쳐다보고 있었다.

"하지 마. 아픈 건 싫어."

미노스케가 부들부들 떨고 노보루는 숨을 훅 들이마셨다. 여자가 눈을 깜박여 눈물이 굴러 떨어졌다. 그러더니 다시 '그 여자'의 얼굴로 돌아와 웃기 시작했다.

"아아, 그때는 즐거웠지."

목소리가 높아졌다. 여자는 흰자위를 뒤집고 온몸을 떨었다. 웃고 웃고 또 웃고, 침을 흘리고 숨을 헐떡이며 계속 웃었다.

비가 오기 시작했다. 툭, 투둑, 투두둑. 빗방울이 잔교에 동그란 얼룩을 만들었다.

오리베도 다키도 얼굴이 창백했다. 도비아시는 시게에게 목을 안긴 채 발을 구르고 머리를 흔들고 꼬리를 흔들었다. 싫다, 싫다, 이곳에 있고 싶지 않다.

이곳에 사악한 것이 있다.

"선생님, 이제 그만 이해하면 어때요?"

여자는 여느 때처럼 노보루에게 교태 어린 웃음을 지었다. 다음 순간, 조롱하듯 한마디 했다.

"이미 너무 늦었어."

그렇게 내뱉듯 말하고는 정신을 잃었다.

(하권에 계속됩니다.)

옮긴이 **권영주**

서울대학교 외교학과를 졸업하고 동대학원에서 영문학을 전공했다. 미야베 미유키의 《벚꽃 다시 벚꽃》《형사의 아이》, 무라카미 하루키의 《애프터 다크》《오자와 세이지 씨와 음악을 이야기하다》, 미쓰다 신조의 《미즈치처럼 가라앉는 것》《염매처럼 신들리는 것》, 온다 리쿠의 《나와 춤을》《달의 뒷면》 등을 우리말로 옮겼으며, 《삼월은 붉은 구렁을》로 일본 고단샤에서 수여하는 제20회 노마문예번역상을 수상했다. 그 밖에 《우아한지 어떤지 모르는》《저녁매미 일기》《다다미 넉 장 반 세계일주》《빙과》《전쟁터의 요리사들》 등 다수의 일본소설은 물론 《어두운 거울 속에》《데이먼 러너언》《프랜차이즈 저택 사건》 등 영미권 작품도 우리말로 소개하고 있다.

세상의 봄(상) 블랙&화이트 087

1판 1쇄 발행 2020년 3월 6일 **1판 2쇄 발행** 2020년 4월 10일
지은이 미야베 미유키 **옮긴이** 권영주
펴낸이 고세규
편집 장선정 **디자인** 홍세연 **마케팅** 고은미 **홍보** 김하은

발행처 김영사
주소 경기도 파주시 문발로 197(문발동) 우편번호 10881
등록 1979년 5월 17일(제406-2003-036호)
구입 문의 전화 031)955-3100 **팩스** 031)955-3111
편집부 전화 02)3668-3295 **팩스** 02)745-4827 **전자우편** literature@gimmyoung.com
비채 카페 cafe.naver.com/vichebooks **인스타그램** @drviche **카카오톡** @비채책
트위터 @vichebook **페이스북** www.facebook.com/vichebook
ISBN 978-89-349-9321-6 03830 책값은 뒤표지에 있습니다.

비채는 김영사의 문학 브랜드입니다.

이 도서의 국립중앙도서관 출판예정도서목록(CIP)은 서지정보유통지원시스템 홈페이지(http://seoji.nl.go.kr)와 국가자료공동목록시스템(http://www.nl.go.kr/kolisnet)에서 이용하실 수 있습니다. (CIP제어번호: CIP2020005542)